1

Après le défilé, Tara déambulait dans la salle de réception d'un hôtel prestigieux de Londres en compagnie des autres mannequins afin de permettre aux clients privilégiés d'observer de près leurs tenues.

Autour d'elle, la pièce grouillait de femmes de la haute société, buvant du champagne et examinant les robes qu'elles souhaitaient commander. Leurs maris, eux, semblaient plus intéressés par le somptueux buffet devant lequel la plupart s'étaient rassemblés pour discuter en attendant que leurs épouses aient fait leur choix.

En voyant la nourriture présentée, Tara sentit son estomac gargouiller, mais elle s'efforça d'oublier sa faim. Dans ce métier, ne pas garder la ligne signifiait la fin d'une carrière, ce qu'elle ne pouvait pas se permettre. Du moins pour le moment car son rêve était d'abandonner ce travail pour aller vivre à la campagne, au cœur du Dorset, dans le cottage qui lui appartenait depuis le décès de ses grands-parents.

C'était le seul foyer qu'elle ait vraiment eu car ses parents, tous deux militaires, l'avaient mise en pension dès l'âge de huit ans. Pendant toute sa scolarité ; elle ne les avait donc vus que lors des vacances, essentiellement passées chez ses grands-parents où ils la rejoignaient pendant leurs permissions.

À présent, son seul but était d'amasser assez d'argent afin de rénover le cottage et s'y installer au plus tôt. Comme il lui manquait encore dix mille livres sterling pour le faire, elle acceptait toutes les missions que lui proposait son agence. Si être mannequin avait été très excitant au début, elle s'était vite lassée du fait d'être toujours en représentation et, surtout, des attentions que lui valait sa profession de la part d'hommes plus intéressés par son allure que par sa personnalité.

L'exemple parfait en était Jules aux yeux de qui elle n'avait été qu'une femme trophée à exhiber pour impressionner ses amis. Depuis cette malencontreuse expérience, sa naïveté avait laissé place à une grande lucidité et elle fuyait les relations superficielles.

Tout en continuant à évoluer parmi les invités, dos droit, tête haute et regard blasé de rigueur, Tara se demandait dans combien de temps elle pourrait s'éclipser.

Au fur et à mesure que le temps passait, l'humeur de Marc Derenz empirait. Il n'avait pu refuser l'offre de Hans Neuberger de se joindre à lui et à sa femme, Celine, tous deux de passage à Londres, pour assister à un défilé privé suivi de ce cocktail.

Ami de longue date de son père, l'homme d'affaires allemand avait toujours été une personne importante de sa vie. Sa présence avait même été cruciale au moment du décès de ses parents lors d'un accident d'hélicoptère survenu presque dix ans auparavant. Marc, alors âgé de vingt-trois ans, avait apprécié son soutien moral, ainsi que ses conseils lorsqu'il avait dû assumer la place de son père à la tête de la Banque Derenz.

Si la compagnie de Hans lui était toujours agréable, il lui devenait de plus en plus pénible de côtoyer Celine. Surtout depuis que celle-ci avait eu l'audace de lui confier qu'elle trouvait son riche mari terne et affreusement ennuyeux avant de commencer à lui faire des avances de moins en moins subtiles.

Il ne cessait de se demander comment faisait Hans pour ne pas se rendre compte que cette femme, épousée dix-huit mois plus tôt peu après la mort de la première Mme Neuberger, était une personne vénale, dénuée du moindre scrupule.

En cet instant même, elle lui lançait des regards si gourmands qu'il sentit une sourde rage monter en lui. S'il s'était agi d'une autre, il se serait fait un réel plaisir de la décourager à jamais en quelques mots bien sentis ! Marc avait en effet appris à être impitoyable avec les demoiselles si visiblement intéressées par son statut social et surtout financier.

Seul héritier de la fortune familiale, il était habitué à être couvert d'attentions, mais il était devenu particulièrement méfiant après une douloureuse mésaventure. Depuis, il était décidé à suivre le conseil de son père : ne prendre pour maîtresse, ou plus tard pour épouse, que des femmes issues de son milieu et ayant des revenus personnels équivalents aux siens. La mère de Marc était d'ailleurs elle-même l'héritière d'une grande famille.

Tout en écoutant d'une oreille distraite Hans lui parler de l'évolution de sa société d'ingénierie, il cherchait quel prétexte invoquer pour leur fausser compagnie lorsque Celine interrompit son mari, une lueur triomphante dans les yeux.

— Puisque mon cher époux ne t'a encore rien dit, à moi de t'annoncer la nouvelle : Hans m'a promis d'acheter une villa sur la Côte d'Azur ! N'est-ce pas merveilleux ?

— En effet, répondit Marc tout en dissimulant son angoisse à l'idée de savoir cette opportuniste bientôt encore plus présente dans sa vie.

Il ne se débarrasserait donc jamais d'elle !

— Aussi, j'ai eu une idée formidable. Étant donné que tu connais parfaitement la région, nous pourrions nous installer dans ta superbe résidence du Cap Pierre et bénéficier ainsi de ton aide pour chercher la maison de nos rêves. Tu es d'accord, n'est-ce pas ?

— Bien sûr.

Que répondre d'autre ? Marc se souvint aussitôt du temps où ses parents étaient encore en vie. Hans et sa première femme étaient alors souvent invités à la villa Derenz. Leur fils Bernhardt et lui s'entendaient à la perfection et passaient des vacances idylliques, profitant de la piscine de la propriété ou faisant de longues sorties en bateau au large des côtes rocheuses du Cap Pierre.

Il éprouva aussitôt une grande nostalgie pour cette époque heureuse et insouciante. À présent, Celine allait venir polluer son atmosphère jusque chez lui où la tenir à distance relèverait du défi !

— As-tu enfin choisi une robe ? demanda Hans à sa femme tout en jetant un coup d'œil à sa montre.

— Non, mon chéri, j'hésite encore, mais si tu ne souhaites pas rester et que tu préfères rentrer te reposer après ta journée de travail, je le comprends. Marc pourra certainement me raccompagner à notre hôtel.

Hans se tourna aussitôt vers son ami.

— Si cela ne te dérange pas, ce serait vraiment gentil. Je vois que l'heure tourne et je dois appeler Bernhardt à propos de l'ordre du jour de la réunion de demain.

Pris au piège, Marc ne put qu'acquiescer.

À peine son mari parti, Celine se tourna vers lui, un sourire charmeur aux lèvres :

— À ton avis, laquelle de ces robes m'irait le mieux ?

Décidé à en finir au plus vite, il jetait un coup d'œil alentour à la recherche du mannequin le plus proche lorsque son regard s'arrêta sur une jeune femme. Grande et très mince, ce qui était normal dans son métier, elle se distinguait des autres par son port de tête, son cou gracile et son profil parfait mis en valeur par ses cheveux châtains aux reflets auburn relevés en un chignon flou.

Comment avait-il fait pour ne pas la remarquer plus tôt ? Il se rappela alors avoir été si occupé à envoyer des e-mails depuis son téléphone qu'il n'avait pas prêté attention au défilé. Ensuite, il avait discuté avec Hans.

À cet instant, elle tourna la tête. Son visage était d'une beauté stupéfiante avec des pommettes hautes, des yeux d'un vert clair extrêmement lumineux, et une bouche pulpeuse. Marc sentit aussitôt son corps réagir. Avant même d'avoir pris conscience de son geste, il leva une main pour lui faire signe de venir le rejoindre.

Tandis qu'il la regardait s'avancer vers lui, incapable d'en détacher le regard, ses pensées prirent une tournure inhabituelle.

D'accord, c'était un mannequin, donc elle n'était probablement pas issue du milieu privilégié indispensable à ses yeux pour devenir une maîtresse potentielle, mais il pourrait faire une exception...

Lorsqu'elle arriva devant lui, il scruta son visage sans la moindre honte jusqu'à ce qu'il remarque une lueur de mécontentement dans ses yeux. De toute évidence, elle n'appréciait pas d'être examinée de la sorte. *Bon sang, attirer l'attention fait pourtant partie de son métier !* songea-t-il, un tantinet vexé par son attitude avant de prendre conscience que l'intérêt qu'il lui portait n'était pas approprié dans la mesure où ce n'était pas sa tenue qui l'éveillait, mais son exceptionnelle beauté.

Or il ne l'avait pas fait venir pour la séduire, mieux valait s'en souvenir ! Le plus important en cet instant étant de trouver une robe à Celine afin de la ramener au plus vite à son hôtel, il se tourna vers cette dernière.

— Que penses-tu de celle-ci ?

— Hum..., répondit-elle d'un air dubitatif. La couleur est trop sombre pour mon teint.

Comme elle congédiait la jeune femme d'un geste de la main, Marc s'interposa :

— Attendez, s'il vous plaît. Pourriez-vous tourner sur vous-même ?

Un éclair contrarié assombrit à nouveau les yeux du mannequin avant qu'elle ne s'exécute. Marc en profita pour l'observer tout à loisir. Le fourreau bordeaux épousait ses formes parfaites, le riche grenat mordoré de la soie faisait ressortir la blancheur d'albâtre de sa peau et un décolleté plongeant à l'arrière lui donna envie de lui poser les mains dans le dos, mais, déjà, elle revenait face à lui et son expression était cette fois carrément hostile.

Pourquoi me toise-t-elle de la sorte ? songea-t-il, soudain énervé. D'ordinaire, les femmes étaient flattées de retenir son attention et son problème était de les garder à distance car, en plus de sa fortune, la nature l'avait doté d'un physique attrayant.

Il soutint son regard un instant et crut y voir passer une lueur différente, mais Celine intervint alors d'un ton irrité tout en signifiant à nouveau au mannequin de partir.

— Inutile d'insister, mon chéri, je n'aime pas du tout cette robe.

Marc suivi des yeux la jeune femme qui s'éloignait à travers la foule, songeur. Sa beauté ayant eu le pouvoir d'atténuer sa mauvaise humeur, il aurait volontiers poursuivi la soirée en sa compagnie. Quel dommage qu'elle ne soit pas de son monde...

Tandis qu'elle traversait la pièce aussi vite que le lui permettait la bienséance, Tara sentait son cœur battre à tout rompre. Le rapide échange de regard avec l'inconnu l'avait troublée. Tout d'abord, son geste péremptoire pour lui demander d'approcher lui avait déplu. Ni un sourire ni même un « Bonsoir, mademoiselle ». Sa richesse le plaçait-elle au-dessus du commun des mortels pour lui faire oublier la politesse de base ?

Pourtant, son physique l'avait d'emblée frappée. Plus grand qu'elle, il devait mesurer un mètre quatre-vingt-dix, des cheveux courts d'un noir profond et brillant, un visage viril au nez droit et à la mâchoire volontaire, et un regard de braise. Il était tout à la fois impressionnant et remarquablement séduisant.

Lorsqu'une fois face à lui leurs regards s'étaient croisés, elle avait compris à sa manière de l'évaluer sans vergogne que ce n'était pas sa robe qui l'intéressait. Un frisson lui avait aussitôt parcouru le corps pour se nicher au cœur de sa féminité. Ensuite, sa partenaire blonde, une femme désagréable, trop maquillée et sans la moindre classe, l'avait congédiée.

Mais à quoi bon penser encore à cet homme ? Elle était là pour travailler. De toute façon, il appartenait à un monde bien différent du sien pour être convié à cette présentation si exclusive.

S'efforçant de dissimuler son trouble persistant, Tara continua d'évoluer dans la pièce, mais prit soin de se tenir aussi loin que possible de lui.

— Regarde, mon chéri, cette robe est idéale ! Qu'en penses-tu ?

Marc serra les dents en entendant la voix mièvre de Celine, mais il éprouva aussitôt un grand soulagement : si elle avait enfin trouvé son bonheur, il allait pouvoir la raccompagner ! Il jeta un rapide coup d'œil au jeune mannequin en train de faire un tour sur elle-même pour leur présenter sa tenue, avant de répondre avec un enthousiasme de mise :

— Tu as raison, elle est parfaite !

— Je suis tellement heureuse qu'elle te plaise ! s'exclama Celine.

Elle congédia alors la jeune femme qui se tenait toujours devant eux, puis prit le bras de Marc en un geste possessif.

— Nous en avons donc fini ici. Je vais organiser un essayage avant notre départ de Londres, mais, en attendant, sois gentil et emmène-moi dîner dans un endroit chic. Après, nous pourrons finir la soirée dans un club !

La mine réjouie de Celine irrita Marc qui se dégagea brusquement.

Si l'amour aveuglait Hans au point de l'empêcher de comprendre qui était réellement son épouse, lui-même voyait en elle la réplique de celle qui lui avait donné une douloureuse leçon. Peu de temps avant le décès de son père, alors qu'il n'était que le futur jeune héritier de la banque familiale et amoureux fou de Marianne, il l'avait aperçue dans un restaurant parisien en compagnie d'un homme bien plus âgé que lui, mais surtout déjà à la tête d'une fortune personnelle. Loin d'être gênée, sa maîtresse avait discrètement incliné son verre de champagne dans sa direction, montrant au passage l'énorme diamant qui lui ornait le doigt. « C'est la vie », semblait dire son sourire plus moqueur que fataliste.

Cela s'était passé un soir où, rentrant plus tôt que prévu d'un voyage en province, il avait eu la malencontreuse idée d'aller dîner chez un chef que tous deux affectionnaient. Marc s'était figé, sentant le sang se retirer de son visage et une grande peine lui étreindre le cœur. Elle le trompait donc depuis un certain temps et s'était lassée d'attendre une déclaration et surtout son héritage... Quelques mois plus tard, Marianne était devenue la troisième épouse du riche homme d'affaires. Depuis, il avait retenu la leçon et fuyait les femmes opportunistes. Aussi ce fut sans le moindre scrupule qu'il déclara à l'épouse de son ami Hans :

— C'est impossible, Celine, je suis déjà pris.

— S'il s'agit d'un dîner d'affaires, ce n'est pas un problème. J'accompagne souvent Hans. Cela ne nous empêchera pas de sortir seuls après.

— Non, c'est un dîner privé, répliqua-t-il avec un léger sourire destiné à lever tout doute sur la nature intime de son soi-disant rendez-vous.

Céline fronça les sourcils.

— Inutile de me raconter des histoires, tu es seul, en ce moment, je le sais. Si tu avais une petite amie, je serais au courant.

— Eh bien, tu l'es à présent.

— Qui est-ce ?

Pris de court, Marc lança sans réfléchir :

— Un des mannequins, ici même.

— Un mannequin..., répéta Celine d'un ton aussi méprisant que dubitatif avant de demander : laquelle ?

Soudain amusé de relever le défi qu'elle lui lançait, il répondit avec nonchalance :

— Celle qui nous a présenté la robe bordeaux que tu n'as pas aimée.

— Celle-là ? Mais elle t'a totalement ignoré !

— C'est normal, pendant ses horaires de travail, elle n'est pas censée fraterniser avec les clients et encore moins faire étalage de sa vie privée.

Marc s'en voulut d'avoir menti avec tant d'aplomb, mais il ne pouvait plus se rétracter. Même si la jeune femme lui avait visiblement battu froid, elle avait éveillé un instinct de séducteur qu'il ignorait posséder. Probablement parce qu'elle semblait insensible à sa présence... Il la chercha des yeux à travers la foule puis l'aperçut à l'autre bout de la pièce.

Au moment où il se demandait si elle l'évitait délibérément, Celine s'impatienta et demanda d'un ton narquois :

— Alors, qu'attends-tu pour me la présenter ?

De toute évidence, elle ne le croyait pas, mais Marc était résolu à surmonter tous les obstacles pour se débarrasser au plus vite de cette harpie.

— Je vais la chercher ! Attends-moi ici.

Puis il traversa la pièce d'un pas décidé tout en mettant au point les détails de son plan. Arrivé devant la jeune femme, il sentit son assurance s'évaporer au moment où il croisa son regard vert limpide. Même s'il n'était pas plus avenant que lors de leur première rencontre, il eut le même effet dévastateur sur lui.

Marc se planta devant elle afin de la dissimuler à la vue de Celine.

— Que diriez-vous de gagner cinq cents livres sterling, ce soir ?

2

Tara se figea, interloquée. Cet homme avait le don de la déstabiliser. Quel toupet de venir la rejoindre après l'avoir dévisagée avec une insistance si gênante ! Pour qui se prenait-il ? En attendant, et malgré l'air toujours aussi revêche de son interlocuteur, elle ressentait le même trouble que lors de leur précédente rencontre et son cœur s'était déjà emballé.

Réalisant brusquement le côté à la fois insultant et choquant de sa question, elle se ressaisit et ouvrait la bouche pour le remettre à sa place lorsqu'il la devança.

— Une précision : il ne s'agit pas d'une proposition malhonnête, je vous demande simplement de nous accompagner, la jeune femme que j'escorte et moi, jusqu'à son hôtel où...

— Il n'en est...

— Laissez-moi terminer, l'interrompit-il d'un air soudain las. Une fois là-bas, elle descendra de voiture et je vous ramènerai ici.

Tara le vit jeter un coup d'œil alentour puis, alors qu'il apercevait l'un des créateurs qui avaient organisé la soirée, lui faire signe d'approcher.

— Que puis-je faire pour vous, monsieur Derenz ? demanda l'homme avec empressement.

L'obséquiosité de son ton hérissa Tara.

— Je souhaite vous emprunter ce mannequin, tout au plus une demi-heure, afin de raccompagner Mme Neuberger jusqu'à son hôtel. Bien entendu, je vous réglerai le dérangement et m'engage à vous acheter sa tenue au cas où elle serait endommagée. Cela ne vous pose pas de problème, n'est-ce pas ?

— Absolument aucun, monsieur Derenz, répondit aussitôt le créateur avant de se tourner vers Tara : vous pouvez vous absenter.

Bien que fulminant de se voir imposer une obligation sans même avoir été consultée, Tara songea qu'elle n'avait pas le choix. Non seulement cet argent était bienvenu, mais si elle refusait, son agence en serait avertie et ne lui proposerait plus le moindre contrat.

Le dénommé Derenz se tourna alors vers elle.

— Tout est donc réglé. À partir de maintenant, je vous demande de vous comporter comme si vous me connaissiez, ou plus exactement… comme si nous avions une liaison.

— Pardon ?

— Ne vous inquiétez pas, il s'agit simplement de le laisser croire à Mme Neuberger afin de lui ôter toute espérance me concernant. Officiellement, vous et moi nous fréquentons depuis quelque temps et avions prévu de dîner ensemble ce soir.

La blonde trop maquillée n'était donc pas sa maîtresse… Étonnée de sa franchise, Tara préféra tout de même s'assurer de la réalité de l'offre.

— Vous avez mentionné cinq cents livres sterling, n'est-ce pas ?

— En effet, à condition toutefois que vous ne perdiez plus de temps. Je ne tiens pas à m'éterniser ici.

Puis, sans attendre sa réponse, il lui prit le bras et entreprit de traverser la salle tout en lui communiquant les détails de la supercherie. Rassurée, elle songeait que cette mission aussi inattendue que bien rémunérée serait vite expédiée lorsqu'il lui imprima une légère secousse sur le bras.

— Je comprends qu'étant très consciencieuse vous vous absentiez de votre travail à contrecœur, mais si vous continuez à vous comporter de manière aussi rigide, je divise le montant offert pour votre prestation par deux. Est-ce clair ?

Tara lui lança un regard en coin, mais déjà il poursuivait :

— Comment vous appelez-vous ?

— Tara Mackensie, et je dois d'abord aller chercher mon sac à main…

— Inutile, vous serez très vite de retour.

Quelques secondes plus tard, ils arrivaient devant la blonde qui la regarda d'un air peu avenant.

— Celine, je te présente Tara. Tara, voici Mme Neuberger.

Toutes deux inclinèrent la tête.

— Tara a obtenu l'autorisation de partir plus tôt donc nous pouvons te raccompagner à l'hôtel.

Puis, prenant le bras de Celine de sa main libre, il les entraîna toutes les deux vers la sortie où une limousine les attendait.

Alors qu'il venait de s'installer entre elles dans la voiture, Tara rit sous cape en voyant la fameuse Celine faire mine de batailler avec sa ceinture de sécurité. Son compagnon la lui boucla sans un mot.

— Merci, Marc.

Il s'appelait donc Marc Derenz, songea Tara, et étant donné son léger accent devait être d'origine allemande. En plus du fait qu'il était certainement très riche vu la manière dont le créateur s'était empressé d'accéder à son désir, c'était tout ce qu'elle savait de lui. Elle lui jeta un coup d'œil furtif. Son visage trahissait son irritation face à la manœuvre de Celine. D'ailleurs, il se tourna aussitôt vers elle.

— Mon ange, tu as oublié de mettre ta ceinture.

Sa voix soudain douce tel un murmure caressant fit frissonner Tara qui eut du mal à dissimuler son trouble tant la manière dont il la regardait était...

Intime fut le premier mot qui lui vint à l'esprit.

Pour calmer le feu qu'il venait de faire naître dans le tréfonds de son corps, elle dut se rappeler qu'il ne s'agissait que d'une mascarade. Cet homme l'avait quasiment forcée à accepter sa proposition avant de l'entraîner manu militari. Et ce sans même se départir de son expression revêche. Il ne manquerait plus qu'il remarque l'effet qu'il lui faisait !

Marc se pencha alors devant elle pour attraper sa ceinture de sécurité. Au moment où elle sentit son torse effleurer sa poitrine, Tara respira l'odeur boisée de sa lotion après-rasage, tout à la fois puissante et raffinée avec une légère note citronnée, mêlée à celle plus subtile de sa peau. Submergée par les sensations, elle retint son souffle. Dans la seconde suivante, il boucla la ceinture d'un geste précis avant de reprendre sa place.

La blonde lui posa aussitôt une main manucurée aux ongles écarlates sur le bras et se mit à lui parler en allemand. Furieuse de voir cette pimbêche l'ignorer de la sorte, Tara se décida à agir.

— Mon chéri, je suis désolée de n'avoir pu me libérer plus tôt, lança-t-elle d'une voix câline tout en effleurant le genou de son soi-disant petit ami. Je vois bien que tu es contrarié, alors suis-je pardonnée ?

Marc tourna la tête vers elle. Son expression à la fois stupéfaite et presque dure faillit lui faire regretter d'être intervenue, mais il répliqua avec douceur :

— Bien sûr, mon ange. Excuse mon impatience. Je dois être à Genève demain matin pour une réunion, aussi je souhaitais passer le plus de temps possible avec toi. Mais tu es là à présent, c'est l'essentiel, n'est-ce pas ?

L'espace d'un instant, Tara crut presque à son regret tant il était convaincant et d'autant qu'il avait repris sa voix caressante d'amant attentionné. Son effet fut immédiat : une douce chaleur se nicha à nouveau au cœur de son intimité.

Ressaisis-toi ! Cet homme est un acteur consommé.

— Absolument, répondit-elle.

Pas le moins du monde déstabilisée par cette interruption, la blonde poursuivit son discours.

Tara se tourna alors vers la vitre. Tandis que la limousine filait dans les rues de Londres, elle s'efforça de respirer calmement afin de calmer les émotions qui venaient de l'envahir. Une chance que cette Celine monopolise cet homme à l'incroyable sensualité car jouer le rôle qui lui avait été dévolu sans trahir son attirance pour lui aurait été délicat… En attendant, grâce à lui, sa cagnotte grandissait et son rêve allait bientôt être à portée de main.

Lorsque la voiture s'arrêta devant l'hôtel, Marc Derenz accompagna la jeune femme à l'intérieur puis revint et, cette fois, il s'installa à l'autre extrémité de la banquette.

— Une bonne chose de faite ! déclara-t-il une fois que la limousine eut démarré.

Amusée de voir son air soulagé, Tara ne put résister à l'envie de le taquiner. Il avait beau avoir un physique extrêmement avantageux, son mauvais caractère lui ôtait beaucoup de son charme. Et comme il ne prenait même pas la peine de se montrer aimable alors qu'elle lui rendait service à sa demande, le savoir la proie de cette femme ambitieuse et décidée la réjouissait secrètement. D'autant plus qu'il n'était pas au bout de ses peines car cette Celine semblait prête à tout accepter de lui pour arriver à ses fins !

— Les personnes qui ne comprennent pas un refus sont épuisantes, n'est-ce pas ?

Il lui lança un regard noir puis, sans prendre la peine de lui répondre, sortit son téléphone, composa un numéro et s'absorba dans sa conversation.

Tara se cala dans son siège sans savoir si sa soudaine irritation était due au manque de courtoisie de Marc Derenz ou au fait que cette petite escapade allait très vite prendre fin. Du coin de l'œil, elle observa son profil. Malgré son expression sévère, il l'attirait. Il éveillait même en elle un désir totalement déplacé dans le cadre de la mission pour laquelle il l'avait engagée.

Au diable, cet homme ! songea-t-elle, énervée, avant de tourner la tête vers la vitre. Leur accord – si tant est que le terme soit adéquat étant donné la manière autoritaire dont il avait fait preuve pour l'engager – était presque terminé et M. Derenz sortirait de ses pensées aussi vite qu'il y était entré.

Quelques minutes plus tard, la limousine s'arrêta devant l'hôtel où se tenait la présentation de mode. Tara se tourna vers Marc Derenz.

— Vous m'avez promis cinq cents livres sterling.

Sans un mot, il descendit de voiture et vint lui ouvrir la portière. Elle se tint très droite devant lui, consciente qu'il la dépassait d'une tête, ce qui était assez inhabituel. Ne sachant comment interpréter la manière dont il la regardait en silence, elle se demanda s'il comptait revenir sur sa promesse et la priver de son dû, une somme au demeurant probablement insignifiante pour lui. Levant alors le menton, elle tendit la main.

— Pourriez-vous me payer maintenant…

Il la regarda avec une intensité telle qu'elle retint son souffle, puis, comme au ralenti, elle le vit saisir sa main et la soulever vers ses lèvres. Incapable de réagir, elle remarqua cependant la longueur de ses cils fournis, étonnante chez un homme aussi viril, tandis qu'il lui retournait le poignet et posait les lèvres à l'intérieur.

À ce contact, si doux et si sensuel, Tara sentit son cœur s'emballer, ses jambes fléchir, mais, déjà, il se redressait.

— Merci, murmura-t-il.

Stupéfaite de l'impact de sa voix soudain rauque, elle resta figée sur place et l'entendit ajouter d'un ton légèrement amusé :

— Je vous remercie pour votre coopération.

Tara dégagea sa main d'une secousse et, le défiant du regard, répliqua sèchement :

— Je ne l'ai fait que pour l'argent.

Il se rembrunit aussitôt. Son regard se fit glacial et, au léger mouvement sur sa joue indiquant qu'il serrait les dents, elle regretta presque sa repartie acerbe. Il sortit alors son portefeuille et compta dix billets de cinquante livres qu'il lui tendit sans un mot.

Furieuse d'avoir un instant succombé à l'émotion et, plus encore, de se trouver dans la situation délicate de recevoir de l'argent d'un homme sur un trottoir, Tara saisit les billets puis elle plia le premier de la liasse et, un sourire mielleux aux lèvres, le glissa dans la poche de poitrine de son costume.

— Offrez-vous un verre avant de rentrer chez vous, monsieur Derenz. Vous semblez en avoir grand besoin !

Sans lui laisser le temps de réagir, Tara pivota sur ses hauts talons et rejoignit l'entrée du bâtiment.

Dieu merci, elle ne reverrait jamais cet homme qui, aussi détestable soit-il, avait l'étrange pouvoir de l'émouvoir et de lui faire perdre ses moyens.

Médusé, Marc regarda Tara s'éloigner, observant sa robe qui virevoltait autour de ses longues jambes fines, et l'éclat de sa chevelure châtaine. Il sentait encore le doux parfum de la peau soyeuse de son poignet...

Une fois remonté en voiture, il ordonna à son chauffeur de le raccompagner à son hôtel et sortit de sa poche de poitrine le billet qu'il remit dans son portefeuille. Il regretta de n'avoir pas trouvé de repartie apte à réduire au silence sa bouche pulpeuse et insolente. À vrai dire, il y aurait eu un moyen de la faire taire beaucoup plus efficace que des mots, un dont il avait eu envie toute la soirée...

Non. Tara Mackensie n'était pas pour lui. Il n'enfreindrait pas sa règle de conduite pour elle. Sans Celine, il ne l'aurait jamais rencontrée et, en cet instant, il souhaitait les oublier toutes les deux au plus vite.

Il ignorait cependant que le destin allait les remettre en présence...

Quinze jours plus tard, Tara regardait sur Internet les accessoires de cuisine et de salle de bains. Elle avait beau chercher les meilleures affaires afin d'équilibrer son budget, il lui manquait encore près de dix mille livres sterling pour rendre son cottage confortablement habitable. Même en vivant de la manière la plus économique possible, il lui faudrait six bons mois avant d'économiser une telle somme.

À moins qu'une bonne fée se penche à nouveau sur son cas, songea-t-elle avec un petit sourire ironique. Après tout, elle avait gagné quatre cent cinquante livres sterling en une demi-heure en sauvant le beau Marc Derenz des griffes de cette horrible Celine.

À cette pensée, Tara se souvint du baiser déposé au creux de son poignet. Immédiatement, un doux désir se logea au cœur de son intimité.

Il a fait ça pour te narguer ! se reprit-elle aussitôt, furieuse de s'être une fois de plus laissée aller à songer à cet homme qui l'avait mise mal à l'aise dès le premier regard.

Décidée à l'oublier, elle reprit sa recherche sur l'ordinateur. L'important était de déménager au plus tôt dans le Dorset, pas de fantasmer sur un milliardaire grincheux à l'opposé du partenaire idéal.

Elle trouverait un jour le compagnon de ses rêves, mais

certainement pas à Londres où son travail la faisait évoluer dans un milieu artificiel. En fait, elle espérait le rencontrer après avoir commencé sa nouvelle vie. Un homme qui ignorerait son statut de mannequin et ne chercherait pas une femme trophée à exhiber dans des soirées. Quelqu'un de doux et sensible. Un vétérinaire peut-être, ou un propriétaire terrien amoureux lui aussi des animaux et de la campagne…

En attendant, une chose était certaine : il serait très différent de Marc Derenz.

Comme la sonnette retentissait, Tara se leva en soupirant pour aller répondre. Une de ses colocataires avait encore dû oublier sa clé.

Elle ouvrit la porte et se figea.

Son visiteur était la dernière personne qu'elle s'attendait à voir.

Marc Derenz.

3

Marc était d'une humeur massacrante. Malgré la manière dont il l'avait éconduite le soir de la présentation de mode, Celine n'avait pas renoncé à s'installer chez lui à la villa Derenz sous le prétexte probablement fallacieux de chercher la maison de ses rêves. Et, bien entendu, lorsque Hans, très gêné, l'avait appelé pour lui annoncer leur arrivée une semaine plus tard, il n'avait pas eu le cœur de lui refuser l'hospitalité.

Sa première réaction de colère passée, il avait mis au point un plan apte à décourager définitivement cette femme crampon, et cela nécessitait la coopération de Tara Mackenzie. Obtenir des organisateurs de la soirée le nom de l'agence de mannequins qui l'employait avait été aisé. Une fois en possession de ses coordonnées personnelles, il avait cependant préféré se rendre à son domicile afin de la persuader d'accepter sa proposition plutôt que d'essuyer un refus par téléphone. Cette jeune demoiselle semblait avoir beaucoup de tempérament…

Il serait donc obligé de faire preuve de diplomatie car il était conscient de l'avoir indisposée lors de leur première rencontre, songea-t-il en appuyant sur la sonnette de l'appartement, et surtout de se maîtriser si son attirance pour elle persistait !

Lorsque la porte s'ouvrit, Marc ressentit un coup au cœur. Vêtue d'un jean et d'une chemise ample, les cheveux relevés en une longue queue-de-cheval et sans le moindre maquillage, Tara était aussi magnifique que dans son souvenir. L'effet de cette vision fut dévastateur, et il se retrouva à nouveau la proie d'un désir aussi intense que subit. Un point jouait cependant en sa faveur : elle semblait aussi stupéfaite que lui, même si la raison de sa stupeur était probablement différente de la sienne !

Marc se racla la gorge, histoire de reprendre contenance, tout en jetant un rapide coup d'œil derrière la jeune femme. Le salon était pauvrement meublé, des vêtements traînaient sur le canapé et un étendoir trônait devant la fenêtre. Sa situation financière ne devait donc pas être florissante, ce qui arrangeait ses affaires...

— Bonjour, mademoiselle Mackenzie. J'ai une proposition professionnelle à vous faire. Auriez-vous un instant à m'accorder ?

Encore à peine remise de sa surprise, pour ne pas dire du choc que lui avait causé la vue de Marc Derenz, Tara haussa les sourcils. Vu son inhabituelle politesse, il devait avoir sérieusement besoin d'elle... Amusée de le voir planté sur le pas de sa porte en attendant sa réponse, elle décida de jouer le jeu de la courtoisie. Après tout, elle était en position de force.

— Bien sûr, monsieur Derenz. Entrez, je vous prie.

Elle s'effaça pour le laisser passer puis, tout en ramassant les affaires éparpillées sur les sièges, elle lui fit signe de s'asseoir.

— Excusez tout ce fouillis, mes colocataires ne sont pas des plus ordonnées.

— Ne vous inquiétez pas.

— De quoi s'agit-il ? demanda-t-elle en prenant place face à lui.

— En fait, je souhaiterais que vous prolongiez le rôle joué lors de la présentation de mode.

— Votre amie blondinette vous poursuit donc toujours de ses assiduités ?

— En effet.

— Dans ce cas, en quoi consiste exactement votre offre ?

Remarquant qu'il avait imperceptiblement serré les dents, Tara en déduisit qu'il était mal à l'aise de faire appel à elle. Sans savoir pourquoi, cela la réjouit au point qu'elle dut faire un effort pour dissimuler le sourire qui lui montait aux lèvres.

— Mme Neuberger a décidé de venir s'installer avec son mari dans ma villa du midi de la France, le temps de trouver une résidence à acheter. Je vous demande donc de venir y séjourner aussi. Votre mission sera la même que précédemment : donner l'impression que nous sommes en couple. Il ne s'agit que d'une semaine, dix jours tout au plus.

Tara se cala dans son fauteuil et croisa les jambes, impassible, et bien décidée à le laisser aller au bout sans l'interrompre. Même si le revoir avait été une agréable surprise, sa proposition avait un côté humiliant. Il lui réservait un rôle de représentation car, de toute évidence, une fille comme elle n'avait aucun autre intérêt à ses yeux !

— Vous serez mon invitée, et je vous réglerai la somme de cinq mille livres sterling au terme de cette mission. Bien entendu, tous les frais occasionnés par ce déplacement seront également pris en charge, c'est-à-dire votre billet d'avion ainsi qu'une garde-robe appropriée à la situation.

— Je désire recevoir la moitié du règlement avant le départ.

— Non, rétorqua-t-il d'un ton ferme. Je ne prends pas le risque de vous voir me faire faux bond à la dernière minute et disparaître dans la nature.

— Puisque vous m'accordez aussi peu de crédit, je ne vois pas l'intérêt de poursuivre cet entretien, déclara-t-elle en se levant.

— Attendez une seconde. Ne me dites pas que cet argent ne serait pas le bienvenu.

Tara l'observa quelques secondes en silence. À en juger par ses vêtements, provenant visiblement de chez les meilleurs couturiers, sa limousine avec chauffeur, le fait qu'il avait ses entrées dans les défilés de mode et son arrogance, Marc Derenz était fortuné. Elle se livra à un rapide calcul de tête. La somme qu'il lui proposait pour une semaine de présence était dérisoire comparée à celle versée pour l'avoir accompagné tout au plus une demi-heure la première fois. Vivre sous le toit de cet homme taciturne et autoritaire en étant à sa disposition du matin au soir, sans parler de subir la présence de la fameuse Celine, valait beaucoup plus. Pensant alors au montant dont elle avait besoin pour rénover son cottage, elle décida de tenter le tout pour le tout et lança en le regardant droit dans les yeux :

— Puisque vous ne mentionnez que les avantages de la

mission, permettez-moi d'en souligner les inconvénients. Vous me demandez une totale disponibilité, ce qui me prive de tout autre engagement plus utile à ma carrière, et, détail non des moindres, je devrai supporter la suffisance ainsi que l'hostilité et le mépris évidents de Mme Neuberger à mon égard.

Comprenant au froncement de sourcils de son interlocuteur qu'elle avait marqué un point, Tara rassembla son courage pour ajouter :

— Si vous souhaitez donc avoir recours à mes services sans prendre le risque de me voir disparaître avant l'heure, il faudra vous montrer plus généreux. Je ne me déplacerai pas pour moins de dix mille livres sterling.

Comme Marc Derenz la regardait d'un air narquois à présent, Tara craignit un instant d'être allée trop loin, mais il était trop tard pour effacer ses paroles. D'ailleurs, serait-elle capable de passer autant de temps en compagnie de cet homme dont la seule présence suffisait à l'émouvoir ?

Elle n'eut pas à répondre à sa propre question car il lança brusquement :

— Très bien. J'accepte.

Tara se demandait si sa victoire n'avait pas été trop facile lorsqu'elle le vit sortir son portefeuille et en tirer deux billets de cinquante livres qu'il plia avant de les glisser dans la poche de la chemise qu'elle portait.

— Voici un petit acompte.

Comprenant son allusion moqueuse à son geste précédent, elle cherchait une repartie cinglante lorsqu'il tourna les talons et, tout en se dirigeant vers la porte, déclara que les détails du voyage lui seraient communiqués par le biais de son agence qui lui fournirait aussi un contrat.

Une fois seule, Tara sortit les billets de sa poche. Marc Derenz venait de lui rappeler de manière très claire quelle était la nature de leur association. Il l'avait contactée uniquement car il avait besoin de son aide. Rien de plus.

Pourquoi fallait-il que le seul homme qui ait fait battre son cœur de la sorte vienne d'un monde si différent du sien ? Ce séjour allait être difficile sur bien des plans…

Pensive, Tara regardait par le hublot de l'avion l'aéroport de Nice se profiler à l'horizon. D'un côté, passer une semaine au bord de la Méditerranée et découvrir la célèbre Côte d'Azur l'enchantait, de l'autre, l'idée de vivre en vase clos avec Marc Derenz et l'odieuse Celine l'angoissait. Elle n'avait pensé qu'à cela, ou plus exactement qu'à lui, pendant toute la semaine.

Une recherche sur Internet lui avait révélé qu'il était le président-directeur général de la Banque Derenz, un établissement ultra-privé réservé aux seules personnes très fortunées de ce monde, et dont le siège se trouvait à Paris. Quant à sa résidence du sud de la France, la villa Derenz, c'était un petit bijou de style Arts déco selon les articles parus dans une revue d'architecture.

Cet homme était donc encore plus inaccessible qu'elle ne l'avait imaginé !

À sa descente d'avion, un chauffeur l'attendait pour la conduire à la villa où la gouvernante l'accueillit avec amabilité et lui expliqua que son patron n'arriverait que dans l'après-midi. Soulagée de rencontrer cette personne si sympathique, et surtout d'avoir quelques heures de tranquillité, Tara sentit son moral remonter. Elle la suivit dans le large escalier partant du grand hall dallé de marbre blanc, ayant l'impression de se trouver dans le décor d'un film des années 1920 devant le style de la maison.

Une fois seule dans sa chambre, elle sortit sur le balcon qui reliait toutes les pièces de la façade. De là, le jardin s'offrit à sa vue : des pelouses impeccablement tondues parsemées de bosquets entouraient une piscine à débordement face aux eaux azurées de la Méditerranée. Sur le côté, se trouvaient une roseraie ainsi qu'une pergola abritant une salle à manger extérieure.

Ce cadre était enchanteur, songea-t-elle en rentrant pour défaire ses bagages, mais elle s'aperçut alors que deux jeunes filles en uniforme avaient déjà commencé à ranger les tenues de couturiers qui lui avaient été livrées quelques jours avant son départ. Marc Derenz semblait avoir un goût très sûr en matière de mode féminine car tout était d'une suprême élégance. Porter ces vêtements pour son propre plaisir au lieu de les présenter à des acheteuses allait être une expérience aussi nouvelle qu'agréable.

Elle décida donc de profiter au maximum de ce séjour, du

moins avant de commencer à travailler, car dès l'arrivée du maître des lieux et de ses invités, ses moments de liberté seraient probablement comptés.

Les deux jeunes femmes parties, la gouvernante vint lui annoncer qu'un déjeuner lui serait servi une demi-heure plus tard sous la pergola. Tara en profita donc pour prendre une douche rapide dans la somptueuse salle de bains privative de sa chambre puis elle enfila une robe légère plus adaptée à la chaleur du début d'été français que le tailleur porté pour voyager. Sitôt son délicieux repas achevé, elle enfila un maillot de bain puis alla s'allonger sur un lit de plage face à la piscine, heureuse de faire une sieste sous le doux soleil méditerranéen.

— Vous allez attraper un coup de soleil.

Réveillée en sursaut par cette voix grave désormais familière, Tara découvrit Marc Derenz la dominant de sa grande taille, superbe dans un costume en lin blanc cassé plus décontracté que les strictes tenues d'homme d'affaires qu'elle lui avait vues jusque-là.

— J'ai mis de la crème solaire.

— Peut-être, mademoiselle Mackenzie, mais je n'ai pas envie de vous voir ressembler à un homard ébouillanté, déclara-t-il d'un ton sec. Sans compter qu'il va falloir vous mettre au travail.

Elle croisa les bras devant sa poitrine pour relever les bretelles de son maillot qu'elle avait abaissées afin d'éviter les marques de bronzage sur ses épaules. Sentant le regard de son hôte posé sur elle, Tara s'empressa de se lever et de nouer un paréo autour de son buste.

Quelle idiote de s'être autorisé ce moment de farniente ! Et pire, de se laisser troubler par la seule vue de cet homme arrogant. Elle allait devoir s'habituer à dissimuler ses réactions face à lui, mais, dans l'immédiat, elle ne devait en aucun cas se laisser impressionner par ses manières si brusques. Délimiter son territoire et ses fonctions était impératif. Être son employeur ne justifiait pas son manque de respect !

— Qu'y a-t-il au programme ? demanda-t-elle tout en rangeant son livre dans son sac de plage.

— Une réunion d'information concernant les règles de base à respecter pendant votre séjour car, je tiens à le souligner, vous n'êtes pas en vacances ici, mademoiselle Mackenzie, mais en mission.

Lui indiquant alors une table, située sous les arbres un peu plus loin, il lui fit signe de le suivre, s'assit et croisa les jambes avec nonchalance.

Tout en affichant un air impassible en contradiction avec les émotions qui l'agitaient, Marc regardait Tara en train de s'installer face à lui. Grande avait été sa surprise, à son arrivée de Paris, de la trouver allongée sous un parasol, vêtue d'un bikini aussi minimaliste que seyant. Il ne pouvait certes lui reprocher de prendre un moment de repos, mais la voir ainsi exposée avait éveillé en lui un désir intense. Il avait d'ailleurs pris le temps d'observer son sublime corps tant qu'elle était inconsciente de sa présence !

Quel dommage de devoir limiter leurs rapports au plan professionnel…

Depuis l'instant où il l'avait engagée pour l'aider à tenir Celine à distance, il ne cessait de se demander si cette décision n'avait pas été trop précipitée. Pourquoi diable être allé chercher une fille qui l'attirait tant alors qu'il aurait pu obtenir ce service d'une ancienne petite amie ? Parce qu'il aurait couru aux devants d'ennuis, se rassura-t-il aussitôt, tandis que cette jeune demoiselle savait sûrement que franchir les limites de la bienséance avec lui mettrait en péril son avenir professionnel.

Quoi qu'il en soit, il avait la désagréable impression de jouer avec le feu…

Or il l'avait déjà fait une fois en ignorant les conseils de son père pour s'amouracher de Marianne. Dieu merci, cette histoire s'était terminée avant qu'il s'engage sérieusement avec elle. Il en avait été quitte pour une peine de cœur passagère. À présent, à plus de trente ans, il n'était plus un jouvenceau incapable de se maîtriser ! De plus, lors de la soirée de mode, Tara Mackensie lui avait clairement fait comprendre qu'il ne l'intéressait pas, point qu'elle avait renforcé en faisant monter les enchères de manière si effrontée lorsqu'ils avaient discuté ensemble à son domicile.

Totalement rasséréné, il déclara d'un ton sec :

— Les Neuberger doivent arriver en fin d'après-midi. De ce moment, et jusqu'à leur départ, vous devrez jouer votre rôle en gardant à l'esprit que notre relation est fictive et le restera. Je préfère être clair d'emblée afin de vous éviter d'entretenir des illusions qui ne pourraient que vous blesser. Me suis-je bien fait comprendre ?

Tara eut l'impression d'être prise au piège des yeux noirs de Marc Derenz tant il la fixait intensément en lui parlant. Cette manie de la remettre à sa place en quelques mots était détestable. Quant au message, il était limpide, mais quelle arrogance de lui adresser un tel avertissement. Car c'en était bien un ! Dieu merci, jamais elle ne tomberait amoureuse d'un homme aussi imbu de sa personne et persuadé que toutes les femmes lui couraient après.

Préférant cependant contenir son indignation sous peine de perdre son travail avant même de l'avoir commencé, elle répondit d'un ton doucereux :

— Je vous ai parfaitement compris, monsieur Derenz. Je pensais pourtant avoir, moi aussi, été très claire sur ce point : à mes yeux, le seul intérêt de cette mission est sa rémunération, aussi vous n'avez aucune inquiétude à avoir.

— Inutile d'être impertinente, mademoiselle Mackenzie, je suis déjà assez énervé comme ça, rétorqua-t-il en la foudroyant du regard.

— À mon tour maintenant d'apporter quelques précisions. Je vous serais reconnaissante d'éviter à l'avenir ce genre d'allusions. Imaginer que je puisse désirer jouer un rôle autre que celui que vous m'avez confié est totalement injustifié, pour ne pas dire ridicule.

Voir Marc Derenz se raidir imperceptiblement procura à Tara une telle satisfaction qu'elle poursuivit avec la même fermeté :

— De plus, je vous demande de ne pas renouveler votre petit numéro de charme exécuté sur un trottoir de Londres. M'embrasser le poignet était déplacé ! Je souhaite donc qu'il n'y ait dorénavant entre nous plus le moindre contact physique inutile. Nos rôles doivent être convaincants, mais aux yeux du public uniquement.

Stupéfaite de sa propre audace, mais décidée à faire comprendre au séduisant Marc Derenz qu'elle était on ne peut plus sérieuse, Tara soutint son regard sans ciller. Ses yeux prenaient une teinte bleu marine dans cet éclairage, songea-t-elle soudain avant de se ressaisir. Mieux valait se concentrer sur ses côtés odieux que sur son corps de rêve. D'ailleurs, le simple fait de prétendre être en des termes intimes avec lui allait relever du défi s'il continuait à se montrer aussi désagréable. Mais dans le cas contraire, le défi risquait d'être bien plus difficile !

— Cela dit, reprit-elle sans lui laisser le temps de la rabrouer, il serait bon que vous me donniez quelques détails sur les Neuberger.

— Hans est à la tête de Neuberger Fabrik, une importante entreprise d'ingénierie basée à Francfort. Il est un ami de longue date de ma famille et connaît bien la villa pour y avoir passé de nombreuses vacances en compagnie de sa première épouse, décédée il y a un peu plus de deux ans, et de leurs enfants. Celine est sa seconde femme.

— J'imagine que ses enfants n'apprécient guère ce mariage.

— En effet, ils détestent Celine, et pour ne rien vous cacher, moi aussi. Elle n'a épousé Hans que pour sa fortune et, depuis l'instant même où il me l'a présentée, elle ne cesse de me poursuivre. Sa seule vue m'est désormais insupportable. Si elle n'était pas la femme d'un ami, cela fait longtemps que je l'aurais envoyée au diable.

— Je n'en doute pas, répliqua Tara tout en réprimant un sourire tant elle était amusée de voir cet homme d'ordinaire si maître de lui s'échauffer de la sorte.

— Au nom de notre amitié, cependant, je me vois contraint d'adopter une approche plus subtile.

— Et de lui montrer qu'il n'y a aucune place pour elle dans votre vie ?

— Exactement, répondit Marc Derenz en se levant.

Comme il la fixait en silence, Tara l'imita tout en récupérant dans son sac de plage ses lunettes de soleil afin de se donner une contenance.

— Nous servirons des cocktails à 19 heures dans le petit salon situé au rez-de-chaussée, mademoiselle Mackenzie. Soyez à l'heure, je déteste le retard.

Sur ces paroles décisives, il tourna les talons. Tara le regarda s'éloigner vers la villa. Prise d'une soudaine velléité de rébellion, elle sortit son livre et retourna s'installer sur le lit de plage. Elle avait amplement le temps de se préparer pour la soirée et méritait un moment de repos après leur discussion somme toute stressante. De plus, elle n'avait aucun rôle à jouer tant que les invités de Marc Derenz n'étaient pas encore arrivés.

Quel dommage de ne pas avoir pensé à demander une prime de risque, songea-t-elle soudain tandis qu'un sourire lui montait aux lèvres. En effet, si chaque rencontre avec cet homme s'avérait être source d'autant d'émotions, son pauvre petit cœur allait vieillir avant l'âge.

Tara ne sut cependant décider si le danger provenait des manières peu courtoises de Marc Derenz ou de l'effet troublant qu'il avait sur elle…

4

D'humeur maussade, Marc regardait le dossier affiché sur l'écran de son ordinateur sans parvenir à y prêter attention. Il avait pourtant l'habitude de travailler où qu'il se trouve et possédait d'ailleurs un bureau entièrement équipé dans chacune de ses propriétés afin de diriger ses affaires en permanence.

À la mort de ses parents, il avait dû prendre la direction de la banque familiale du jour au lendemain. Passer outre son chagrin pour faire preuve d'une infaillible autorité afin d'imposer sa volonté face aux membres du conseil d'administration s'était révélé indispensable. En effet, ces hommes de la génération de son père, alors que lui-même était à peine âgé de vingt-trois ans, avaient tenté de manière à peine déguisée de profiter de sa faible expérience pour le reléguer à un rôle de représentation et faire triompher leurs vues.

C'était compter sans son caractère affirmé et la prévoyance de leur ancien patron qui, depuis l'adolescence de son fils, l'avait intéressé à ses affaires, le préparant ainsi à son futur métier. Même si après plus d'une décennie sa position était parfaitement assurée, l'habitude de travail lui était restée et il avait développé un goût de commander qui s'était étendu à tous ceux à qui il avait affaire.

Y compris les femmes grassement payées pour effectuer un travail somme toute très simple, songea-t-il soudain avec rage en apercevant à travers la vitre Tara Mackenzie qui, passant outre son ordre, s'était réinstallée au bord de la piscine. Dieu merci, elle s'était abritée sous un parasol ! Pourquoi diable fallait-il que cette demoiselle ne puisse suivre de bonne grâce ses recommandations et, surtout, s'empêcher de lui tenir tête à tout propos ? C'était intolérable. Cela relevait même de l'insubordination !

Comme si l'arrivée prochaine de son ami Hans, ou plus précisément celle de sa détestable épouse, ne lui causait pas assez de souci ! Tara Mackensie avait intérêt à se montrer plus gracieuse lorsqu'ils seraient là sinon elle ne convaincrait jamais cette maudite Celine qu'ils entretenaient une relation harmonieuse.

Il poussa un soupir exaspéré et s'approcha de la baie vitrée. Cette jeune demoiselle, si paisiblement allongée, était décidément très belle... Un réel plaisir pour les yeux, ce qui atténua sa mauvaise humeur. Quel dommage que, contrairement aux autres femmes, elle ne cherche pas à le séduire. Tandis qu'il admirait son corps longiligne aux courbes légères, mais ô combien délicieuses, une idée germa dans son esprit.

Et si, moi, je la séduisais...

Malgré sa réprimande tardive concernant le baiser déposé à l'intérieur de son poignet, il se souvint de sa réaction initiale. Loin de retirer sa main, elle la lui avait abandonnée. Après coup, bien sûr, elle l'avait toisé, allant jusqu'à lui rendre un billet afin de sauver la face, mais il avait eu le temps de sentir son trouble...

La perspective de la conquérir lui paraissait de plus en plus tentante au fur et à mesure que les secondes s'écoulaient. Ce ne serait certes pas partie facile, toutefois parvenir à transformer son hostilité si ce n'était en docilité au moins en une complaisante amabilité représentait un défi qui ne manquait pas de charme. À vrai dire, jouer au séducteur au lieu d'être assiégé serait une nouveauté. De plus, en présence de Celine, Tara n'oserait pas repousser ses avances sous peine de se dévoiler.

Comme ses pensées s'enflammaient, prenant un tour délibérément coquin, Marc s'efforça de se ressaisir. Malgré son corps de rêve, cette jeune femme était son employée, en aucun cas une maîtresse potentielle. Une fois sa mission achevée, elle regagnerait son domicile et sortirait de sa vie à jamais.

La voyant se lever et rassembler ses affaires, il s'empressa de rejoindre son bureau. Finies, les rêveries, aussi douces soient-elles, il avait du travail. Et il n'aurait plus manqué qu'elle le surprenne à l'observer !

•

Debout devant le miroir en pied de sa chambre, Tara considéra sa tenue d'un œil critique. Marc Derenz lui avait confié une mission qu'elle considérait au même titre qu'un défilé ou une séance de photos de mode. Elle tenait donc à apporter autant de soin à chacune de ses apparitions qu'à son travail habituel, et ce malgré les manières autoritaires de ce patron temporaire ! Dieu merci, ce jeu de rôle ne durerait qu'une dizaine de jours et lui rapporterait la coquette somme de dix mille livres sterling.

Elle tourna lentement devant la glace, observant avec attention son reflet avant de se déclarer satisfaite. La robe de cocktail bleu roi tombait parfaitement, son maquillage était impeccable et ses cheveux rassemblés en chignon tressé complétaient l'ensemble avec élégance.

Dans le coffret que Marc lui avait fait apporter, elle choisit un collier de perles assez discret pour une soirée entre amis ainsi qu'une paire de boucles d'oreilles assorties. Son employeur n'aurait aucune raison de se plaindre : son look était en tout point conforme à ce que ses amis attendaient sûrement d'une de ses maîtresses ! Elle venait juste de se vaporiser un soupçon de parfum dans le cou lorsque l'une des employées de maison frappa à la porte.

— M. Derenz souhaiterait que vous descendiez maintenant accueillir ses invités avec lui.

Au moment où elle arrivait en haut de l'escalier, Tara vit la gouvernante ouvrir la porte d'entrée, puis Marc sortir d'une pièce du rez-de-chaussée d'un pas dynamique avant de se figer au centre du hall.

La raison de son arrêt fut aussitôt évidente : Celine venait d'entrer et l'employée refermait la porte. Son mari ne l'avait donc pas accompagnée !

Elle était bien entendu sur son trente et un. Son tailleur couleur crème de menthe provenait de la dernière collection d'un couturier célèbre et elle arborait un sac dont Tara savait qu'il fallait patienter au moins un an sur une longue liste d'attente pour l'obtenir en dépit de son prix exorbitant. Sa tenue luxueuse ne masquait cependant pas son manque de classe : son tailleur moulait trop sa poitrine, son maquillage était surfait, ses escarpins, bien que portant la marque d'un chausseur renommé, avaient des talons de douze centimètres bien trop hauts pour une soirée entre amis et ses ongles laqués rouge vif étaient si longs qu'ils faisaient penser à des griffes animales.

— Marc chéri…, minauda-t-elle en s'approchant de son hôte toujours immobile et en l'embrassant. Comme c'est merveilleux d'être ici !

— Hans n'est pas venu avec toi ? demanda-t-il d'un ton sans chaleur.

— Non, je lui ai dit que nous nous débrouillerions très bien sans lui !

Réprimant une soudaine envie de rire à l'idée de la surprise qu'elle allait infliger à cette pimbêche, Tara s'engagea dans l'escalier et, un large sourire de bienvenue aux lèvres, s'exclama :

— Chère Celine, quel plaisir de vous revoir ! Nous vous attendions avec impatience tant nous sommes heureux de vous accueillir.

Tous deux se tournèrent aussitôt. S'étant attendue tout au plus à un sourire de circonstance de la part de Marc, Tara fut stupéfaite de lire dans son regard de l'admiration accompagnée d'une lueur ressemblant fort à du désir et sentit son cœur s'emballer avant de se rappeler aussitôt que lui aussi jouait un rôle. Soucieuse de dissimuler son trouble, elle poursuivit, ignorant l'expression soudain fermée de Celine :

— Marc m'a expliqué que vous étiez à la recherche d'une villa de vacances et il se trouve que j'adore visiter des maisons. Nous allons beaucoup nous amuser toutes les deux. J'ai hâte de commencer. Pourquoi ne discuterions-nous pas de vos goûts et désirs autour d'un cocktail ?

Réalisant en une fraction de seconde qu'elle n'avait pas reconnu les lieux auparavant pour s'assurer de l'endroit où ils devaient prendre l'apéritif, elle ajouta aussitôt :

— À moins, bien sûr, que vous souhaitiez monter dans votre

chambre d'abord pour vous reposer après le voyage ou vous changer.

— Non, le jet de mon époux est très confortable, répliqua Celine d'un air hautain.

Marc, qui avait deviné son embarras, s'empressa de les conduire dans un somptueux salon Arts déco dont les portes-fenêtres étaient ouvertes sur une grande terrasse baignée des rayons du soleil.

Dès qu'elle eut un verre en main, Celine se mit à parler à Marc, en français d'abord puis en allemand lorsqu'une employée vint leur apporter un plateau d'amuse-gueules. Son intention était évidente : elle voulait tenir Tara à l'écart de leur conversation. Celle-ci, amusée de voir que Marc ne se départait pas de son air maussade, les ignora. Mme Neuberger pouvait le charmer tout à son aise, elle n'était pas le moins du monde jalouse !

Au bout d'un moment, cependant, estimant que la plaisanterie avait assez duré, elle posa une main sur le bras de son soi-disant petit ami.

— Comme tu le sais, je ne parle pas du tout l'allemand et mon français est d'un niveau tout juste scolaire, aussi soyez gentils de revenir à l'anglais.

Celine lui adressa un regard noir tandis qu'elle sentait les muscles de Marc se contracter sous ses doigts. Furieuse de constater son léger mouvement de retrait, Tara lui pressa légèrement la main. Ne se rendait-il pas compte qu'au vu de son attitude son invitée allait douter de la réalité de leur liaison ? Toutefois, s'il s'imaginait voir dans son geste une intention de séduction, elle se ferait un plaisir de le détromper dès qu'ils seraient en tête à tête ! Même s'il avait le pouvoir de l'émouvoir par sa seule présence, il ne l'intéressait pas, donc ses avertissements étaient inutiles !

Quoi qu'il en soit, il dut se rappeler l'objet de son intervention car il saisit cette occasion de réagir.

— Tara a raison, nous faisons preuve de bien peu de savoir-vivre en l'excluant de notre discussion. Passons à table. Tu pourras nous faire part de ce que tu recherches et nous commencerons les visites dès demain.

Pendant le dîner, Tara se comporta comme une charmante

hôtesse, attentive au bien-être de leur invitée même si cette dernière souhaitait visiblement la voir à cent lieues de là. Un sourire aux lèvres, elle l'écouta pérorer sur les propriétés de ses rêves. Son manque de politesse ne l'impressionnait pas plus que sa manière de faire étalage de la richesse de son mari.

Par contre, constater que Marc Derenz ne faisait aucun effort pour se montrer si ce n'était tendre tout au moins aimable avec elle l'exaspéra. Il était peut-être encore furieux d'avoir vu Celine arriver seule, mais ce n'était pas une raison pour manifester si peu d'intérêt à la conversation qu'elle-même s'évertuait à maintenir, et se contenter de commentaires monosyllabiques.

Lorsqu'ils rejoignirent enfin le salon pour prendre le café, elle profita d'un bref instant où ils se retrouvèrent seuls pendant que Celine observait le jardin pour lui faire part à voix basse de son mécontentement.

— Je ne peux pas donner le change toute seule. Pour l'amour du ciel, mettez-y du vôtre si vous voulez la convaincre de notre liaison !

Sans attendre sa réponse, le prenant par le bras, elle se dirigea vers le canapé et s'assit à côté de lui avant de lui poser une main sur la cuisse. Une fois de plus, il se raidit, comme si ce contact le brûlait, ce qui l'irrita. Si elle y arrivait, il pouvait faire un effort !

Lorsque l'employée de maison eut quitté la pièce après avoir servi un café aux deux femmes et un whisky à Marc, Tara s'exclama d'une voix câline :

— Mon chéri, tu as été grognon toute la soirée ! Aurons-nous enfin droit à un sourire ?

Pour toute réponse, il lui décocha un regard noir. Au temps pour sa tentative de détendre l'atmosphère ! Elle réalisa cependant que le provoquer avait un côté excitant. Et c'était si facile de l'énerver ! Un léger frisson la parcourut à l'idée qu'elle était en train de jouer avec le feu…

— En fait, Celine, Marc nous fait sa tête des mauvais jours parce qu'il n'a pas envie de nous accompagner visiter des maisons, lança-t-elle d'un ton léger. Les hommes détestent ce genre d'activité, aussi laissons-le à la villa et allons-y seules.

— Vous ne connaissez pas la région, rétorqua la jeune femme

d'un ton dédaigneux. J'ai besoin de son expertise, et il s'est engagé à m'apporter son aide. Dans l'idéal, bien sûr, Hans et moi aimerions trouver une propriété ici, au Cap Pierre. C'est un endroit tellement exclusif.

— En effet. À tel point d'ailleurs que personne ne vend, répondit Marc, dont l'humeur venait d'empirer suite à cette annonce.

Il était conscient de refroidir l'atmosphère avec une telle remarque, mais peu lui importait. Savoir Celine habiter dans les parages de son sanctuaire était la dernière chose qu'il souhaitait ! L'avant-dernière étant la main de Tara posée sur sa cuisse. L'ignorer nécessitait un énorme effort de volonté, tout comme éviter de lui prêter attention depuis l'instant où il l'avait vue descendre l'escalier, d'ailleurs ! Son apparition lui avait causé un tel choc qu'il avait retenu son souffle face à sa beauté et il avait dû se faire violence pour détourner le regard.

Bien que toutes les raisons pour lesquelles Tara Mackenzie était intouchable aient déserté son esprit sur-le-champ, il s'était obligé à se les remémorer tout au long de la soirée, avec plus ou moins de succès, mais carrément aucun dès l'instant où elle avait envahi son espace corporel ! Si jouer l'amant attentionné lui avait semblé possible au moment où il avait pris la décision de lui demander de s'installer chez lui, il se demandait à présent comment tenir ce rôle sans trahir son désir aux yeux de Tara. Et, surtout, comment passer une chaste semaine en sa présence sans devenir fou quand le simple contact de sa main sur sa cuisse le mettait dans tous ses états ?

Sa maîtrise de lui-même allait être mise à rude épreuve, songea-t-il en imaginant la torture des sens qui l'attendait. Cependant, quel que soit le prix à payer, c'était lui qui avait eu l'idée insensée de la faire venir et il ne pouvait la renvoyer sous peine de tomber immédiatement entre les griffes de Celine. Perspective encore plus épouvantable que d'être la proie d'un désir impossible à assouvir !

Marc se résigna donc à suivre le conseil de Tara : ils devaient donner l'impression d'avoir une liaison harmonieuse. Fort de cette résolution, il but une gorgée de whisky puis, d'un geste décontracté, posa la main sur la sienne avant de dire à Celine d'une voix plus aimable :

— Je suis certain que Hans et toi allez trouver la maison de vos rêves, mais pourquoi ne pas regarder les propriétés disponibles un peu plus loin sur la côte ou bien dans l'arrière-pays proche ? Certains endroits ont une vue imprenable sur la baie.

— Même si la vue est essentielle, je préférerais être plus près de la vie mondaine, Marc. Je ne viens pas ici pour m'enterrer !

Sur cette réplique, elle sortit de son sac à main les descriptifs accompagnés de photos de quelques villas qu'un agent lui avait envoyés.

Marc l'écouta exprimer ses commentaires avec son éternelle suffisance, se contentant de donner son avis lorsqu'elle le lui demandait. Voyant son regard dévier soudain vers sa cuisse, il réalisa qu'il avait entrelacé ses doigts à ceux de Tara et lui caressait du pouce le dessus de la main. Sensation des plus agréable… À tel point qu'il sentit le désir naître en lui.

Il se demanda aussitôt si, inconsciemment bien sûr, il ne l'avait pas invitée dans un autre but que celui de le protéger des avances de la femme de son ami.

Et si c'était le cas ?

Il joua un instant avec cette idée, et les perspectives si alléchantes qu'elle évoquait, avant de se ressaisir. Cet instant de faiblesse était probablement dû au fait qu'il avait bu plus de vin que de coutume pendant le repas tant sa visiteuse lui tapait sur les nerfs et son invitée le troublait. Il devait donc quitter au plus tôt cette pièce et la présence déstabilisante de la ravissante demoiselle Mackenzie.

Marc retira alors sa main et, après avoir reposé avec douceur celle de Tara sur ses genoux, il se leva.

— Celine, je te prie de m'excuser, mais j'ai un coup de téléphone à passer à un client américain…, lança-t-il avec aplomb.

Visiblement, Tara comprit aussitôt qu'il s'agissait là d'un prétexte pour écourter la soirée car elle étouffa un léger bâillement.

— Je n'avais pas vu qu'il était si tard…, déclara-t-elle en se levant à son tour. Nous ferions mieux de tous nous retirer. Vous devez être fatiguée après le voyage, Celine.

Appréciant cette aide inattendue, Marc souhaita bonne nuit à sa visiteuse avant de se pencher vers Tara.

— J'en ai pour une demi-heure tout au plus, mon ange. Cela te laissera le temps de prendre un bain, à moins que tu préfères m'attendre pour ça...

Il lui adressa un sourire de connivence puis quitta la pièce.

Tandis qu'il longeait le couloir en direction de son bureau, Marc était parfaitement conscient de n'avoir pas fait ce petit numéro pour le seul bénéfice de Celine. L'espace d'un instant, il s'était pris au jeu et senti dans la peau d'un amant pressé de retrouver sa bien-aimée...

Et cela le perturbait car, pour être honnête, si cette soirée avait été une épreuve tellement épuisante, c'était surtout parce que Tara éveillait en lui un désir auquel il ne pouvait céder sans remettre en cause la règle qui avait jusqu'alors régi ses relations. La présence de l'épouse de son ami était devenue une préoccupation presque accessoire...

À peine la porte de sa chambre fermée, Tara poussa un profond soupir. Quel soulagement d'en avoir terminé avec sa prestation de la soirée. Tout en se déshabillant, elle songeait à Marc. L'inciter à jouer son rôle n'avait pas exactement eu l'effet escompté. À vrai dire, cela s'était même retourné contre elle car dès qu'il avait posé sa main sur la sienne, en caressant le dessus avec une douceur très sensuelle, elle avait senti toutes sortes de sensations l'envahir. Lorsqu'il avait ensuite murmuré cette suggestion de bain à deux, assez fort cependant pour que Celine l'entende, elle avait presque cru qu'il avait l'intention de la rejoindre !

Mais il ne s'agissait que de donner le change, aussi mieux valait prendre une douche froide pour éteindre le feu qu'il avait éveillé en elle, puis se coucher. Passer la journée du lendemain avec Celine serait déjà une épreuve et la compagnie de Marc Derenz allait la rendre plus délicate encore.

Décidée à écarter cet homme de ses pensées en se consacrant à ses rituels pour la nuit, Tara suspendit sa robe de cocktail puis rejoignit la superbe salle de bains pour se démaquiller et se laver. Ses ablutions terminées, elle enfila une ravissante nuisette en soie taupe rehaussée de dentelle couleur chocolat comprise dans la garde-robe mise à sa disposition. Bizarre que Marc Derenz ait poussé le détail jusqu'à lui faire livrer un vêtement aussi intime alors qu'il ne cessait de lui préciser qu'ils n'auraient aucune relation intime… Mais, inutile de se faire des idées, il avait simplement dû confier le choix des vêtements à une acheteuse professionnelle qui avait pensé à toutes les situations.

Au moment de se coucher, elle remarqua, à côté de son lit, une porte à peine visible dans la boiserie. Comprenant que, pour la vraisemblance de son rôle, on avait dû l'installer dans une chambre contiguë à celle du maître de maison, elle tourna doucement la poignée avant même de réfléchir. La porte était verrouillée de l'autre côté. Un sourire sarcastique étira ses lèvres. Marc Derenz avait pris ses précautions ! S'il s'imaginait devoir lui rappeler que son rôle n'incluait aucune intimité, le moment était idéal pour lui montrer qu'elle n'avait nul besoin d'un tel avertissement !

Comme elle saisissait la targette pour la fermer de son côté, la porte s'ouvrit brusquement.

— Que venez-vous faire dans ma chambre ? demanda-t-elle en se trouvant face à Marc.

— C'est à moi de vous poser la question : vous venez d'essayer d'entrer dans la mienne !

— Ce n'était pas mon intention, j'ai simplement essayé de regarder sur quoi donnait cette porte, mais comme vous l'aviez verrouillée, je m'apprêtais à en faire autant.

— Eh bien, votre curiosité est désormais satisfaite, répliqua-t-il d'un ton narquois. Cela dit, vous avez eu là une heureuse initiative car je désire vous parler.

Puis, sans attendre son invitation, il pénétra dans la pièce. Tara le suivit. Consciente soudain d'être si peu couverte alors qu'il était encore habillé, elle se sentit vulnérable. Il avait cependant ôté sa veste et desserré sa cravate, et elle remarqua la barbe naissante qui ombrait sa mâchoire. Pourquoi fallait-il qu'il soit si séduisant malgré son air bougon et son manque de civilité à son égard ?

Comme il laissait son regard glisser sur elle, Tara mit un bras devant sa poitrine, faisant mine de remettre une bretelle en place tant cette inspection à peine dissimulée la troublait.

— Que souhaitiez-vous me dire ?

— Je viens de discuter avec Bernhardt, le fils de Hans, afin qu'il persuade son père de venir au plus tôt car je ne veux pas de Celine seule chez moi.

— Ma présence ne suffit donc pas à vous protéger ?

Marc lui lança un regard assassin et, ignorant son interruption, poursuivit :

— Dieu merci, tout est arrangé. Bernhardt comprend parfaitement la situation car, ainsi que je vous l'ai déjà dit, il déteste sa belle-mère en qui il voit clair. Il remplacera donc son père à la réunion du conseil d'administration afin que ce dernier puisse nous rejoindre demain soir.

— Donc nous ne devrons accompagner Celine dans ses visites qu'une seule journée ? demanda Tara, soulagée de constater que la venue de Marc dans sa chambre n'avait pas pour objet de la réprimander sur son attitude dans le salon et, soucieuse de faire preuve de bonne volonté, elle ajouta : je peux aller faire les visites prévues demain seule avec elle si cela vous arrange.

— Je vous remercie, mais je dois à mon ami de m'occuper de sa femme jusqu'à son arrivée. Après aussi, j'imagine, pour éviter que, par défi, elle lui impose une monstruosité hors de prix !

Face à la mine exaspérée de Marc, Tara sourit.

— Elle me semble en effet capable de choisir ce qu'il y a de plus tape-à-l'œil.

— Il y a de grandes chances…, soupira Marc avant de murmurer comme pour lui-même : pourquoi diable Hans a-t-il épousé cette maudite femme ?

— Probablement parce qu'elle est jolie, quoique trop artificielle et précieuse à mon goût, mais votre ami doit aimer cela.

— Non, Hans n'est pas du style à aimer les femmes trophées.

— En êtes-vous sûr ? Les hommes sont fiers d'avoir une compagne que les autres leur envient.

— Parlez-vous par expérience ?

— Le monde dans lequel j'évolue regorge de tels exemples. Beaucoup choisissent de s'exhiber avec des mannequins comme preuve de leur succès.

Contrairement à Jules, songea-t-elle tout en espérant n'avoir pas trahi son amertume avec une telle remarque, Marc n'avait nul besoin de s'afficher avec un mannequin. Avec son physique et sa fortune, il n'avait rien à prouver !

— Faut-il les en blâmer ?

Tandis qu'elle restait sans voix, se demandant s'il attendait de l'entendre porter un jugement moral, Tara vit Marc Derenz s'avancer jusqu'à n'être plus qu'à quelques centimètres d'elle, la fixant de son regard sombre qui avait soudain perdu toute sa dureté. Il leva alors la main et lui caressa la joue d'un doigt, s'arrêtant sur sa bouche. Elle sentit son pouls s'accélérer, des frissons lui parcourir la peau et ses jambes faiblir, rendant tout mouvement impossible.

— Pourquoi êtes-vous si belle ? murmura-t-il tout en posant l'autre main sur sa nuque. Pourquoi suis-je incapable de vous résister ?

Le cœur battant à tout rompre, Tara retint son souffle, ferma les yeux, puis elle entrouvrit les lèvres sous la bouche de Marc. Comme il approfondissait son baiser, et plaquait sa paume brûlante au creux de ses reins, elle lâcha la bretelle de sa nuisette pour l'enlacer. Une nuée de sensations parcourut son corps pour se nicher au cœur de sa féminité. Grisée par la douceur de ses lèvres expertes et le parfum subtil de sa peau, elle abandonna toute retenue, répondit avec ardeur à son baiser, et elle se laissait aller contre son torse ferme lorsqu'il s'écarta brusquement d'elle.

De surprise, Tara tituba.

— Cela n'aurait jamais dû arriver, déclara Marc d'un ton tranchant tout en la retenant.

Elle recula comme sous l'effet d'une gifle et, croisant son regard devenu glacial, reprit brusquement conscience de la réalité. Comment pouvait-il se montrer si dur après l'avoir séduite ?

Mais le temps qu'elle se pose cette question, il avait déjà

tourné les talons. Dans la seconde suivante, il claqua la porte reliant leurs chambres. Elle entendit ensuite le verrou cliqueter.

Tara s'assit lentement sur son lit, consternée. Sans la volte-face subite de Marc, elle se serait sans aucun doute donnée à lui…

Furieux d'avoir abandonné toute maîtrise, Marc descendit quatre à quatre l'escalier pour rejoindre son bureau. Il ne pouvait cependant s'en prendre qu'à lui-même. Avertir Tara de l'arrivée de Hans Neuberger n'était qu'un piètre prétexte. Il aurait pu se contenter de lui faire passer un message afin de l'en informer. Mais non, il avait fallu qu'il passe outre ses résolutions et saisisse la première occasion de se rapprocher d'elle !

À quoi bon s'être retranché toute la soirée derrière un air bougon, s'être retenu de la regarder afin de tenter d'enrayer son désir depuis l'instant où il l'avait vue descendre majestueusement l'escalier, si c'était pour céder à une impulsion ?

Pourtant, il ne songeait encore qu'au baiser qu'ils venaient d'échanger.

Malgré son allure distante et froide, Tara Mackenzie était une femme au tempérament passionné, mais il n'en découvrirait malheureusement jamais la profondeur…

Il repoussa les regrets qui l'assaillaient et alluma son ordinateur. Les marchés du Sud-Est asiatique allaient bientôt ouvrir, aussi allait-il les étudier jusqu'à ce que la fatigue ait raison de ses sens en ébullition, et ensuite il se coucherait seul.

Oui, tout seul, et jamais il ne commettrait à nouveau une telle folie.

5

Dans le jardin de la villa, Tara écoutait distraitement les commentaires de l'agent immobilier. C'était la seconde propriété qu'ils visitaient et elle en avait déjà assez des airs hautains de Celine qui l'ignorait ostensiblement depuis le matin, ne témoignant d'intérêt qu'au séduisant Marc Derenz.

L'espace d'un instant, elle le plaignit de ne pouvoir envoyer au diable la femme de son ami puis, se souvenant de la manière dont il l'avait traitée la veille, décida de le laisser se débrouiller.

Cela n'aurait jamais dû arriver.

Après tout, c'était lui qui avait fait le premier pas. Quel toupet ! Tara en était encore toute retournée d'indignation, mais ce qui la choquait le plus était son propre comportement. Non contente de se laisser faire, elle avait répondu avec fougue à son baiser. Qui sait ce qui serait arrivé s'il n'y avait pas mis un terme ! En attendant, dès le petit déjeuner, il avait affiché son air bougon de la veille comme si rien ne s'était passé entre eux.

Eh bien, s'il croyait devoir lui battre froid pour la tenir à distance, il se trompait. Peu importait son attitude, il pouvait même mettre un genou à terre, jamais elle ne retomberait dans ses bras. Encore quelques jours à jouer son rôle et elle rentrerait à Londres, prête à entamer les travaux dans son cottage, loin de cet homme arrogant qui s'imaginait que toutes les femmes lui couraient après.

Songer à sa mission lui rappela qu'il était temps de faire un effort sous peine de la voir se terminer à peine commencée.

— Avez-vous remarqué que quatre des chambres n'ont pas de balcon ? demanda-t-elle à Celine. Est-ce acceptable à vos yeux ?

L'ignorant, la jeune femme se tourna vers Marc.

— Qu'en penses-tu, mon chéri, est-ce un problème si ces chambres n'ont pas de balcon ?

— A priori, non, répondit-il avant de jeter un coup d'œil à sa montre et d'ajouter : comme il est déjà midi, nous ferions mieux de faire une pause déjeuner.

Tara eut envie de sourire en constatant que Marc semblait avoir atteint les limites de sa patience. Ni son indifférence ni sa mauvaise humeur évidente ne découragèrent pourtant Celine qui s'exclama joyeusement :

— Excellente idée ! Où as-tu prévu de m'emmener ?

Et une fois de plus, elle agit comme si je n'existais pas !

Sans prendre la peine de lui répondre, Marc les escorta jusqu'à sa limousine.

Pendant tout le repas dans un restaurant huppé de Nice, Celine redoubla d'attentions envers lui, ne ratant pas une occasion de poser sa main aux ongles écarlates trop longs sur son bras, lui parla d'un ton intime et lui lança des regards langoureux. En vain car cela ne le dérida nullement. Pourtant, ce comportement aurait dû l'amuser, tout comme d'ailleurs le ridicule de la situation !

Malgré les efforts manifestes de la jeune femme pour l'écarter de la conversation, Tara s'obstinait à y participer. Après tout, elle était payée pour l'empêcher de parvenir à ses fins.

Tandis que Celine interpellait un serveur pour se plaindre de la cuisson de son poisson, Tara soupira discrètement en lançant un coup d'œil en coulisse à Marc qui daigna lui renvoyer un regard résigné. L'espace d'une seconde, elle vit pourtant une lueur espiègle traverser ses yeux. Grands dieux, l'homme avait donc le sens de l'humour sous sa carapace de froid sérieux !

Le déjeuner achevé, Celine voulut aller à Monte-Carlo.

— Puis-je te rappeler que tu as pris un rendez-vous avec un autre agent immobilier ? répliqua Marc sans dissimuler sa contrariété.

— Aucune importance, je vais l'annuler. Les visites de ce matin m'ont épuisée et j'estime avoir le droit de me détendre.

J'ai d'ailleurs terriblement envie de faire un peu de shopping. Cesse donc de jouer les rabat-joie, chéri.

Stupéfaite par le sans-gêne dont faisait preuve la jeune femme, Tara était cependant ravie de ce changement de programme qui lui donnerait l'occasion de voir la principauté dont elle avait tant entendu parler.

Tandis qu'ils déambulaient devant le célèbre casino, Marc déclara d'un ton méprisant :

— Voici l'endroit où les idiots vont perdre leur argent.

— Ainsi parle le sérieux banquier ! répliqua Tara en riant. En attendant, certains en sortent milliardaires.

— Une minorité, et ce au détriment des perdants, certainement pas à celui de l'établissement. Il n'y a pas d'argent facile dans ce monde.

— À moins d'épouser un homme fortuné. Cela reste le moyen le plus rapide d'en obtenir, dit Tara.

Mais son allusion fut perdue pour Celine dont l'attention se portait exclusivement sur le luxueux centre commercial de l'autre côté de la rue. Comme cette dernière s'apprêtait à traverser, Tara remarqua le froncement de sourcils de Marc qu'elle attribua à une hantise toute masculine à la perspective de faire les boutiques avec deux femmes.

Sur une impulsion, elle lui prit le bras et s'appuya contre lui tout en murmurant :

— Allons, courage, ce n'est qu'un moment difficile à passer !

Marc se dégagea brusquement pour emboîter le pas à Celine. Le message était clair : aucun contact physique autre que ceux absolument nécessaires à son rôle n'était autorisé, même pour essayer de le détendre. Peu désireuse d'essuyer une nouvelle rebuffade, Tara se jura de s'en souvenir et se hâta de les rattraper.

Lorsqu'elle pénétra dans le centre commercial à leur suite, sa bonne humeur avait disparu, laissant place à un profond sentiment de vulnérabilité.

Tara et Celine prenaient un apéritif en attendant le retour de Marc parti envoyer un e-mail dans son bureau lorsque la porte du salon s'ouvrit sur un homme d'âge moyen.

— Te voilà donc, Hans, dit Celine tandis que son époux s'avançait pour l'embrasser.

— Oui, je suis désolé d'arriver si tard, mais j'avais un dossier à régler avant de prendre l'avion.

Sa femme lui rendit son baiser du bout des lèvres avant de se renfoncer dans son siège. Tara fut peinée de la voir lui offrir un accueil aussi froid, mais, déjà, il se tournait vers elle.

— *Fräulein* Mackenzie, j'imagine… Je suis très heureux de faire votre connaissance.

Le sourire chaleureux et la poignée de main franche de Hans Neuberger plurent d'emblée à Tara. Cet homme était beaucoup plus agréable qu'elle ne l'avait imaginé. Face à son allure simple et son visage respirant la bonté, elle se demanda ce qui avait pu le pousser à épouser une femme d'au moins vingt ans sa cadette, exigeante, capricieuse et sans classe, sans omettre son côté volage ! Une grande tristesse, ou la solitude à la suite de son veuvage, songea-t-elle en se remémorant les paroles de Marc.

— Tout le plaisir est pour moi, *Herr* Neuberger.

— Je vous en prie, appelez-moi Hans.

— Uniquement si vous m'appelez Tara, répliqua-t-elle spontanément, le trouvant de plus en plus sympathique.

— Hans, mon ami ! s'exclama alors Marc en entrant d'un pas vif dans la pièce. Comme je suis content que tu aies pu te libérer !

Tara le regarda, stupéfaite de sa mine réjouie. L'homme savait donc sourire ! Cela lui allait vraiment bien, son visage en était transformé. Après n'avoir été confrontée jusque-là qu'à diverses expressions faciales contrariées, impatientes, sévères ou même sardoniques, elle se prit à espérer être un jour gratifiée d'une si belle spontanéité. Mais c'était là un vœu pieux…

Réalisant soudain qu'il lui était déjà difficile de gérer ses émotions face à lui, elle songea que ce serait encore pire s'il s'avérait aimable.

Au cours du dîner, Celine se montra particulièrement désagréable envers son mari. Constatant combien il semblait peiné de ses remarques et de la manière dont elle l'écartait de sa conversation avec Marc, Tara décida de divertir le pauvre homme.

— Marc m'a dit que le siège de votre société se trouvait à Francfort. Je ne suis jamais allée dans cette ville, mais j'ai entendu parler de la foire du livre et je sais que Goethe y est né.

Le visage de Hans s'illumina aussitôt.

— En effet, nous le considérons comme notre enfant prodige et l'un des plus célèbres écrivains et poètes allemands. D'ailleurs, à ce propos...

— Pour l'amour du ciel, Hans, ne commence pas à nous ennuyer avec ton sacro-saint amour de la poésie ! l'interrompit Celine sèchement. Cela ne nous intéresse pas le moins du monde.

Hans resta bouche bée. Choquée de la méchanceté de sa femme, Tara eut pitié de lui et vola à son secours.

— En fait, j'ai fait des études de littérature anglaise, mais j'ai beaucoup lu les auteurs allemands. Je serais ravie d'approfondir mes connaissances sur eux.

— À propos d'université, ta jeune Trudie a-t-elle déjà obtenu son doctorat ? intervint Marc.

Comme Hans lui répondait, Tara croisa le regard de Marc, heureuse d'y lire une approbation. Il était donc content qu'elle ait aidé son ami... Cela lui mit du baume au cœur. Dès que les deux hommes eurent fini de discuter, elle ramena la conversation sur la littérature, comparant les auteurs romantiques allemands avec ceux de la même époque en Angleterre. Marc apporta sa contribution à leur échange, et elle fut agréablement surprise de découvrir sa connaissance étendue des écrivains et poètes français.

Celine en revanche se retrancha dans le silence. Tara se demanda si son mutisme était dû au fait de se retrouver à l'écart de la conversation ou au plaisir évident de son mari de discuter de ses auteurs favoris. Quelle qu'en soit la raison, il était clair qu'elle n'avait pas l'intention de laisser l'arrivée de ce dernier contrecarrer ses plans concernant Marc qui resta durant tout le dîner l'objet exclusif de son attention.

Le lendemain, après les visites programmées pendant lesquelles elle poursuivit son petit jeu de séduction sans la moindre honte,

Celine les entraîna tous à Cannes afin de faire les boutiques sur la Croisette. Tandis qu'elle se pavanait devant un miroir, Tara murmura à Marc :

— Celine est la femme la plus fatigante que je connaisse. J'ai du mal à comprendre comment ce pauvre Hans arrive à la supporter !

— Le terme est faible. Exténuante est plus juste, mais encore en dessous de la réalité. De plus, c'est une véritable sangsue ! Hans est bien trop bon avec elle.

— N'est-il pas conscient de sa vraie nature ?

— Les hommes se font facilement berner par les croqueuses de diamants, répliqua Marc d'un ton soudain sec.

Tara se demanda un instant si Marc faisait allusion à une mésaventure personnelle, mais cela lui sembla impossible. Il était bien trop lucide pour se laisser manipuler.

— Marc chéri ! s'exclama alors Celine de sa voix perçante. Toi qui as si bon goût, donne-moi ton avis. Devrais-je acheter ce sac ?

— C'est à Hans qu'il faut poser la question.

— Tu sais bien qu'il est ignare en matière de mode !

Choquée de voir le pauvre homme à nouveau l'objet de sa grossièreté et de son dédain, Tara saisit une pochette scintillante de strass sur une étagère et déclara moins pour le bénéfice de la jeune femme que pour atténuer le calvaire de son infortuné mari :

— Celui-ci vous correspond beaucoup mieux.

Celine sembla hésiter entre refuser toute suggestion venant d'elle et l'attrait du petit sac doré. Le dernier triompha et elle le lui prit des mains.

— En plus d'être une sangsue, c'est une vraie pie : tout ce qui brille l'attire ! murmura Tara à Marc.

Elle eut le temps de voir un sourire furtif étirer ses lèvres avant qu'il reprenne son air sérieux. Sa remarque eut toutefois l'avantage de conclure la vente, mettant ainsi fin à leur virée de shopping.

Celine leur fit cependant la tête pendant le retour à la villa car, malgré toutes ses cajoleries, Marc avait fermement refusé d'aller passer la soirée au casino de Monte-Carlo. L'offre de son mari de l'y escorter ayant bien entendu reçu un accueil méprisant, tous durent endurer ses remarques acerbes accompagnées de jérémiades tout au long du dîner.

Par chance, un appel téléphonique ramena sa bonne humeur tandis qu'ils prenaient le café dans le salon.

— C'étaient les Astaris. Ils sont sur leur yacht à Cannes et nous invitent à une soirée qu'ils donnent demain. Une véritable aubaine, je commençais à trouver la vie ici bien monotone.

Fronçant alors les sourcils, elle ajouta :

— Mais, j'y songe, je n'ai pas pris de tenue assez habillée... Sois un amour, Marc, et accompagne-moi à Monte-Carlo demain. Tara se fera certainement un plaisir de se reposer et de discuter poésie avec Hans.

Son stratagème si flagrant pour les écarter ne fonctionna pas et tous quatre prirent la route pour Monaco le lendemain matin. Celine demanda d'emblée les services d'une assistante personnelle de shopping. Tara attendit donc avec les deux hommes dans un salon particulier. Elle ne sut si ce nouveau caprice était destiné à éviter ses conseils ou dû au fait que la jeune femme avait compris ne pas pouvoir compter sur l'aide de Marc, mais peu importait. L'essentiel était d'être libérée un moment de sa compagnie si pesante.

La personne se montra extrêmement professionnelle car, peu de temps après, toutes deux revinrent avec une robe longue qui coûta une fortune à Hans. Celine insista ensuite pour aller déjeuner dans le restaurant de l'hôtel le plus renommé de la principauté. Là, après s'être extasiée sur les yachts luxueux ancrés dans le port en contrebas sans obtenir de réactions de la part de son mari, elle entreprit de le convaincre d'en acheter un similaire.

Prise de pitié pour le pauvre homme qui, visiblement, n'avait aucune envie d'accéder à ce nouveau désir aussi dispendieux qu'inutile, Tara interrompit l'énoncé des arguments de sa femme pour demander :

— Hormis le casino, les boutiques de luxe et les bateaux, qu'y a-t-il d'intéressant à voir ici ?

— Le jardin botanique est mondialement connu, répondit aussitôt Hans avec un sourire heureux.

— Avons-nous le temps de le visiter ?

— Quelle excellente idée ! s'exclama Celine avant d'apostropher son mari. Hans, accompagne Tara voir ce jardin et, avec Marc, je...

— Tu n'as plus envie de rencontrer des courtiers en vente de bateaux ? l'interrompit Marc, visiblement peu désireux de savoir ce qu'elle avait prévu de faire avec lui.

Prise à son propre piège, elle envoya Hans demander au concierge de l'hôtel le nom du meilleur courtier de la principauté. À peine son mari parti, elle posa une main sur le bras de Marc.

— Un yacht est absolument essentiel de nos jours. Je t'en prie, mon chéri, aide-moi à persuader Hans.

Tara fut stupéfaite. Cette femme ne manquait pas de toupet et, qui plus est, elle n'avait aucun sens du ridicule ! Tout en serrant le bras de Marc de sa main aux ongles écarlates, Celine avait approché son visage trop maquillé de lui et le dévorait des yeux sans aucune retenue. Incapable d'en supporter davantage, elle l'interpella, avec un sourire certes, mais d'un ton à la froideur ferme :

— Celine, vous allez peut-être me trouver vieux jeu, mais je souhaiterais que vous ôtiez votre main du bras de Marc.

— Comme vous êtes possessive ! rétorqua la jeune femme, narquoise. À vous entendre, on croirait que vous avez des vues sur lui, ma parole !

Bien plus touchée par cette raillerie qu'elle ne l'aurait imaginé, Tara cherchait comment riposter lorsque Marc lui prit le poignet, le retourna et déposa un baiser à l'intérieur. Saisie de frissons, elle se mordilla la lèvre.

— J'espère de tout cœur que Tara a des vues sur moi, déclara-t-il alors d'une voix très douce en la regardant droit dans les yeux. Et qu'elle est très possessive car je le suis terriblement en ce qui la concerne !

Tara soutint son regard. Elle se demandait si outre le message destiné à Celine il lui en transmettait un très personnel lorsqu'il entrelaça ses doigts aux siens et lui sourit d'un air tout à la fois très tendre et... possessif !

— Tu es donc la première à apprendre cette nouvelle, Celine : Tara est ma fiancée.

— Ne sois pas absurde ! s'exclama la jeune femme.

Son dédain affiché blessa si fort Tara qu'elle en oublia le rôle censé être le sien et, surtout, l'avertissement de Marc concernant l'interdiction de contacts physiques inutiles. Si Celine voulait une preuve du sérieux de cette annonce, elle se faisait une joie de la lui offrir !

Lui adressant un sourire moqueur, elle se pencha vers son soi-disant amant, et posa les lèvres sur les siennes. Il répondit si spontanément à son baiser qu'elle en oublia l'endroit dans lequel ils se trouvaient, et lui abandonna longuement sa bouche, se délectant de la douceur de leur intimité retrouvée.

Lorsqu'ils se séparèrent, elle se tourna vers Celine, le cœur battant encore à tout rompre, décidée à poursuivre le rôle qui lui avait été dévolu.

— Nous souhaitions garder nos fiançailles secrètes, aussi, je vous en prie, ne dites encore rien à Hans. Marc préfère l'en avertir lui-même avant que nous l'annoncions officiellement.

Malheureusement pour lui, Hans choisit ce moment pour revenir à leur table. Comme, fier du succès de sa mission, il transmettait le nom d'un courtier en vente de yachts fourni par le concierge, sa femme l'interrompit sèchement.

— Eh bien, il t'en a fallu du temps pour obtenir un renseignement aussi simple ! Allons-y, maintenant, nous n'avons pas que ça à faire. Au cas où tu l'aurais oublié, nous devons nous préparer pour la soirée des Astaris.

Son expression méprisante avait laissé place à une autre beaucoup plus dangereuse : la hargne.

Tara lança un coup d'œil furtif à l'homme qu'elle venait d'embrasser avec tant de passion.

Mais le visage de Marc trahissait lui aussi la colère...

6

Marc enfila son smoking puis se donna un coup de peigne. Il était à cran depuis le déjeuner à Monte-Carlo et il se demandait encore quelle lubie l'avait poussé à dire à Celine qu'il était fiancé. Un moment de folie très certainement car il aurait pu trouver un moyen moins radical pour se débarrasser de cette odieuse femme !

Même en s'entendant faire sa déclaration, il avait été horrifié ! Cela ne l'avait pourtant pas empêché de répondre avec ardeur au baiser de Tara… Baiser qui l'avait tant troublé qu'il en était resté sans voix. Par chance, cette dernière avait eu la présence d'esprit de demander à Celine de garder le secret !

Si ces fiançailles étaient du domaine de la fiction, son désir en revanche était bien réel… Mais totalement inapproprié. Tara Mackenzie appartenait à un monde à l'opposé du sien et, qui plus est, était son employée. Il était donc hors de question de céder à ses pulsions, aussi intenses soient-elles.

Après avoir quitté le restaurant, et malgré son envie de s'éclipser avec Tara afin de mettre immédiatement les choses au clair, il avait dû prêter main-forte à Hans pour l'empêcher de céder aux supplications de sa détestable épouse qui voulait lui faire commander un yacht sur-le-champ. Ensuite, dès leur arrivée à la villa, pris par le temps, tous s'étaient empressés d'aller se préparer. À présent que le moment de partir à la soirée approchait, il allait devoir expliquer à Tara que, à bout de patience et exaspéré par l'attitude de Celine, il avait agi sur une impulsion.

Si seulement cette jeune femme ne l'attirait pas autant...

Marc prit une profonde inspiration puis frappa discrètement à la porte de la chambre contiguë avant d'entrer. Assise devant sa coiffeuse, Tara appliquait du rouge à lèvres. Il ne put s'empêcher de remarquer combien le cadre élégant de cette pièce, avec ses meubles délicats et ses peintures, toutes des œuvres d'artistes renommés des années 1930, lui convenait à la perfection.

Oui, mais son séjour ici est provisoire et tu ferais bien de t'en souvenir.

Comme il traversait la pièce, elle se leva. Sa robe longue en soie moirée vert émeraude moulait son corps parfait. Ses cheveux cascadaient autour de ses épaules en boucles souples dont le châtain prenait des reflets auburn sous la lumière. Elle était tout simplement superbe.

— Je vois que vous êtes prête... Cependant, avant de descendre, je souhaite vous parler.

Tara leva aussitôt le menton et le défia du regard.

— Inutile de prendre un ton si sévère ! Je sais que je n'aurais pas dû vous embrasser, mais...

— En effet, ce n'était absolument pas nécessaire ! rétorqua-t-il.

— Vous croyez cela ! Vous veniez de déclarer de but en blanc que nous étions fiancés après avoir déposé un baiser au creux de mon poignet, alors que, soit dit en passant, je vous avais demandé de vous abstenir de telles démonstrations d'affection, et vous vous étonnez de ma réaction ? Je n'avais pas d'autre choix que suivre votre exemple afin de rendre votre annonce plausible. Soyez réaliste, Celine venait de la qualifier d'absurde !

— Eh bien, vous avez réussi ! C'était tellement réaliste que Celine en est restée bouche bée. Rappelez-vous toutefois qu'il s'agit d'une comédie pour son seul bénéfice. Nous ne sommes pas fiancés et ne le serons jamais. Aussi n'allez pas vous faire des idées. Est-ce compris ?

— Parfaitement !

Marc regarda Tara qui, visiblement, réprimait une intense envie d'exprimer son indignation. Elle était si belle, ses yeux lançant des éclairs tandis que sa poitrine se soulevait au rythme rapide de sa respiration, qu'il dut se faire violence pour ne pas la prendre dans ses bras et embrasser ses lèvres si pulpeuses. À vrai dire, il n'était pas très fier du tour qu'avait pris leur conversation. Au lieu d'expliquer calmement la situation ainsi qu'il l'avait prévu, il avait d'emblée agressé Tara. Pas étonnant qu'elle se soit défendue ! Sa simple vue ayant atténué sa mauvaise humeur, il tenta de se rattraper.

— Je suis heureux que nous nous comprenions. Cela dit, je reconnais m'être éloigné du scénario initial avec cette annonce inattendue. Nous avons tous deux agi sur une impulsion et la vôtre a renforcé la crédibilité de mes dires. Dieu merci, Celine est maintenant persuadée que nous sommes fiancés, mais je tiens à ce que son mari n'en entende pas parler.

Comme Tara se contentait de hocher la tête, il jeta un coup d'œil à sa montre avant d'ajouter :

— Il est temps d'aller rejoindre nos invités. Je suis désolé de vous imposer cette soirée qui sera sûrement un calvaire étant donné que les amis de Celine lui ressemblent, mais nous n'avons pas le choix.

Dans l'espoir de l'amadouer, il lui tendit la main. Tara l'ignora et se dirigea vers la porte.

— Laissez donc libre cours à votre joie, murmura-t-il pendant qu'ils descendaient l'escalier. Vous êtes ma fiancée secrète.

Sa tentative de réconciliation échoua. Tara, peu sensible à son humour, esquissa un sourire, mais son regard resta glacial.

À leur entrée dans le salon, Hans les accueillit aimablement comme à son habitude, complimentant Tara sur sa tenue. Sa femme en revanche la toisa avec une animosité plus intense encore que celle affichée depuis leur première rencontre. Si Celine avait enfin perdu tout espoir de le séduire, peu importait sa mine revêche, songea Marc tout en constatant que sa robe en lamé doré était trop voyante et son maquillage trop appuyé. Malgré son antipathie pour elle, il eut de la peine pour son ami qui, ayant toujours eu des goûts classiques et discrets, n'osait probablement pas lui prodiguer le moindre conseil au sujet de ses vêtements.

Visiblement gêné de l'impolitesse de son épouse, Hans entretint la conversation durant le trajet jusqu'au yacht. À leur arrivée, la soirée battait déjà son plein. Le bateau, illuminé comme un arbre de Noël, était visible de loin et une musique tonitruante les accueillit. Quant aux invités, ils faisaient partie la clique habituelle de Celine, des gens snobs qui arboraient vêtements de prix et bijoux avec ostentation, fiers de leur récente richesse. Cette dernière d'ailleurs délaissa aussitôt son mari et rejoignit ses amis sans même daigner faire de présentations.

Marc fit de son mieux pour distraire Hans afin de lui éviter la vue de sa femme qui flirtait ouvertement sur la piste de danse et vidait les flûtes de champagne comme s'il s'agissait de verres d'eau. Tout en discutant affaires, il était cruellement conscient de la présence silencieuse de Tara à son côté. L'envie le taraudait de la regarder, voire d'établir un contact physique entre eux, et y résister devenait de plus en plus difficile, surtout lorsque, au hasard des déplacements des invités, son bras ou sa hanche le frôlaient. Il se demandait si cette faiblesse était due au champagne qu'il venait de boire ou au rythme langoureux de la musique lorsque Celine revint et le tira par la main.

— Viens danser avec moi, Marc chéri.

Il se dégagea d'un geste sec.

— Demande plutôt à Hans. J'étais sur le point d'inviter Tara.

Ces mots à peine prononcés, il les regretta. Partager l'intimité d'une danse avec sa soi-disant fiancée allait être un supplice, mais il était trop tard. Aucun d'eux ne pouvait s'y soustraire, à présent. Il lui saisit alors le bras et lui lança un regard la dissuadant de refuser.

— Viens, mon ange, nous n'avons que trop attendu.

Et sans attendre sa réponse, il l'entraîna sur la piste. Dès qu'il lui posa les mains sur les hanches, il la sentit se raidir imperceptiblement avant d'enrouler les bras autour de son cou. Ils évoluèrent un instant en silence au rythme doux de la musique, et malgré la légère distance qui les séparait, la sensation de son corps si proche lui enflamma les sens. Sur une impulsion, il se pencha vers elle tout en murmurant avec un léger sourire :

— Nous allons devoir faire un effort car Celine nous regarde. C'est le moment de faire preuve de toute la passion dont vous êtes capable, *mon ange*.

Un éclair traversa les yeux de Tara. Visiblement, elle avait compris, à son choix de mots, qu'il la défiait. Il soutint son regard, envahi d'une soudaine certitude : malgré sa froideur affichée, seul le désir qu'elle éprouvait pour lui l'empêchait de se prêter au jeu ! Cela lui procura une satisfaction perverse. Si elle n'en était pas encore consciente, il allait l'aider à ouvrir les yeux. Loin d'être un devoir, la séduire devenait un plaisir qui présentait l'avantage supplémentaire de convaincre plus encore Celine de la véracité de leur engagement.

Se rapprochant de Tara, il lui posa une main au creux des reins. Il la sentit résister, mais un frisson l'avait trahie, tout comme son regard soudain voilé, et dans la seconde suivante, elle s'abandonna contre lui.

Au moment où sa poitrine lui frôlait le torse, il pressa les hanches contre les siennes tout en glissant une cuisse entre ses jambes pour la guider. Elle leva aussitôt les yeux vers lui, entrouvrant les lèvres sur un léger soupir. Elle avait donc compris qu'il ne jouait aucun rôle en cet instant, mais ne le repoussait pas...

Marc la fixa en silence, éprouvant un intense soulagement à la vue de ses pupilles qui s'élargissaient, réalisant alors qu'il avait appréhendé sa réaction. Son cœur se mit à battre à tout rompre. Il désirait cette femme comme aucune autre auparavant et elle le désirait tout autant...

Oubliant le lieu où ils se trouvaient, ainsi que Celine et Hans, il inclina lentement la tête et lui effleurait les lèvres, tout à la joie du plaisir qui l'attendait, lorsqu'elle se raidit puis laissa retomber ses bras.

— La musique s'est arrêtée.

Marc la fixa, l'esprit soudain vide, mais déjà elle lui ôtait la main qu'il avait posée dans son dos et poursuivait :

— Si vous vous permettez une fois de plus ce genre de contact, je...

Semblant à court de mots, elle lui lança un regard noir avant de quitter la piste de danse. Il la vit saisir au passage une coupe de champagne sur le plateau d'un serveur et la vider d'un trait.

— Une querelle d'amoureux ? demanda Celine, apparue soudainement à son côté.

Ignorant son ton méprisant à la fausse sympathie, Marc rejoignit Hans.

— Partons d'ici. J'en ai vraiment assez.

Sans attendre sa réponse, il fit signe aux deux jeunes femmes de les suivre.

Assis face à Tara à l'arrière de la limousine, Marc rongeait son frein, le corps encore en proie au désir qu'elle avait éveillé en lui. Que diable lui avait-il pris de lui offrir cette occasion de le repousser ? Et en public par-dessus le marché ! À présent, les jambes croisées sur le côté afin d'éviter tout contact avec les siennes, elle était enfermée dans un silence hostile. Si Hans avait la discrétion de regarder par la vitre, Celine, en revanche, ne dissimulait pas son intérêt.

Excédé, Marc ferma les yeux. Peu lui importait ce que cette peste pouvait penser. Après cette journée épuisante, et riche en émotions, une chose était certaine : il n'était pas près de trouver le sommeil.

Dès leur arrivée à la villa, déclinant la proposition de Celine de prendre un dernier verre, Tara rejoignit sa chambre. Marc échangea quelques mots avec Hans puis, dès son départ, il se dirigea vers son bureau pour échapper à Celine qui était déjà partie se servir à boire dans le petit salon.

Il poussait la porte de son sanctuaire lorsqu'il entendit sa voix derrière lui.

— Mon pauvre chéri !

Marc fit volte-face, furieux.

— Celine, je n'ai aucune envie de bavarder.

Un verre de whisky à la main, elle s'approcha, les yeux brillants, et le prit par la taille. Les effluves de son parfum trop sucré lui soulevèrent le cœur, la vue de ses seins débordant de son décolleté le révulsa tout comme la forte odeur d'alcool de son haleine. D'un geste sec, il la repoussa.

— Ça suffit, maintenant. Va te coucher, tu es ivre !

— Non, Marc, pas avant de t'avoir parlé..., lança-t-elle, pas le moins du monde découragée. Tu ne peux pas épouser cette femme. As-tu vu comment elle t'a traité ce soir ? Te rejeter devant tout le monde. Quelle honte. Renvoie-la à Londres, elle n'est pas faite pour toi !

— Tais-toi, tu ne sais pas de quoi tu parles !

Comme elle avançait à nouveau, il lui saisit les poignets pour la tenir à distance. Malgré cela, elle tenta de s'agripper à sa manche.

— C'est moi que tu veux Marc, je le sais. Je serai si gentille avec toi, laisse-moi te montrer.

— Tu es mariée, Celine, et à mon ami qui plus est. Alors, je t'en prie, arrête ce cinéma.

— Hans ! rétorqua-t-elle d'une voix méprisante. Il n'est rien pour moi ! Rien, tu m'entends ! Je n'aurais jamais dû accepter de l'épouser. Je le hais. Je ne supporte pas qu'il me touche. Il est vieux, pathétique, ennuyeux, et j'en passe ! Je veux le quitter, le voir sortir de ma vie à tout jamais et vivre avec toi !

Écœuré par la cruauté de ses propos et son visage déformé par la haine, Marc la repoussa de toutes ses forces.

— Tu es la dernière femme sur Terre susceptible de m'intéresser. Même si tu n'étais pas mariée à Hans, je ne voudrais pas de toi ! Va dormir, Celine ! J'espère que demain tu auras retrouvé tes esprits.

Il la vit tituber, mais tourna les talons, ferma la porte de son bureau et, pour plus de sécurité, la verrouilla. Peu lui importait que cette sangsue s'effondre et s'endorme à même le sol, il ne la supportait plus !

En proie à une extrême agitation, il se laissa tomber dans son fauteuil. En se jetant à sa tête de la sorte, Celine venait d'intensifier son tourment. La seule femme avec qui il souhaitait passer la nuit ne voulait pas de lui.

Dès son réveil, le souvenir de la soirée sur le yacht s'imposa à la mémoire de Tara. Au moment où Marc Derenz lui avait pris le bras pour la conduire sur la piste de danse, elle s'était sentie si vulnérable qu'afficher une attitude distante lui avait semblé le seul moyen de ne pas trahir son attirance pour lui. En vain, il l'avait devinée, tout comme elle avait pris conscience de son comportement soudain différent de celui qu'il adoptait à son égard depuis leur première rencontre : il ne jouait plus un rôle pour le bénéfice de Celine ! Pendant les quelques minutes de leur slow ensemble, leurs corps s'étaient frôlés, appelés, désirés…

Perturbée d'éprouver à nouveau les sensations ressenties la veille, Tara s'empressa de quitter son lit. Songer à ces instants de subtile sensualité était inutile. Même si leur complicité avait été bien réelle, Marc ne voyait en elle qu'une employée dont le devoir était de le protéger des avances de Celine. Céder à leur attirance serait source de déception. Un homme tel que lui ne s'intéressait qu'aux femmes de son milieu. Les autres ne pouvaient représenter qu'un jeu de séduction. Sa vie était en Angleterre et, très bientôt, grâce à lui, elle pourrait abandonner son métier pour s'installer dans la campagne anglaise…

Jusque-là, le plus difficile serait d'agir avec naturel en sa présence et de jouer son rôle de manière crédible sans laisser deviner son trouble bien trop réel chaque fois qu'ils avaient un contact physique.

Dans l'escalier, Tara remarqua le silence inhabituel qui régnait dans la maison. D'ordinaire, la voix aussi perçante qu'autoritaire de Celine résonnait dans la villa dès son lever. Ravie de ce moment de répit, elle traversa la pelouse pour rejoindre la pergola où était servi le petit déjeuner, et aperçut Marc, seul à table, en train de boire un café et de lire les journaux du matin. Surprise de l'absence de leurs invités, elle en oublia sa gêne de se retrouver seule avec lui après l'épisode délicat de la veille.

— Hans et Celine ne sont pas encore descendus ? demanda-t-elle avant de s'asseoir face à lui.

— Si, mais ils sont partis.

— Vous voulez dire qu'ils ont décidé de se passer de nous pour les visites ?

— Non, ils ont regagné Francfort à l'aube.

— Pour quelle raison ? Ils ne semblaient pas décidés à abréger leur séjour hier et ils devaient même aller revoir les bateaux à Monte-Carlo.

— En effet, mais il n'en est plus question. Ils sont rentrés en Allemagne pour divorcer !

Tara remarqua alors le changement qui s'était produit sur le visage de Marc : il souriait !

À cet instant, la gouvernante apporta une corbeille de croissants chauds et une cafetière fumante.

— Alors là, je suis stupéfaite ! s'exclama-t-elle, une fois l'employée repartie. Qu'est-ce qui a motivé ce revirement de situation ?

— C'est simple. Mon plan a fonctionné au-delà de mes espérances grâce à un tour du destin parfaitement inattendu. L'annonce de nos fiançailles suivie de votre comportement si convaincant a poussé Celine à une ultime tentative pour me séduire. Envoyant au diable toute prudence, elle s'est littéralement jetée sur moi et m'a déclaré sa flamme, me faisant part au passage du dégoût que lui inspirait son mari et de son désir de divorcer.

Tara resta bouche bée.

— Quand cela est-il arrivé ?

— Hier soir, peu de temps après que vous êtes montée vous coucher. Je lui ai bien sûr ôté tout espoir, mais j'ignorais que son mari, inquiet de la savoir ivre, avait préféré descendre la chercher. Il a donc entendu toute la conversation.

— Le pauvre homme n'a pas dû en croire ses oreilles !

— Oh ! si ! Il a enfin compris qui était réellement celle qu'il avait épousée et il a donc pris la décision de lui accorder le divorce qu'elle disait tant souhaiter.

— Malgré son côté tragique, ce dénouement est merveilleux ! s'exclama Tara. J'en suis vraiment heureuse pour lui.

— Pas autant que moi ! répliqua joyeusement Marc avant de se rembrunir. Hans devra se battre car Celine va s'efforcer de le mettre sur la paille, mais j'ai appelé ce matin son fils, Bernhardt, pour lui annoncer la bonne nouvelle. Il m'a assuré qu'il veillerait au grain et remercié de mon rôle dans cette affaire. À moi de vous remercier maintenant, Tara. Vous avez parfaitement joué votre rôle même si, j'en suis conscient, cela a été une épreuve pour vous. Heureusement, c'est terminé, à présent !

Marc marqua une légère pause, le temps de boire une gorgée de café, puis il se renfonça dans son fauteuil. Il semblait soudain si décontracté, joyeux même, la regardant avec une douceur inhabituelle, qu'elle eut l'impression de découvrir un homme nouveau. Ne sachant comme réagir face à ce changement, elle prit dans la corbeille un croissant qu'elle coupa en deux et beurra minutieusement afin de dissimuler son trouble.

— Alors, que désirez-vous faire maintenant que nous avons une journée entière devant nous ? reprit-il en souriant.

— Que voulez-vous dire ? demanda-t-elle, stupéfaite. Je dois regagner Londres puisque Celine et Hans sont partis.

— Pourquoi donc ?

— Ma mission est achevée, je n'ai plus de raison de rester, à présent.

— Pourquoi une telle hâte ? Après toute la peine que nous nous sommes donnée, nous méritons tous deux une récompense. Vous n'avez jusque-là vu de la région qu'une succession de maisons au luxe tapageur et les boutiques huppées si chères à Celine. N'avez-vous pas envie de découvrir les véritables joyaux de la Côte d'Azur ?

Cette offre était si inattendue que Tara en resta quelques secondes sans voix. Ce nouveau Marc Derenz était certes beaucoup plus séduisant que l'impressionnant et taciturne banquier, mais il était tout aussi dangereux, et plus encore lorsqu'il lui adressait ce sourire charmeur !

— Vous me prenez au dépourvu. Auriez-vous encore besoin de moi pour un jeu de rôle, par hasard ?

— Bien sûr que non ! Le départ de Celine a signé la fin de votre contrat. Je vous propose de célébrer notre réussite ainsi que leur divorce, et de profiter de votre présence en France pour jouer les touristes. Maintenant, si vous préférez rentrer, libre à vous, je m'en voudrais d'abuser de votre temps !

Amusée de son ton soudain exaspéré, Tara ne put s'empêcher de le provoquer.

— Voilà qui est mieux. La version améliorée de Marc Derenz était trop belle pour être vraie !

Il lui lança un regard noir avant de se détendre.

— Vous êtes douée pour me faire sortir de mes gonds.

— Avouez que c'est facile.

— En fait, je n'ai pas l'habitude d'être contredit.

— Vraiment ? Je ne l'aurais jamais deviné !

Cette fois, il éclata d'un rire franc qui réjouit Tara.

— Il semble que vous aimiez avoir le dernier mot, mais, trêve de plaisanteries, à cause de la présence de Celine, vous m'avez vu sous mon plus mauvais jour. Si cela peut vous rassurer, je ne suis pas en permanence un ours mal léché, je suis même capable d'être extrêmement gentil. Pourquoi ne pas prolonger votre séjour afin de découvrir ce côté de ma personnalité ?

À la perspective de passer quelques jours seule avec cet homme soudain si charmant, un florilège d'émotions fit palpiter le cœur de Tara. L'idée était très tentante... Un sursaut de sagesse la poussa cependant à tenter de savoir ce qu'il avait en tête car, à sa manière de la regarder, un léger sourire au coin des lèvres, ses intentions envers elle ne semblaient pas se limiter à lui servir de guide touristique.

— Pour être franche, Marc, jouer un rôle a été assez déroutant, aussi je...

— J'en suis conscient, l'interrompit-il, c'est pourquoi je souhaite lever toute confusion. Il ne s'agit plus de donner le change, mais d'être naturels l'un envers l'autre, et nous verrons ce qui se passera. Alors, je vous le demande une dernière fois : voulez-vous rester un peu plus longtemps en ma compagnie ?

Ses paroles avaient le mérite d'être claires, songea Tara. Visiblement lui aussi s'était pris au jeu et entendait à présent explorer leur attirance mutuelle. Elle hésita, tiraillée entre l'envie d'accepter et la peur de cet univers totalement inconnu où les sens prenaient le pas sur la raison.

Mais pourquoi se priver d'une expérience que son corps et son âme réclamaient si fort ? Elle n'avait jamais éprouvé un désir si intense et si spontané, et encore moins le besoin de s'ouvrir entièrement à un homme...

Se rendant compte qu'elle était en train d'émietter son croissant, elle le reposa dans son assiette puis leva les yeux vers Marc et hocha lentement la tête tandis qu'un frisson la parcourait tout entière.

Un sourire satisfait illumina le visage de Marc.

— Parfait, Tara, commenta-t-il en remplissant leurs tasses de café. Décidons à présent du programme de la journée.

7

Marc conduisait lentement sa décapotable sur la route de la corniche, étrangement heureux d'avoir Tara assise à côté de lui. Quelques heures à peine s'étaient écoulées depuis l'arrivée impromptue de Hans dans sa chambre pour lui annoncer son départ. L'amertume de son ami n'avait cependant pas réussi à ternir son soulagement de ne plus avoir à supporter la compagnie de son odieuse femme. Le couple parti, il s'était empressé d'appeler Bernhardt pour se réjouir avec lui de la nouvelle.

Malgré le drame de la veille au soir, la journée avait donc commencé sous les meilleurs auspices. Le temps était radieux et Marc était certain d'avoir pris la bonne décision en demandant à Tara de rester. L'idée lui en était venue spontanément en la voyant arriver à la table du petit déjeuner, le poussant à envoyer au diable ses résolutions précédentes. Non seulement il la désirait depuis qu'il l'avait rencontrée, mais après l'avoir côtoyée quelques jours, il avait grand plaisir à être en sa présence.

Il lui jeta un coup d'œil, admirant son profil parfait. Elle était vêtue beaucoup plus simplement que les jours précédents d'un chemisier sans manches et d'un pantalon droit en toile qui moulait ses longues jambes fines. Ses cheveux étaient attachés en queue-de-cheval et son maquillage très léger. Il la trouva si belle qu'il dut se retenir de lui prendre la main. Rien ne pressait, ils étaient ensemble pour la journée et la nuit leur appartiendrait...

Peu importait que Tara ne soit pas de son monde, il avait trop envie d'elle pour laisser passer l'occasion de la séduire. Quelle que soit la durée de leur relation, il s'en contenterait.

Voyant une aire de stationnement, il y engagea sa voiture.

— Que pensez-vous de la vue ? demanda-t-il après avoir coupé le moteur.

— Elle est magnifique, mais c'est dommage que le littoral soit si construit.

— Oui, cette partie de la côte est victime de sur-développement. C'est pourquoi j'apprécie d'être au Cap Pierre. Là-bas, on a encore l'impression d'être sur la Côte d'Azur telle qu'elle était avant-guerre, au moment où la villa a été construite. Redescendons à présent, il est bientôt l'heure de déjeuner.

Une fois à table dans une petite auberge qu'il affectionnait, Marc expliqua à Tara l'origine de sa maison. Son arrière-grand-père avait acheté le terrain alors que la région était encore peu fréquentée.

— Il a employé les meilleurs ouvriers pour la bâtir et commandé chaque pièce de mobilier et de décoration aux menuisiers et artistes les plus renommés de l'époque. C'était un homme très sociable, extrêmement cultivé, qui organisait de nombreuses soirées auxquelles assistaient des peintres et écrivains célèbres, des réalisateurs de films ainsi que la communauté des Américains expatriés.

— Il a dû avoir une vie fascinante.

— En effet.

Marc lui raconta alors une série d'anecdotes relatives à son ancêtre et aux fêtes qu'il donnait.

— Quelle époque prestigieuse ! s'exclama Tara. Ses enfants ont continué à recevoir avec autant de faste ?

— Non, il n'a eu qu'un fils, mon grand-père, un homme beaucoup plus calme, tout comme mon père. Quand j'étais enfant, nous passions tous les étés ici. Hans, sa première femme et leurs enfants nous rejoignaient souvent, jusqu'à ce que mes parents soient tués...

Il s'arrêta brusquement, conscient d'avoir abordé un sujet dont il ne discutait pas d'ordinaire avec ses maîtresses.

— Tués ? demanda Tara sans dissimuler sa surprise.

— Ils ont perdu la vie ensemble au cours d'un accident d'hélicoptère quand j'avais vingt-trois ans.

— J'en suis désolée. Cela a dû être très difficile pour vous.

— Oui, répliqua Marc, incapable soudain de poursuivre.

Tara dut deviner sa peine car elle lui effleura la main par-dessus la table.

— Sans avoir vécu un tel drame, je peux comprendre votre souffrance. Mes parents sont tous les deux dans l'armée. Depuis mon enfance, ils occupent des postes à l'étranger et je crains toujours un appel m'annonçant qu'ils ne reviendront jamais.

Touché par cette confidence, Marc s'aperçut qu'il ne savait pratiquement rien d'elle et éprouva le besoin étonnant d'en apprendre davantage.

— Les suiviez-vous dans leurs différentes affectations ?

— Non. Ils m'ont envoyée en pension à l'âge de huit ans. Il m'arrivait d'aller les retrouver pendant les vacances dans leurs affectations les moins dangereuses, ou bien c'étaient eux qui rentraient en Angleterre me voir chez mes grands-parents. Nos rencontres étaient brèves et espacées, maintenant aussi, d'ailleurs. Nous nous entendons cependant très bien, même si nos rapports sont plutôt distants. Cela doit venir du fait que nous avons très peu vécu ensemble.

Comme elle buvait une gorgée de vin, Marc se demanda brusquement si elle aurait préféré qu'il l'emmène dans un restaurant plus huppé. Cela aurait été plus galant, songea-t-il, mais il appréciait la décontraction du lieu et Tara semblait heureuse. C'était tellement agréable de ne plus partager sa compagnie avec Hans et Celine, et plus encore de découvrir qui était réellement Tara.

Il s'apprêtait à lui poser d'autres questions sur son enfance lorsqu'elle le devança.

— Vous vous entendiez bien avec vos parents ?

— Oui, nous étions très proches, et leur disparition a été d'autant plus difficile. Heureusement, Hans et sa femme ont été très présents. Ils m'ont aidé à surmonter cette période si douloureuse. Hans m'a aussi soutenu lorsque j'ai dû remplacer mon père au pied levé à la tête de notre banque. Il m'a conseillé, guidé, et s'est assuré que je ne me laissais pas déposséder par les membres du conseil d'administration qui m'auraient volontiers écarté du pouvoir en raison de mon jeune âge.

— Je comprends à présent votre infaillible loyauté envers lui. J'espère qu'il va trouver le bonheur une fois son divorce prononcé. C'est un homme si doux et charmant. Pensez-vous qu'il va chercher à se remarier ?

— Ce serait bien pour lui mais, comme vous l'avez constaté, il est trop gentil, ce qui fait de lui une proie facile pour des femmes ambitieuses et peu scrupuleuses.

— En effet. Il lui faudrait une épouse à l'opposé de Celine, une personne qui l'apprécie à sa juste valeur et... aime la poésie romantique allemande !

Marc sourit à l'humour de cette précision, mais, bien qu'heureux de savoir Hans libéré de sa femme, il n'avait pas envie de discuter de lui quand la seule personne dont il se souciait était Tara. Il cherchait un moyen de changer de sujet lorsque celle-ci saisit une tranche de pain dans la corbeille posée entre eux avant de s'exclamer :

— Vous n'avez pas idée à quel point j'adore ces baguettes françaises, sans parler des croissants au petit déjeuner !

— Vous ne craignez pas de mettre votre ligne en danger ? demanda-t-il en riant. J'ai entendu dire que les mannequins suivaient des régimes draconiens afin de conserver leur silhouette filiforme.

— C'est vrai, hélas, en raison des diktats de la mode. Certaines filles prennent des risques inconsidérés pour leur santé. Dieu merci, je n'ai pas de problème de ce côté-là et je compte d'ailleurs arrêter ce métier très bientôt. Je reconnais y avoir pris du plaisir, mais je n'ai rien fait d'autre depuis ma sortie de l'université qui puisse me qualifier pour une autre carrière. Alors, plutôt que de prendre un emploi de bureau aux horaires rigoureux, j'ai un rêve que mon séjour ici va me permettre de réaliser.

Marc allait lui demander duquel il s'agissait quand le propriétaire de l'auberge vint leur proposer la carte des desserts. Ils se contentèrent de commander du café et, dès le départ du patron, constatant à quelle vitesse le temps avait passé, décidèrent du programme de l'après-midi avant de rejoindre leur voiture.

Tout en conduisant, Marc s'émerveillait de son bien-être. Il se sentait décontracté et confiant. Tara était d'une compagnie fort agréable, voire stimulante. Elle avait totalement abandonné son attitude défensive et ses reparties cinglantes. Il lui était certes arrivé de lui lancer une ou deux petites piques, mais plus par boutade dans le but de le pousser à réagir que par agressivité.

Lui aussi avait changé... En fait, réalisa-t-il brusquement, cesser de combattre son attirance pour elle l'avait libéré d'un poids énorme. Toute la différence était là, identique pour chacun d'eux : la comédie avait pris fin, et le stress qu'elle engendrait ! Ils étaient simplement eux-mêmes, un homme et une femme qui profitaient d'une superbe journée pour explorer une région magnifique sans arrière-pensées.

Enfin, pas tout à fait, sois honnête, Derenz !

La seule tension qui restait entre eux était celle d'une douce expectative qui se faisait brûlante lorsque leurs regards se croisaient inopinément ou leurs doigts s'effleuraient par hasard, comme quand il lui avait tendu le menu, ou plus intentionnellement lorsqu'il lui avait pris la main pour l'aider à prendre place dans le siège baquet de son petit bolide.

Si, au départ, il avait douté par moments de son attirance pour lui face à sa froideur affichée dès qu'ils étaient en tête à tête, il avait depuis acquis la certitude que seule la peur de se trahir dictait sa conduite.

Marc lâcha un instant la route du regard pour jeter un coup d'œil discret à Tara, et sentit un sourire lui monter aux lèvres en songeant aux délices qui l'attendaient. *Qui nous attendent*, se corrigea-t-il *in petto* ! Après tout le mal qu'ils s'étaient donné pour tromper Celine, ils méritaient une récompense. Tara en particulier, d'ailleurs, pour sa performance au restaurant dans la principauté de Monaco. Dire qu'il la lui avait reprochée !

Revivre en pensée ce baiser passionné éveilla un brusque désir en lui et son impatience de faire l'amour à Tara l'enchanta. Cela faisait bien longtemps qu'il ne s'était pas senti dans la peau d'un collégien. C'était tout à la fois revigorant et délicieux...

Assise devant la coiffeuse Arts déco de sa chambre, Tara finissait d'appliquer un léger maquillage avant de descendre rejoindre Marc pour dîner. Elle se souvint d'avoir fait les mêmes gestes la veille au soir en se préparant pour la soirée sur le yacht avant son arrivée intempestive et ses reproches sur sa conduite à table. En attendant, leur baiser passionné avait suffisamment convaincu Celine pour la faire sortir de ses gonds et ainsi la pousser à l'imprudence. Leur plan avait réussi au-delà de toute espérance !

Si apprendre la séparation des Neuberger l'avait réjouie, grande avait été sa surprise d'entendre Marc lui demander de rester quelques jours avec lui. Certes, elle avait deviné depuis leur première rencontre que lui aussi luttait contre leur attirance mutuelle, mais elle n'aurait jamais imaginé un changement d'attitude aussi radical de sa part.

Tara se surprit à sourire. Qui d'ailleurs aurait cru que cet « ours mal léché », selon ses propres termes, était capable de se montrer aimable, galant et même plein d'humour ? Certainement pas elle !

Quant à la « récompense » dont il avait parlé, leur promenade touristique n'en était que le préliminaire… Tout au long de la journée, sous une apparence décontractée, ils s'étaient observés à la dérobée, rapprochés, évités même, mais dans le seul but de ne pas succomber trop vite au désir tant l'alchimie entre eux était puissante.

Posant son tube de rouge à lèvres sur la coiffeuse, Tara promena le regard sur sa superbe chambre. En arrivant à la villa Derenz, elle s'était promis de profiter au maximum de cet endroit enchanteur. Dorénavant, il lui restait quelques jours pour mettre ce projet à exécution et… profiter avec autant d'ardeur de son propriétaire !

L'homme qui, même lorsqu'il se montrait froid et distant, autoritaire ou d'humeur massacrante, avait la capacité de lui mettre le corps en feu, de lui faire battre le cœur à toute allure…

C'était d'ailleurs ce qui lui arrivait en cet instant !

Elle se leva d'un bond. À quoi bon résister plus longtemps ? Depuis son arrivée, elle brûlait d'envie de s'abandonner dans les bras de Marc. Leur liaison ne durerait pas, mais le regret la poursuivrait si elle refusait de vivre pleinement les heures qu'il leur restait à passer ensemble.

Elle vérifia une dernière fois son reflet dans le miroir. Très différente des tenues sophistiquées portées pendant le séjour des Neuberger, sa robe à la fois élégante et simple en lin blanc imprimé de fleurs stylisées bleu vibrant et fuchsia convenait parfaitement à une soirée de vacances.

Satisfaite, elle quitta sa chambre et se félicita de son choix en voyant Marc arriver sur la terrasse. Il avait troqué son costume de lin pour un pantalon de toile marine et une chemise blanche dont les premiers boutons étaient ouverts et les manches roulées sur ses avant-bras. Cette tenue décontractée ne lui ôtait rien de sa prestance habituelle. Cet homme était toujours aussi séduisant...

Une table ronde avait été installée devant les baies vitrées du salon, juponnée d'une nappe brodée sur laquelle reposaient deux couverts. La lumière douce des bougies se reflétait dans les verres en cristal, donnant à l'ensemble une atmosphère très romantique.

— Vous êtes ravissante, déclara-t-il en débouchant la bouteille qu'il tenait à la main.

Il versa le champagne dans deux flûtes, lui en tendit une et leva la sienne avant de la regarder droit dans les yeux.

— Portons un toast... À nous ! Santé !

Tara l'imita. Un frisson la parcourut tandis qu'une douce chaleur s'insinuait dans ses veines. Le moment était venu, ils ne pouvaient plus reculer.

— Santé !

Ils burent chacun une gorgée puis Marc reposa son verre.

— Venez, dit-il en lui tendant la main.

Elle le suivit à travers la pelouse jusqu'à un escalier taillé dans la roche débouchant dans une crique dotée d'une petite plage et d'un embarcadère privés. Devant eux, la mer s'étendait à perte de vue. Même les lumières du rivage étaient invisibles. Seuls le chant des cigales plus haut dans le jardin et le son léger des vagues se brisant sur le sable troublaient le silence.

— C'est si calme, murmura-t-elle. On se croirait sur une île déserte.

— Oui… Le reste du monde a disparu.

Se tournant vers elle, il lui prit les mains qu'il porta à ses lèvres.

— Il n'y a plus que nous, Tara. La nuit nous appartient. Je veux la passer avec vous. Le voulez-vous aussi ?

— Oui, dit-elle dans un souffle.

Ils restèrent un instant silencieux puis remontèrent jusqu'à la villa, main dans la main.

— À notre soirée ! déclara Marc en levant sa coupe de champagne dès qu'ils furent à table.

La jeune employée de la villa arriva alors, apportant les entrées, et échangea quelques mots en français avec Marc avant de les laisser. Le dîner se déroula à la perfection, comme si toute tension s'était évaporée entre eux à présent qu'aucun doute ne subsistait. Leur conversation était fluide. Marc riait sans la quitter des yeux et son regard était plein de promesses. Tara avait peine à croire qu'ils aient pu être si empruntés et agressifs les jours précédents.

— Le personnel est parti, déclara Marc une fois qu'ils eurent bu le café. Nous sommes seuls.

Il se leva alors et l'attira dans ses bras. Tara s'abandonna contre son torse puissant et, fermant les yeux, huma le parfum viril de sa peau tandis qu'il murmurait son nom contre ses cheveux.

Elle sentait son cœur battre fort sous le léger tissu de sa chemise, à l'unisson du sien. Enlacés, ils savourèrent ce doux moment chargé de désir puis Marc l'embrassa avec une grande douceur qui se mua très vite en passion.

— Montons, murmura-t-il soudain en se séparant d'elle.

Puis sans attendre sa réponse, il la souleva dans ses bras et l'emporta jusqu'à sa chambre. Tout en l'embrassant, il abaissa la fermeture Éclair de sa robe avant d'en faire glisser les bretelles le long de ses bras. Enhardie, Tara défit prestement les boutons de sa chemise. Comme elle posait la main sur sa ceinture, il l'arrêta.

— J'ai attendu ce moment toute la journée, Tara. Prenons notre temps.

Il finit de lui enlever sa robe et son slip puis dégrafa son soutien-gorge avant de prendre ses seins dans ses mains en coupe. Tara retint son souffle, mais, déjà, il en caressait les pointes dressées. Une onde de plaisir se diffusa dans ses veines pour s'épanouir au creux de sa féminité. Elle gémit et lui tendit ses lèvres tout en pressant ses hanches contre les siennes.

— Tu me rends fou, murmura-t-il avant de s'écarter pour se débarrasser prestement de ses vêtements et de mettre un préservatif.

Il l'allongea alors sur le lit puis lui écarta les cuisses et s'agenouilla entre elles. Tara ferma les yeux, s'abandonnant à la bouche experte de Marc qui parcourait chaque parcelle de sa peau de baisers délicats. C'était divin, tout son corps était parcouru de frissons, mais cela ne lui suffisait pas car elle voulait tout de lui, et lorsqu'il explora son intimité, elle lui saisit les épaules.

— Je t'en prie, Marc, prends-moi.

Il s'exécuta, la pénétrant en une longue poussée. Dans la seconde suivante, ils entamèrent une danse passionnée où leurs corps s'épousaient avec une complicité innée. Émerveillée, Tara suivait le rythme de Marc tandis que les sensations se décuplaient en elle, toujours plus intenses, toujours plus délicieuses, atteignant des sommets encore jamais égalés. Soudain, une vague brûlante déferla dans ses veines, tout son univers bascula, et elle se cambra avant de s'abandonner au plaisir suprême.

Lorsque Marc entendit Tara crier son nom, sentit ses muscles intimes se contracter autour de son sexe et son corps se relâcher sous lui, il fut incapable de se retenir plus longtemps et la rejoignit dans l'extase d'un ultime coup de reins.

Le cœur battant encore à tout rompre, il referma les bras autour d'elle, ébahi de l'intensité de son plaisir. Cette jeune femme exceptionnelle venait de le combler comme aucune autre n'était parvenue à le faire auparavant. Il eut soudain l'impression qu'au-delà de ce corps à corps passionné leur union avait été beaucoup plus profonde.

Il savoura ce moment de douce béatitude tandis que leurs souffles s'apaisaient, gardant Tara étroitement enlacée, heureux du contact de sa peau si soyeuse contre la sienne. Sentant ses paupières s'alourdir, il tenta de résister au sommeil afin de prolonger cette douce intimité, mais la fatigue eut raison de lui. Il glissa lentement dans les bras de Morphée avec la délicieuse certitude de se réveiller au côté de Tara pour de nouveaux ébats torrides...

8

Avant même d'ouvrir les yeux, Tara sentit la chaleur des premiers rayons de soleil sur son dos. Le jour était donc levé depuis un certain temps, songea-t-elle tandis qu'un sourire lui montait aux lèvres en humant la peau de Marc allongé contre elle. Il sentait divinement bon… Elle sut, à son bras posé par-dessus son ventre qui se soulevait doucement au rythme de sa respiration régulière, qu'il dormait encore. Rien d'étonnant après la nuit qu'ils venaient de passer !

Même si les deux baisers échangés au cours des jours précédents lorsqu'ils jouaient un rôle pour Celine lui avaient révélé combien il était sensuel et capable de passion, jamais elle ne l'aurait imaginé en amant si attentionné. Et infatigable, en prime !

La pièce était encore plongée dans l'obscurité lorsque de douces caresses l'avaient réveillée. Il lui avait refait l'amour, lentement, cette fois, s'appliquant à faire monter son plaisir jusqu'à ce qu'elle demande grâce…

Tandis qu'elle se remémorait chaque instant de cette étreinte torride, la torture délicieuse de l'attente, les sensations de plus en plus fortes puis l'orgasme fulgurant qui les avait emportés, son sourire s'épanouit. Elle caressait machinalement le ventre de Marc, savourant la douceur de ses souvenirs et de cette toute nouvelle intimité, lorsqu'il se tourna vers elle.

— Je pensais te proposer de descendre prendre le petit déjeuner, mais si tu préfères…

— Le petit déjeuner est parfait ! l'interrompit-elle vivement.

Une nuit avec toi est éreintante. Nous devons reprendre des forces pour affronter la journée.

Marc se mit à rire, visiblement fier de ce commentaire.

— Dans ce cas, je te conseille d'aller te doucher dans ta propre salle de bains, faute de quoi je ne réponds pas de moi.

Comme elle ne bougeait pas, il lui donna une petite tape sur les fesses avant d'ajouter :

— Allez, file avant que je change d'avis. Retrouve-moi en bas dès que tu seras prête.

Tara se leva aussitôt et enfila le peignoir en soie de Marc posé sur un fauteuil.

— Je te l'emprunte..., lança-t-elle d'un ton mutin. Qui sait qui je pourrais rencontrer en chemin !

Marc sauta hors du lit et l'attira contre lui.

— Tu l'auras cherché, petite sorcière. Si tu as assez d'énergie pour plaisanter, j'entends bien être le seul à en profiter !

À ce moment-là, un gargouillement sonore s'éleva de son estomac et tous deux éclatèrent de rire.

— On dirait que ton ventre te rappelle à l'ordre !

— Je vais régler ce problème avec lui, en attendant dépêche-toi de te préparer si tu ne veux pas que je m'impatiente et vienne t'aider.

— À vos ordres, monsieur Derenz !

— Réfléchis à ce que tu souhaites faire aujourd'hui, sinon tu devras te rallier à mon choix, lança-t-il alors qu'elle s'éloignait.

Lorsqu'elle le rejoignit sous la pergola, Marc était en train de téléphoner. Elle s'assit face à lui. Il était tout de blanc vêtu et portait des mocassins de bateau. Intriguée, elle se servit une tasse de café et attendit en silence qu'il finisse sa conversation.

— Serais-tu sur le point de partir en croisière ? demanda-t-elle alors.

— Bien observé. La journée est splendide, le vent juste suffisant, donc c'est ce que nous allons faire. Qu'en penses-tu ?

— Disons que c'est une surprise ! En te laissant décider du programme, je m'attendais à quelque chose de plus... physique !

— Tout dépend de l'endroit où nous jetterons l'ancre, répliqua-t-il, imperturbable.

Tara sourit en prenant un croissant. Quoi qu'il ait décidé, cela lui convenait. Comme tout ce qu'il lui proposait, d'ailleurs, mais inutile de le lui dire, il avait déjà l'air suffisamment satisfait de lui-même !

— Ça me paraît sympathique, mais je n'ai pas vu de bateau à ton embarcadère.

— Hors saison ou en mon absence, je le laisse amarré au port de Pierre-les-Pins. J'ai déjà appelé mon skipper qui est en train de le convoyer.

Marc avait annoncé cela comme si posséder un voilier était parfaitement naturel, ce qui fit tiquer Tara. Un autre rappel de l'étendue de sa fortune, en plus de cette immense villa, de la limousine avec chauffeur, du petit bolide dans lequel ils avaient exploré l'arrière-pays la veille, de sa propre banque et de son impressionnant train de vie...

Cela ne l'avait pas dérangée pendant que ses rapports avec lui étaient ceux d'une employée et de son patron, mais, à présent, un malaise s'insinuait en elle. Était-il judicieux d'avoir entamé une relation, même temporaire, avec un homme d'un milieu si différent du sien ?

Heureusement, elle réussit à écarter ces pensées bien sombres le temps de leur journée à bord du voilier pour profiter de ces moments idylliques avec Marc. Voguer sur la Méditerranée en compagnie de cet homme si séduisant et prévenant était une expérience si agréable qu'elle se surprit à redouter l'heure de la séparation.

Son inquiétude revint toutefois en force le soir, dans le restaurant étoilé Michelin où il l'invita, en voyant le prix des plats, sans parler de celui des vins qui atteignait des sommes astronomiques à ses yeux. Mais décidée à savourer ce que lui offrait cette liaison, elle se concentra sur Marc, le « nouveau » Marc, totalement détendu, au sourire spontané, heureux d'être avec elle.

— À nous deux ! déclara-t-il en levant sa flûte de champagne.

Tara l'imita. Pendant le repas, leur conversation fut enjouée et fluide, les mets délicieux et le vin un nectar. Le temps passa si vite qu'elle fut surprise de constater qu'il était presque minuit lorsque le serveur apporta l'addition.

— Ce dîner était vraiment divin..., lança-t-elle gaiement. Je pourrais facilement m'habituer à ce style de vie ! Comment diable vais-je faire pour reprendre mon humble existence londonienne ?

Au lieu de voir Marc sourire ainsi qu'elle s'y attendait, elle remarqua une expression songeuse voiler son regard, comme si sa remarque évoquait un souvenir pénible. Elle fut étonnée, mais, persuadée que cela n'avait aucun rapport avec eux, elle refusa d'y accorder de l'importance afin de ne pas gâcher cette soirée exceptionnelle. Une fois installée dans son petit cottage du Dorset, la magie de ces deux derniers jours avec lui ne serait probablement plus qu'un lointain souvenir, et ce si séduisant amant avec...

— Qu'as-tu prévu pour demain ? demanda-t-elle afin d'étouffer la brusque peine née à cette idée.

— Tu devrais plutôt te soucier de ce que j'ai prévu pour cette fin de soirée, répliqua-t-il, son sourire retrouvé. La nuit ne fait que commencer !

Et ce fut une seconde nuit passionnée. Lorsque le sommeil les emporta aux premières lueurs de l'aube, ils sombrèrent enlacés comme si rien ne pouvait jamais les séparer.

Mais ce n'était qu'une illusion...

Incapable de se concentrer sur le document affiché sur l'écran, Marc détourna les yeux de son ordinateur. Seule la jeune femme au corps de sirène qui se faisait bronzer au bord de la piscine occupait ses pensées. Il ne se lassait jamais de la regarder. Sa peau, si blanche à son arrivée sur la Côte d'Azur, avait pris une lumineuse teinte dorée extrêmement appétissante...

Allons, Derenz, un peu de sérieux, tu as du boulot !

Ce qui était le cas ! Pourtant, alors qu'il consacrait sa vie à son métier depuis plus de dix ans, il n'avait pas la tête à travailler. Si diriger la banque à distance présentait l'indéniable avantage de le laisser s'organiser à sa guise, cela avait aussi le redoutable inconvénient de le pousser à abuser de douces heures auprès de sa nouvelle compagne aux dépens des dossiers qui s'accumulaient. Ce qui ne lui était jamais arrivé auparavant.

S'accorder une pause avec Tara ne l'avait pas inquiété outre mesure au début tant il était persuadé de voir sa formidable attirance pour elle diminuer puis disparaître, mais il y avait deux semaines à présent qu'ils vivaient ensemble, deux semaines de pur plaisir pendant lesquelles il avait oublié sa discipline habituelle pour… Pour quoi, au juste ?

Prendre des vacances !

Et c'était la première fois qu'il se laissait aller à profiter de joies simples. À profiter de la vie, en fait. Ils avaient passé des heures de farniente au bord de la piscine, fait de longues sorties en mer à bord de son voilier, visité l'arrière-pays si cher aux impressionnistes, déambulé dans les vieilles ruelles de Nice et sur la Croisette à Cannes. Il avait fait découvrir à Tara les falaises ocre de Saint-Raphaël, Grasse et ses parfumeries puis l'incontournable Saint-Tropez. Un jour, ils avaient même traversé la frontière italienne pour passer une journée à San Remo.

Une succession de moments de détente, tout à la fois gais et doux, avant de rentrer à la villa partager de délicieuses nuits de sensualité. Oui, ils s'entendaient à merveille sur tous les plans. Et de manière absolument exceptionnelle sur le plan physique !

Alors, quand allait-il se lasser de Tara ? Quand cesserait-il d'apprécier sa conversation, ses reparties pleines d'humour, sa compagnie tout simplement ? Soudain, il se demanda s'il ne pourrait pas lui faire une place autre que passagère dans son existence. Après tout, sans faire partie de son milieu, elle s'était remarquablement adaptée à son style de vie.

Mais quelle femme refuserait les privilèges qu'accorde l'argent ?

La question venue si spontanément à son esprit lui rappela aussitôt les raisons pour lesquelles il avait toujours choisi des maîtresses habituées au luxe et financièrement indépendantes. Une exception confirmait sa résolution : Marianne, qui avait séduit le jeune héritier de la Banque Derenz pour l'abandonner au profit d'un homme plus âgé déjà en possession d'une fortune importante… Et Celine en ce qui concernait Hans Neuberger.

Toutes deux charmantes à souhait jusqu'à ce que leur véritable caractère se dévoile…

Songer à l'épouse de son ami lui évoqua sur-le-champ l'après-midi à Monte-Carlo où Tara avait fait allusion au meilleur moyen de s'assurer un avenir libre de soucis financiers : épouser un homme fortuné. Sur le moment, il avait interprété sa remarque comme une pique destinée à Celine, mais n'avait-elle pas tout simplement exprimé sa propre pensée ?

D'autres souvenirs refirent surface. « Je pourrais facilement m'habituer à ce style de vie ! » avait-elle déclaré le lendemain de leur première nuit ensemble, et pendant leur premier déjeuner en tête à tête, elle avait dit que son séjour à la villa allait lui permettre de réaliser un rêve…

L'entendre déclarer à Celine qu'ils étaient fiancés lui aurait-il mis des idées en tête ? Y songeait-elle lorsqu'ils s'embrassaient ou faisaient l'amour ? S'imaginait-elle qu'il allait l'épouser ?

Perturbé, Marc comprit qu'il n'arriverait pas à se remettre au travail. Pas plus que le jour de son arrivée lorsque, furieux de trouver Tara se prélassant au bord de la piscine, il lui avait sèchement rappelé qu'elle n'était pas en vacances à la villa Derenz, mais sa mauvaise humeur d'alors était due à la frustration. À l'époque, Tara était son employée et, par là même, intouchable. Désormais, elle était sa maîtresse et passait des vacances luxueuses en sa compagnie. Tout comme lui, d'ailleurs, alors autant tirer profit de cette situation tant qu'elle durait : Tara avait assez pris le soleil et une douche à deux s'imposait. Un sourire guilleret aux lèvres à la perspective des plaisirs qui l'attendaient, Marc éteignit son ordinateur et quitta son bureau.

Tara s'étira langoureusement puis enleva le haut de son maillot de bain. La vie était si douce, songea-t-elle en se tournant sur le ventre pour offrir son dos au soleil. Depuis deux semaines, les jours avec Marc s'écoulaient paisiblement au rythme des repas à l'ombre de la pergola, des baignades dans la piscine, des sorties sur son voilier, des balades dans la région et des moments câlins. Ce serait vraiment facile de s'habituer à cette vie de luxueuse oisiveté.

Non, sans Marc, ce petit paradis n'aurait pas la même saveur, se corrigea-t-elle aussitôt. Cet homme qui, par sa seule présence, donnait un sens à ses journées et d'un seul regard la faisait se sentir désirée, prête à tout pour lui…

Captivée par sa rêverie, elle avait perdu toute notion du temps lorsqu'elle sentit une ombre se projeter sur elle puis, comme s'il avait deviné ses pensées, Marc lui effleurer le dos du bout des doigts. Elle frissonna, laissant échapper un petit gémissement. Dans la seconde suivante, il la soulevait dans ses bras en riant.

— Tu as assez profité du soleil, jeune fille. Il est temps de te rafraîchir !

Persuadée qu'il allait la jeter à l'eau, Tara poussa un cri strident.

— C'est bien la première fois que je te vois effarouchée à ce point à l'idée d'un câlin ! lança-t-il en l'emportant à grands pas vers la villa.

Faute de trouver une repartie qui ne calmerait pas les ardeurs de son fougueux amant, elle se serra contre son torse, autant par plaisir que pour dissimuler la vue de sa poitrine étant donné que le soutien-gorge de son maillot était resté sur son lit de plage. Le personnel de maison avait beau connaître la nature de leur relation, il était inutile de se donner en spectacle.

— Quel est le programme pour cet après-midi ? demanda Tara, un plus tard, tandis qu'ils déjeunaient sur la terrasse.

— Qu'as-tu envie de faire ?

— Je te laisse choisir.

Elle étala un morceau de camembert coulant sur une tranche de baguette croustillante tout en pensant que la succession de délicieux repas depuis son arrivée avait dû lui faire prendre quelques kilos, mais cela ne la dérangeait pas. Dès que possible, elle abandonnerait son métier de mannequin, son appartement, puis partirait commencer sa nouvelle vie dans son cottage du Dorset.

Elle n'éprouvait plus cependant son impatience habituelle à

réaliser ce rêve. Et le responsable de ce changement se trouvait devant ses yeux...

— Ne me regarde pas comme ça..., murmura Marc d'une voix soudain rauque. Ou bien...

Tara lui adressa un sourire malicieux.

— Ne te fais pas d'illusions, il ne me reste plus que l'énergie nécessaire pour admirer la perfection de ton corps !

À la lueur coquine qui éclaira le visage de son amant, Tara sut qu'il s'apprêtait à lui prouver le contraire, mais son téléphone sur la table se mit à sonner. Après avoir lu le nom affiché à l'écran, il s'excusa puis rentra.

Dès qu'elle entendit la porte du bureau de Marc se refermer derrière lui, Tara sentit son humeur joyeuse s'assombrir. Il s'agissait visiblement d'un appel professionnel important pour qu'il s'isole car, d'ordinaire, il les ignorait ou répondait en sa présence. Ce coup de téléphone était comme un rappel à la réalité. Les deux dernières semaines étaient passées si vite qu'elle avait même oublié d'avertir son agent de son changement d'emploi du temps ! Il serait peut-être temps de le faire...

Mais elle n'en avait aucune envie, et cela n'avait rien à voir avec sa prochaine démission du métier de mannequin ou son installation au cottage. En vérité, seul Marc la retenait en France, et plus exactement son désir de passer le plus de temps possible avec lui tant sa hantise était grande de voir son départ sonner le glas de leur idylle.

Elle devrait pourtant prendre fin, comment pourrait-il en être autrement ? Sans Celine, elle n'aurait jamais rencontré Marc ou, du moins, elle n'aurait jamais eu de liaison avec lui. Seules les circonstances les avaient jetés dans les bras l'un de l'autre. Pour lui, il y avait eu le soulagement d'être débarrassé de celle qui le harcelait, et en ce qui la concernait, était née une attirance beaucoup plus profonde que du simple désir. Ses sentiments pourtant n'entraient pas en ligne de compte.

Tara se souvint brusquement de leur première discussion au bord de la piscine. « Vous n'êtes pas en vacances ici, mademoiselle Mackenzie, mais en mission. » Il n'aurait pu lui faire comprendre plus clairement qu'en temps normal il ne l'aurait certainement pas invitée chez lui car il ne choisissait pas pour maîtresses des femmes issues d'un milieu différent du sien...

Lorsque Marc réapparut, le moral de Tara avait dramatiquement chuté, et voir sa mine sombre confirma sa pire crainte : le moment de la séparation était arrivé.

— Je dois partir à New York, déclara-t-il en se rasseyant à table. Un de nos plus gros clients veut préparer en avance son bilan annuel. Comme je me suis toujours occupé personnellement de lui, il m'est impossible de lui faire faux bond. Bon sang, cela n'aurait pas pu tomber à un plus mauvais moment ! C'est une véritable malchance. J'en suis vraiment désolé.

Tara s'efforça de dissimuler sa déception.

— Quand dois-tu partir ?

— L'idéal serait de prendre l'avion cet après-midi afin d'être frais et dispos pour notre rendez-vous, mais je préfère attendre demain.

Malgré son envie de lui demander de l'accompagner, elle se tut et regarda Marc terminer son fromage. Cet appel avait de toute évidence chassé son humeur sensuelle car il était à présent absorbé dans des pensées dont elle ne faisait certainement pas partie.

— Puisque c'est notre dernier jour ici, qu'aimerais-tu faire ? dit-il en reposant ses couverts.

— Pourquoi ne pas rester tranquillement à la villa ?

— Non, allons plutôt faire une ultime sortie en mer. Ça nous changera les idées.

Debout devant le gouvernail, Marc observait Tara, accoudée à la rambarde avant du yacht. Elle était trop belle. Ses cheveux flottaient au vent autour de son visage dont le léger hâle faisait ressortir le bleu-vert lumineux de ses yeux. Et il ne se lassait toujours pas d'admirer son corps si harmonieux...

Il avait bien fait de l'emmener loin de la villa. Naviguer sous le soleil de la Méditerranée avec elle, comme si souvent au cours des jours précédents, prolongeait l'illusion d'être en vacances bien que la réalité soit venue le rattraper. Le coup de téléphone de son client lui avait fait prendre la mesure de son insouciance, mais il avait aussi compris que, même s'il avait eu du mal à se concentrer sur son travail, il était parvenu à se maintenir à jour. En fait, ses priorités avaient changé. Il s'efforçait à présent d'effectuer ses tâches avec rapidité et efficacité afin de se préserver des moments d'intimité avec Tara. Cela ne lui était jamais arrivé auparavant. Il n'avait même jamais songé à délaisser ses dossiers pour passer plus de temps avec une maîtresse.

À vrai dire, aucune ne lui avait procuré les sensations... – et les émotions, s'avoua-t-il – qu'il éprouvait avec elle. Et, pour être complètement honnête, il n'avait aucune envie de voir leur relation s'achever.

Que lui arrivait-il ?

Il avait engagé Tara dans le seul but de refréner les ardeurs de Celine et, si cette dernière s'était calmée après leur rencontre à la présentation de mode à Londres, jamais il n'aurait cherché à revoir celle qui lui avait inspiré un désir si immédiat et intense. Mais la femme de Hans s'était cru irrésistible et elle avait continué à le poursuivre de ses assiduités, alors il avait fait venir Tara...

Marc la regarda à nouveau. Elle s'était tournée vers la mer, offrant son visage au soleil. Au moment où elle rassembla ses cheveux et les tortilla avant de les ramener sur l'une de ses épaules, dévoilant par ce mouvement sa nuque gracile, il éprouva une étrange émotion. Une pensée lui traversa aussitôt l'esprit.

Et si je l'emmenais à New York ?

C'était possible, bien sûr. Cela leur offrirait un moment de répit avant de se séparer. Cette idée le hanta pendant le reste de la journée, de plus en plus insistante. Tantôt il s'efforçait de la repousser, tantôt il s'imaginait faire découvrir la célèbre ville à Tara, vivre quelques jours supplémentaires de béate insouciance.

Leur balade en mer achevée, ils se prélassèrent au bord de la piscine avant de se préparer pour le dîner. Aucun d'eux n'aborda le sujet du départ et, une fois au lit, ils firent l'amour avec passion et un total abandon.

Tandis que Tara s'endormait dans ses bras, Marc se demanda s'il retrouverait un jour avec une autre la même complicité, la même extraordinaire entente physique. Il observa son beau visage éclairé par la lune, lui caressa doucement les cheveux, heureux de sentir son corps contre le sien. Une heure plus tard, incapable de trouver le sommeil, il se glissa hors du lit pour aller prendre l'air sur le balcon.

Le regard perdu sur le jardin en contrebas, il eut l'impression de découvrir sa propriété sous un jour différent. Elle était à présent imprégnée de nouveaux souvenirs : ceux qu'il avait avec Tara. L'emmener aux États-Unis était encore possible, mais que ferait-il après ? La ramènerait-il à Paris dans son appartement ? Était-il prêt à lui faire une place dans sa vie ? Pour combien de temps ?

Les questions se succédaient dans son esprit. L'envie de passer outre ses principes avec elle le tenaillait, mais la peur prenait le dessus. Soudain, il se remémora sa déclaration impulsive au restaurant, le moment où il avait présenté Tara à Celine comme la future Mme Derenz. Aussitôt, il éprouva un bizarre et fugitif pressentiment accompagné d'une sensation de malaise. Il ignorait encore ce qu'elle voulait de lui. Or, en ce qui le concernait, sa vie était toute tracée, avec des règles auxquelles il n'avait jamais dérogé.

Avant de les enfreindre avec elle !

Ils avaient vécu des heures idylliques, mais la magie de leur relation résisterait-elle à la routine de la vie de couple ? Mieux valait peut-être se contenter de merveilleux souvenirs.

À moins que le regret d'avoir choisi la sécurité plutôt que prendre le risque de vivre une intense aventure le poursuive à jamais...

À ce point de ses tergiversations, Marc sentit les bras de Tara se refermer autour de sa taille tandis que ses lèvres se posaient sur son dos. Il se retourna pour la serrer contre lui, stupéfait de sentir le désir naître à nouveau en lui.

— Reviens te coucher, murmura-t-elle.

Il l'entraîna dans la chambre pour la posséder une dernière fois...

Tandis qu'ils reposaient enlacés, repus de plaisir, Tara sentit brusquement Marc se séparer d'elle.

— Qu'y a-t-il ?

— J'ai oublié d'utiliser un préservatif !

— Ce n'est pas grave, je suis en fin de cycle. Il n'y a aucune inquiétude à avoir.

— Tu en es certaine ?

— Absolument, répondit Tara en l'attirant contre elle.

Quelques minutes plus tard, tandis qu'il lui caressait le dos machinalement, elle sentit son cœur se serrer. Depuis le déjeuner, l'idée de leur prochaine séparation la tourmentait. Même si elle s'était efforcée de profiter sans arrière-pensées de leur ultime journée ensemble et de se raisonner, elle n'était pas parvenue à se résoudre à perdre Marc à jamais. Leur idylle prendrait forcément fin un jour, c'était inévitable, mais c'était trop tôt, trop douloureux à accepter. Décidée à tenter le tout pour le tout, elle chercha son regard et lança d'un ton hésitant :

— Je pourrais t'accompagner à New York...

La main de Marc s'immobilisa et son expression se durcit.

— Non, ça ne marcherait pas.

Tara ferma les yeux. Tout était donc terminé entre eux.

9

Lorsque Tara ouvrit les yeux, le lit était vide. Aucun bruit ne venait de la salle de bains, mais elle appela Marc. En vain, il était parti. Même en sachant son départ inévitable, le faible espoir l'avait animée qu'il change d'avis dans la nuit et l'emmène aux États-Unis. À présent, tout était terminé pour eux. Jamais plus il ne la prendrait dans ses bras et elle ne le reverrait probablement jamais non plus.

C'était peut-être mieux ainsi car des adieux auraient été trop douloureux ; maladroits aussi tant il lui était devenu difficile de lui dissimuler ses sentiments. Rester en contact amical aurait été au mieux temporaire, au pire un supplice. Sentant les larmes monter, elle s'assit, soudain frissonnante, et parcourut des yeux la pièce comme pour s'imprégner une dernière fois du lieu qui avait abrité leur idylle avant de le quitter à son tour. Une enveloppe portant son nom, appuyée contre le pied de sa lampe de chevet, attira alors son attention. À côté se trouvait un petit paquet cadeau.

Elle lut la carte.

J'ai préféré ne pas te réveiller, tu dormais trop profondément. Merci pour ces jours si agréables. Ton vol de retour est réservé. Je te souhaite le meilleur.

Marc

Dans l'enveloppe, un chèque de dix mille livres sterling ainsi qu'un billet d'avion Nice-Londres en première classe accompagnaient ce message si bref ne portant ni en-tête ni aucun des mots tendres qu'il lui murmurait dans le feu de la passion.

Le paquet contenait un collier en or blanc et composé d'une suite d'émeraudes. Un cadeau bien trop important, songea-t-elle en le reposant dans son écrin, prête à le laisser. Mais, soudain, elle se ravisa. C'était le seul souvenir tangible qu'elle pourrait conserver de lui et serrer sur son cœur.

Elle resta un long moment assise, les yeux dans le vague tandis que les larmes ruisselaient sur ses joues. Jamais elle n'avait imaginé s'attacher autant à lui et encore moins souffrir à ce point. Lorsque ses pleurs se tarirent, elle se leva. Le moment était venu de se préparer à partir. Marc lui avait offert un intermède aussi extraordinaire qu'inoubliable, à elle désormais de commencer une nouvelle vie, de réaliser son rêve dans son cottage du Dorset.

Dans la chambre contiguë, Tara trouva deux jeunes employées en train de plier avec grand soin dans ses valises les vêtements que lui avait fournis Marc.

— Rangez-les, s'il vous plaît, je ne veux pas les emporter.

— Mais, mademoiselle Mackenzie, M. Derenz nous a dit...

— Peu importe, l'interrompit Tara. Je n'en veux pas. Gardez-les ou vendez-les, tous viennent de chez des couturiers, ou des créateurs connus, vous pouvez en tirer un bon prix.

Voir le sourire radieux et incrédule des deux jeunes femmes adoucit momentanément sa peine. Ce fut son seul plaisir de la journée. En s'installant dans la cabine de première classe de l'avion, elle s'efforça de se concentrer sur le côté positif de la situation. Un nouvel avenir l'attendait. Grâce à Marc, sa vie allait changer...

Elle ne devait découvrir à quel point cela était vrai que quelques semaines plus tard, en consultant son calendrier.

Sur la terrasse du penthouse de l'hôtel le plus huppé de Manhattan où il résidait, Marc regardait les lumières scintillantes de la ville. Son rendez-vous s'était déroulé à la perfection, son client était enchanté, mais lui-même n'éprouvait pas la satisfaction habituelle après un travail bien exécuté.

Il se sentait agité et ne parvenait pas à détourner ses pensées de Tara. Elle lui manquait. Il aurait aimé l'avoir à ses côtés, discuter avec elle, l'emmener dîner au restaurant, être témoin de son émerveillement et finir la soirée dans le grand lit de sa suite comme toutes celles qu'ils venaient de passer ensemble.

À cette pensée, son désir s'éveilla, intense, évoquant des images si précises de leurs corps enlacées que c'en fut douloureux. La quitter au petit matin avait été tellement plus difficile qu'il ne l'avait imaginé… Il l'avait observée un long moment, admirant une dernière fois son corps parfait, son beau visage et ses cheveux étalés sur l'oreiller, sachant qu'il n'avait d'autre choix que partir, la laisser.

À présent, toutefois, en proie aux mêmes doutes que la veille, il essaya de se persuader du bien-fondé de sa décision. Tara lui avait demandé de l'emmener à New York, mais quelle aurait été sa requête suivante ? Et comment savoir si elle l'avait choisi pour lui-même ou parce qu'il était le propriétaire de la Banque Derenz ?

Il rentra dans sa suite. Les dés étaient jetés. Même si son plus cher désir était d'avoir Tara à ses côtés, il devait l'oublier et, pour cela, il connaissait un moyen radical. Au lieu de rentrer à Paris, il allait entamer dès le lendemain matin une tournée des succursales de la Banque Derenz en Amérique. C'était indispensable pour se replonger dans son atmosphère habituelle de travail. Voyager lui rendrait sa clarté d'esprit tout en le libérant de la tentation d'aller retrouver Tara à Londres.

Quelques coups de téléphone suffirent à modifier son programme.

Avant de fermer les volets, Tara s'accouda à la fenêtre de sa chambre dans le cottage. Respirer l'air frais et pur de la campagne environnante était tellement agréable après la pollution de Londres… Dire que plusieurs semaines auparavant, assise avec Marc, elle regardait le soleil se coucher sur la Méditerranée dans la douce chaleur de la Côte d'Azur avec pour tout bruit le chant des cigales et le son des vagues qui se brisaient sur la plage en contrebas…

Ces souvenirs en amenèrent d'autres, bien moins géographiques et beaucoup plus personnels, de leurs corps enlacés, des lèvres de Marc sur sa peau, de son corps… Le désir s'éveilla en elle et son cœur se serra. Leur relation était terminée et ils ne se reverraient jamais. Sa vie avait changé de manière totalement imprévue, mais elle ne regrettait rien. Deux émotions s'opposaient en elle : la tristesse de ne plus être avec lui et une étrange joie à l'idée du nouvel avenir qui lui était offert.

Réalisant qu'elle serrait contre son cœur le collier d'émeraudes, elle le regarda. Le conserver était une erreur, ce n'était plus son seul souvenir de Marc car un lien plus important la liait à lui.

Elle se dirigea vers la coiffeuse de sa grand-mère et prit le temps d'observer les pierres étincelant sous la lumière de la petite lampe avant de reposer le bijou dans son écrin. Inutile de garder cette preuve matérielle de l'indifférence de son amant. Tous deux étaient conscients du côté temporaire de leur liaison dès le départ. Ils avaient passé d'extraordinaires moments ensemble, et avec ce cadeau, Marc lui en avait clairement signifié la fin. Comme il ne l'aimait pas, le garder ne rimait donc à rien, il était plus correct de le lui rendre.

Cette parenthèse de bonheur était terminée, et le moment était venu de commencer une nouvelle vie.

De retour à Paris, Marc reprit son rythme habituel de travail. Sa tournée aux États-Unis et en Amérique du Sud avait été bénéfique au plan professionnel et elle avait fait office de coupure entre les jours pleins d'une insouciance grisante de ses vacances sur la Côte d'Azur et son retour à sa vie habituelle. Pourtant, Tara lui manquait toujours.

Tout en mettant ses boutons de manchettes, il pesta contre la soirée qui l'attendait. Il avait promis à un couple de clients de les accompagner à l'Opéra. Malheureusement, ils l'avaient informé qu'ils viendraient accompagnés de leur fille, une demoiselle qui ne cessait d'essayer de lui faire comprendre son désir de le voir s'intéresser à elle autrement que par simple devoir envers ses parents. Et elle n'était pas la seule dans ce cas !

Au diable les obligations mondaines et les coureuses de dot ! Ces femmes ne voyaient-elles donc pas qu'une autre occupait toutes ses pensées ? Celle-là même à cause de qui il était distant, froid et irritable depuis son retour.

Me voici redevenu un ours mal léché, songea-t-il tout en sentant aussitôt un sourire lui monter aux lèvres au souvenir de cette expression utilisée dans le but de convaincre Tara de prolonger son séjour à la villa seule avec lui. Cela avait fonctionné et... elle avait réussi à apprivoiser l'ours comme aucune autre auparavant ! Si bien d'ailleurs qu'il ne parvenait toujours pas à l'oublier !

Une douce nostalgie le submergea, peuplée de visions et d'émotions auxquelles il s'abandonna avec plaisir. Tout était si naturel entre eux, si gai, si torride...

Son visage se ferma brusquement. Il ne pouvait se permettre la faiblesse de se remémorer ces vacances. Malgré son envie de croire Tara dénuée d'intentions intéressées, elle lui avait maintes fois prouvé le contraire. Empocher cinq cents livres sterling pour une demi-heure en voiture à Londres ne l'avait pas gênée. Ensuite, elle avait fait monter les enchères pour lui servir de chaperon sur la Côte d'Azur et, pour finir, elle avait emporté sans ciller sa garde-robe de grands couturiers et un collier d'émeraudes valant une fortune. La leçon donnée par Marianne ne lui avait donc pas suffi ?

À quoi bon ressasser cela ? Je finirai bien par arriver à l'oublier.

Le tout était de résister à l'envie de la contacter et de s'accorder du temps. Instinctivement, il se corrigea : de s'accorder le temps de guérir. Car c'était bien de cela qu'il s'agissait, il était malade. De désir ?

Hélas, cela semblait beaucoup plus grave...

Résolu à oublier ses tourments, Marc quitta son appartement. Comme il traversait le hall de l'immeuble, le concierge vint à sa rencontre.

— Vous avez oublié de prendre votre courrier, monsieur Derenz.

À la vue de l'écriture sur la lettre que lui tendait l'homme, il se figea puis, s'efforçant de rester impassible tandis que son cœur se mettait à battre à tout rompre, il décacheta l'enveloppe.

Marc,

Je n'ai pas touché le chèque que tu m'as laissé. Ce qui avait commencé comme un travail s'est terminé très différemment et il serait malhonnête de te tenir lié au contrat original.

Ensuite, mais pour d'autres raisons, j'ai décidé de ne pas garder le magnifique collier d'émeraudes. S'il te plaît, n'en prends pas ombrage. C'était un geste très généreux de ta part, cependant, ce cadeau est beaucoup trop important pour que je puisse l'accepter. Je vais donc te le faire parvenir au plus tôt par un moyen sécurisé.

En quittant la villa, j'ai laissé à tes employées la garde-robe que tu m'avais fournie. J'ai pensé que tu n'en aurais pas l'utilité et elles étaient enchantées. J'espère que tu ne leur en voudras pas d'avoir accepté.

Je suis désolée d'avoir tant tardé à t'informer de ces décisions. J'ai eu beaucoup à faire depuis mon retour. Ma vie prend à présent une nouvelle direction et je vais très bientôt quitter Londres ainsi que mon métier de mannequin.

Tara

Marc garda un instant les yeux rivés sur la lettre. Sa vision se brouilla tandis qu'une multitude de pensées lui traversaient l'esprit sans aucun ordre logique. Soudain, alors qu'une évidence s'imposait à sa pensée, lui enlevant l'immense poids qui pesait sur son cœur depuis des semaines, il laissa lentement retomber son bras. Il vit alors le concierge, qui s'était entre-temps posté près de la porte d'entrée, revenir vers lui.

— Votre voiture est arrivée, monsieur Derenz.

— Dites à mon chauffeur d'attendre un moment. Mon programme a changé. Je le rejoindrai dès que j'aurai pris certaines dispositions.

Aller à l'Opéra n'était plus d'actualité. Il devait avertir son pilote de tenir le jet prêt à décoller de l'aéroport du Bourget, préparer un sac de voyage et, bien entendu, s'excuser de son contretemps auprès de son client.

Comme l'homme s'éloignait, Marc gagna l'ascenseur en

toute hâte. Il n'avait pas une seconde à perdre s'il voulait être à Londres dans la soirée.

Tara n'avait rien pris, ni l'argent qu'elle avait somme toute gagné, ni sa garde-robe, ni le collier d'émeraudes. Cela en disait long sur elle. Dorénavant, il pouvait lui faire confiance. Contrairement à ses craintes, elle ne s'était pas donnée à lui dans le seul but de faire main basse sur sa fortune. Elle devait même éprouver des sentiments envers lui pour avoir renoncé à empocher son salaire… Dire qu'il n'avait même pas pensé à regarder les mouvements de son compte bancaire. Cela lui aurait pourtant évité quelques nuits blanches !

L'émotion qu'il avait tant bien que mal canalisée pendant si longtemps le submergea. Tara, sa merveilleuse maîtresse, était une personne authentique et honnête.

Je vais revoir Tara, et nous allons être à nouveau un couple !

Jamais il ne s'était senti aussi heureux…

10

Tara consulta sa montre. Déjà midi ! Il lui restait une dernière démarche à effectuer avant d'aller déjeuner puis de reprendre son train pour le Dorset. La vague de chaleur qui s'était abattue sur Londres, ajoutée aux changements qui commençaient à affecter son corps, l'ayant fatiguée, il lui tardait de retrouver le calme et l'air pur de son sanctuaire.

Arrivée le matin même, elle s'était rendue directement à son premier rendez-vous avec la directrice d'une agence de mannequins, spécialisée dans le seul type de travail qu'elle pouvait désormais accepter, afin de proposer ses services. Sa seconde visite avait été pour son banquier. Cet entretien avait cependant été beaucoup moins réussi que le premier : ses gains dans un futur proche étant incertains, il lui avait refusé le prêt demandé.

Sans cette aide financière, déménager immédiatement au cottage s'avérait difficile, or s'installer dans sa nouvelle vie avant que son état soit trop avancé était indispensable. Pour cela, elle devait faire rénover au plus vite la cuisine et la salle de bains, ainsi bien sûr qu'acheter une petite voiture plus fiable que celle de ses grands-parents pour se déplacer car cette commune de la campagne anglaise n'offrait aucun moyen de transport en commun.

Encaisser le chèque de Marc aurait résolu ses problèmes, mais elle y avait renoncé. Tout comme monnayer le collier d'émeraudes qui reposait dans son écrin au fond de son sac, même si sa valeur l'aurait mise à l'abri du besoin pour de nombreuses années. *S'il s'était contenté d'un petit cadeau*, songea-t-elle, *j'aurais pu le conserver…*

Mais il t'a laissé un souvenir bien plus impérissable !

Ce brusque rappel à l'ordre lui fournit l'énergie nécessaire pour accélérer le pas. La boutique du joaillier de Mayfair auquel elle comptait confier le bijou afin qu'ils le renvoient à son propriétaire de manière sécurisée n'était d'ailleurs plus très loin. Autant en finir rapidement car Marc avait dû recevoir sa lettre postée quelques jours auparavant du Dorset.

Une brusque nostalgie s'abattit sur elle. Elle aurait tant voulu lui parler, l'avertir… Mais à quoi bon rêver ? Il avait été très clair : leur relation était passagère et le collier sa manière de rompre élégamment comme il le faisait sans doute avec toutes ses conquêtes.

Au moment où Tara arrivait devant le magasin, la porte s'ouvrit sur un homme dont le visage bienveillant s'illumina aussitôt.

— Mademoiselle Tara, quelle bonne surprise ! s'exclama Hans Neuberger en la serrant contre lui en une amicale étreinte. Je suis si heureux de vous revoir. Cette rencontre inattendue est l'occasion idéale pour vous inviter à déjeuner.

Comme, stupéfaite, elle ne répondait pas sur-le-champ, il se hâta d'ajouter :

— À moins bien sûr que vous n'ayez déjà un engagement.

— Pas du tout.

— Dans ce cas, je me fais un plaisir de passer un moment en votre compagnie puisque le destin vous a mise sur mon chemin.

Encore abasourdie, Tara traversa la rue avec lui. Elle l'écoutait d'une oreille distraite tandis qu'une multitude de souvenirs se bousculaient dans sa tête lorsqu'il ouvrit la porte d'un restaurant.

— Je vous en prie, dit-il en s'effaçant pour la laisser entrer.

Il s'agissait du restaurant contigu à l'hôtel où Marc avait raccompagné Celine le soir de la présentation de mode ! Tara dissimula sa surprise. Hans ne pouvait bien entendu pas savoir ce que ce lieu évoquait pour elle.

Une fois à table, il l'informa d'emblée de l'évolution de son divorce en cours.

— J'ai été incapable de rendre cette femme heureuse, aussi je suis content qu'elle ait rencontré un nouveau partenaire. C'est un Russe qui possède un yacht sur lequel ils font une croisière en mer Noire en ce moment. Je lui souhaite tout le bonheur possible.

Cet homme était décidément trop bon, songea Tara. Et le nouveau compagnon de Celine certainement nanti ! Mais peu importait, sa séparation semblait avoir réussi à Hans tant il était gai et animé. C'était d'ailleurs étonnant pour quelqu'un d'ordinaire si réservé...

— Assez parlé de moi, déclara-t-il soudain. Dites-moi plutôt ce que vous avez fait depuis votre retour du Cap Pierre et quels sont vos projets avec Marc. J'ai été tellement occupé entre mon divorce et mes affaires que je n'ai pas eu le temps de l'appeler.

Tara sentit son cœur se serrer. Revoir Hans lui avait un instant fait oublier la réalité de leur rupture. Sa présence lui avait même ramené à l'esprit le souvenir des jours heureux à la villa. Elle dut faire un effort pour chasser sa soudaine nostalgie.

— À vrai dire, nous n'en avons aucun. Nous nous sommes séparés.

— Je suis désolé d'entendre ça, répondit-il aussitôt tandis que son visage s'assombrissait. Je vous trouvais parfaite pour lui. Il peut se montrer difficile parfois, c'est cependant un homme très bon, et vous aviez assez de caractère pour le stimuler. Vous alliez très bien ensemble.

— En effet, en dépit de certaines joutes verbales dont vous avez été témoin, nous nous entendions bien et avons passé d'excellents moments tous les deux, mais notre relation est terminée.

— Quel dommage.

Si vous saviez à quel point je le regrette, songea Tara, la gorge nouée, avant de profiter de l'arrivée du serveur avec les menus pour changer de sujet.

— Enfin, tout cela fait partie du passé, à présent. Je suis cependant très heureuse de vous revoir. Êtes-vous à Londres en voyage d'affaires ?

— Non, pas du tout. Je suis arrivé ce matin et mon fils Bernhardt doit me rejoindre ce soir avec sa fiancée pour passer quelques jours de vacances en Angleterre. Sa future belle-mère, Ilse, sera du voyage aussi. Elle était la meilleure amie de feu ma femme. En fait nous avons tous deux perdu nos conjoints à quelques années d'intervalle. Nous nous sommes toujours très bien entendus, mais notre chagrin nous a rapprochés et, plus récemment, les fiançailles de nos enfants. À présent, nous avons décidé de nous marier dès que mon divorce avec Celine sera prononcé. Bernhardt et Karin en sont enchantés !

— Quelle merveilleuse nouvelle ! s'exclama Tara. Je suis tellement heureuse pour vous.

— Je vous remercie, répondit-il avant de poursuivre avec un sourire complice : vous avez dû vous demander pourquoi je sortais du magasin de ce célèbre joaillier.

Tara qui, sous le coup de la surprise, ne s'était posé aucune question n'eut pas besoin de répondre car, à cet instant, Hans sortit de sa poche un écrin dont l'aspect ne laissait aucun doute sur le contenu.

Il l'ouvrit.

— Croyez-vous qu'elle va l'aimer ? demanda-t-il.

— Bien sûr, cette bague est magnifique ! s'exclama Tara en admirant un imposant saphir entouré d'une multitude de diamants étincelants. Elle ne peut que l'adorer. Permettez-moi d'être la première à vous féliciter.

Et, heureuse de voir le bonheur de Hans, elle se pencha vers lui et l'embrassa sur la joue.

Assis à l'arrière de sa limousine, Marc sortit la lettre de Tara de sa poche et la relut pour la énième fois avant de la replier avec un soupir excédé. C'était frustrant d'être si près d'elle et de ne pas la trouver. Où était-elle donc passée ?

Après avoir atterri tard la veille au soir au City Airport de Londres, il s'était précipité à l'appartement où il lui avait rendu visite quelques semaines auparavant. Seules ses colocataires y étaient et elles ignoraient où elle pouvait être. Selon leurs dires, aucune d'elles ne l'avait vue depuis plusieurs jours.

Il avait donc rejoint son hôtel, dépité, mais persuadé de la retrouver le lendemain. À présent, il n'en était plus aussi certain. Son entretien avec une secrétaire de l'agence de mannequins avait été totalement infructueux. Il avait seulement appris que Tara n'avait aucun contrat en cours. Pour des raisons de confidentialité, et en l'absence de sa directrice, la jeune femme avait refusé de lui communiquer son numéro de téléphone. Quel imbécile d'avoir égaré celui donné lorsqu'il avait voulu l'embaucher ! Il avait toutefois laissé sa carte et obtenu que Tara soit informée de sa démarche. Mais quand le serait-elle ? La secrétaire s'était montrée si inflexible qu'il doutait d'une action immédiate de sa part.

Être réduit à attendre le bon vouloir de cette personne était insupportable. Sortant son téléphone, il appela le directeur de l'agence de Mayfair de la Banque Derenz et lui demanda de faire surveiller l'appartement de Tara. Son seul espoir était qu'elle y rentre très vite.

Sinon, il engagerait un détective privé, décida-t-il soudain. Personne ne disparaissait de la circulation sans laisser la moindre trace et un professionnel avait certainement les moyens d'obtenir les renseignements qui lui avaient été refusés.

Rasséréné, il en regretta presque d'avoir fait preuve de faiblesse en appelant le directeur de la banque et songea qu'il aurait dû l'inviter à déjeuner avec lui, ce qu'il faisait à chacun de ses passages à Londres, mais il n'avait pas envie de compagnie.

La seule qu'il désirait était celle de Tara, la femme pour laquelle il était enfin prêt à abandonner toutes ses résolutions et suivre son instinct.

Comme la limousine s'engageait dans la rue de son hôtel, il réalisa que c'était celui où il avait raccompagné Celine. En une fraction de seconde, un flot de souvenirs déferla à nouveau dans sa tête. La réticence de Tara à accepter son offre, son propre désir dès le premier regard, le frisson qui l'avait parcourue dans la voiture lorsqu'il lui avait attaché sa ceinture de sécurité, et comment il lui avait prouvé que son indifférence envers lui était feinte, qu'une même attirance les poussait l'un vers l'autre...

Un sourire heureux lui monta aux lèvres tandis que les souvenirs plus récents de leur intimité réveillaient son désir.

Et il en aurait d'autres.

Il imagina aussitôt leur prochaine nuit ensemble... Après une si longue séparation, leur plaisir allait être extraordinaire !

Je vais l'emmener en vacances, décida-t-il. *Nous avons besoin de nous retrouver loin de la vie trépidante de Londres ou Paris.*

Oui, ils iraient là où elle voudrait, aux Seychelles, aux Maldives ou dans les Caraïbes. Il devait bien y avoir une île quasi déserte où ils pourraient être seuls, faire l'amour sous un ciel étoilé, se baigner dans les eaux turquoise d'un lagon, passer de longues heures sous les palmiers bercés par une brise tropicale...

— Nous sommes arrivés, Monsieur, déclara le chauffeur en lui tenant la portière ouverte.

Délaissant un moment ses douces rêveries, Marc descendit de voiture. Il traversait le hall de l'hôtel pour rejoindre sa chambre lorsqu'il se ravisa et se dirigea vers la porte reliant l'hôtel au restaurant. Vu son état d'excitation, il serait incapable de travailler, mieux valait donc prendre le temps de déjeuner car il avait seulement avalé un café à la va-vite le matin tant il était stressé et pressé d'aller à l'agence de mannequins. Si Tara rentrait chez elle, l'employé en faction devant son appartement l'appellerait. Dans le cas contraire, il contacterait un détective après le repas. Son impatience avait atteint son comble.

Sur le seuil de la salle de restaurant, il jeta un regard alentour et se figea.

Tara était là, à quelques mètres de lui, souriant à un homme dont il ne voyait que le dos. Son cœur s'emballa et sa gorge se noua. Comme au ralenti, il vit l'homme tendre un écrin ouvert à travers la table, Tara effleurer du doigt une bague étincelante, lever un regard ébloui vers son partenaire puis se pencher pour lui déposer un léger baiser sur la joue.

Terrassé par la jalousie, Marc fit un pas de côté et reconnut le profil du vis-à-vis de Tara.

Hans !

Son mouvement dut attirer l'attention de la jeune femme car elle leva les yeux. Leurs regards se croisèrent.

En une fraction de seconde, rage et douleur se mêlèrent en lui. Sa vision se brouilla. Une image se superposa au couple attablé :

celle de Marianne dans un restaurant parisien avec un homme âgé, une bague de fiançailles scintillant à son annulaire.

Dans un état second, Marc tourna les talons.

Au moment où elle se renfonçait dans son siège après avoir embrassé Hans, Tara aperçut Marc sur le seuil de la porte communiquant avec l'hôtel. Son cœur fit un bond dans sa poitrine.

Il l'avait vue !

Partagée entre les émotions contradictoires qui venaient de la submerger, elle s'efforça de ne pas trahir son trouble. De toute évidence, Marc ne voulait pas lui parler. Si elle avait encore eu besoin d'avoir la preuve qu'il considérait leur liaison terminée, il venait de la lui fournir ! Que lui avait-elle donc fait pour qu'il l'ignore avec une telle froideur ? Qu'il ne soit même pas capable de la saluer de manière courtoise ? Son regard semblait empli de haine...

Une immense peine lui étreignit le cœur. Songeant soudain que Marc avait peut-être reconnu Hans et risquait de revenir pour le saluer, Tara sentit la panique la gagner. S'exposer à son indifférence en public serait trop mortifiant. Rester plus longtemps était donc impossible.

— Je suis désolée, Hans, déclara-t-elle en se levant brusquement, mais je crains de ne pas avoir assez de temps pour déjeuner. Sous le coup de la surprise en vous rencontrant, j'ai oublié un rendez-vous.

Il se leva à son tour, visiblement surpris, mais Tara, ne trouvant aucune excuse plus crédible à lui offrir, poursuivit en toute hâte :

— Je vous en prie, ne m'en veuillez pas. J'ai été extrêmement heureuse de vous revoir et vous souhaite tout le bonheur possible avec Ilse.

Puis elle attrapa son sac à main et fila vers la sortie aussi vite que l'émotion et un semblant de dignité le lui permirent.

Au bord du trottoir, elle jetait un coup d'œil sur le côté avant de traverser la rue lorsqu'un homme surgit de la porte à tambour de l'hôtel.

Un cri lui échappa et elle fit un pas titubant en arrière. La main de Marc se referma aussitôt autour de son bras pour la stabiliser avant de la lâcher comme si ce seul contact lui était insoutenable.

— J'ai cru que tu avais quitté l'hôtel…, balbutia-t-elle, prise de court.

11

— Eh bien, comme tu peux le constater, j'en pars seulement maintenant, répondit Marc, surpris.

La réflexion de Tara était vraiment bizarre. S'était-elle hâtée de sortir pour le rencontrer ? Non, ses préoccupations étaient très éloignées de lui !

Il serra les dents afin d'enrayer les émotions qui menaçaient de le submerger à nouveau. Après être sorti du restaurant, il avait annulé sa réservation à l'hôtel, décidé à quitter Londres au plus vite, et tomber sur Tara était la dernière chose à laquelle il s'attendait. S'il ne l'avait pas vue quelques minutes plus tôt en compagnie de son ami, il l'aurait serrée contre lui, lui aurait dit tout ce qu'il se répétait depuis la réception de sa lettre, la veille au soir, l'aurait entraînée dans sa chambre, lui aurait fait l'amour…

À présent, les mots étaient inutiles et ses rêves anéantis.

Hans ! Entre tous les hommes, il avait fallu qu'elle choisisse Hans ! Celui-ci était rayonnant comme un amoureux transi. Un sacré changement depuis la dernière fois où il l'avait vu à la villa, et la responsable en était là, devant lui !

Un nouvel accès de rage emporta Marc qui s'efforça de le dissimuler. Tara semblait tout à la fois consternée et vraiment mal à l'aise. Cherchait-elle à lui fournir une explication à sa conduite ?

— Moi aussi, je partais.

Il la foudroya du regard. Ni justification ni excuse, quel toupet !

Tara s'en voulut aussitôt d'avoir proféré une telle banalité car Marc risquait de l'interpréter comme un appel à marcher en sa compagnie ou à se faire déposer en voiture quelque part. Or rien ne pourrait être pire étant donné la manière dont son visage fermé et son attitude rigide exprimaient clairement son peu d'envie de passer un moment avec elle ! D'ailleurs il avait pris la fuite en la voyant, sans même daigner venir saluer son ami. Il ne savait probablement pas comment se débarrasser d'elle en cet instant... Espérant s'épargner l'humiliation d'un rejet catégorique tel que celui qu'il avait opposé à sa proposition de l'accompagner à New York, elle leva le menton pour annoncer :

— Je dois vraiment partir, maintenant.

Marc la regardant, impassible, Tara sentit la panique l'envahir. Il avait l'air si furieux qu'elle craignit de lui avoir laissé un doute quant à ses futures intentions dans sa lettre. Puisque l'occasion se présentait de le rassurer, de lui dire qu'elle avait parfaitement accepté la fin de leur liaison et continuait sa vie sans le moindre regret, elle la saisit, la mort dans l'âme.

— Ainsi que je te l'ai écrit, dit-elle d'un ton qu'elle espéra heureux, je vais très bientôt quitter Londres définitivement, ainsi que mon métier de mannequin par la même occasion. Tu n'imagines pas comme il me tarde de commencer cette nouvelle existence !

— Je suis certain que tu vas beaucoup l'aimer !

Son indifférence affichée la blessa. Il ne se souciait même pas de savoir ce qui pouvait lui arriver. Décidée à ignorer sa froideur, elle sourit.

— Oui, sans aucun doute. Au fait, Hans est encore dans le restaurant. Je suis sûre qu'il serait heureux de te voir. Il a une grande nouvelle, mais tu préféreras certainement l'entendre de sa bouche.

Mal à l'aise de ne toujours déceler aucune réaction dans le regard de Marc, Tara changea son sac d'épaule pour se donner une contenance, ce qui lui rappela aussitôt le bijou à l'intérieur.

— Notre rencontre arrive à point nommé car j'allais juste me rendre chez le joaillier qui se trouve en face afin de lui demander de t'expédier ceci, ainsi que je t'en ai averti.

Sans faire le moindre commentaire, Marc prit l'écrin qu'elle lui tendait et le glissa dans la poche de sa veste de costume.

Tara sentit une boule se former dans sa gorge. Souvent, elle avait imaginé une rencontre fortuite avec Marc. Dans certaines scènes, ils se retrouvaient avec plaisir, comme des amis, dans d'autres, ils étaient gênés mais restaient courtois. La pire de toutes était celle où elle le voyait avec une nouvelle maîtresse, mais dans aucun des scénarios elle n'avait envisagé ce désintérêt total. C'était pire que tout. Mieux valait partir au plus vite avant de se donner en spectacle.

— Eh bien, au revoir, Marc, dit-elle avant de tourner les talons.

Au bout de quelques pas, tandis que les larmes ruisselaient sur ses joues, elle songea que cette vision de son visage dur resterait gravée dans sa mémoire et risquait même de ternir celles des jours heureux.

Malgré tout, savoir que jamais elle ne le reverrait était affreusement douloureux.

Comme chaque année à l'automne, la Banque Derenz donnait une soirée pour remercier ses clients importants de leur fidélité. À l'entrée de la salle de réception de l'un des hôtels les plus réputés de Paris, un sourire de circonstance aux lèvres, Marc accueillait ses premiers invités. Il n'avait pas le cœur aux mondanités, mais échapper à cette corvée était impossible.

Les gens commençaient à affluer, pourtant l'un d'eux n'était pas encore arrivé alors qu'il n'avait jusque-là manqué aucune réception. Depuis l'instant où les cartons d'invitation avaient été envoyés, Marc n'avait cessé de se demander si Hans Neuberger oserait se présenter.

Il ne se sentait pas le courage de le regarder en face. Son seul espoir était que son ancien ami éprouve la même angoisse de le voir et s'abstienne de venir.

Mais si ce n'était pas le cas, amènerait-il Tara ?

Cette question le taraudait tandis qu'il remerciait ses invités de leur présence.

Il s'étonna d'être capable de convivialité alors que, depuis son retour de Londres, il était l'ombre de lui-même. Le souvenir de la scène au restaurant le hantait, il en revoyait chaque détail, y compris un dont il n'avait pas pris conscience sur le moment : l'écrin de la bague portait le logo du célèbre joaillier dont la boutique faisait face à l'hôtel. Mais c'était surtout le visage radieux de Tara avant d'embrasser Hans qui restait gravé dans sa mémoire. Ce n'était pas un simple sourire heureux, mais l'expression d'une joie intense.

Y repenser lui donna la nausée. Dire qu'il l'avait cru différente de Celine ! Elle était simplement bien plus intelligente. Elle avait su cacher son jeu, et après avoir échoué avec lui, elle s'était rabattue sur ce pauvre Hans. La cible idéale, trop bon pour son propre bien, d'une générosité sans égale ainsi qu'elle avait pu s'en rendre compte pendant son bref passage à la villa, le type même du chevalier prêt à sauver les demoiselles en détresse. Qu'une femme de la classe de Tara s'intéresse à lui avait dû l'envoûter et le fait qu'elle ait été sa maîtresse avait probablement été un gage de sérieux à ses yeux...

Et lui qui s'était réjoui de la voir refuser son chèque et ses cadeaux ! Elle n'en avait nul besoin après s'être assurée de partager la fortune de Hans. Comme Marianne et son vieil homme nanti...

Marc serra les dents. Il avait survécu à cette première séparation et il finirait par oublier Tara. Ce n'était qu'une question de temps.

Mais le souhaitait-il vraiment ? À cette pensée, il sentit son cœur battre plus vite car tout son être aspirait à la revoir. La seule idée de l'avoir perdue à jamais était si insoutenable qu'il ferma les yeux. Dans la seconde suivante, une voix très familière s'élevant à côté de lui, il les rouvrit. Hans, seul !

— Bonsoir, Marc. Je suis vraiment désolé d'arriver si tard, mais, comme tu le sais, je n'aurais manqué pour rien au monde cette réception. Bernhardt ne va pas tarder et je me suis permis d'amener deux invitées : Karin, sa fiancée, et...

Hans marqua une légère pause tandis qu'un large sourire illuminait son visage. Marc attendit, retenant son souffle.

— Et une personne qui m'est devenue extrêmement chère. Mon divorce n'étant pas encore prononcé, nous avons fait bien entendu preuve de beaucoup de discrétion, aussi tu dois être étonné.

— Non, je suis au courant depuis plusieurs semaines, rétorqua Marc sèchement avant d'ajouter : Hans, c'est de la folie. Comment peux-tu faire une chose pareille ? N'as-tu rien appris de ton expérience avec Celine pour refaire la même bêtise ? Je comprends que tu sois amoureux, mais, je t'en prie, ressaisis-toi !

Il vit le visage de son ami s'assombrir.

— Je suis parfaitement conscient de mon erreur de jugement avec Celine, mais cette fois...

— Ce sera pareil avec Tara ! Je vous ai vus ensemble à Londres. J'étais là quand tu lui as montré la bague, ses yeux se sont mis à briller et elle s'est précipitée pour t'embrasser !

Hans lui saisit aussitôt le bras avec une force surprenante pour un homme de son âge.

— Arrête, Marc ! Tu perds la tête. On ne voit que ce que l'on veut voir, ou redoute de voir, c'est pourquoi tu as mal interprété l'attitude de Tara. Elle m'a embrassé par amitié parce qu'elle était heureuse pour moi, heureuse que j'aie trouvé le bonheur et m'apprête à me remarier. Alors, si tu t'es imaginé, ne serait-ce qu'un instant, qu'elle était l'élue de mon cœur...

Hans laissa sa phrase en suspens tandis qu'il lui lâchait le bras pour faire signe de la main à Bernhardt qui venait d'arriver accompagné de deux femmes, l'une ravissante et très jeune, l'autre tout aussi jolie, mais plus âgée... Marc remarqua aussitôt le doux sourire plein d'affection que cette dernière adressait à Hans, et surtout le saphir entouré de diamants à son annulaire.

— Marc, je te présente Ilse Holtz et sa fille Karin. Ilse m'a fait le plaisir et l'honneur d'accepter de devenir ma femme dès que les circonstances le permettront. Je suis certain que cette nouvelle te réjouit autant que moi.

Tout en félicitant Ilse, Marc prit pleinement conscience de la signification pour lui de cette annonce.

— Bernhardt, pourrais-tu emmener nos compagnes chercher une coupe de champagne pendant que je termine ma discussion avec Marc ?

— Bien entendu, papa. À tout à l'heure, Marc.

Le jeune homme parti, Hans se tourna vers son ami.

— Si je ne me trompe pas, cette surprise est la meilleure que je pouvais te faire.

— Oui… Je suis vraiment désolé d'avoir été aussi odieux avec toi.

— Allons, ta réaction partait d'une bonne intention, même si Tara n'est certainement pas une nouvelle Celine. Je l'ai toujours trouvée charmante et douée d'inestimables qualités. Apprendre votre séparation m'a peiné car je vous ai d'emblée sentis faits l'un pour l'autre. J'imagine que maintenant tu sais ce qu'il te reste à faire…

— Oh ! que oui… Tu viens de m'ôter un immense poids du cœur. À présent, allons rejoindre Bernhardt et vos compagnes. J'ai hâte de faire plus ample connaissance avec Ilse.

Tandis que tous deux s'éloignaient à travers la foule des invités, Marc élaborait déjà les détails de son changement de programme…

12

Tara replia le carton vide puis jeta un coup d'œil satisfait au salon. Son déménagement était désormais terminé.

Sa rencontre fortuite avec Marc avait renforcé sa décision de quitter Londres au plus tôt. Le cottage était habitable et, même si ses critères de confort étaient plus exigeants que ceux de ses grands-parents, rénover la cuisine et la salle de bains pouvait attendre !

Et j'ai bien fait, songea-t-elle en contemplant les livres bien alignés sur les étagères, les coussins moelleux aux couleurs vives disposés sur le canapé, son premier achat impulsif mais indispensable afin de personnaliser son nouveau logis. Avec le reste de ses affaires côtoyant les possessions chères à sa grand-mère, la pièce était extrêmement accueillante. Dès le lendemain, elle remplirait de bûches le panier placé à côté de la cheminée avec le bois remisé au fond du jardin afin de se préparer de douillettes soirées pour l'hiver qui allait bientôt arriver, mais, pour l'instant, elle méritait un moment de repos.

Après avoir rangé les cartons vides dans le garage, Tara choisit un livre puis s'installa dans le petit jardin à l'arrière du cottage. Assise dans l'un des fauteuils en osier disposés autour d'une table sous un saule pleureur, elle songea au temps passé au même endroit avec ses grands-parents. La vie était si douce avec ces gens aimants et simples…

Plutôt que de se laisser aller à la nostalgie, elle leur adressa ses remerciements pour lui avoir donné la possibilité de réaliser son rêve de toujours et profita du paysage qui s'étendait sous ses yeux.

Au-delà de la barrière délimitant la propriété, les champs s'étendaient à perte de vue. Dans le jardin, les feuilles des arbres avaient commencé à prendre de superbes teintes rougeoyantes. Un étourneau, perché sur la plate-forme d'une maison d'oiseaux suspendue à une branche, picorait les graines qu'elle y avait déposées le matin même, comme sa grand-mère le faisait chaque année dès l'automne. Quelques abeilles bourdonnaient sur les dernières fleurs de lavande. Les géraniums étaient encore en floraison, mais, déjà, dahlias, rudbeckias et asters offraient leurs couleurs vives dans les plates-bandes. Cette saison contenait la nostalgie de l'été et les promesses du charme hivernal.

Une période de transition pour la nature, comme pour ma vie…

Tara posa les mains sur son ventre qui commençait à peine à s'arrondir. Aussitôt, les souvenirs de son début d'été à la villa Derenz affluèrent à sa mémoire et revivre en pensée les doux moments de son idylle réveilla sa peine. Elle ne reverrait jamais Marc, son sourire et ses yeux brillant de désir, ne sentirait plus ses mains sur son corps, sa bouche sur la sienne…

Mais à quoi bon regretter cette parenthèse dans sa vie, car c'était bien de cela qu'il s'agissait, une parenthèse. Elle s'était engagée dans leur relation en pleine conscience, sans se douter un instant de son impact sur son existence, pensant qu'ils assouvissaient leur désir le temps des vacances… En réalité, leur entente s'était vite révélée plus profonde qu'une simple attirance physique, du moins en ce qui la concernait.

Elle était tombée amoureuse.

Et, tout comme sa peine d'avoir perdu tout espoir de revoir Marc, le souvenir qu'il lui avait bien involontairement laissé durerait toute sa vie. Un cadeau inestimable, bien plus précieux que toutes les richesses du monde. Le seul baume capable d'apaiser son cœur blessé.

Tara poussa un profond soupir. S'apitoyer sur le passé ne servait à rien, seul l'avenir comptait. Elle ouvrit son livre, lut les premières pages puis, incapable de se concentrer, le reposa sur la table et laissa à nouveau son regard errer sur le jardin.

Aussitôt, un paysage verdoyant avec des bougainvillées en fleur se superposa sur celui automnal qui lui faisait face. Pour chasser cette vision, source de mélancolie, elle s'efforça de réfléchir aux travaux extérieurs à effectuer avant l'hiver. Rentrer les plantes en pot sans attendre les premières gelées, tailler certains arbustes, remiser le salon de jardin... Tandis que la liste s'établissait dans sa tête, ses yeux se fermaient.

Un vrombissement de moteur la tira du sommeil qui avait fini par avoir raison d'elle. Ce son était assez inhabituel car le cottage était situé à l'écart du village, presque au bout d'une petite route conduisant à des champs, et les seuls véhicules qui l'empruntaient étaient le tracteur du paysan qui les cultivait ou la camionnette du facteur, aucun des deux ne faisant un bruit similaire. Entendant une portière claquer, puis le tintement de la sonnette par la fenêtre ouverte de la cuisine, elle hésita à se lever. À part ses parents, personne n'avait son adresse, alors qui pouvait bien venir lui rendre visite ?

Un bruit de pas rapides lui parvint. Quelqu'un marchait sur les dalles en ardoise de la petite allée contournant le cottage ! Soudain inquiète, elle se dressa d'un bond. À peine debout, elle sentit sa tête se mettre à tourner tandis qu'au même moment la grande silhouette familière de Marc s'engageait sur la pelouse.

Persuadée qu'il s'agissait d'un tour de son imagination, elle cligna des yeux, ce qui, loin de faire disparaître la vision, accentua son sentiment de vertige, la faisant tituber. Dans la seconde suivante, tandis qu'elle se rattrapait au dossier de son fauteuil, deux mains lui empoignèrent fermement les bras. Un flash de mémoire la traversa : Marc avait fait le même geste le jour de leur rencontre fatidique devant le restaurant à Londres.

Elle n'avait donc pas rêvé. Il était bien là.

— Que t'arrive-t-il ? Tu as eu un malaise ? demanda-t-il d'un ton soucieux.

Tara réfléchit à toute vitesse. Quelle que soit la raison de sa venue, il allait sans nul doute la lui donner puis repartir aussi vite qu'il était arrivé. Le plus important était qu'il ignore son état !

— Non, tout va bien, répondit-elle en se redressant afin de se libérer de sa poigne. Sous le coup de la surprise, j'ai fait un faux mouvement en me levant trop vite. Mais toi, que fais-tu ici et comment m'as-tu trouvée ?

Sa question sembla désarçonner Marc, ce qui rassura Tara. De toute évidence, il n'était pas au courant de sa grossesse. Son beau visage n'avait rien de sévère, mais il arborait une expression qu'elle ne lui avait jamais vue.

— Lorsque je suis allé à ton ancien appartement, tes colocataires m'ont informé de ton départ et donné le nom de la compagnie qui avait effectué ton déménagement.

— Pourquoi es-tu venu me voir ? insista-t-elle.

— Pour t'apporter ceci.

Le cœur battant à tout rompre, Tara serra fort le dossier du fauteuil. Ce n'était vraiment pas le moment de trahir les émotions qui faisaient rage en elle et encore moins celui de s'évanouir ! Se mordant la lèvre comme pour se forcer à s'endurcir, elle le regarda sortir de la poche de poitrine de son costume l'écrin qu'elle lui avait rendu à Londres, ce jour horrible où ses derniers espoirs s'étaient évanouis. Pourquoi venir lui rapporter ce collier ?

— Non, Marc, c'est très gentil, mais je ne peux pas l'accepter.

— C'est dommage car les émeraudes te vont mieux que les saphirs et les diamants.

— Je ne comprends pas...

— Je parle de la bague que t'a offerte Hans à Londres.

— Il me l'a montrée, pas offerte ! s'exclama Tara, éberluée, avant de demander, prise d'un soudain doute : tu n'as tout de même pas imaginé...

— Si, l'interrompit-il. On ne voit que ce que l'on veut voir, ou plutôt ce que l'on redoute de voir.

Le sourire triste qui accompagnait les paroles de Marc déstabilisa Tara. Incapable de croire au nouvel espoir qui lui réchauffait le cœur, elle ne put que répéter :

— Je ne comprends pas.

— Non, bien sûr. Je n'ai moi-même pas compris ce jour-là pourquoi le destin s'acharnait sur moi, ni comment j'avais pu être si bête une fois de plus.

— Que veux-tu dire ?

— Il y a très longtemps, à l'époque où je n'étais encore que le futur héritier de la Banque Derenz, une jeune femme dont j'étais très épris m'a abandonné pour un homme à la fortune déjà établie et en âge d'être son père. Elle ne m'a rien annoncé. Le hasard m'a fait la surprendre en train de dîner avec lui. Une bague de fiançailles ornait son doigt...

Marc se tut une seconde.

Devinant la peine qu'évoquait ce souvenir, Tara n'osa rien dire et attendit qu'il poursuive.

— En te voyant écarquiller les yeux face à ce bijou puis embrasser Hans, j'ai eu la soudaine certitude que ce vieux cauchemar se reproduisait. Celine s'était déjà jouée de lui, je le savais vulnérable...

— Toutes les femmes ne sont pas comme elle, Marc, l'interrompit Tara.

— Comment l'aurais-je su ? rétorqua-t-il d'un ton amer. Cette malheureuse expérience m'avait prouvé que j'étais vulnérable. Aussi, afin d'éviter ce genre de désagrément, je me suis endurci et j'ai limité mes relations à des femmes moins susceptibles d'être intéressées, des femmes issues du même milieu que moi. Cela a fonctionné jusque... Jusqu'au jour où je t'ai rencontrée. Pour toi, j'ai enfreint toutes les règles que je m'étais fixées. Mais le dernier soir, tu m'as demandé de m'accompagner à New York.

Tara sentit le sang se retirer de son visage. Cette requête malheureuse avait donc tout gâché et mis un terme à la relation qu'elle avait tant espéré voir durer...

— Si j'avais accepté, qu'aurais-tu voulu d'autre ? demanda-t-il d'une voix froide, désabusée. Tu aurais considéré tout ce que je t'aurais accordé ensuite comme ton dû. C'est pourquoi j'ai préféré tout arrêter entre nous. Je t'ai laissé ce collier pour que tu comprennes que cette liaison était terminée, que ce que tu aurais pu vouloir ne serait jamais.

— Je ne voulais rien, Marc !

Tara croisa les doigts dans son dos, car, après tout, « vouloir » était différent « d'espérer », et les serra un peu plus fort pour ajouter tout en levant le menton :

— Je n'ai jamais pensé qu'il y avait plus entre nous que ce que nous vivions.

— Mais moi, si. Je ne voulais pas voir notre histoire prendre fin, seulement j'ai eu peur. Si peur que j'ai failli détruire ma chance d'être heureux, d'où la raison de ma visite aujourd'hui et de ceci.

Il posa alors l'écrin contenant le collier sur la table de jardin et en sortit un autre, petit et carré, venant de chez le même joaillier, qu'il ouvrit, dévoilant une superbe émeraude sertie de diamants.

— Cette bague est pour toi, si tu la veux, ainsi qu'un autre présent qui aura peut-être plus de valeur à tes yeux.

Tara le regarda, si stupéfaite qu'elle en restait bouche bée.

— Il s'agit de mon cœur, Tara.

— Tais-toi ! s'exclama-t-elle. Ne prononce pas des mots que tu ne penses pas.

— Je les pense, ma chérie. Il m'a fallu bien du temps pour me rendre à l'évidence et, surtout, vaincre ma peur, mais c'est fait. J'ai étouffé ma peine pendant trop longtemps. Lorsque j'ai reçu ta lettre, je me suis précipité à Londres, heureux d'avoir enfin la preuve que tu n'attendais rien de matériel de ma part. Mon jugement trop hâtif m'a hélas poussé à me montrer odieux et à croire que tu m'avais aidé à me débarrasser de Celine seulement pour avoir le champ libre avec Hans. De retour à Paris, j'étais l'ombre de moi-même. J'avais perdu tout goût à la vie. Je me suis efforcé de chasser les sentiments que j'éprouvais malgré tout pour toi, mais en vain. Tu hantais toujours mes pensées. Dieu merci, Hans a mis un terme à mon calvaire en me présentant sa fiancée.

Tara n'arrivait toujours pas à en croire ses oreilles. Même si Marc éprouvait de profonds sentiments, il ne savait pas tout. Elle se demandait comment lui annoncer sa grossesse lorsqu'il poursuivit :

— Alors, Tara, en plus de cette bague, c'est mon cœur que je t'offre aujourd'hui. Je t'aime.

Lorsqu'il l'attira dans ses bras, elle se raidit. Le moment était venu de parler et, peut-être, de voir disparaître cette chance de bonheur. Craignant de perdre tout courage en attendant plus longtemps, elle se lança :

— Attends, Marc. Tu ne sais pas tout. Je suis enceinte.

Comme il se figeait, stupéfait, elle comprit qu'il avait mal interprété cet aveu et se hâta de préciser :

— J'attends ton enfant.

— Comment est-ce possible ? demanda-t-il, visiblement sous le choc de cette nouvelle.

— Lors de notre dernière nuit à la villa, je suis venue te chercher sur le balcon, et en rentrant, tu m'as fait l'amour sans mettre de préservatif.

— Mais…

— Cela a suffi, Marc. Le bonheur que j'avais éprouvé au cours des semaines que nous avons passées ensemble a été si intense que mon cycle en a été bouleversé.

— Pourquoi ne m'as-tu rien dit ?

— Tu étais parti et ne voulais visiblement pas de moi, alors je ne pouvais pas t'imposer une responsabilité dont tu avais certainement encore moins envie.

Marc serra Tara dans ses bras, le cœur battant à tout rompre. Elle portait son enfant. Jamais plus ils ne seraient séparés. S'il avait encore eu besoin d'une preuve, elle venait de la lui donner. Par amour pour lui, elle avait gardé ce bébé et l'aurait élevé seule, avec difficulté sans aucun doute s'il en jugeait par l'état de ce cottage. Et tout cela pour ne pas l'obliger à prendre une décision qu'elle imaginait insupportable pour lui.

— Comment as-tu pu croire une chose pareille ? Dès notre première rencontre, j'ai éprouvé une attirance inhabituelle pour toi. Pendant le séjour de Celine, j'ai lutté contre ce que je ne prenais encore que pour du pur désir. Dès que notre liaison a débuté, j'ai senti qu'il s'agissait de quelque chose de beaucoup plus profond, mais j'ai évité de me poser des questions. Le coup de fil de mon client m'a déstabilisé. Pour la première fois de ma vie, j'avais envie de faire passer notre relation avant mon travail. Tu ne peux pas savoir combien notre dernière journée ensemble a été difficile pour moi. Je ne voulais pas te quitter. J'ai profité de chaque instant avec toi, comme si j'étais condamné à ne jamais te revoir, mais j'avais si peur que, malgré mon envie, je ne suis pas parvenu à me résoudre à te demander de rester.

— Ne regrette rien, Marc. Je comprends maintenant certaines

de tes attitudes d'alors, ton comportement à Londres et, surtout, que tu aurais toujours douté de moi sans cette séparation. J'ai souffert, essayé très fort de t'oublier, mais cela m'a été impossible. Tu avais déjà pris une place trop importante dans mon cœur et laissé, bien malgré toi, un souvenir si précieux qu'il illuminait mon avenir.

Il la sentit sangloter contre son torse. Elle était si fragile et avait pourtant été capable de sacrifier son futur bonheur pour le protéger. C'était son tour à présent de se montrer à la hauteur de cette femme extraordinaire.

— Tu viens de faire de moi le plus heureux des hommes, ma chérie. Ne pleure pas, je t'en prie. Je suis là, pour toujours à tes côtés. Je prendrai soin de toi, te protégerai. Je t'aime tellement...

Il caressa machinalement les cheveux de Tara en silence tandis que ses pensées vagabondaient entre de tendres réminiscences, la vision d'un futur en famille avec elle, et la joie de la sentir abandonnée contre lui. Les émotions se succédaient en lui, toutes plus douces les unes que les autres. Tara était à lui...

Non ! Elle n'avait encore rien accepté !

— J'ai une fois annoncé que nous étions fiancés sans prendre la peine de te consulter auparavant, déclara-t-il en lui prenant les mains. À présent, c'est une demande en bonne et due forme que je te fais : Tara Mackenzie, acceptes-tu de devenir ma femme ?

Avant qu'elle ait le temps de répondre, il ajouta :

— Mais où est passée la bague ?

Tous deux se tournèrent vers la table de jardin où seuls reposaient l'écrin du collier d'émeraudes et un autre ouvert mais vide à côté. Ils se penchèrent en même temps vers le sol où Tara fut la première à repérer la bague, scintillant dans l'herbe. Marc la ramassa aussitôt.

— Tara, tu ne m'as toujours pas répondu...

— Oui, bien sûr !

Marc lui passa la bague au doigt avant de lui déposer un tendre baiser à l'intérieur du poignet.

— Tu m'as un jour interdit de renouveler ce geste, dit-il alors en souriant, mais aujourd'hui, sa signification est tout autre. À l'époque, il n'exprimait que mon désir et mon intention de te voir trahir le tien, ce que tu as fait à ma plus grande joie. Tu as cependant voulu avoir le dernier mot et m'as rendu un billet.

— J'étais troublée et je n'ai trouvé que ce moyen de te quitter la tête haute ! s'exclama Tara en riant. À vrai dire, je m'en voulais aussi de m'être dévoilée à toi, bien involontairement, crois-moi !

— Donc je te plaisais déjà un peu ?

— Comment peux-tu en douter ? Je ne savais pas ce qui m'arrivait ! Jamais je n'avais été en proie à un désir aussi spontané et intense que ni ta mine taciturne ni tes manières distantes d'ours mal léché ne sont parvenues à éteindre par la suite.

Quoique enchanté de retrouver la Tara si pétillante de son souvenir après les moments chargés d'émotion qu'ils venaient de vivre, Marc marmonna pour la forme :

— J'espérais être plus qu'un simple objet de désir à tes yeux !

Voir Tara éclater de rire enchanta Marc qui l'embrassa avec toute la passion accumulée pendant leurs longues semaines de séparation.

— Tara, avec cette bague, je te promets de t'aimer, t'honorer et te chérir toute ma vie, déclara-t-il une fois qu'ils se furent séparés. Je te promets aussi de te désirer, de tout mon corps, mon âme et mon cœur. Maintenant, laisse-moi te prouver la réalité de cette dernière promesse !

Et sans attendre sa réponse, il la souleva dans ses bras et l'emporta à grands pas vers le cottage.

— C'est donc ici que tu voulais commencer la nouvelle existence dont tu m'as parlé ?

— Oui, cette propriété appartenait à mes grands-parents. J'en ai hérité à leur mort. Cette maison a toujours été mon sanctuaire…

— J'espère qu'il sera le nôtre si tu me permets de le partager avec toi. En fait, ce serait l'endroit idéal pour passer notre lune de miel…

Marc lui décocha un sourire malicieux avant d'ajouter :

— Nous allons d'ailleurs la commencer sur-le-champ !

— Voilà une excellente idée.

En proie à un incommensurable bonheur, Marc grimpa quatre à quatre l'escalier conduisant aux chambres et déposa Tara sur le grand lit.

Épilogue

Entendant un léger gazouillis à travers le moniteur de bébé posé sur son bureau, Marc délaissa aussitôt ses dossiers pour se précipiter dans la nurserie avant que toute la maisonnée réagisse.

Même s'il écoutait respectueusement les conseils que lui prodiguaient ses beaux-parents, il refusait d'imposer une discipline militaire à son enfant. Il avait d'ailleurs beaucoup de plaisir à s'occuper de ce petit bout si beau et si calme, aussi saisissait-il la moindre occasion de passer du temps avec lui. Le retour à Paris le priverait bien assez tôt de ces moments privilégiés.

Comme il redescendait avec son fils dans les bras, il aperçut Tara assoupie sur un lit de plage, à l'ombre d'un parasol au bord de la piscine. Il s'arrêta un instant pour la contempler. Elle était au même endroit lorsqu'il l'avait vue pour la première fois dans la villa. Au souvenir de la manière dont il l'avait agressée dans l'espoir de faire taire son désir pour elle, il sourit. Qui aurait pu prévoir ce jour-là qu'ils allaient fonder une famille ensemble...

— Allons voir ta maman, jeune Derenz, murmura-t-il avant de traverser la pelouse. Ma belle endormie est-elle prête à assumer son devoir de mère ?

Tara sursauta et lui offrit son magnifique sourire si doux et empli d'amour.

— Bien sûr, donne-moi ce petit ange.

Elle s'assit aussitôt, et prit l'enfant contre sa poitrine pour l'allaiter. Marc déposa un baiser sur le front de sa femme avant de s'installer face à eux afin d'admirer ce vivant tableau de maternité. Leur fils avait hérité des yeux clairs de sa mère, mais il avait déjà des cheveux aussi noirs que les siens. Son cœur, une fois de plus, se gonfla de fierté.

Du coin de l'œil il aperçut les deux silhouettes au maintien très militaire de ses beaux-parents sortir de la villa et venir vers eux.

— Le soldat Derenz semble avoir bon appétit, déclara le commandant Mackenzie en les rejoignant avec sa femme.

— Papa, nous ne sommes pas à l'armée ! le réprimanda gaiement Tara.

Ses parents avaient accueilli l'arrivée de leur petit-fils avec une joie qui l'avait étonnée tant ils étaient d'ordinaire peu enclins à manifester ouvertement leur émotion. Sa mère, avec la rigueur due à son métier, avait organisé le mariage dans l'église du village où avait eu lieu le sien ainsi que le baptême de Tara. Son père, loin de se contenter du rôle d'observateur, avait invité ses camarades de régiment qui, tous en uniforme, avaient fait une haie d'honneur au jeune couple à la fin de la cérémonie.

Mme Mackenzie, pourtant habituée à ne jamais se départir de son sang-froid, avait même laissé échapper une larme et déclaré avec émotion « Cet homme ne te quitte pas des yeux. Il a beaucoup de chance de t'avoir trouvée ! » avant de serrer sa fille dans ses bras.

L'arrivée de leur petit-fils avait incité les deux commandants à retourner à la vie civile. Ils étaient en train d'acheter une propriété sur la côte du Dorset afin de surveiller le cottage en leur absence et d'aider Tara lorsque le couple y séjournerait. Savoir ses parents proches d'elle et surtout à l'abri des aléas inhérents à la vie militaire était un réel soulagement pour Tara.

Elle était aussi heureuse que son fils bénéficie de leur présence en grandissant car, Marc étant fils unique tout comme ses parents avant lui et elle-même, les Mackenzie constituaient sa seule famille. Il y avait bien sûr les Neuberger. Hans avait accepté avec joie d'être le parrain du petit Marc Junior et devait arriver quelques jours plus tard avec Ilse, Bernhardt et Karin qui attendait son premier enfant. La villa du Cap Pierre retrouverait son effervescence d'antan et les bambins forgeraient certainement une amitié aussi solide que celle de leurs parents.

Tara jeta un coup d'œil à son mari en grande discussion avec son père avant de se séparer un instant de son fils pour rajuster sa tunique.

Croisant le regard de sa femme, Marc éprouva une soudaine bouffée d'amour.

Comment était-il possible d'aimer une femme à ce point ?

Ça l'était pourtant, et il se jura de toujours l'adorer et la protéger.

À cet instant, un raclement de gorge le tira de sa douce rêverie.

— Dites-moi, mon vieux, nous aimerions sortir le bateau et tirer quelques bords au large. Le vent qui vient de se lever sera parfait pour essayer le spinnaker.

— Excellente idée, commandant !

— Nous ne vous invitons pas à vous joindre à nous car vous avez sûrement envie d'un peu d'intimité, déclara alors Mme Mackenzie avant de se tourner vers Tara. Quant à toi, jeune fille, n'oublie pas de te reposer.

— Maman, je ne suis pas un de tes subordonnés !

— Peut-être, mais une fille doit obéissance à sa mère !

Tandis que les deux commandants s'éloignaient, Marc se tourna vers Tara en souriant.

— Notre petit ange semble sur le point de s'endormir. Si nous montions le coucher et en faire autant ? Tu as entendu ce qu'a dit ta mère…

— Parce que maintenant tu te ranges à son avis ?

— Pas exactement, en fait, je pensais que le moment était venu d'envisager l'ajout d'une demoiselle Derenz à notre famille…

— Quelle merveilleuse idée ! s'exclama Tara. Une grande famille heureuse ! Je ne vois rien de plus beau.

Marc ne pouvait qu'être d'accord…

MELANIE MILBURNE

L'enfant d'une folle nuit

Traduction française de
MICHÈLE LE YAP

AZUR

HARLEQUIN

Titre original :
CINDERELLA'S SCANDALOUS SECRET

Ce roman a déjà été publié en 2020.

1

Il ne restait plus qu'une chambre sur le planning d'Isla : la suite du dernier étage du vieux palace d'Édimbourg. L'ironie de la situation n'échappait pas à la jeune femme, aujourd'hui femme de ménage alors que peu auparavant encore, elle était une cliente privilégiée de ce genre de lieux.

Avant d'entrer dans la chambre, elle frappa et annonça :

— C'est la femme de chambre !

N'obtenant aucune réponse, elle ouvrit avec son passe et poussa son chariot de nettoyage dans la pièce.

Elle eut aussitôt l'impression de pénétrer dans un autre monde, un monde qu'elle avait fréquenté et auquel elle avait cru naïvement pouvoir appartenir…

Elle plaça une main protectrice sur son ventre à peine renflé où le doux frémissement de l'être minuscule qui y grandissait lui rappela que dans quatre mois sa vie allait changer une fois encore.

À jamais.

Isla referma la porte de la suite, en essayant de laisser ses pensées dans le couloir. En vain, car elles l'assaillaient sans répit, telle une volée de corbeaux noirs tournoyant au-dessus d'une dépouille. La dépouille de sa relation, brève mais passionnelle, avec le père de son bébé.

Rafe Angeliri, qui ne savait même pas qu'il allait être père.

« Relation » était sans doute un terme un peu trop fort pour qualifier ce qu'elle avait vécu avec Rafe. Une aventure. Une passade. Deux mois de folie, de magie, durant lesquels elle s'était retrouvée possédée de corps et d'esprit, oubliant qui elle était, d'où elle venait, ce qu'elle représentait. Ils s'étaient rencontrés dans un bar et, moins d'une heure plus tard, elle se retrouvait dans un lit avec lui. Ça avait été sa première aventure d'une nuit – à ceci près que ça n'avait pas duré qu'une seule nuit, parce que Rafe avait demandé à la revoir. Encore, et encore. Et il avait suffi de quelques jours pour qu'ils entament une relation passionnée qu'elle aurait souhaité prolonger éternellement.

Or, c'était fini.

C'est elle qui y avait mis un terme. Isla balaya du regard le somptueux mobilier de la suite. Durant son aventure avec Rafe, c'était devenu la norme que de passer la nuit dans une chambre luxueuse à l'image de celle-ci, de dormir dans des draps de coton égyptien d'une finesse exceptionnelle, de déguster du champagne dans des coupes de cristal étincelantes, de dîner dans des restaurants étoilés, de porter des vêtements et des chaussures de marque ainsi que des bijoux plus coûteux qu'une voiture. D'assister à des bals caritatifs, à des opéras, à des représentations théâtrales et à des événements prestigieux vêtue comme un top model et non comme une enfant issue d'un quartier pauvre et placée en famille d'accueil.

Comme un cas social déguisé en princesse…

Un client avait occupé la suite – le lit était défait d'un côté, les couvertures rejetées sur le matelas en un désordre qui raviva en elle des souvenirs doux-amers. Même l'odeur ambiante lui parut familière – subtil mélange de bergamote et de jasmin qui lui donna la chair de poule, tandis qu'une étrange sensation lui agaçait la racine des cheveux. La chambre vibrait d'une énergie curieuse, comme si la présence d'une forte personnalité avait récemment perturbé l'air ambiant, modifié la chimie du lieu.

Isla se secoua vigoureusement, s'approcha du lit et retira le drap, tel un magicien escamotant la nappe d'une table dressée. Elle avait du travail et il était hors de question que son imagination prenne le dessus. Après tout, le lit qui était aujourd'hui le sien, elle se l'était fait elle-même et elle s'en félicitait.

Sinon qu'elle y était seule.

Jamais elle n'avait envisagé de dire à Rafe qu'elle était enceinte.

Comment aurait-elle pu ? Il était hors de question qu'elle prenne le risque qu'il lui demande de renoncer à mettre cet enfant au monde. Qu'il les rejette, elle et le bébé. Tout au long de son enfance déjà, elle avait vécu des rejets répétés. Son propre père l'avait placée pour que d'autres se chargent de l'élever. Comment pouvait-elle imaginer que Rafe la repousse ou qu'il propose de l'épouser par pur sens du devoir ? Elle savait d'expérience ce que donnait ce genre d'union : des enfants non désirés, livrés à eux-mêmes, ballottés de foyers en familles d'accueil.

Isla se tourna vers le chariot et attrapa un drap qu'elle mit en place en veillant à ce qu'il soit parfaitement tendu, tapota les oreillers et les disposa avec soin avant d'ajouter un jeu de coussins bleu marine ainsi qu'un chemin de lit. Elle se reculait pour juger de son travail quand la porte s'ouvrit derrière elle.

Isla afficha un sourire impersonnel et pivota pour faire face au client.

— Je suis désolée. Je n'ai pas tout à fait ter…

Son sourire s'évanouit tandis que sa formule d'excuse se perdait dans un murmure confus, que sa gorge se nouait. Elle n'avait plus de voix et son cœur battait à tout rompre. Sans qu'elle y puisse rien, elle caressa du regard le père de son bébé, poussée par une attirance à laquelle les mois écoulés n'avaient rien changé. Dieu, qu'il était beau, sain, viril ! Irrésistible !

Contrairement à elle, Rafe Angeliri n'avait pas changé durant ces trois mois. Son costume bleu foncé et sa chemise blanche impeccable soulignaient admirablement sa stature athlétique. Il avait de longues jambes musclées, le torse large, des bras toniques et le ventre plat et dur. Sa chemise au col ouvert révélait sa peau bronzée et un soupçon de toison brune. Grand, mince, la mâchoire rasée de frais et déterminée, il était séduisant en diable et ne laissait pas indifférent. Ses cheveux légèrement ondulés, ni longs ni courts, laissaient voir son front intelligent et s'arrêtaient à la hauteur de son col en un style décontracté qui contrebalançait son énergie implacable et sa personnalité déterminée.

Néanmoins, ses yeux étaient encore plus cyniques qu'avant et des rides encadraient à présent sa bouche.

L'espace d'un instant, Isla crut lire dans ses yeux un choc qu'il eut tôt fait de masquer, une émotion qui troubla ses traits, aiguisa son regard et le figea au point de le muer en statue de marbre. Ça ne dura qu'une fraction de seconde. Rafe avait toujours professé une maîtrise de soi supérieure à celle de tous les gens qu'elle avait connus, et assurément supérieure à la sienne, elle qui avait toujours été fière du talent avec lequel elle masquait ses sentiments. Sinon, comment aurait-elle survécu aux multiples placements qui avaient ponctué son enfance ?

— Isla…

Rafe esquissa un petit signe de tête aussi courtois que dédaigneux.

— Que me vaut le plaisir de ta présence dans ma chambre ?

Isla s'écarta comme si le lit venait de prendre feu. Se retrouver dans cette situation alors que Rafe était si proche était une mauvaise idée. Tentante, certes, mais très mauvaise. Durant leur brève aventure, c'était dans un lit qu'ils avaient passé le plus clair de leur temps. Le sexe les avait réunis dès leur première rencontre dans un bar, et elle s'était découvert un désir explosif qui avait soumis tout son corps à une véritable onde de choc. Elle n'avait jamais vraiment apprécié le sexe avant Rafe et, aujourd'hui encore, elle vibrait de tout son être au souvenir de ces moments extraordinaires. Sa chair était parcourue de petites pulsations, de picotements – cette chair qu'il avait éveillée de ses lèvres, de sa langue…

Isla saisit quelques serviettes propres sur son chariot pour tenter de cacher son ventre renflé. Il n'avait jamais été particulièrement plat, de sorte qu'elle espérait bien que Rafe ne remarquerait rien. Qu'il la trouve tellement attirante l'avait toujours étonnée, elle qui ne ressemblait en rien aux femmes splendides et sveltes avec lesquelles il semblait avoir l'habitude de sortir. Dans son désarroi, elle essaya désespérément d'occuper ses mains, de crainte qu'elles cherchent à balayer l'expression impérieuse de ce visage trop séduisant ou, pire, qu'elles se referment sur les tempes de Rafe pour le forcer à écraser sa bouche contre la sienne et lui faire oublier tout ce qui n'était pas le feu de son baiser.

— Je travaille ici. Maintenant, si tu veux bien me permettre de finir ta chambre. Je vais te laisser la place et…

— Je croyais que tu retournais à Londres pour y finir les beaux-arts ?

Il avait le front plissé, et ses prunelles vertes piquetées de brun soutenaient son regard.

— Ce n'était pas ton projet ?

— J'ai… J'ai changé d'avis.

Isla tourna les talons et, les bras serrés autour des serviettes, se dirigea vers la salle de bains. Elle les disposa sur le porte-serviettes, puis récupéra les sales qu'elle cala contre son corps.

Dès l'instant qu'elle s'était rendu compte qu'elle était enceinte, tout avait changé.

Rafe la suivit dans la magnifique salle de bains où sa simple présence sembla rétrécir les lieux. Surprenant son reflet dans le miroir installé au-dessus de la double vasque, Isla laissa échapper un soupir muet. Jamais elle n'avait été plus sensible à son absence de maquillage, à ses vilains cernes noirs, au manque de tenue de ses cheveux auburn sous sa coiffe de femme de chambre. Et au doux renflement de son ventre sous son tablier blanc à volant. La comparait-il à sa dernière conquête ? Depuis leur rupture, elle était tombée sur des photos de lui en compagnie de plusieurs créatures de rêve et s'était demandé s'il l'avait fait délibérément afin de la narguer.

Après tout, c'était elle qui avait mis un terme à leur relation, et il était clair qu'il n'était pas habitué à ce genre de chose. Les femmes se bousculaient pour sortir avec lui, pas pour le quitter.

— Ta décision a été très soudaine, non ?

Il y avait dans sa voix une note de scepticisme qui allait de pair avec l'attention aiguë qu'elle notait dans son regard.

— Je croyais que tu aimais vivre à Londres ?

Isla rentra le ventre tout en s'appliquant à ranger les fournitures de toilette sur le comptoir en marbre afin de maîtriser le tremblement de ses mains.

— Je me suis sentie prête à changer de décor. Et, de toute façon, je n'avais plus les moyens de vivre là-bas.

Les yeux de Rafe brillèrent sous le coup d'une colère tout juste contrôlée et sa lèvre supérieure se releva en une moue maussade.

— Il y a quelqu'un d'autre ? C'est pour ça que tu as décidé que c'était fini entre nous ?

En croisant le regard de Rafe dans le miroir, Isla y lut une telle amertume qu'elle en eut l'estomac noué.

— Nous ? Il n'y avait pas de « nous », tu le sais bien. C'était une aventure, rien de plus, et je voulais que ça s'arrête.

— Menteuse.

L'accusation avait fusé. Brutale. Directe.

— Aie au moins la décence d'être franche avec moi.

Franche ? Comment pouvait-elle l'être ? Comment lui parler de son milieu ? De ses origines ? De sa honte ? Elle avait beau arborer des vêtements griffés, à l'époque, la honte ne cessait de flamber en elle.

— Il n'y a personne d'autre. Je te l'ai écrit dans mon petit mot – je voulais en finir, c'est tout.

Découvrir qu'elle portait l'enfant de Rafe avait plongé Isla dans un monde d'incertitudes. La perspective qu'il les rejette, elle et son bébé, comme son père autrefois, lui avait été très douloureuse. Lui révéler sa grossesse, c'était aller au-devant de blessures irréparables, elle en avait la certitude. N'essaierait-il pas de la pousser à avorter ? Elle ne le lui aurait pas permis, mais ne voulait en aucun cas s'exposer à ce genre de discussions abominables. D'autant qu'elle avait bien assez de doutes comme ça sur ses capacités maternelles. Depuis l'âge de sept ans, elle n'avait cessé de passer d'une famille d'accueil à une autre ; les souvenirs qu'elle avait de sa mère étaient parcellaires dans le meilleur des cas, et sinon poignants. Quelle sorte de maman allait-elle faire ? C'était là une préoccupation constante qui la tenait éveillée, la nuit. Doutes et peurs la taraudaient.

— Ah oui ! Ton petit mot, lança-t-il d'un ton acerbe.

Isla s'obligea à soutenir son regard impitoyable en affichant l'impassibilité de façade qu'elle avait travaillée pendant des années. Une expression qui l'avait aidée à survivre aux multiples placements qu'elle avait dû subir. Un masque d'indifférence qui ne laissait rien paraître des sentiments qui l'agitaient.

— C'est à toi d'être franc. Tu es furieux parce que je t'ai quitté, un point c'est tout. Mais, tôt ou tard, tu aurais pris l'initiative. Tes aventures ne vont jamais au-delà d'un mois grand maximum. Moi, j'étais déjà en sursis.

Un muscle se crispa sur la mâchoire de Rafe.

— Tu n'aurais pas pu attendre mon retour de New York pour me le dire en face ? Ou est-ce pour ça que tu ne m'as pas accompagné pendant que je négociais ce contrat ? Parce que tu avais déjà décidé de me quitter durant mon absence ? Tu ne voulais pas prendre le risque que je te fasse changer d'avis, c'est ça ?

Isla pinça les lèvres afin de dominer sa colère. Consciente de ce que ce contrat, le plus important de sa carrière, représentait pour son avenir et déjà mal en point avant son départ, elle avait choisi de rester chez lui en Sicile plutôt que de le suivre, comme elle le faisait depuis deux mois qu'ils étaient ensemble. Déjà, les doutes avaient commencé à l'assaillir, et elle souhaitait être seule pour faire le test. Pas question qu'il la surprenne, le test à la main ou, pire encore, en proie à d'effroyables nausées.

Dès qu'elle avait vu que le résultat était positif, elle avait compris ce qui lui restait à faire : rompre.

Mettre un terme à leur aventure et disparaître de la vie de Rafe sans attendre que les difficultés s'accumulent. Elle ne pouvait que lui causer des problèmes dont il aurait énormément de mal à se remettre. Dans les cercles fortunés où Rafe évoluait, le passé d'Isla n'aurait pas manqué de provoquer de sérieux remous. Le contrat auquel Rafe travaillait depuis des mois et qu'il devait signer avec un homme d'affaires new-yorkais profondément croyant aurait été fort compromis. De la même manière, une photo d'elle en train de danser dans un bar en tenue légère aurait compromis l'ambition de Rafe de présider une grande organisation caritative en faveur d'enfants défavorisés. Et la souillure de ses origines aurait gravement nui à ses affaires futures.

Isla avait même imaginé les manchettes – *Une danseuse de cabaret enceinte du magnat italien de l'hôtellerie, Rafael Angeliri.* Il ne se serait pas remis facilement d'une telle publicité. Les personnalités en vue restaient parfois prisonnières d'un scandale jusqu'à la fin de leurs jours. Elle ne pouvait lui infliger pareille calamité. Ni à lui ni à leur enfant. Elle ne supportait pas l'idée que son bébé soit victime d'opprobre avant même d'être né.

Elle releva le menton et lança à Rafe un regard glacial.

— Tu ne m'aurais pas fait changer d'avis.

Rafe regarda sa bouche, puis ses yeux.

— En es-tu sûre, *cara* ?

Sa voix avait un accent grave et sensuel qui lui rappela l'émoi que suscitait la lente caresse de sa main entre ses jambes. Et le feu de son regard la bouleversa à un point inimaginable.

Elle s'écarta du comptoir en marbre. Il fallait absolument qu'elle s'éloigne au plus vite sous peine de dire ou de faire quelque chose qu'elle regretterait. Bien sûr, elle pensait qu'il avait le droit de savoir qu'il allait devenir père et, s'ils avaient été issus du même milieu social, elle le lui aurait annoncé d'emblée.

Mais ils venaient de deux univers diamétralement opposés, et elle n'avait aucun moyen de combler le fossé qui les séparait.

— Laisse donc ça, lui lança-t-il en indiquant les serviettes qu'elle serrait contre son ventre. Pourquoi joues-tu les femmes de chambre ? Tu aurais pu trouver un emploi plus proche de tes aspirations artistiques, non ?

Les mains crispées sur sa pauvre armure en éponge humide, elle répondit :

— Je fais ça pour une amie. Elle dirige une agence de nettoyage : Layla & Co. Tu en as peut-être entendu parler ?

Elle avait conscience de dire n'importe quoi, et enrageait de sa nervosité, elle qui s'était toujours flattée de ses talents d'actrice. N'avait-elle pas passé la majeure partie de sa vie à feindre d'être quelqu'un qu'elle n'était pas ?

Imperturbable, Rafe répondit :

— Non, mais je note. J'envisage d'acheter cet hôtel. C'est pour ça que je suis descendu ici incognito pour voir comment il fonctionnait réellement.

— Tu n'en as pas assez ? s'écria-t-elle sans cacher son sarcasme. Tu as décroché ton fameux contrat à New York, n'est-ce pas ? Un des plus gros que tu aies signés, pas vrai ?

S'il était fier de sa réussite, il n'en montra rien et sa bouche s'ourla en un sourire qui n'en était pas vraiment un.

— Je suis heureux de constater que tu as suivi mes affaires de près.

Isla eut du mal à retenir une exclamation de dépit. Pourquoi lui avait-elle donné l'impression qu'elle surveillait tous ses faits et gestes ? Du coup, elle affecta un air ennuyé et passa devant lui pour regagner la chambre.

— Écoute, j'ai vraiment besoin de finir...

Mais il l'avait déjà attrapée par le poignet et elle frémissait à ce contact qui attisait les souvenirs, le désir, le manque.

— Reste et prenons un verre ensemble.

La voix de Rafe avait retrouvé ces tonalités graves et sensuelles qui l'étourdissaient.

— Impossible.

Elle se libéra d'un geste brusque.

— J'ai un autre engagement.

Avec quelle aisance ce mensonge lui était venu ! Mais ne possédait-elle pas une parfaite maîtrise de la dissimulation ?

Elle aperçut, l'espace d'une demi-seconde, une vague lueur dans le regard de Rafe – déception, souffrance, colère ? Elle n'aurait pu le dire.

— Je suis sûr qu'ils ne verront pas d'inconvénient à attendre.

Isla releva le menton et affronta Rafe du regard.

— Tu ne peux plus me forcer à faire quoi que ce soit, Rafe.

Il haussa légèrement les sourcils et, affichant de nouveau son sourire cynique, lui demanda :

— Quand t'ai-je jamais forcée, *cara mia* ? Tu m'as toujours accompagné de ton plein gré, non ?

Encore une fois sa voix, si grave, si mélodieuse !

Isla tenta de repousser le flot de souvenirs érotiques qui l'envahissaient, leurs corps mêlés, son corps heureux, ivre de volupté et étourdi par une bienheureuse sensualité. L'odeur musquée de leur étreinte, la saveur de Rafe, la douceur de ses mains caressant langoureusement le satin de ses cuisses et s'approchant toujours plus du cœur de son plaisir. Elle reprit son souffle et empoigna son chariot pour s'interdire de toucher Rafe. Voyons ! Elle n'était plus sensible à son magnétisme à présent, non ? Pourtant, force lui était de reconnaître que, depuis leur rupture, personne ne l'avait un tant soit peu attirée.

— Il faut que j'y aille, dit-elle en poussant son chariot.

Bizarrement, elle ne put avancer d'un pouce : la voix de Rafe l'avait stoppée sur place.

— Un verre. Au bar du rez-de-chaussée. Je te promets de ne pas te retenir trop longtemps.

Après une brève pause, il ajouta :

— Je t'en prie, *cara* ?

Elle aurait dû sortir sans se justifier, sans expliquer quoi que ce soit, mais quelque chose dans la voix de Rafe l'en empêcha. Refuser la ferait passer pour une vraie mégère. Or, si quelqu'un avait des raisons de se montrer acariâtre, c'était lui. Après tout, c'était elle qui avait mis un terme à leur relation par un simple billet plutôt que de le lui annoncer en face. Le plus révélateur, dans leur rupture, c'était le coup de fil de Rafe et le message cinglant qu'il lui avait laissé sur sa messagerie. Cet ultime coup de fil lui avait permis d'exprimer sa fureur, et avait conforté Isla dans l'idée qu'elle avait pris la bonne décision. S'il l'avait vraiment aimée, se serait-il contenté d'un seul appel ? N'aurait-il pas fait l'impossible pour la retrouver et la supplier de revenir ? Sinon que des hommes tels que Rafe Angeliri ne s'abaissaient pas à supplier. Ils n'y étaient pas contraints. Les femmes ne les quittaient pas.

Cela dit, passer du temps avec Rafe risquait de se révéler dangereux à présent que son petit ventre commençait à se remarquer. Néanmoins, peut-être qu'un échange rapide pourrait le convaincre qu'elle allait bien et ne pensait plus à leur histoire. Ni à lui.

Elle lui devait bien quelques minutes de son temps, n'est-ce pas ? Même si elle s'était promis de ne jamais le lui avouer, il était le père de son enfant. Par ailleurs, prendre un verre avec lui l'aiderait à en savoir davantage sur ses projets et à ajuster les siens en conséquence. S'il comptait passer un certain temps à Édimbourg, il faudrait qu'elle aille s'installer ailleurs. Qu'elle disparaisse en espérant qu'il ne cherche pas à la retrouver.

Isla se tourna vers Rafe, l'esprit et le cœur en ébullition. Avait-elle jamais pu lui résister ?

— D'accord. Un verre.

Une fois que la porte se fut refermée derrière Isla, Rafe poussa un énorme soupir. Les mois avaient passé et il ne pouvait toujours pas se retrouver dans la même pièce que la jeune femme sans la désirer violemment. La voir debout à côté de son lit avait ranimé une foule de souvenirs. Des souvenirs qu'il n'avait jamais pu effacer de sa mémoire, et encore moins de son corps. C'était comme si Isla McBain avait gravé son empreinte dans sa chair. Personne d'autre n'avait pu satisfaire le brûlant et douloureux désir qu'elle suscitait chez lui. Il était sorti avec d'autres femmes depuis leur séparation, mais sans jamais se résoudre à partager leur lit. Chaque fois, quelque chose l'en avait empêché. Il était en train de se transformer en un véritable moine et avait intérêt à régler cette histoire s'il voulait passer à autre chose.

Et prendre ses distances avec elle.

Rafe s'en voulait de nourrir encore une telle amertume. D'ordinaire, c'était lui qui prenait l'initiative de la rupture mais cette fois, Isla lui avait imposé une expérience nouvelle, et bien déplaisante. Et ce, au moment où il travaillait d'arrache-pied sur le contrat le plus important de sa carrière, loin de sa propriété sicilienne où il l'avait emmenée.

Sa villa était un territoire interdit à ses conquêtes. Mais, avec Isla, il avait baissé la garde et passé des semaines dans son domaine adoré en annulant des rendez-vous professionnels afin de profiter de leur intimité sans que la presse leur vole ces instants précieux. Quelque chose dans leur relation l'avait poussé à la tenir secrète. Justement parce qu'il aimait passer du temps avec Isla.

Pourtant, allez savoir pourquoi, il s'était trompé sur son compte, et ça l'ennuyait. Mais ce qui le piquait le plus, c'était qu'il la soupçonnait d'avoir attendu qu'il soit totalement absorbé par la négociation de son contrat pour frapper un grand coup.

Quand, à son retour, il avait trouvé la villa vide et un mot sur le manteau de la cheminée, il s'était senti pris de court, trahi. Et s'il y avait quelque chose qu'il détestait, c'était ça. La trahison, il y avait goûté avec son père. Son père qui avait mené deux vies de front, et fondé deux familles, chacune se croyant unique pour Tino Angeliri et ignorant l'existence de l'autre. Rafe avait découvert la vérité à l'âge de treize ans à la suite d'un coup de fil d'un employé qui s'était senti obligé de les prévenir, sa mère et lui, que son patron avait été victime d'un très grave accident de la route et qu'il était hospitalisé à Florence. Mais, en accourant au chevet de Tino, ils avaient découvert d'autres visiteurs. Son autre famille. Sa femme et deux fils. Sa famille officielle. Planté à côté du lit de son père, Rafe avait passé en revue les innombrables mensonges que Tino Angeliri avait dévidés au fil des années.

Rafe était en fait le vilain petit secret de Tino. Son fils illégitime.

La lettre de rupture d'Isla avait fait resurgir toutes les émotions et la fureur qui l'avaient bouleversé quand, en entrant dans la chambre d'hôpital de Florence, il s'était heurté de plein fouet à ce flot de mensonges. Dans un accès de rage, il avait déchiré le mot. Pourquoi n'avait-il rien vu venir ? Il avait pourtant dû y avoir des signes avant-coureurs, non ? Ou bien Isla, comme son père des années durant, lui avait-elle donné un sentiment de sécurité pour mieux le berner ? Les faux-semblants, les mensonges, la dissimulation – les trois péchés mortels de toute relation.

Il avait appelé Isla sur-le-champ et lui avait laissé un message, dont il n'était pas très fier, mais il n'était pas du genre à accorder une seconde chance. De son côté, elle ne l'avait pas rappelé, et il s'était dit que c'était préférable. Mieux valait une rupture nette. Pourtant, rien dans leur séparation ne lui paraissait très net. Il y voyait davantage une déchirure.

Il fit les cent pas dans la pièce pour tenter de recouvrer un semblant de calme et réfléchir. Il y avait quelque chose d'étrange chez Isla. Son langage corporel, son regard fuyant, sa méfiance butée. Pourquoi avait-elle renoncé aux beaux-arts, pour lesquels elle avait une passion, pour retourner en Écosse ? Alors qu'elle adorait vivre à Londres, elle le lui avait dit ! Il avait vu quelques-uns de ses dessins, et son talent l'avait stupéfié. Qu'est-ce qui avait pu la pousser à tourner le dos à ses rêves et à accepter un emploi sans aucun lien avec ses aspirations artistiques ? Il avait dû se passer quelque chose. Mais quoi ?

Il pivota et fixa le lit impeccable ; là, il visualisa les jambes souples d'Isla nouées autour des siennes et étouffa une exclamation rageuse.

Elle était de loin la femme la plus fascinante qu'il ait connue. Était-ce pour cela qu'aucune autre n'avait pu la lui faire oublier ? Pour lui, sa vivacité d'esprit et son caractère bien trempé avaient été aussi distrayants qu'exaspérants. Rares étaient les gens qui lui tenaient tête, et plus rares encore les femmes qui le traitaient en égal, au lieu de ne voir en lui qu'un confortable soutien financier.

Isla s'était révélée totalement différente et, depuis, il lui était impossible de vivre quoi que ce soit de satisfaisant avec une autre. Il avait adoré leurs débats animés et la manière dont leurs disputes se réglaient au creux des draps. Il avait adoré la provoquer jusqu'à ce qu'elle frémisse et tremble entre ses bras.

Bien qu'étant toujours la même, elle lui semblait un peu différente, comme si, malgré sa minceur, ses courbes s'étaient affirmées, de sorte qu'il avait terriblement envie de la toucher, de la sentir, de la goûter. Ses seins étaient plus pleins. *Dio !* Il fallait qu'il cesse de penser à sa poitrine fabuleuse, véritable velours sous ses mains, à ses lèvres, à sa langue. Au bonheur qu'il éprouvait quand elle vibrait sous son poids et qu'il lui arrachait des cris de plaisir.

L'énergie nouvelle qu'elle dégageait l'intriguait. De même que son regard qui tantôt provoquait, tantôt se dérobait. Sa peau blême, puis empourprée. Son corps qui le fuyait alors qu'avant il était constamment tourné vers lui.

Le rejet d'Isla était pour lui une plaie pas encore refermée. Il devait en terminer avec elle, l'extirper de ses pensées afin de reprendre le chemin qui était le sien. Un verre avec elle et il repartirait sans un regard en arrière en enterrant leur histoire.

C'était fini. Plus tôt il l'accepterait, mieux cela vaudrait.

2

Isla échangea son uniforme pour ses vêtements de ville. Fini les tenues chics que Rafe lui avait offertes. Elle avait tout laissé en Sicile, et portait désormais des habits décontractés, pratiques et bon marché.

Après avoir enfilé un legging noir, elle passa sa tunique à manches longues en jersey, mais, contrairement au but recherché, celle-ci attirait l'attention sur son ventre arrondi. Pourtant, le bébé n'avait tout de même pas grossi en l'espace de quelques minutes ! se dit-elle, contrariée, en caressant ses rondeurs. Elle tira sur le tissu, en vain. À croire que son corps cherchait à proclamer son état !

En dépit de la température relativement chaude, Isla mit sa veste et en noua les pans sur sa taille, puis s'assura que le miroir lui renvoyait un reflet satisfaisant.

Elle repêcha ensuite sa petite trousse à maquillage au fond de son sac fourre-tout et fit de son mieux pour se rafraîchir. Elle commença par un anticerne – son dernier ami en date –, puis appliqua une crème hydratante teintée et une ombre à paupières qui mettait en valeur ses yeux pervenche. Elle recourut ensuite à un brillant à lèvres et enfin à un mascara, tout en se demandant pourquoi elle se donnait tant de mal. Sans doute était-ce une forme d'armure face à Rafe Angeliri ?

Elle desserra un peu les pans de sa veste nouée et passa de nouveau la main sur son ventre. Était-ce un effet de son imagination ou bien son bébé bougeait-il plus que d'habitude ? Son bébé… Mais c'était aussi le bébé de Rafe ! Cette réalité la frappa soudain. *Le bébé de Rafe*. Il avait le droit de savoir. C'était évident. Elle l'avait toujours pensé. Et maintenant qu'il avait signé son fameux contrat new-yorkais, pourquoi ne pas lui dire la vérité ? Il risquait certes de rejeter l'enfant, mais si tel était le cas, elle n'insisterait pas.

À cette éventualité, elle se crispa. Cette épreuve, elle l'avait déjà vécue, et cela lui avait valu des années et des années en familles d'accueil, sans aucun ancrage, sans la possibilité d'être adoptée, aimée…

Non. Son enfant méritait mieux et elle ferait tout ce qui était en son pouvoir pour lui offrir la meilleure éducation possible, avec ou sans le soutien de Rafe.

Elle prit une inspiration frémissante et rajusta les pans de sa veste autour de sa taille. Sa décision était prise : elle profiterait de ce moment pour lui annoncer la nouvelle. Pas question de le prendre au dépourvu, il détestait ça.

La tête lourde, Isla entra dans le bar de l'hôtel. Rafe était assis dans un recoin paisible dans un fauteuil Chesterfield en cuir bordeaux. Comme s'il avait perçu son arrivée, il détacha le regard de son téléphone et la fixa intensément, ce qui la fit frissonner de tout son corps. Elle avait soudain l'impression qu'ils étaient seuls dans ce bar, seuls au monde, et, quand bien même elle l'aurait voulu, elle n'aurait pu détacher les yeux de lui tant il l'hypnotisait.

Il avait gardé son costume de ville bleu foncé et sa chemise blanche, mais y avait ajouté une cravate à rayures noires et argent. Cette petite attention la toucha. Même si elle était assez féministe, elle avait toujours été très sensible à son respect des vieilles règles de courtoisie. Durant leur aventure, pas une seule fois elle n'avait ouvert une portière de voiture. Pas une seule fois il ne s'était assis avant elle. Sa prévenance offrait un contraste saisissant avec le comportement des hommes qu'elle avait pu rencontrer avant lui, et elle avait adoré tous ces instants où il lui avait donné le sentiment d'être précieuse à ses yeux.

Il se leva de son siège à son approche et l'enveloppa d'un regard approbateur.

— Tu es très belle, mais tu m'as beaucoup plu dans ta tenue de femme de chambre, lui dit-il d'une voix caressante.

Son accent italien lui parut encore plus marqué que dans son souvenir, et comme toujours avec lui elle se sentit prête à craquer.

Personnellement, elle avait passé des années à tenter de gommer son accent écossais, en faisant l'impossible pour se débarrasser des traces de son enfance chaotique et défavorisée, de sorte qu'à l'heure actuelle personne n'aurait pu deviner qu'elle n'avait pas fréquenté un prestigieux établissement d'Édimbourg.

Elle lui décocha un sourire crispé et s'installa dans le fauteuil opposé, posant son sac à main par terre.

— J'espère que le règlement de l'hôtel n'interdit pas au personnel de fraterniser avec les clients. Si c'est le cas, tant pis.

— S'il y a le moindre problème, je m'en chargerai, déclara Rafe. Tu ne veux pas enlever ta veste ? Il fait bon ici.

— Non.

Ne pouvant soutenir le regard de Rafe, elle se saisit de la carte des cocktails en faisant mine d'afficher un vif intérêt pour la sélection proposée.

— Qu'aimerais-tu boire ? dit-il en faisant signe au serveur.

— Pas d'alcool. Une citronnade.

Il haussa les sourcils.

— Une coupe de champagne ? Ou bien un cocktail ? Tu adorais cela…

— Depuis quelque temps, j'ai un penchant pour la citronnade.

Rafe passa commande, mais une fois que le serveur se fut éloigné, il observa Isla un long moment.

— Tu n'as pas l'air dans ton assiette. C'est ma compagnie qui te perturbe autant ?

Isla, qui bouillait déjà sous sa veste, sentit le feu lui monter aux joues.

— Ça a été un drôle de choc de tomber sur toi alors que je faisais ta chambre. Je… Je ne m'en suis pas encore totalement remise.

Elle se félicita de sa réponse. Elle paraissait raisonnable et c'était plus ou moins la vérité. Se remettrait-elle jamais de leur rencontre ? Probablement pas.

— Je vois…

Cette remarque exprimait une forme de tension qui aiguisa les nerfs déjà à vif d'Isla.

Le serveur plaça leurs boissons devant eux, puis s'éclipsa.

La citronnade, pourtant bien fraîche, ne contribua guère à atténuer le feu qui embrasait ses joues. Elle luttait contre l'envie irrépressible d'ôter sa veste, mais redoutait de révéler ainsi sa grossesse plus tôt qu'elle ne le souhaitait.

Alors, elle reposa calmement son verre sur la table et se soumit à l'intense examen de son compagnon.

— Pourquoi me regardes-tu ainsi ?

— Tu n'es pas heureuse.

Ce n'était pas une question.

Gênée par l'insistance de Rafe, par le fait qu'il perçoive ce qu'elle cherchait tant à cacher, Isla repoussa une mèche de cheveux qui lui barrait le visage.

— Je ne vois pas trop en quoi ça te concerne.

— J'aurais pu te rendre heureuse, *cara*.

Sous le poids de l'amertume, le timbre de sa voix était devenu plus grave.

Isla croisa les jambes et se mit à agiter furieusement le pied.

— Et comment ? En m'habillant en poupée ? Comme un joujou pour te distraire quand ça te chante ? Non, merci !

À ces mots, une ombre voila les prunelles de Rafe.

— Je t'avais dit que ce contrat était extrêmement important pour moi. Obtenir un rendez-vous avec Bruno Romano autour d'un café relevait déjà du parcours du combattant, alors tu imagines bien que l'achat d'une chaîne d'hôtels de cette envergure était plus que complexe. Je suis vraiment navré si tu as pris ça pour de la négligence.

Désireuse de maîtriser sa fébrilité, elle tendit la main vers son verre de citronnade. Comment lui parler du bébé ? Ce rendez-vous était une folie, mais n'avait-elle pas toujours été folle… de lui ? Les sentiments qu'elle lui portait la plongeaient dans une confusion extrême. Elle ne l'aimait même pas et pourtant son corps l'appelait, le réclamait comme une drogue puissante, et allait même jusqu'à le reconnaître. Dès qu'elle s'était assise en face de Rafe, un affolement familier l'avait saisie.

Elle reprit une gorgée de citronnade.

— Alors, pourquoi as-tu des vues sur cet hôtel ? Je ne savais pas que l'Écosse t'intéressait.

— C'est toi qui as éveillé mon intérêt.

Il porta son verre de whisky à ses lèvres et savoura un instant le goût de l'alcool tandis qu'Isla le regardait, fascinée. Incapable de détacher les yeux de son beau visage à la mâchoire ombrée d'une barbe naissante, elle serra la main plus fort sur son verre en repensant aux sensations qu'elle éprouvait quand elle caressait ces poils drus et sexy, à la volupté que cette même barbe lui procurait lorsqu'elle agaçait la peau tendre de ses seins, de ses cuisses…

Elle se ressaisit et demanda :

— Et tu vas l'acheter ?

Comme il croisait ses longs doigts pleins de force et calait son verre de whisky entre ses deux paumes, elle se rappela la sensation de ses mains sur son corps, et le plaisir qu'elles lui avaient donné.

— Jusqu'à présent, ce que j'ai vu me plaît, lui lança-t-il en plantant son regard dans le sien.

Isla frémit. Curieusement, elle n'avait pas l'impression que c'était toujours de l'hôtel qu'il parlait, et par ailleurs la chaleur la perturbait de plus en plus. À moins que ce fût la présence de Rafe.

Ce dernier se pencha en avant pour poser son verre de whisky.

— Explique-moi pourquoi tu as abandonné les beaux-arts ?

Mal à l'aise, Isla haussa les épaules.

— En revenant, je me suis aperçue que ça ne m'intéressait plus. J'avais déjà perdu un semestre en restant en Italie avec toi. Si tu te souviens, je ne comptais m'absenter que deux semaines.

— Mais tu aurais pu rattraper ton retard, non ?

— Je n'avais pas envie de faire cet effort.

Les yeux rivés sur le fond de son verre, elle ajouta :

— C'était une folie de croire que je pourrais arriver à quelque chose en me consacrant à des portraits. J'ai décidé de laisser tomber.

Il fronça les sourcils.

— Faire la femme de chambre ne risque-t-il pas de t'ennuyer à long terme ?

Dans un sursaut d'orgueil, Isla réagit.

— Attention, Rafe. Ton statut de privilégié ne te donne pas tous les droits. Et mon amie Layla réussit dans ce domaine, ou du moins, elle commence.

— Mais, toi, tu es une artiste, pas une femme d'affaires.

Isla lâcha un petit rire.

— À t'entendre, on croirait que tu me connais.

— Je te connais assez pour savoir que tu ne seras pas vraiment épanouie tant que tu n'auras pas exprimé ta créativité.

Là-dessus, il se pencha de nouveau pour la fixer droit dans les yeux.

— J'ai une proposition à te soumettre. Rien de personnel.

— Attends ! Laisse-moi deviner... Tu veux que je fasse ton portrait ?

— Non. Celui de ma grand-mère, pour ne rien te cacher. La mère de ma mère. Elle va bientôt fêter ses quatre-vingt-dix ans et il est difficile de lui faire plaisir. Je ne crois pas qu'elle ait jamais apprécié un seul des cadeaux que j'ai pu lui offrir. Mais, à mon avis, un portrait serait une bonne idée.

Isla se mordit la lèvre. Quelle ironie que sa toute première commande vienne de Rafe ! Naturellement, il n'était pas question d'accepter. Pourtant, l'argent qu'il était susceptible de lui verser faisait réfléchir. Mais pourquoi cette proposition ? Imaginait-il pouvoir ainsi la reconquérir ? Cela étant, la perspective de faire la connaissance de quelqu'un de sa famille piquait sa curiosité. Il avait rarement évoqué les siens devant elle, comme s'il préférait éluder le sujet familial.

— Il y a sûrement d'autres artistes auxquels tu pourrais t'adresser, non ?

— C'est toi que je veux, lança-t-il, avec dans l'œil une lueur qui semblait indiquer qu'il ne songeait pas à ses seules capacités artistiques.

C'était excitant, mais bien trop dangereux.

Reposant son verre sur la table, elle fit mine de mettre fin à l'entretien. Renouer avec Rafe était totalement hors de question.

— Désolée. Je ne suis pas disponible.

Il posa la main sur son genou et planta son regard dans le sien.

— Réfléchis, Isla. Ton prix sera le mien.

Ils étaient si proches qu'elle frissonna en retrouvant l'odeur d'agrume de son after-shave, les éclats bruns et verts qui piquetaient ses prunelles... Et le contact brûlant de sa main, qui ravivait une foule de souvenirs érotiques, la fit frémir des pieds à la tête.

L'air alentour vibrait sous le coup d'une énergie incroyable, une énergie inscrite dans sa chair, laquelle ne demandait qu'à s'embraser de nouveau.

Il fallait qu'elle mette un terme à cette folie. Tout de suite. Elle ne pouvait passer davantage de temps avec lui. Au bout du compte, le prix à payer serait bien trop lourd. Elle repoussa sa main, puis rassembla tout son courage pour lui annoncer la nouvelle avant de s'éclipser.

— Rafe, j'ai quelque chose à te dire...

— Quoi ?

Cette fois-ci, elle leva les yeux vers lui et déglutit avec peine.

— Si je t'ai quitté si brusquement...

Mon Dieu, pourquoi était-ce si difficile ?

— C'est parce que je craignais ta réaction et...

Il plissa le front de plus belle.

— Tu m'as trompé ? Dis-moi, Isla. Tu m'as été infidèle ?

Il paraissait plus blessé que furieux.

Elle manqua éclater de rire devant cette suggestion absurde : Rafe était un amant extraordinaire qui n'avait cessé de lui manquer depuis qu'elle était partie et qui lui manquerait vraisemblablement jusqu'à son dernier souffle.

— Non, bien sûr que non. Non, ça n'a rien à voir avec ça.

— Alors, quoi ?

Elle hésita encore un peu, puis se jeta à l'eau.

— Je... Je suis enceinte.

Il la regarda d'un air ahuri, comme si elle lui avait parlé dans une langue inconnue.

— Rafe, je vais avoir un bébé.

Elle défit les pans de sa veste pour dévoiler son ventre rond.

— Tu es... enceinte ? bredouilla-t-il d'une voix étranglée.

Elle crut voir une foule d'émotions passer sur son visage, et il lui sembla bouleversé, horrifié, fâché. Et blessé.

Elle crispa les mains sur ses cuisses, sentit son estomac se nouer. Voilà, il allait la rejeter comme une pestiférée. *Je suis désolée, mon bébé*, songea-t-elle. *Tout est ma faute.*

— Je ne voulais pas te le dire parce que...

Il ouvrit et referma la bouche à plusieurs reprises, à croire qu'il n'avait plus de voix.

— Il est de... moi ?

— Mais...

La question de Rafe la blessait tant qu'elle ne savait que répondre. Bien sûr, il avait le droit de s'interroger, mais qu'il puisse l'imaginer capable de le trahir était horriblement douloureux. D'accord, elle lui avait caché le milieu dont elle était issue, mais jamais elle ne l'aurait trompé ainsi.

— Réponds, bon sang !

Elle hocha la tête.

— Oui. Bien sûr. Je suis désolée de ne pas te l'avoir dit avant...

Rafe se leva d'un bond.

— Attends... Je ne veux pas avoir cette discussion dans un bar. On monte. Tout de suite !

— Je ne pense pas que ce soit une bonne idée.

— Tu feras ce que je te demande. Tu me dois bien ça, non ?

Il avait les lèvres exsangues et ses yeux lançaient des éclairs.

Isla releva le menton.

— Tu peux me dire de disparaître de ta vie ici. Pas besoin de monter dans ta chambre.

Il tressaillit comme si elle l'avait frappé.

— C'est tout le bien que tu penses de moi ?

Il ne réagissait pas comme elle l'avait craint, songea Isla, perplexe. Il était furieux, c'était certain, mais elle avait l'impression que c'était plus contre lui que contre elle. Pour ne pas s'exposer à une scène en public, elle capitula. De mauvaise grâce, cependant, car elle n'avait aucune envie qu'il s'imagine pouvoir la mener par le bout du nez. Affichant une moue d'adolescente boudeuse, elle se leva, cala son sac sur son épaule et décocha à Rafe un regard de défi.

— Tu peux oublier ton numéro d'homme de Cro-Magnon. Tu devrais savoir qu'avec moi ça ne marche pas.

— Apparemment, rien ne marche avec toi, non ? rétorqua-t-il d'un ton coupant.

Pourtant, derrière cette façade de dureté, Isla avait la sensation qu'il était blessé ; elle en éprouva une grande honte. Elle n'avait guère réfléchi aux sentiments qu'il pourrait éprouver en apprenant sa grossesse. Ou du moins avait-elle essayé de ne pas y penser. Elle avait avant tout cherché à le protéger de son passé infamant, et à se protéger elle-même du scandale qui ne manquerait pas de les éclabousser si jamais des documents compromettants se retrouvaient dans la presse ou sur Internet. Elle avait tenu à se convaincre qu'il valait mieux que Rafe ne sache rien et qu'elle disparaisse de sa vie plutôt que de risquer qu'il exige le mariage ou insiste pour qu'elle se fasse avorter.

Ils remontèrent à la chambre de Rafe dans un silence si lourd et pesant qu'elle crut suffoquer.

— Rafe, je...

— Attends d'être à l'intérieur.

Elle le suivit dans la suite dont la porte se referma avec un claquement effrayant. En proie à une tension épouvantable, elle sentait ses jambes faiblir, sa tête l'élancer, comme si elle allait être victime d'une de ces migraines qui ne cessaient de la tourmenter depuis le début de sa grossesse.

Il s'approcha d'elle, la regarda droit dans les yeux.

— Alors, laisse-moi essayer de comprendre. Tu savais que tu étais enceinte avant de t'en aller ?

Isla prit une grande inspiration.

— Oui...

Il déglutit avec peine, puis poursuivit :

— Comment est-ce arrivé ?

— Comme ça arrive normalement...

Il émit un soupir impatient.

— Tu m'avais dit que tu prenais la pilule et j'ai toujours mis des préservatifs. Difficile de prendre davantage de précautions, déclara-t-il d'un ton accusateur. À moins que tu m'aies menti ?

— Je prenais la pilule, mais je crains qu'il y ait eu un problème lors de notre week-end à Paris. À certains moments tu t'es dispensé de préservatif, rappelle-toi.

Elle s'obligea à soutenir le regard de Rafe, puis ajouta :

— Nous avons fait l'amour sous la douche plusieurs fois sans préservatif.

Elle surprit une lueur dans ses yeux. Repensait-il à ces heures passionnées où ils s'étaient étreints sous des cascades d'eau chaude, où il avait goûté avidement la pointe de ses seins, et elle son sexe tendu jusqu'à ce qu'il gémisse de plaisir ?

— Et tu as une bonne raison pour ne m'avoir rien dit avant aujourd'hui ?

Les bras serrés sur son ventre, Isla lutta contre les émotions de plus en plus fortes qui la bouleversaient.

— J'avais peur que tu ne veuilles pas de ce bébé et...

— Tu penses réellement que j'aurais fait une chose pareille ? Pour l'amour du ciel, Isla. Tu me connais quand même mieux que ça, non ?

Dans sa voix, l'angoisse le disputait manifestement à la colère.

Sous le coup d'une intense culpabilité, Isla baissa les yeux. S'était-elle trompée sur le compte de Rafe ? L'avait-elle gravement méjugé ? Aurait-il été préférable qu'elle joue franc jeu depuis le début ? Elle avait cru bien faire. Mais dans l'état de panique où elle s'était retrouvée quand elle avait découvert sa grossesse, elle avait perdu le nord et il lui avait paru plus sage de fuir que de s'exposer à un rejet, comme elle en avait tant connu dans son enfance.

— Je ne savais pas quoi faire, dit-elle en relevant les yeux. Je ne voulais pas que tu te sentes contraint de m'épouser ou...

— Eh bien, pour une fois tu n'as pas tort, parce que c'est exactement ce que je compte faire.

Son regard reflétait une détermination sans faille.

— Pas question que mon enfant grandisse sans père. Je veux lui donner mon nom et pouvoir le protéger. Nous nous marierons dès que possible.

Bouche bée, Isla s'écria :

— Tu n'es pas sérieux ? On ne se connaît pratiquement pas...

— Ah oui ? Et pourtant, nous avons conçu un enfant ensemble.

Ce n'est pas un événement à prendre à la légère. Notre prochaine étape sera d'officialiser notre relation.

Il se dirigea vers le minibar et en sortit une bouteille d'eau minérale.

— Un verre ?

Isla acquiesça. Elle avait la bouche horriblement sèche.

— Je ne peux pas t'épouser, Rafe. Je ne veux pas t'épouser.

— Tu le peux et tu m'épouseras !

Il remplit deux verres et lui en tendit un, qu'elle prit d'une main tremblante.

— Rafe... Sois raisonnable. Un mariage entre nous ne marchera jamais.

— Pour notre enfant, nous ferons en sorte que ça marche.

Il paraissait inflexible.

— De combien de mois es-tu enceinte ? Tu te sens bien ? s'enquit-il d'un ton radouci. Pardon. J'aurais dû te le demander avant.

Une ombre de sollicitude atténuait l'éclat dur de son regard.

Isla posa la main sur son petit ventre rond.

— Maintenant, je... J'ai été malade presque constamment pendant les deux premiers mois. Là, j'en suis à la fin de mon cinquième mois. Je dois accoucher aux alentours de Noël.

Manifestement ému, il vint se poster devant elle.

— Il bouge ?

— Il a commencé vers la seizième semaine. Tiens – spontanément, elle lui prit la main et la cala sur son ventre sans le quitter des yeux afin de surveiller sa réaction. Tu le sens ? Là, tu as senti ?

Il était si proche d'elle qu'elle perçut l'odeur familière de son after-shave. Désarmée par l'attirance qu'elle ressentait pour lui, elle se surprit à rêver de se lover contre lui, d'épouser la forme de son corps. Percevait-il la tempête qu'il déclenchait en elle ? Le désir que sa simple présence avait suffi à provoquer ?

À cet instant précis, le bébé donna un coup de pied contre la main de Rafe.

— C'est stupéfiant, murmura-t-il d'une voix rauque. Tu sais si c'est un garçon ou une fille ?

— Non. Je préfère attendre la naissance.

Rafe ôta sa main, puis recula.

— Est-ce que tu comptais m'en parler un jour ? s'enquit-il d'un ton accusateur.

Isla s'écarta. Elle ne voulait pas qu'il remarque à quel point elle avait envie qu'il la prenne dans ses bras, qu'il la rassure. Comment lui dire qu'elle n'avait cherché qu'à le protéger ?

— J'avais décidé que c'était mieux pour nous deux si je disparaissais de ta vie.

— Tu avais décidé ! Tu n'avais pas à décider pour moi. J'avais le droit de savoir que j'allais devenir père. Et mon enfant a le droit de me connaître, de m'avoir auprès de lui.

Il étouffa un juron et se passa furieusement la main dans les cheveux. Puis, il lui jeta un regard noir.

— Pour l'amour du ciel, Isla ! Imagines-tu ce que je peux ressentir en apprenant tout ça aujourd'hui ?

Elle se mordit la lèvre en ressentant soudain de vives douleurs, pareilles à des piqûres d'aiguille, derrière les yeux.

— Écoute, je comprends que ce soit dérangeant, mais…

— Dérangeant ?

Il lâcha un rire sans joie.

— C'est le moins qu'on puisse dire. Tu m'as caché que j'allais être père. Tu envisageais de me priver de mon enfant. Tu ne crois pas qu'il y a de quoi être un peu « dérangé » ?

Isla ferma les paupières et se pinça l'arête du nez pour tenter de repousser la migraine qui s'annonçait.

— J'étais inquiète à l'idée que tu prennes la décision que tu sembles précisément vouloir prendre. Et tu me balances des ordres en aboyant, comme si je n'avais aucun libre arbitre !

Elle le défia du regard et ajouta :

— Ce n'est pas parce que tu insistes que je t'épouserai. Il y a des tas de couples qui ont un enfant sans se marier pour autant.

Ils s'affrontèrent du regard l'espace d'une seconde, mais Isla fut la première à se détourner. Dans l'état de faiblesse où elle se trouvait, elle ne pouvait lui tenir tête. Il était trop autoritaire, trop directif.

— Tu m'épouseras, Isla. Il y a une autre solution, mais je doute qu'elle te plaise. Si nous devions nous battre pour la garde de l'enfant, je te promets que je gagnerais.

La douleur derrière les yeux d'Isla s'intensifia alors jusqu'à en devenir insoutenable. Il menaçait de lui prendre son bébé ? Il en était capable. Et il n'y aurait pas besoin de longues recherches pour la discréditer. Ces photos seins nus, par exemple. Qui irait jamais croire qu'elle s'était stupidement laissé convaincre de prendre ces poses provocantes afin de contribuer à la publicité de l'établissement où elle travaillait sans mesurer une seconde qu'elles risquaient un jour de lui nuire gravement ? Et même si un juge ne s'arrêtait pas à ce genre de preuves, la perspective que ces clichés circulent lui était intolérable.

Tout à coup, sa vue se brouilla et la pièce se mit à tourner. Elle tendit le bras pour s'appuyer à un meuble proche, mais évalua mal la distance.

— Isla ?

Elle eut vaguement conscience que Rafe l'appelait, qu'il paraissait soucieux, mais ne put répondre que par un marmonnement incompréhensible et s'effondra comme une poupée de chiffon.

Rafe se précipita.

— Isla ? Ça va ?

Le teint blafard de la jeune femme le bouleversa et il eut honte de son comportement. Elle s'était évanouie par sa faute.

Il la plaça en position latérale de sécurité, puis lui prit le pouls ; il lui parut normal. Rongé de culpabilité, il rejeta les cheveux d'Isla en arrière afin de lui dégager le front. Dans sa colère, il s'était comporté avec elle de manière odieuse sans réfléchir une seconde à son état physique et mental. Dire qu'elle était enceinte de son enfant !

Il ne lui avait même pas demandé comment elle vivait sa grossesse. Était-elle heureuse ? Sous le choc ? Avait-elle envisagé d'autres options ? Il ne l'aurait pas critiquée si elle avait choisi d'avorter, car, pour lui, une femme était libre de disposer de son corps, mais, tout au fond de lui, il était heureux qu'elle n'ait pas choisi cette voie-là. Il allait être père…

— Allez, *mia piccola*. Parle-moi.

Isla ouvrit les yeux et gémit.

— J'ai mal à la tête…

Rafe posa doucement la main sur son front.

— Je vais appeler une ambulance. Il faut qu'on t'emmène à l'hôpital.

Il brandit son téléphone, mais elle le retint d'un geste.

— Non, je t'en prie. C'est dû à la tension nerveuse. Ces derniers temps, ça m'est arrivé régulièrement. Inutile que j'aille à l'hôpital. Je crois que ma glycémie est un peu basse.

Il l'aida à s'asseoir en la maintenant d'un bras passé autour de ses épaules et en écartant doucement les boucles qui lui barraient le front.

— Quand as-tu mangé pour la dernière fois ?

Elle poussa un soupir las.

— Je ne sais pas… Ça remonte à plusieurs heures. J'étais en retard dans mon travail, alors j'ai sauté mon repas…

— Eh bien, raison de plus pour te ramener en Italie avec moi, dit-il. Il faut que tu penses au bébé. Tu ne peux pas continuer à mal te nourrir et à faire de longues journées de travail pénible. Alors que je peux largement subvenir à tes besoins.

Elle lui décocha l'un de ces regards farouches dont elle avait le secret, sans toutefois l'intensité habituelle.

— Pourquoi faut-il que tu te montres aussi entêté ? Je t'ai dit que je ne voulais pas me marier avec toi.

Rafe s'interdit de riposter. Il reviendrait sur le sujet quand elle serait en meilleure forme. Cependant, il n'envisageait pas de renoncer. Ce n'était pas dans sa nature. Jamais il ne tournerait le dos à la chair de sa chair. À son enfant.

— Laissons ce sujet de côté pour le moment. Pour l'instant, j'aimerais te voir davantage de couleurs aux joues, dit-il en effleurant sa peau. Crois-tu que tu puisses tenir sur tes jambes ? Je vais t'aider à aller jusqu'au lit et tu te reposeras un peu. Et je vais te faire monter quelque chose à manger.

Elle fit mine d'argumenter, mais soupira de nouveau et s'empara de la main qu'il lui tendait, et il l'aida à se remettre debout.

— Je suis désolée de te causer tant de soucis.

— Je t'en prie, lui dit-il en la guidant vers le lit, le bras autour de sa taille. C'est moi qui devrais te présenter des excuses.

Pour l'avoir tourmentée, mais surtout pour l'avoir mise enceinte. Il fallait être deux pour danser le tango… Ils avaient créé cette nouvelle vie ensemble, et c'était maintenant à lui d'assumer son rôle et de les protéger.

Il avait encore du mal à comprendre pourquoi il lui avait fallu si longtemps pour prendre conscience de l'état d'Isla. Pourquoi n'avait-il pas remarqué que son ventre s'était arrondi lorsqu'il l'avait revue ? Certes, elle portait son tablier de femme de chambre et se cachait derrière ses serviettes, mais peut-être était-ce parce qu'il était à mille lieues d'imaginer une telle situation et qu'une fois encore il avait été fasciné par sa bouche et ses seins magnifiques.

Même maintenant, alors qu'elle était si fragile, son corps réagissait en la sentant si proche. Le contact le plus simple déclenchait chez lui un désir fou. Il n'avait jamais éprouvé quoi que ce soit de semblable avec une autre femme. Le corps d'Isla épousait si bien le sien qu'il lui semblait qu'ils formaient deux pièces d'un puzzle sophistiqué. Et son parfum… Il lui évoquait une foule de souvenirs et il se rappelait l'avoir humé dans la villa longtemps après son départ.

Après l'avoir aidée à s'allonger, il la recouvrit doucement d'un plaid en cachemire. Elle avait l'air si vulnérable ! songea-t-il, assailli par une nouvelle vague de culpabilité. Pourtant, ce n'était pas le moment de s'appesantir sur ce genre de choses. Il était clair qu'elle avait besoin de se reposer et de manger, et c'était à lui de faire le nécessaire.

Lui, le père du bébé qu'elle portait.

Que ces mots paraissaient curieux ! Jamais encore il n'avait réfléchi sérieusement à ce que pouvait être la paternité. C'était resté un sujet inscrit dans un avenir lointain. Son propre père n'avait pas été le meilleur des modèles, même si, dans son enfance, Rafe s'était senti aimé. Puis, à l'âge de treize ans, il avait découvert que tout ça n'était qu'un tissu de mensonges.

Il décrocha le téléphone et commanda un repas nourrissant

et un jus de fruits frais. Ensuite de quoi, il s'assit sur le lit, à côté d'Isla.

— Ça ne devrait pas être trop long. Entre-temps, veux-tu de l'eau minérale, une citronnade ou autre chose ?

— Pourquoi ne demandes-tu pas un test de paternité ? lui dit-elle alors en soulevant les paupières.

À sa grande honte, Rafe y avait pensé, mais quelque chose l'avait retenu. Bien qu'étant du genre méfiant, il savait qu'elle disait la vérité.

— Je me suis dit que c'était inutile. Si cet enfant n'était pas de moi, tu ne te serais pas donné autant de mal pour me cacher ton état.

Elle posa les yeux sur leurs mains jointes, puis se mordilla la lèvre d'une façon qui, chaque fois, donnait à Rafe l'envie furieuse de l'embrasser pour que sa bouche reprenne sa forme pleine et voluptueuse.

— Je ne m'y opposerai pas si tu souhaites en faire un.

Il lui pressa les doigts gentiment.

— Ce ne sera pas nécessaire. Quand as-tu commencé à avoir des soupçons ?

— Juste avant ton départ pour New York. J'ai d'abord cru à un problème digestif, puis je me suis rendu compte que j'avais quelques jours de retard…

— Ça a dû te faire un choc.

Elle le regarda de nouveau et il vit l'inquiétude qui ombrait ses prunelles bleu pervenche.

— Oui. Et j'étais terrifiée aussi. Je ne savais pas quoi faire. Ni vers qui me tourner.

Si seulement elle s'était tournée vers lui ! Pourquoi ne l'avait-elle pas fait ? Mais il ne voulut pas la tourmenter avec des questions susceptibles de raviver son malaise.

— As-tu envisagé de mettre un terme à ta grossesse ?

Elle retira sa main, comme si elle s'était brûlée à son contact.

— Non ! Je suis désolée si tu penses que j'aurais dû, mais ça m'était impossible. Je comprends que d'autres fassent ce choix, mais personnellement ça ne me convient pas.

Il lui reprit la main.

— Je suis heureux que tu ne l'aies pas fait, lui confia-t-il d'une voix éraillée par l'émotion.

C'était totalement irréel de parler d'un bébé et, en même temps, ça lui paraissait la chose la plus naturelle au monde.

En face de lui, Isla le regardait avec de grands yeux.

— C'est vrai ? balbutia-t-elle.

Il lui caressa doucement le dos de la main.

— Comme toi, j'estime qu'une femme a le droit de disposer de son corps, mais, même si je suis sous le choc de la nouvelle et s'il me faut un peu de temps pour me faire à l'idée que je vais être père, je suis très heureux que tu aies décidé de vivre ta grossesse. Nous serons de bons parents, *cara*.

— Je suis désolée que tu l'aies appris comme ça, lui dit-elle, visiblement contrariée. J'aurais dû te prévenir dès le début, mais j'étais persuadée qu'il ne fallait pas prendre ce risque.

Rafe la bâillonna d'un doigt sur les lèvres pour l'empêcher de poursuivre.

— Tais-toi, maintenant. Tu es censée te reposer. Ce qui est fait est fait. Ressasser le passé ne nous aidera pas à avancer. Il est temps de penser à l'avenir. À celui du bébé et au nôtre.

Il ôta son doigt en luttant contre l'envie d'embrasser la bouche d'Isla, douce comme un pétale de rose. Le désir qu'il avait d'elle était aussi violent que lorsque leurs regards s'étaient croisés pour la première fois, dans ce bar animé… Il sentit son sexe durcir à l'évocation des moments voluptueux qu'ils avaient si souvent partagés. Deux mois d'un plaisir phénoménal qu'il n'avait pu oublier. Sa chair en gardait encore le souvenir et s'affolait de savoir la jeune femme si proche. Il dut faire un effort surhumain pour ne pas l'enlacer et lui rappeler la passion incandescente qu'ils avaient vécue.

Il fallait qu'il ignore ces pulsions. C'était le bébé qui comptait, à présent. Et Rafe avait besoin qu'Isla l'épouse afin de pouvoir veiller sur leur enfant. Restait à la convaincre d'accepter sa proposition.

Mais il la convaincrait. Ça, oui.

3

Quand la sonnette retentit, Isla était allongée sur le lit de Rafe, solidement calée contre des oreillers, les jambes bien au chaud sous le plaid en cachemire. Rafe alla ouvrir et un jeune serveur – qu'Isla avait rencontré une ou deux fois dans les locaux du personnel – entra en poussant le chariot argent réservé au service en chambre. En la voyant, le jeune homme haussa les sourcils de surprise, mais Isla n'eut pas le temps d'expliquer quoi que ce soit que Rafe lui avait déjà remis un pourboire ridiculement généreux en lui annonçant que désormais sa fiancée ne travaillerait plus à l'hôtel.

— Mais je n'ai pas…, balbutia Isla.

— Félicitations ! dit le serveur qui empocha l'argent avec un sourire radieux. Merci, monsieur. Je vous suis très reconnaissant. J'espère que vous apprécierez votre séjour.

— Je l'apprécie déjà énormément, répondit Rafe avec une pointe de sarcasme qui hérissa Isla.

Une fois le serveur parti, elle foudroya Rafe du regard alors qu'il se penchait vers elle pour placer l'appétissant plateau sur ses genoux.

— Fiancée ? Tu n'as pas entendu que je ne voulais pas me marier avec toi ?

Imperturbable, Rafe s'assit à côté d'elle, sur le bord du lit.

— Je ne pensais qu'à ta réputation, *cara*. As-tu envie que le personnel jase sur la femme de chambre découverte dans le lit d'un client ? Un statut de fiancée t'offre une respectabilité indiscutable, tu ne crois pas ?

Il n'avait pas tort, elle ne pouvait le nier, néanmoins, elle n'avait aucune envie de l'admettre.

— De toute façon, les ragots vont aller bon train. Mais c'était bien ce que tu voulais, pas vrai ? Il suffira de quelques minutes pour que la nouvelle de nos prétendues fiançailles se répande dans tout l'hôtel et dans les médias…

— Parfait ! Ça me dispensera d'une annonce en bonne et due forme. En plus, le bouche-à-oreille propage les informations à la vitesse de l'éclair.

Ignorant son plateau, Isla continua à fixer Rafe d'un œil noir et répliqua :

— Tu ne me forceras pas à t'épouser, Rafe. En affaires, tu as certainement l'habitude de parvenir à tes fins, mais avec moi ce ne sera pas aussi simple.

Elle vit Rafe hausser les sourcils tandis qu'une lueur malicieuse éclairait son regard.

— Dans mon souvenir, il ne m'a fallu, le jour de notre rencontre, que quarante-deux minutes, montre en main, pour t'amener du bar où nous nous sommes rencontrés jusqu'à mon lit.

Elle sentit le rouge lui monter aux joues.

— Ça ne se reproduira plus.

Il se pencha lentement vers elle.

— En es-tu sûre, *tesoro mio* ? Souviens-toi du plaisir que nous avons connu ensemble.

Sa belle voix grave et rauque mettait à mal sa détermination.

— Un plaisir explosif, *no* ?

Elle réprima un frisson. Elle ne se souvenait que trop bien. Jamais, avant Rafe, elle n'avait atteint l'orgasme. Jamais, avant lui, elle n'avait éprouvé un tel émerveillement. Au point qu'elle se demandait même si elle pourrait un jour faire l'amour avec un autre que lui. Cette simple idée lui était insupportable.

— Écoute, je sais que tu tiens à te comporter avec honneur, mais sincèrement, Rafe, ce mariage nous entraînerait vers des extrêmes ridicules. Nous pouvons assumer notre rôle de parents sans…

— Je veux que mon enfant porte mon nom et je veux le protéger ! lança Rafe. Je veux qu'il ou elle grandisse sous mon toit, afin que je puisse suivre son éducation. La paternité à mi-temps n'est pas une option.

Isla repoussa son plateau : elle n'avait plus faim du tout.

— Je ne veux pas parler de ça. Pas maintenant.

Elle se leva et s'approcha de la fenêtre, lui tournant le dos. Le soleil avait disparu et un banc de uages menaçants venus d'Arthur's Seat était apparu, qui donnait au sombre château d'Édimbourg une apparence particulièrement sinistre.

— Reviendras-tu au moins avec moi en Sicile ? Dis-toi que tu pars en vacances ! Permets-moi de prendre soin de toi et du bébé, et après, d'ici quelques semaines, tu pourras prendre une décision.

La voix de Rafe avait perdu son ton autoritaire et, du coup, Isla avait beaucoup plus de mal à refuser sa proposition.

Qu'avait-elle à perdre ? Pourquoi ne pas s'autoriser à le suivre l'espace d'une semaine ou deux jusqu'à ce qu'elle ait récupéré assez de forces ? Depuis qu'elle l'avait quitté, elle avait vécu une lutte de tous les instants. Harcelée par de terribles nausées et en proie à une intense fatigue typique des débuts de grossesse, il lui en avait coûté de travailler. Sans son amie Layla qui lui avait offert cet emploi à l'hôtel, elle ne savait pas comment elle aurait pu se débrouiller, car elle n'avait pas de famille sur laquelle s'appuyer.

Elle n'avait personne, du moins personne dont elle aurait accepté aide et sollicitude.

Finalement, elle se tourna vers Rafe.

— Tu accepteras ma décision ?

Que pensait-il ? Qu'éprouvait-il au juste ? Elle n'aurait pu le dire. Toujours est-il qu'il répondit :

— Je respecterai ta décision lorsque je serai sûr et certain que tu es de nouveau en forme, mentalement et physiquement.

Il se leva à son tour, ramassa le plateau et le posa sur une table proche.

— Maintenant, mange donc un peu pendant que j'organise notre voyage. Nous partirons demain. Ne t'embête pas avec tes bagages, tes affaires sont encore à la villa.

Elle fronça les sourcils.

— Comment ça ?

— Tu es partie sans laisser d'adresse. J'ai donc décidé d'attendre que tu te manifestes.

— Tu n'as pas eu envie de t'en débarrasser ?

Il lui décocha un sourire moqueur.

— Ça m'a tenté, je l'avoue. Mais je me suis dit que ce serait bien plus satisfaisant si tu venais les récupérer en personne.

Lorsque Isla émergea d'un petit somme revigorant, elle était seule dans la suite. Elle se leva et s'étira, heureuse et soulagée de constater que son mal de tête l'avait quittée. L'espace d'un moment, elle se demanda si elle ne ferait pas mieux de quitter l'hôtel pendant qu'il en était encore temps. Avant que les choses se compliquent davantage. Peut-être avait-elle intérêt à se soustraire à la tentation que représentait la compagnie de Rafe, à échapper à l'attirance insensée qu'elle éprouvait pour lui ? Mais fuir changerait-il quoi que ce soit à la situation ? Elle portait son enfant, et il avait le droit de participer à la vie de ce bébé à naître. Il avait exprimé son désir d'être partie prenante dans son éducation et elle devait respecter cette volonté.

Cependant, le suivre en Sicile représentait une décision cruciale. Et pouvait se révéler dangereux. D'un autre côté, continuer à faire un travail qui ne lui convenait pas la tourmentait plus encore que la perspective de passer deux semaines dans la villa de Rafe. Elle avait bien conscience que Layla lui avait fait une grande faveur en lui confiant un emploi à mi-temps qu'elle n'allait pas tarder à devoir quitter, compte tenu de son état.

Tiraillée par ces sentiments contradictoires, Isla attrapa son téléphone dans son sac pour appeler Layla et lui exposer brièvement la situation.

— Tu es sérieuse ? Tu retournes en Sicile avec lui ? s'écria son amie, stupéfaite. Tu m'avais dit que tu ne voulais plus jamais le revoir.

Isla soupira.

— Oui, mais je l'ai peut-être mal jugé. Il a l'air vraiment

désireux de veiller sur le bébé et prétend vouloir m'épouser. Je n'ai pas accepté, bien sûr. Comment le pourrais-je, compte tenu du fossé social qui nous sépare ?

— T'épouser ? Ça va un peu loin, non ? fit Layla.

— C'est à peu près la réaction que j'ai eue. Il ne m'aime pas et je ne tiens pas du tout à me marier avec quelqu'un par pure convenance. Si je l'accompagne en Sicile, c'est pour profiter d'un peu de vacances. Et je présume que je lui dois au moins ça.

— Peut-être que ton passé ne le gênera pas. As-tu envisagé de lui en parler ? Ainsi que des photos ?

— Pas question ! Je ne prendrai pas le risque qu'il me regarde comme une pestiférée.

— Oui, je te comprends, répondit Layla en soupirant. Mais imagine qu'il s'en moque ? Que ton passé lui soit égal ? Tu as vécu deux mois avec lui sans que personne ne découvre quoi que ce soit. Pourquoi les choses seraient-elles différentes si tu l'épousais ?

— Personne n'a fait attention à nous parce que ce n'était qu'une aventure. Mais tu imagines les réactions de la presse si on annonce nos fiançailles ! C'est un des plus beaux partis de Sicile. Tout le monde, sans exception, voudra tout savoir sur la femme qu'il aura choisi d'épouser.

— En ce cas, est-ce raisonnable d'aller en Sicile avec lui ? Apparemment, tu n'as plus aucune volonté face à cet homme. C'est la première fois que je te vois céder à quelqu'un que tu viens de rencontrer. Toi ! Alors que d'habitude il faut que tu sortes cinq ou six fois avec un mec avant d'accepter qu'il t'embrasse.

Sentant ses joues s'embraser, Isla remercia le ciel que la caméra ne soit pas branchée. Cela dit, elle n'hésita pas à riposter :

— Venant de quelqu'un qui écarte un homme avant même qu'il l'ait touchée, c'est un peu fort de café !

— Tu connais mes raisons. Tu sais que je suis complexée par mes cicatrices.

— Un jour, tu rencontreras quelqu'un qui s'en fichera complètement.

Layla ne put retenir un petit rire.

— Il y a longtemps que je ne crois plus aux contes de fées. Et en plus il ne s'agit pas de moi, mais de toi. J'ai peur que tu ailles au-devant de certaines souffrances une fois encore.

— Là, je sais ce que je fais. Je ne vais pas me lancer dans un truc à l'aveuglette.

— Peut-être que tu l'aimes, mais que tu refuses de l'admettre.

Il était vrai qu'elle éprouvait pour lui des sentiments des plus confus. Elle n'aurait pas été jusqu'à dire qu'elle l'aimait, mais ne pouvait pas davantage comprendre pourquoi il l'attirait autant et aussi fort.

— Je ne suis pas amoureuse de lui. J'éprouve du désir pour lui, c'est certain, mais ce n'est pas suffisant pour se marier.

— Je ne sais pas. Disons que c'est un bon début. De plus, il est fréquent qu'un mariage de raison se transforme en un mariage d'amour.

— Je pensais que tu ne croyais plus aux contes de fées ?

— Gagné ! répliqua Layla avec un petit rire. Sérieusement, Isla, tu devrais réfléchir. Vous avez fait un bébé ensemble. Ce serait merveilleux d'élever ce petit dans un environnement stable où il serait protégé, contrairement à ce que nous avons connu dans notre enfance. Et tu pourrais trouver bien pire que Rafael Angeliri.

— Je sais, mais c'est une décision de taille et j'ai besoin de davantage de temps pour peser le pour et le contre.

Revenu dans sa vie avec fracas, Rafe suscitait chez elle des sentiments dont elle se défendait. Plus elle s'approchait de lui, plus le danger était grand. Il était fréquent qu'on confonde attirance physique et amour. Aimer, c'était s'exposer. Et ça donnait à l'autre la possibilité de vous blesser. De vous quitter. De vous rejeter. Pas question qu'elle prenne le risque de revivre ce qu'elle avait subi dans son enfance.

— Il veut… coucher avec toi ? demanda Layla. Je veux dire, as-tu eu cette impression ?

— Oui, il me semble, mais je vais faire l'impossible pour lui résister.

— Ah oui ? Eh bien, bonne chance…

Isla se dit qu'il lui faudrait peut-être plus que de la chance. Un miracle, peut-être ?

Quand Rafe revint, Isla était devant la fenêtre et admirait le château et les jardins de Princes Street, en contrebas. Elle se tourna à son entrée, mais il ne put déchiffrer son expression.

— Tu n'as pas eu peur que je me sauve ? lui demanda-t-elle.

— Je n'aurais pas eu trop de mal à te retrouver. Le service du personnel a ton adresse.

Il brandit le petit sac de voyage qu'il avait rapporté.

— J'ai pris la liberté d'aller chez toi récupérer quelques-unes de tes affaires. Ta propriétaire s'est montrée extrêmement aimable quand je lui ai annoncé que nous étions ensemble.

Elle fronça les sourcils, furieuse.

— Quoi ? Tu n'avais pas le droit de...

— En tant que père de ton bébé, j'ai le droit de veiller sur ta santé, et ta sécurité est ma priorité.

Il posa le sac en question sur le porte-bagages.

— J'ai prévu un vol demain dans la matinée. Tu peux passer la nuit ici avec moi.

— Je ne dormirai pas dans ce lit avec toi ! répliqua-t-elle d'une voix vibrante de fureur. Tu ne m'y obligeras pas.

Ses yeux lançaient des éclairs.

— Malgré mon désir de te prouver que tu as tort, *cara*, en cette occasion, je te cède volontiers mon lit. Je vais opter pour le canapé. Tu as besoin de repos avant notre voyage.

Elle riposta, toujours contrariée :

— Je tiens à ce que tout soit parfaitement clair. Si je t'accompagne en Sicile, c'est pour me reposer et récupérer, rien de plus. Pas pour reprendre notre... notre aventure.

— Entendu. Cela étant, chez moi, il faudra bien que tu partages mon lit. Je ne veux pas que mon personnel s'interroge sur notre relation. Tu es ma fiancée. Je ne transigerai pas là-dessus. Tu es la mère de mon futur enfant.

Elle se raidit.

— Tu penses que je ne serai pas capable de te résister, c'est ça ?

Elle avait raison, mais il se garda bien de l'avouer. Le problème, c'était qu'il ressentait la même chose. Elle avait beau feindre l'indifférence, il la connaissait trop bien pour être dupe. Quant à lui-même, pouvait-il lutter contre l'attirance qu'elle exerçait sur lui ? Absolument pas. Elle lui faisait toujours autant d'effet, et peut-être même plus encore.

— Ça, ce sera à toi d'en décider.

Elle pivota pour lui présenter son dos.

— Combien de maîtresses as-tu eues depuis que je suis partie ? Tu ne le sais peut-être même pas.

Sa voix avait quelque chose d'étonnamment âpre, comme si la question lui avait échappé.

Il ne vit aucune raison de lui mentir.

— Aucune.

Elle fit volte-face, manifestement stupéfaite.

— Aucune ? Mais j'ai vu des photos de toi avec...

Ses mots se perdirent dans un filet de voix, tandis qu'elle se mordait la lèvre.

Il lui adressa un sourire triste avant de répondre :

— Je suis sorti à plusieurs reprises en compagnie de femmes, oui. Mais ce n'est pas allé plus loin.

Elle releva lentement les yeux vers lui.

— Et pourquoi ?

— Ça ne me paraissait pas possible tant que je n'avais pas compris les raisons de notre séparation.

Elle plissa le front.

— Mais tu as vécu des tas de ruptures avant la nôtre ! Est-ce que normalement tu marques une pause entre deux aventures pour réfléchir à ce qui n'a pas marché ?

— En général, non. Mais normalement c'est moi qui romps et je sais toujours pourquoi je le fais.

C'était surtout parce qu'il s'ennuyait ou que ça ne l'intéressait plus. Mais, avec Isla, ça avait été différent. Pas une minute il ne s'était ennuyé auprès d'elle, pas un instant elle n'avait cessé de l'intéresser, de piquer sa curiosité.

L'espace d'une seconde, il entrevit dans ses prunelles une étincelle de la combativité qu'il lui connaissait.

— Ça t'est resté en travers de la gorge, c'est ça ? Que je sois partie la première.

Elle disait vrai, et ce bien plus qu'il n'avait envie de l'admettre.

— Sans ta grossesse, tu m'aurais quitté ?

À la manière dont elle s'avisa soudainement de rajuster ses vêtements, il crut deviner un certain embarras chez elle.

— Pour ce qui est de tes relations amoureuses, ton bilan n'est pas excellent, Rafe. Mais, bon, dans ce domaine, le mien non plus. Tôt ou tard, nous nous serions lassés.

— Tu ne me donnais pas l'impression d'en avoir assez. Je n'ai jamais eu une maîtresse aussi fougueuse que toi.

Les joues subitement écarlates, elle marmonna :

— Ce n'était que du sexe.

— Ah oui ?

Il avait conscience que sa formule lapidaire ne résumait pas du tout ce qu'ils avaient partagé durant les deux mois de leur relation passionnelle.

Avait-elle deviné ses pensées ? Toujours est-il qu'elle s'écarta de lui. Peut-être craignait-elle de ne pas avoir la force de lui résister ?

Levant le menton avec assurance, elle lui lança un regard glacial.

— Tu me désires uniquement parce que c'est impossible. Pour toi, je représente un défi.

— Et toi, tu me résistes uniquement parce que tu sais, aussi bien que moi, que si je t'embrassais tu te retrouverais nue sur ce lit en deux minutes chrono.

Elle soutint son regard, mais il sentit que cela lui coûtait. Et nota le frisson qui parcourut tout son corps, comme si elle repensait à tous les moments où ils s'étaient effondrés, étroitement enlacés, sur un lit ou ailleurs.

— Même pas en rêve !

Sa voix lui parut haletante, alors qu'elle posait les yeux sur sa bouche. Songeait-elle à la manière dont il pressait ses lèvres contre les siennes ?

De son côté, il essayait de ne pas y penser. Son désir s'affolait du simple fait qu'ils se trouvaient dans la même pièce. Jamais il n'avait embrassé une bouche plus avide et il se rappelait encore la douceur veloutée des lèvres d'Isla sous les siennes, son goût de miel et de vanille…

Sans qu'il puisse se dominer, il s'approcha lentement afin de lui donner le temps de s'écarter si elle le souhaitait. Mais elle demeura figée. Il la vit déglutir et se crisper, sans doute sous le coup de l'émotion, de l'appréhension peut-être. Il referma la main sur ses cheveux et la vit abaisser les paupières.

— Dis-moi que tu n'aimes pas que je te touche ainsi, *tesoro*.

Lentement, très lentement, il dessina du doigt le contour de sa bouche et se réjouit de la voir écarter les lèvres en un léger soupir qui révélait un désir impatient.

Elle posa les mains bien à plat contre son torse, et il tressaillit en résistant à l'envie de la serrer contre lui. Il la sentit agripper le tissu de sa chemise, comme malgré elle. Puis elle se lova contre lui et il retint son souffle au contact de ses hanches, tandis que son sexe se tendait. Comme elle lui avait manqué ! Elle et son corps souple et doux qui le désirait autant qu'il la désirait ! se dit-il sous le coup d'un désir qui l'élançait jusqu'au plus profond de son être. Il passa la main sur la chute de reins d'Isla, effleura ses fesses et frémit de plus belle tout en gardant les yeux rivés sur ses lèvres rouge cerise qui lui évoquaient l'arc de Cupidon.

— Si tu m'embrasses, ça ne fera que compliquer les choses, lui dit-elle dans un quasi-murmure.

De son autre main, il caressa sa joue veloutée.

— À mes oreilles, ce n'est pas un vrai non. Dis-moi donc que tu ne veux pas que je t'embrasse.

Dans les yeux bleus lumineux de la jeune femme, il lut le reflet de son propre désir.

— Pourquoi fais-tu ça ? lui demanda-t-elle d'un ton implorant.

Parce que j'ai toujours envie de toi, faillit-il lui répondre. Au lieu de quoi, il lui caressa doucement le dos en remontant vers sa nuque, puis lui massa le cuir chevelu. Spontanément, il avait retrouvé les gestes auxquels elle était sensible.

— Qu'est-ce que je fais, *cara* ? Hein ?

— Tu excites mon désir pour toi.

— Et ce n'est pas bien ?

Il planta son regard dans celui d'Isla tout en luttant contre les sentiments qui l'agitaient. Il la désirait tant qu'il avait du mal à réfléchir et fonctionnait à l'instinct, un instinct primaire qui faisait battre son sang dans ses veines à un rythme insensé. Avait-il jamais désiré une femme comme il désirait Isla ? Le corps habité par une véritable tornade, il ne pensait plus qu'à plonger de tout son être dans la chaleur moite de son intimité.

Les lèvres blêmes, Isla bredouilla :

— J'ai passé les trois derniers mois à essayer de t'oublier.

— Et tu as réussi ?

Elle baissa les yeux en guise de réponse, et il réduisit à néant la distance qui les séparait.

Isla s'était cru préparée à ce que Rafe l'embrasse. Mais elle aurait dû savoir à quoi s'attendre, et, en effet, dès qu'il posa la bouche sur ses lèvres, il lui sembla que son corps explosait en une myriade d'étincelles. Le désir qu'elle avait cru oublié embrasa tout son corps, un peu comme si un lit de braises revenait à la vie et se muait en de gigantesques flammes dévorantes. Elle eut l'impression de se perdre dans ce baiser d'une lenteur hypnotique, de ne plus pouvoir penser qu'au sexe de Rafe contre le sien. Ses jambes se dérobaient et chaque cellule de sa chair lui paraissait se doter d'une vitalité nouvelle et extraordinaire.

Puis il glissa la langue plus avant dans sa bouche et elle s'ouvrit comme une fleur sous les rayons du premier soleil de printemps. Comment avait-elle survécu à tous ces mois de manque, privée de cette folle magie qui dévorait son corps ? Comment avait-elle accepté d'être dépossédée de ses bras protecteurs ? Elle noua les mains autour du cou de Rafe pour mieux se plaquer contre lui, pour mieux se sentir vivante et se griser de l'attirance extraordinaire qu'il exerçait sur elle.

Personne ne l'avait embrassée comme il l'embrassait. C'était une drogue dont elle avait été trop longtemps sevrée. Et en retrouvant le goût de ses lèvres, elle retrouvait intacte la dépendance qu'elle avait connue. Puissante, dangereuse. D'autant qu'il poursuivait son exploration grisante. C'était si fort qu'elle en avait l'estomac noué, et, bien que choquée par les petits cris qui lui échappaient malgré elle, Isla se pressa davantage contre lui. Elle le désirait, n'avait jamais cessé de le désirer, et lui, de toute évidence, la désirait avec une force identique.

Il glissa la main dans ses cheveux et fit doucement basculer sa tête en arrière. Comment résister à cet homme ? Aux sentiments qu'il suscitait chez elle ? Elle éprouvait pour lui une passion brûlante, irrépressible, qui balayait tout ce qui n'était pas ce lien charnel qui poussait leurs deux corps à s'unir pour partager cette tempête sensuelle…

Subitement, Rafe s'écarta d'elle. Malgré ses yeux brillants, il affichait un masque impénétrable.

— Voilà au moins quelque chose qui n'a pas changé, dit-il.

Elle perçut la note de triomphe dans sa voix et s'en voulut de s'être montrée aussi réactive. Aussi transparente. Aussi audacieuse. Pourquoi n'avait-elle aucune résistance face à lui ?

Elle recula de quelques pas, et rejeta ses cheveux par-dessus son épaule avec une désinvolture qu'elle était loin de ressentir.

— À quelle heure partons-nous demain ?

Changer de sujet était pour elle le seul moyen de retrouver un semblant de dignité. Elle ne pouvait s'empêcher de penser qu'il l'avait embrassée pour bien lui montrer qu'il était le plus fort. Mais n'en était-il pas ainsi depuis le début ?

— Vers 11 heures. J'ai pensé qu'il valait mieux que tu fasses la grasse matinée.

— Seule ? lui lança-t-elle, provocante.

— Je te laisse le soin d'en décider, répliqua-t-il, une lueur malicieuse dans l'œil.

4

À son réveil, le lendemain matin, Isla constata qu'elle était seule dans son lit. Les draps étaient nets et l'oreiller voisin impeccable montrait que Rafe n'avait pas dormi à côté d'elle. Était-il sorti ? Recrue de fatigue, elle s'était assoupie immédiatement et n'avait rien entendu ensuite.

Elle se leva et gagna le salon où elle trouva Rafe endormi dans un large fauteuil. Les jambes croisées, la chemise froissée et ouverte jusqu'au milieu du torse, il ne paraissait pas au mieux de sa forme. Une barbe naissante ombrait sa mâchoire et il avait les cheveux en bataille, comme s'il s'était souvent passé la main dedans. Un livre à plat, par terre, donnait à penser que Rafe l'avait lâché en cédant au sommeil.

Isla hésita : fallait-il le réveiller ? À l'idée de la nuit inconfortable que le malheureux avait dû endurer, elle se sentait un peu coupable. Et non seulement la galanterie de Rafe la surprenait, mais elle la trouvait touchante.

Comme s'il avait deviné qu'elle le regardait, il ouvrit subitement les yeux.

— As-tu bien dormi ? demanda-t-il en étouffant un bâillement.

Sans parvenir à masquer une grimace, il s'étira.

— Manifestement mieux que toi, répondit Isla. Pourquoi ne t'es-tu pas allongé près de moi ?

Il laissa ses bras retomber le long de son corps, puis Isla le vit afficher un sourire qui lui serra le cœur.

— Je n'étais pas certain de pouvoir m'abstenir de te toucher.

Les joues en feu, Isla se pencha pour ramasser le bouquin plutôt que d'affronter le regard de Rafe. Elle-même avait craint de céder à leurs vieilles habitudes, de tendre la main vers lui en pleine nuit, de se lover contre son dos, de l'attraper par la taille...

Elle referma le livre avec brusquerie.

— Je suis désolée que tu aies dû passer une nuit aussi inconfortable. J'étais si fatiguée que je n'aurais probablement pas remarqué ta présence si tu t'étais allongé à côté de moi.

— Ah oui ?

Il lui lança un regard provocant qui la troubla profondément. Le silence semblait vibrer d'une foule de souvenirs érotiques.

Isla, qui n'avait pu s'empêcher de regarder la bouche généreuse de Rafe, pointa le bout de la langue pour humecter ses lèvres soudain très sèches. Elle devinait qu'il était à l'affût du moindre détail susceptible de la trahir. Rassemblant tout son courage, elle s'obligea à le fixer.

— Tu ne me parais pas du genre à toucher une femme qui t'a expressément demandé de ne pas le faire.

Elle avait beau prendre un ton sévère de maîtresse d'école, sa voix était empreinte d'une incroyable sensualité, et elle en avait conscience.

Rafe aussi sans doute, car il s'approcha et coinça une mèche rebelle de ses cheveux derrière une de ses oreilles. Il y avait tant de tendresse dans son geste qu'Isla sentit son corps réclamer d'autres caresses. Il la connaissait si bien !

— J'aurais moins de mal à ne pas te toucher si je ne pensais pas que tu as envie de moi. Je ne me trompe pas, n'est-ce pas, *cara* ? Tu n'as pas oublié combien nous avons été heureux ensemble, pas vrai ?

Il cala sa main autour de la joue d'Isla, comme s'il tenait une pêche ô combien précieuse, et caressa sa peau, lentement, avec son pouce. Incapable de maîtriser un frisson, elle posa la main sur le poignet de Rafe avec la ferme intention de le repousser, mais referma les doigts sur son bras. La chaleur de sa peau et les éclats bruns et verts qui piquetaient ses yeux bordés de cils d'un noir de jais l'émurent terriblement, mais elle chercha à s'en défendre.

— Pour toi, c'est un jeu, n'est-ce pas ?

— Tu portes mon enfant, Isla. Ce n'est pas un jeu pour moi, lui répondit-il avec gravité. Nous avons toujours des sentiments l'un pour l'autre, c'est une évidence.

Cette fois-ci, elle parvint à trouver la force de reculer et, les bras croisés sur la poitrine, lui lança un regard noir.

— Si je n'étais pas enceinte et que nous nous étions rencontrés par hasard, m'aurais-tu fait la proposition que tu me fais à présent ?

Elle crut déceler une vague hésitation, puis il poussa un étrange soupir et passa la main dans son épaisse chevelure.

— Je t'aurais sûrement proposé de renouer, mais sans doute ne serais-je pas allé jusqu'au mariage.

— Donc, je suis le genre de femme avec qui on a une aventure, mais qu'on n'épouse pas.

Ce n'était pas une question, mais une affirmation. Une confirmation de ce qu'elle pensait d'elle.

Tu n'es pas assez bien.

— Je ne pensais pas au mariage, c'est vrai, dit-il. Mais les choses sont différentes aujourd'hui.

— Pourtant, je n'ai pas changé. Je suis la même qu'il y a cinq mois.

Il laissa son regard s'attarder sur son ventre.

— Pas tout à fait, *mia piccola*. Tu portes mon enfant. Ça change la donne.

Quelques heures plus tard, ils arrivaient à la villa de Rafe. De style Art nouveau, elle était située dans la commune de Mondello, laquelle s'enorgueillissait d'une magnifique plage de sable blanc. En dépit de la fatigue du voyage et de l'appréhension qu'elle éprouvait, Isla ne put réprimer un élan de joie en retrouvant ce lieu où elle avait passé quelques semaines parmi les plus heureuses de sa vie. Les moments qu'ils avaient partagés lui avaient fait entrevoir un monde dont elle n'avait jamais rien su auparavant. Un monde dont elle n'avait pas imaginé qu'il pût exister. Ce n'était pas seulement à cause du glamour et de la richesse, qui, pour Rafe, allaient de soi, mais ce qui l'avait bouleversée, c'était la sensualité avec laquelle il lui faisait l'amour. Dans la journée, elle dessinait, peignait ou explorait les alentours pendant que Rafe vaquait à ses affaires. Mais, dans la soirée, à son retour, il lui consacrait tout son temps. Et, les deux dernières semaines, il avait pris des vacances pour qu'ils puissent mieux profiter l'un de l'autre. Jamais personne ne lui avait donné l'impression d'être aussi précieuse, désirée, comblée.

Par moments pourtant, leur idylle avait été un peu ternie par la présence de Concetta, la gouvernante de Rafe. Isla n'avait jamais pu se faire à cette femme d'un certain âge, qui plissait perpétuellement le front – quand Rafe n'était pas dans les parages – pour manifester sa désapprobation. Isla la trouvait sournoise, revêche et méprisante, mais Rafe n'acceptait pas qu'on pût la critiquer. Isla avait essayé de lui parler de l'attitude de Concetta à son égard, mais il avait toujours balayé ses préoccupations en lui expliquant que Concetta était une Sicilienne de la vieille école, assez réservée et guindée avec les gens qu'elle ne connaissait pas. En y réfléchissant, Isla s'était demandé si son indifférence n'était pas liée au fait qu'il savait que leur relation se terminerait un jour, comme toutes celles qu'il avait vécues précédemment.

Comment la gouvernante réagirait-elle lorsqu'elle apprendrait qu'Isla était enceinte ? Rafe l'avait-il prévenue ? Et que ferait-elle lorsqu'elle saurait qu'il avait l'intention d'épouser la mère de son enfant ?

— Concetta travaille-t-elle toujours pour toi ? s'enquit-elle lorsqu'ils pénétrèrent dans le vestibule de la villa.

— *Sì*, je suis toujours ici. Il ne m'a pas encore renvoyée, mais allez savoir ! s'exclama la gouvernante en approchant.

Concetta était une alerte créature d'une bonne cinquantaine d'années, qui circulait d'un pas aussi vif et efficace que sa langue était acerbe. Elle avait des petits yeux noirs en boutons de bottine, des traits parcheminés et des cheveux poivre et sel, rêches et coiffés en un chignon bas sur la nuque. Tout de noir vêtue, Concetta évoquait pour Isla la maîtresse d'école tatillonne toujours prête à gronder une élève récalcitrante.

— Ça fait plaisir de vous revoir, dit Isla en s'efforçant d'adopter un ton sincère.

— Hum.

Les lèvres pincées, Concetta examina le ventre rond d'Isla sans la moindre complaisance. Puis elle se tourna vers Rafe et lança :

— Tu es sûr qu'il est de toi ?

Rafe riposta dans un riche dialecte sicilien qu'Isla ne comprit pas, mais le message était sans doute très clair, car Concetta haussa les sourcils, décocha un regard insolent à Isla, puis disparut en direction de la cuisine. Même le bruit de ses pas qui s'éloignaient paraissait lourd de menaces et d'insultes.

— Je suis désolé, marmonna Rafe en se retournant vers Isla. Il arrive que Concetta se montre difficile, mais elle s'adoucira avec le temps. La nouvelle a dû lui faire un choc, c'est tout.

Isla haussa un sourcil sceptique.

— Et tu veux m'épouser ? Sérieusement ? Je ne la vois pas m'accepter comme ton épouse dans un avenir proche. Elle ne m'a jamais appréciée. Note que tu ne m'as jamais écoutée quand je te disais qu'elle se comportait de manière très désagréable avec moi. Maintenant, je ne peux qu'imaginer les injures qu'elle me servira quand tu ne seras pas dans les parages.

Les traits de Rafe se durcirent et il referma la porte.

— Il faudra bien qu'elle accepte si elle ne veut pas être obligée de chercher un autre employeur.

Isla croisa les bras et pencha la tête.

— Dis-moi… Est-ce qu'elle a manifesté la même grossièreté avec toutes tes maîtresses ? Pas étonnant que ça n'ait jamais duré plus d'une semaine ou deux !

Rafe détourna les yeux, se débarrassa de sa veste ultra-légère et l'accrocha sur un portemanteau en fer forgé.

— Avant toi, je n'ai jamais amené qui que ce soit ici. Dans l'ensemble, je vivais mes histoires quand j'étais en voyage d'affaires. Ça facilitait les choses.

Stupéfaite, elle ouvrit de grands yeux.

— Quoi ? Tu plaisantes ?

Il lui opposa un visage impassible.

— Ici, c'est mon chez-moi. Mon sanctuaire. Je n'aime pas le partager avec des inconnus.

— Ta gouvernante non plus, on dirait !

Elle avait recouru à l'ironie pour dissimuler sa stupéfaction. Que signifiait cette confidence ? Et pourquoi l'avait-il amenée ici ? Qu'avait-elle de spécial pour qu'il relâche les règles qu'il s'était fixées et la garde sur place durant un mois ?

Un sourire énigmatique fleurit sur les lèvres de Rafe.

— Je devine ce que tu penses.

S'efforçant désespérément d'afficher une expression neutre, Isla déclara :

— Ah oui ? Dis-moi donc.

Il vint se poster devant elle, assez près pour repousser une mèche de cheveux derrière son oreille. Elle tressaillit et dut faire un effort surhumain pour ne pas réagir plus que les statues du vestibule.

— Tu te demandes pourquoi je t'ai amenée ici, c'est ça ? Pourquoi toi et personne d'autre ? lui dit-il en scrutant son visage.

Sa voix grave et feutrée avait des accents de miel particulièrement excitants.

Elle jeta un bref coup d'œil sur sa bouche sensuelle et déglutit le plus discrètement possible. D'autant qu'il s'était emparé d'une autre mèche rebelle qu'il enroulait lentement autour de son doigt. On aurait cru qu'il cherchait à l'attacher à lui. À l'idée de ce lien soyeux, elle frémit, mais répliqua pour ne rien montrer de son trouble :

— En tout cas, je suis sûre que ce n'est pas parce que tu étais follement amoureux de moi.

Elle avait voulu plaisanter, mais sa voix trahissait une sorte d'aigreur.

Dérouté par cette remarque, Rafe plissa le front, puis déroula la mèche qui entourait son doigt.

— Non, c'est vrai… Tu n'étais pas amoureuse de moi non plus, ou bien ça a changé petit à petit ?

Isla s'obligea à feindre l'indifférence et le détachement, deux sentiments qu'elle n'était pas sûre de ressentir – ni d'avoir jamais ressentis avec lui. Bien sûr, elle n'aurait pas été jusqu'à dire qu'elle était amoureuse de lui – c'était bien trop angoissant de baisser ainsi la garde. Aimer quelqu'un, c'était lui donner de l'emprise sur vous. Pas question.

— Bien sûr que non ! Et ne le prends pas mal. Je suis sûre que beaucoup de femmes avant moi sont tombées profondément amoureuses de toi, et qu'elles en ont payé le prix.

Il la dévisagea avec attention, l'étudiant longuement, comme s'il cherchait la clé d'une énigme.

— Si je t'ai amenée ici, c'était d'abord pour fuir la presse. Je voulais profiter de ta compagnie sans être harcelé par une batterie de caméras et d'appareils photo.

— Et ensuite ?

Il afficha un autre de ses demi-sourires.

— Mets ça sur le compte d'un moment de faiblesse.

Il s'écarta et attrapa le sac d'Isla.

— Tu devrais te reposer. La journée a été longue.

Elle le suivit dans la chambre où elle retrouva non sans émotion les souvenirs de la première fois où elle était entrée dans cette pièce avec lui. Elle revit les instants de passion explosive qu'ils avaient partagés sur le lit gigantesque et lui lança un regard à la dérobée pour voir si, comme elle, Rafe était sensible aux réminiscences qui affluaient. Mais il semblait imperméable à toute émotion.

La chambre sentait l'eau de toilette – une fragrance virile aux notes d'agrume – et le linge fraîchement lavé. Devant les fenêtres grandes ouvertes, les rideaux en étamine de soie flottaient comme des voiles sous le vent.

— Tu as froid ? Je peux fermer, si tu préfères, lui proposa-t-il gentiment.

— C'est très bien. Ne t'embête pas. C'est agréable d'avoir un peu d'air pur après l'avion.

Isla posa son sac fourre-tout sur une chaise en velours en s'efforçant de ne pas regarder le lit.

— Je vais demander à Concetta de t'apporter quelque chose à boire.

— Non, je t'en prie. Je… J'aimerais rester seule un moment.

Elle se mordit la lèvre. S'il y avait quelque chose dont elle n'avait vraiment pas besoin, c'était de l'hostilité de la gouvernante de Rafe. Elle se sentait les nerfs à vif.

Elle ne savait que faire de la proposition de Rafe, ne voyait pas où était sa place dans sa vie de riche homme d'affaires ni même si elle pourrait jamais être pour lui autre chose que la mère de son enfant. Un enfant dont il pourrait aisément la séparer s'il le décidait. Elle n'appartenait pas à son monde et sa venue en Sicile le lui démontrait clairement. Ce serait stupide de relâcher la garde à présent. Chaque fois qu'elle l'avait fait par le passé, elle l'avait regretté. Après la mort de sa mère, elle avait espéré vivre avec son père, mais il l'avait confiée à une famille d'accueil dès qu'il l'avait pu. Ensuite, elle avait connu plusieurs foyers. Et chaque fois ses espoirs avaient volé en éclats. Depuis toujours ou presque, sa vie avait été placée sous le signe de l'abandon.

Était-ce une malédiction ?

Inconscient des turbulences qui la secouaient, Rafe s'approcha et prit ses deux mains dans les siennes.

— Tu ne te sens pas bien ? Tu as des nausées ?

Elle décida d'éviter son regard et garda les yeux rivés sur ses mains.

— Non. Juste… fatiguée.

Il lui souleva le menton pour plonger son regard dans le sien.

— J'ai bien conscience que ça n'a pas dû être simple pour toi de revenir ici. Mais nous devons nous concentrer sur ce qui est préférable pour le bébé. *Notre* bébé.

Isla se dégagea de son emprise et mit un peu de distance entre eux.

— Ta gouvernante est convaincue que ce n'est même pas ton bébé.

Rafe poussa un soupir affligé.

— Veux-tu que je me débarrasse d'elle ? C'est ce que tu souhaites ? Que je la renvoie et que je cherche quelqu'un d'autre ? Concetta n'a pas eu d'autres employeurs que moi. Et elle n'a pas eu la vie facile. Elle était mariée à une brute qui l'a totalement dépossédée quand elle a eu le courage de le quitter. Elle n'a aucune qualification.

D'une certaine façon, c'était exactement ce que souhaitait Isla – qu'il renvoie la gouvernante sur-le-champ. Mais elle ne pouvait prendre la responsabilité de causer le malheur de cette femme. Elle savait ce que c'était que de perdre un emploi crucial parce qu'on s'était montré trop franc. Que d'être renvoyée, rejetée.

— Non, ce n'est pas ce que je souhaite, répondit-elle donc, le dos tourné. Je suis capable de me défendre. Je l'ai fait toute ma vie ou presque. Dieu sait que personne ne risquait de le faire pour moi.

Rafe s'approcha derrière elle, posa les mains sur ses épaules et l'obligea à se retourner.

— Comment a réagi ta famille quand tu leur as annoncé ta grossesse ? Ils ont été heureux pour toi ?

Ah, que la vie devient compliquée quand on commence à mentir...

Elle chercha à lui échapper, mais il affermit son emprise.

— Non, dit-il en fronçant les sourcils. Ne te dérobe pas. Parle-moi.

Incapable de soutenir le regard de Rafe, elle fixa sa gorge.

— Je n'ai pas de famille. Ma mère est morte d'une intoxication éthylique quand j'avais sept ans. Mes parents avaient divorcé deux ans plus tôt. On m'a remise à mon père, mais il ne m'a pas gardée longtemps auprès de lui et j'ai passé le reste de mon enfance en familles d'accueil.

En entendant l'exclamation étouffée de Rafe, elle releva la tête.

— Pourquoi ne m'as-tu rien dit avant ? lui demanda-t-il. Pourquoi m'as-tu donné l'impression que tu avais eu une enfance normale ?

Cette fois-ci, Isla réussit à se dégager. L'air fermé, elle répondit :

— Parce que ça m'était plus facile que de t'expliquer. Toi non plus, tu n'as pas parlé de ta famille, et ça ne m'a pas dérangée. Nous deux, c'était une aventure, Rafe. On ne s'était pas promis de partager notre vie jusqu'à la fin de nos jours.

— Est-ce que tu m'as dit des choses vraies, au moins ?

Elle s'assit sur le lit avant que ses jambes la trahissent. Elle était épuisée. La seule personne à connaître son enfance en détail était Layla, parce qu'elles s'étaient rencontrées dans une famille d'accueil. Mais Layla avait eu la chance d'avoir une grand-tante qui l'avait réclamée, puis hébergée dans la demeure des riches Écossais chez qui elle travaillait comme gouvernante.

— Je suis désolée, mais je n'aime pas évoquer ce que j'ai pu vivre. J'essaie d'oublier ça au maximum.

Il s'accroupit devant elle et enveloppa son genou d'une main.

— Que croyais-tu que je t'aurais dit si tu m'avais révélé la vérité ?

Elle partit d'un petit rire ironique.

— Je peux te dire une chose : tu ne m'aurais pas invitée à venir passer un mois ici avec toi. Tu sors avec des mannequins et des femmes superbes, pas avec des filles comme moi !

— Tu penses sérieusement que je t'aurais évitée à cause du milieu dont tu viens ? Pour toi, je suis snob à ce point-là ?

Elle releva le menton avec orgueil.

— Ce n'est pas ce que je dis. Mais nous n'avons rien en commun. Tu as grandi dans la richesse, moi dans la pauvreté. Tu as une mère, un père et des frères. Je n'ai personne.

Une ombre surprenante obscurcit le visage de Rafe qui se releva, l'air accablé. Subitement, il avait l'air d'un vieil homme épuisé. Il se passa la main dans les cheveux. Quand il finit par reprendre la parole, elle eut l'impression qu'une éternité s'était écoulée.

— La femme de mon père n'est pas ma mère. Et mes frères ne sont que mes demi-frères. Ma mère est morte quand j'avais quatorze ans. C'était la maîtresse de mon père.

Isla ouvrit de grands yeux.

— Mais tout ce que j'ai lu sur toi dans la presse...

— Pure fable inventée par mon père qui avait besoin de blanchir sa réputation, répliqua Rafe avec une profonde amertume. Il a vécu deux existences totalement distinctes jusqu'au jour où il a eu un accident qui a failli lui être fatal. J'avais treize ans. Ni ma mère ni moi ne nous posions de questions sur les raisons qui l'amenaient à voyager constamment. C'étaient ses activités. Il assurait notre quotidien, nous offrait de belles vacances, nous couvrait de cadeaux. On ne se demandait même pas pourquoi il n'était jamais auprès de nous à Noël. Il y avait toujours une crise grave, un problème de personnel que lui seul pouvait régler. Quand un de ses employés a pensé qu'il ne passerait pas la nuit, il a appelé ma mère. Nous nous sommes précipités à l'hôpital où nous l'avons trouvé entouré de sa famille. Sa première famille. Sa famille officielle.

Isla se leva du lit et vint lui effleurer le bras.

— Ça a dû être épouvantable de découvrir la vérité dans ces circonstances.

— En effet.

Sa réponse abrupte reflétait la violence qu'il avait endurée. Isla s'écarta.

— Tu as dit que ta mère était morte quand tu avais quatorze ans. Tu as vécu avec ton père et son... son autre famille, alors ?

Un sourire amer tordit la bouche de Rafe.

— Non. On m'a expédié en pension. En Angleterre. Suffisamment loin pour que je ne perturbe pas le bonheur familial de mon cher papa.

— Il ne peut pas avoir été si heureux que ça s'il a éprouvé le besoin d'avoir une maîtresse durant tant d'années.

— La femme de mon père vient d'un milieu fortuné. Très fortuné. Un divorce était inenvisageable. Quand il a été rétabli, elle lui a posé un ultimatum : c'était soit sa maîtresse et moi, soit elle. Il a donc choisi.

— Quoi ? Il vous a laissés tomber juste comme ça ? s'écria-t-elle en claquant des doigts.

Le visage froid, Rafe poursuivit :

— Sans l'apport financier d'Elena, il aurait fait faillite. Avec mon père, l'argent l'a toujours emporté sur les sentiments.

— Tu as des contacts avec lui ?

— Le moins possible.

Rafe remit droit un tableau qui était à peine de guingois.

— C'est curieux, mais mon père et son épouse répugnent moins à m'inclure dans leur famille heureuse maintenant que je suis devenu un des hommes les plus riches de Sicile.

— Vu la manière dont ils vous ont traités, toi et ta mère, je ne comprends pas comment tu acceptes encore d'avoir des contacts avec eux.

— Mes demi-frères sont des hommes bien. Ce n'est pas leur faute si notre père est un être faible et cupide.

— Mais tu l'as aimé dans le temps ? Ton père.

Un voile de tristesse assombrit le visage de Rafe.

— Je l'idolâtrais. C'était mon héros, mon modèle. Pendant des années, j'ai calqué mon comportement sur le sien.

Il lâcha une exclamation écœurée.

— Mais il ne m'a servi que des mensonges.

Elle avait fait la même chose, se dit-elle, rouge de honte. Certes, elle s'était bornée à lui mentir par omission, mais elle avait quand même menti et continuait en lui cachant certains faits. Mais comment lui parler des photos – ces clichés honteux pris dans un bar pour hommes ? Ces photos se négocieraient sans doute très cher si elle épousait Rafe. Il détestait l'intrusion de la presse, elle le savait. Une traînée convolant en justes noces avec l'une des plus grosses fortunes de Sicile ! Voilà qui susciterait un flot de questions avides. La gouvernante de Rafe ne serait pas la seule personne à lui lancer des insultes. Tout le monde s'en mêlerait.

— Je suis désolée que tu aies traversé des choses aussi difficiles, déclara Isla. Mais tu dois quand même être rudement fier d'avoir réussi comme tu as réussi, et sans aide, non ?

Un bref sourire éclaira le visage de Rafe.

— Comme toi ?

Elle partit d'un rire qui sonnait un peu faux.

— On ne peut guère prétendre que j'ai réussi. En plus, ça fait trois mois que je n'ai pas touché un pinceau.

— Dans ce cas, il va falloir faire quelque chose. Je me suis organisé pour que nous allions rendre visite à ma grand-mère dans deux ou trois jours. Elle habite à Marsala, à environ quatre-vingts kilomètres d'ici.

— Tu ne m'as jamais parlé d'elle. Pourquoi ?

Il se ferma.

— Ma *nonna* est de la vieille école. Elle n'approuve pas les aventures, les passades. Ça fait des années qu'elle attend que je me case. Maintenant que tu es ma fiancée, l'heure est venue que tu la rencontres.

Voilà qu'il recommençait ! Que dirait sa *nonna* si elle apprenait qu'il circulait des photos érotiques de la fiancée en question ? Pour Isla, c'était une perspective insupportable.

— Je n'ai pas dit que j'allais t'épouser, Rafe.

Impassible, il repoussa les couvertures et tapota le matelas.

— Repose-toi à présent, *cara*. J'y tiens. Tu me parais fatiguée et mal en point.

Isla ôta ses chaussures et s'allongea sur le lit moelleux tandis qu'il la recouvrait avec le drap, puis se penchait pour l'embrasser doucement sur le front. Il y avait une telle tendresse dans son geste qu'Isla se demanda si, tout au fond de lui-même, il n'éprouvait pas quelque chose pour elle, et pas seulement pour le bébé qu'elle portait. Était-ce un espoir stupide ? N'avait-elle donc rien appris ? C'était un homme bien, un homme plein de sollicitude avec peut-être plus de sensibilité qu'elle n'avait voulu le croire ? La manière dont il traitait sa gouvernante était sûrement la preuve qu'il avait du cœur. Mais le lui ouvrirait-il jamais ?

Il arrivait à la porte quand elle réussit à bredouiller :

— Rafe ?

— Oui.

— Et si ta grand-mère, comme Concetta, ne m'accepte pas ? Que ferons-nous ?

Une lueur résolue apparut dans les prunelles brun-vert de Rafe.

— Dès l'instant où tu porteras ma bague, elle t'acceptera. Et Concetta aussi. Maintenant, repose-toi...

5

Assis dans son bureau, Rafe jouait avec son stylo en or. Il avait pas mal de questions à régler – mails à envoyer, documents à signer, contrats à négocier, mais n'avait aucune envie de travailler. Une seule chose le tentait : remonter à l'étage et retrouver Isla.

C'était là qu'il rêvait d'être, les bras noués autour d'elle. Dans son imagination, il l'embrassait jusqu'à la faire gémir, la caressait jusqu'à ce qu'elle le supplie et qu'il s'enfonce en elle en oubliant tout ce qui n'était pas eux et combien il était bon d'être ensemble.

D'ailleurs, ce n'était pas que bon, c'était plus que ça.

Il aurait dû être fâché qu'elle ne lui ait rien dit de son passé, de son milieu. Il aurait dû se sentir trahi, mais curieusement il n'avait pas l'impression d'avoir été pris en traître. Au contraire, il éprouvait une profonde compassion pour Isla. Elle avait connu une enfance très difficile et il était peiné qu'elle n'ait pas pu lui en parler jusqu'alors.

La ramener à la villa avait ravivé une foule de souvenirs qu'il avait pourtant jalousement gardés sous clé. Lorsqu'elle l'avait quitté, il s'était obligé à ne pas revenir sur les moments qu'ils avaient partagés. Chaque fois que ses pensées l'avaient poussé à évoquer l'odeur de la peau d'Isla, la douceur de sa bouche, la perfection laiteuse de ses seins, il s'était lancé à corps perdu dans le travail ou infligé des exercices physiques exténuants. En bref, il ne s'était pas autorisé à s'appesantir sur ce qu'il avait perdu. Il ne s'agissait pas seulement du sexe et des discussions animées, il avait eu largement son lot de l'un et de l'autre, mais d'Isla elle-même. C'était elle, son sourire, son rire argentin, ses caresses qui lui manquaient…

Dio, ses mains sur sa peau ! Il mourait d'envie de les retrouver et de s'enfoncer en elle pour renouer avec ce sentiment de plénitude qu'elle lui avait apporté.

À plusieurs reprises, Concetta avait cherché à comprendre pourquoi il tenait à conserver les affaires d'Isla dans le dressing, mais il avait refusé de s'expliquer et lui avait expressément interdit de s'en débarrasser. Pourtant, chaque fois qu'il mettait le pied dans ce fameux dressing, il était à la torture. Pourquoi garder ces vêtements alors qu'il s'efforçait de ne pas penser à elle ? Pour assumer son incapacité à pressentir leur séparation, qu'il percevait comme un échec, se disait-il. L'échec était un mot qu'il détestait et qui n'appartenait pas à son vocabulaire, mais que dire d'autre alors qu'il n'avait rien vu venir ? Il ne pouvait nier que la présence d'Isla avait modifié l'atmosphère de la villa dès qu'elle en avait franchi le seuil. Et s'il s'était laissé aveugler ?

Troublé, il posa son stylo et alla se camper devant une des fenêtres qui donnaient sur l'extraordinaire plage de sable blanc, en contrebas. Sa villa, avec ses jardins et sa piscine à débordement surplombant la mer tyrrhénienne, était son château, sa forteresse. Le lieu qu'il aurait souhaité partager avec sa mère, si elle avait vécu. Elle avait passé des années à subir des mensonges et, aujourd'hui encore, il était révolté s'il songeait à tout ce dont elle avait été privée par la faute de son père. Contrairement à lui, elle était au courant de l'existence de la femme de Tino Angeliri, mais par amour pour lui, elle avait accepté la situation. Comment la critiquer ? Lui aussi avait aimé Tino Angeliri. Très profondément. Et il avait cru que ce dernier l'aimait, ce qui était aussi un mensonge. Pendant un moment, Rafe en avait voulu à sa mère, mais, avec le temps, il avait fini par comprendre que c'était pour le protéger qu'elle lui avait caché la vérité.

Avec sa mère, il avait occupé un très bel appartement – payé par son père —, auquel ne manquait qu'une chose : un jardin. En effet, sa mère adorait les jardins. Rafe avait donc dépensé une fortune pour pouvoir jouir de beaux espaces verts et honorer ainsi la mémoire de cette femme chérie. Et, après avoir vécu longtemps d'hôtel en hôtel, il appréciait d'autant plus son sanctuaire privé, où il se retrouvait seul.

Plus maintenant.

Isla était là, et il voulait qu'elle reste. Indéfiniment. Encore quatre mois, et ils accueilleraient leur enfant. Et il voulait que celui-ci bénéficie de la légitimité qu'il n'avait pas eue. C'était sans doute démodé que de s'accrocher à cette formalité qu'était le mariage, mais il était hors de question qu'il transige. Il refusait qu'on puisse parler d'Isla comme de sa maîtresse, qu'on puisse traiter son enfant de bâtard. Il refusait d'être un parent à mi-temps, comme son père avait pu l'être. Avec Isla, ils formeraient une famille, et il était résolu à faire tout ce qui était en son pouvoir pour que ça marche.

Il ouvrit la fenêtre et l'air marin lui picota les narines. Il était encore stupéfait d'avoir appris qu'Isla avait eu une enfance privée d'amour, alors qu'elle lui avait laissé imaginer le contraire. Mais à présent qu'il savait, il se reprochait d'avoir négligé certains indices pourtant éloquents. Ainsi Isla n'avait-elle jamais appelé qui que ce soit en sa présence et, à part son amie Layla, personne ne l'avait appelée non plus.

Certes, il n'avait pas grand-chose à dire dans ce domaine, car lui-même ne téléphonait ni à son père, ni à sa belle-mère, ni à ses demi-frères, et se contentait de messages à l'occasion de leurs anniversaires. La seule personne qu'il appelait de temps à autre était sa grand-mère, parce qu'elle représentait son dernier lien avec sa mère. Là aussi, rien n'était simple, dans la mesure où sa *nonna* avait coupé les ponts avec sa fille qui, non contente de vivre dans le péché, avait également donné naissance à un enfant illégitime. Du coup, Rafe avait dû attendre d'enterrer sa mère pour faire la connaissance de la vieille dame venue pleurer son enfant disparue. Ce n'était pas la meilleure façon de tisser des liens familiaux harmonieux.

Rafe poussa un soupir et se détourna de la fenêtre. Qui sait si le destin n'était pas à l'origine de sa rencontre avec Isla ? Peut-être s'étaient-ils reconnus dans l'isolement, la solitude ? Dans le sentiment de n'avoir aucun ancrage avec quiconque. Il l'avait remarquée dès l'instant où il était entré dans ce bar.

Installée dans un coin, son cahier à dessin sur les genoux, elle faisait le portrait d'un des clients. Elle plissait furieusement le front, et pourtant elle était magnifique. Il s'était approché et, frappé par la ressemblance avec son modèle, il avait engagé la conversation. La suite avait été d'une simplicité confondante. Un verre et une heure plus tard, ils étaient au lit, à son hôtel. Ils avaient fait l'amour avec tant de fougue que, sur une impulsion, il lui avait proposé de l'accompagner pour un voyage d'affaires à Paris. Puis, au cours du mois qui avait suivi, il l'avait emmenée partout : Berlin, Zurich, Prague, Vienne, Amsterdam, Athènes et Copenhague.

Et, enfin – ce qui lui ressemblait encore moins —, chez lui, en Sicile.

Maintenant, s'il était honnête, ce n'était pas seulement à cause du sexe qu'il l'avait en quelque sorte détournée. En réalité, il avait voulu la garder pour lui, et lui seul. De jour en jour, il avait constaté combien elle était différente des maîtresses qu'il avait pu avoir et dont il s'était toujours lassé très vite.

Avec Isla, ça n'avait pas été le cas.

Il se rassit à son bureau, soucieux. Étaient-ce leurs différences sociales qui avaient poussé Isla à fuir lorsqu'elle avait découvert qu'elle était enceinte ? Il serra le poing, furieux contre lui. Pourquoi n'avait-il pas bataillé davantage pour la retrouver ? Pourquoi s'était-il laissé aveugler par l'amour-propre ? Il avait perdu trois mois précieux et, si le hasard ne les avait pas réunis, il n'aurait peut-être jamais su qu'il avait un enfant. Qui aurait pu reprocher sa discrétion à Isla ? Il ne lui avait pas caché que c'était pour lui une aventure. Il ne lui avait rien promis, se contentant d'exiger une fidélité mutuelle le temps de leur histoire.

Il n'y avait qu'un moyen de réparer : l'épouser. Lui offrir la sécurité du mariage pour élever leur enfant, telle était la voie à suivre.

La seule.

Isla se réveilla d'un somme étonnamment revigorant, se redressa et repoussa ses cheveux qui lui mangeaient la moitié de la figure. La vive lumière de l'après-midi avait cédé la place aux teintes pastel du couchant, baignant la pièce d'une lueur feutrée apaisante. Elle repoussa le drap et posa les pieds par terre en prenant soin d'attendre quelques secondes pour s'assurer qu'elle ne risquait pas de s'évanouir. Une fois qu'elle fut certaine d'être parfaitement d'aplomb, elle se rendit dans la luxueuse salle de bains pour se rafraîchir. Elle caressa l'idée de prendre une douche, mais se l'interdit de crainte que Rafe l'y surprenne. Rien que de regarder la cabine, elle sentit son ventre frémir tant était puissant le souvenir de ce qu'ils y avaient vécu.

En sortant, elle ne put s'empêcher de jeter un coup d'œil vers le dressing. Rafe avait-il réellement gardé toutes les affaires qu'il lui avait offertes ? En partant, elle n'avait repris que ses effets personnels. Elle n'avait aucune envie qu'on la considère, lui ou sa gouvernante revêche, comme quelqu'un d'intéressé.

Elle fit glisser les portes coulissantes du dressing et retint une exclamation de surprise : ses vêtements étaient soigneusement rangés en face de ceux de Rafe. Ses chaussures étaient là aussi, de même que les bijoux dont Rafe lui avait fait cadeau, dans le tiroir vitré. Elle fit courir ses doigts sur la rangée de soieries, mousselines et satins, puis ouvrit le tiroir renfermant toute la lingerie sexy qu'elle avait portée pour lui – dentelles et soies ravissantes déclinées en noir, rouge, bleu nuit, rose fluo ou même blanc de neige.

Isla attrapa un caraco en soie bleu foncé bordé de dentelle et un slip assorti et caressa le somptueux tissu en repensant à la manière dont Rafe la déshabillait, à la pluie de baisers brûlants dont il comblait sa peau dénudée qui frissonnait dans l'attente du plaisir proche. Un rien tremblante, elle rangea les sous-vêtements et repoussa le tiroir.

Il était moins facile de repousser le souvenir de ces caresses.

À ce moment précis, la porte de la chambre s'ouvrit et Isla vit Rafe entrer, tenant un grand verre de jus d'oranges fraîchement pressées. Gênée, elle marmonna :

— Je ne suis pas sûre de pouvoir encore rentrer dans ces tenues.

Très à l'aise, Rafe posa le verre sur la table de chevet avant de répondre :

— Si c'est le cas, je t'en achèterai d'autres.

— Tu n'as pas à faire ça. Je peux m'en charger.

Une fois encore, son amour-propre avait pris le dessus. Loin de se formaliser, Rafe lui lança simplement :

— Tu t'es levée du pied gauche ?

Elle fit la moue.

— Non, je me demande juste pourquoi j'ai dormi dans ce lit.

Les traits de Rafe se crispèrent.

— Je te veux dans mon lit, Isla. C'est là qu'est ta place.

Elle prit l'autorité qu'elle perçut dans sa voix comme une provocation, et réagit vivement.

— Tu crois qu'on peut juste reprendre les choses là où nous les avions laissées ? Sois réaliste, Rafe.

Il plaça les mains sur les hanches d'Isla, qui perdit subitement toute volonté. Elle aurait dû s'écarter, elle le savait, mais elle en était incapable. Quant à son corps, il semblait s'être embrasé.

— Je vais te dire ce qui est réaliste…

Il approcha la bouche tout près de la sienne.

— Qu'en penses-tu ?

Elle ne put s'empêcher de faire un pas en avant, et perçut la chaleur émanant du corps de Rafe, et qui avivait son propre désir. Subitement, sa bouche se retrouva sur celle de Rafe, mais elle n'aurait su dire qui avait pris l'initiative. Peu importait. La seule chose qui comptait, c'étaient ses lèvres qui goûtaient les siennes et le jeu sensuel de sa langue provocante.

Elle passa les bras autour de son cou et plongea les doigts dans ses cheveux pour éviter qu'il s'écarte d'elle. Un gémissement désespéré lui échappa et elle se pressa davantage contre lui, contre son sexe, obsédée par l'envie de le sentir en elle.

De son côté, il continuait à la provoquer, tour à tour tendre et doux, puis impérieux au point que son cœur battait à tout rompre et qu'elle avait l'impression que ses jambes allaient se dérober. Comment aurait-elle pu résister à la caresse rugueuse de sa petite barbe drue sur ses joues ? À sa manière de mordiller sa lèvre ?

Comme elle lui rendait caresse pour caresse, il frémit et poussa un long gémissement avant de la plaquer contre lui, la main posée sur ses reins.

— Tu me rends dingue sans même faire le moindre effort, dit-il d'une voix étonnamment rauque.

Il glissa les doigts sous son chemisier et prit un de ses seins dans la coupe de sa main, lui arrachant un cri de surprise. Ses seins étaient encore plus sensibles qu'ils ne l'étaient trois mois auparavant, mais on aurait dit aussi que sa chair reconnaissait les caresses de Rafe et réagissait avec avidité. Il défit habilement son soutien-gorge, referma la bouche sur son mamelon. C'était une torture et un délice à la fois, et elle avait l'impression de fondre.

Elle tendit les mains vers la ceinture de Rafe, affolée tant elle avait hâte de le retrouver. De le toucher. De le goûter. De le torturer comme il la torturait. Mais il repoussa sa main et l'obligea à reculer vers le lit où il l'allongea sans cesser de la caresser avant de se coucher à son côté.

— J'ai envie de toi...

Il y avait une telle exaltation dans sa voix qu'elle en fut choquée, mais, en fin de compte, quelle importance ? À quoi bon l'amour-propre ? Seul comptait le plaisir inouï qu'elle attendait de toutes les fibres de son être, plaisir que lui seul savait lui procurer.

— Je t'en prie, Rafe. Je t'en prie...

Elle se cambra sous la pression exquise de sa main virile sur son sexe.

— Tu es sûre que c'est ce que tu veux ? lui demanda-t-il avec flegme, alors qu'un désir ardent brillait dans ses prunelles.

— Oui. Mille fois oui. Tu sais que j'ai envie de toi. Et, toi aussi, tu me désires.

Elle prit sa tête entre les mains et l'attira vers elle pour qu'il l'embrasse encore une fois.

Il se laissa faire et s'empara de sa bouche avec gourmandise tout en glissant la main sous sa jupe. Quelques secondes plus tard, elle poussa un soupir heureux quand il lui retira sa culotte. Elle ne voulait plus de barrières entre eux, et ne pensait plus qu'à l'accueillir en elle. Sous la torture exquise de ses doigts, elle était au supplice et tout près, tout près de basculer...

C'est le moment qu'il choisit pour poser la bouche au cœur de son intimité et la provoquer savamment. Emportée par une déferlante de sensations, Isla céda bientôt à un orgasme dévastateur qui lui arracha un long cri de bonheur.

Elle recouvra ses esprits peu à peu et ses yeux cherchèrent ceux de Rafe avec une timidité soudaine.

— Tu n'as rien perdu de tes talents, dit-elle en mêlant les doigts aux siens.

Curieusement, elle perçut une certaine réserve de sa part. Comme s'il se reculait, et il lui sembla que son sourire tranchait avec la fixité bizarre de son regard.

— Toi non plus, répondit-il en posant un léger baiser sur son front.

Perplexe et saisie de doutes, elle se demanda pourquoi il ne continuait pas. Refusait-il de prendre son plaisir ? Cherchait-il à prouver quelque chose ? Était-ce une façon de lui démontrer qu'elle le désirait plus qu'il ne la désirait ?

— Tu ne veux pas...

— Pas maintenant.

Il se leva du lit avec souplesse et la regarda de haut. Aurait-il érigé un mur de brique entre eux que ce n'aurait pas été pire pour elle. Il n'en avait plus rien à faire d'elle. C'était évident.

— Concetta ne va pas tarder à servir le repas. Pourquoi ne pas te doucher et te changer ? Je t'attendrai en bas.

Isla se leva avec brusquerie et rajusta ses vêtements tant bien que mal.

— Et si tu arrêtais de me dire ce que je dois faire ? ripostat-elle, piquée par son rejet.

Il la repoussait comme un jouet qui a perdu tout intérêt.

— J'essaie simplement de te ménager, Isla. Tu as eu une longue journée épuisante.

— C'est ma grossesse qui te dérange ? Tu es un peu dégoûté à l'idée de faire l'amour à...

— Non.

Rafe rentra sa chemise dans son pantalon, puis passa la main dans ses cheveux.

— Avant, nous avons précipité les choses. Cette fois-ci, j'aimerais que nous prenions le temps.

— Pourquoi donc ? pesta Isla. Pour que je tombe amoureuse

de toi et ne puisse refuser ta demande en mariage ? Ce n'est pas près d'arriver, crois-moi !

Elle tourna les talons et mit le cap sur la salle de bains, furieuse contre lui, et contre elle-même qui n'avait su lui résister. Elle claqua la porte, puis s'y adossa. Pourquoi était-elle retombée aussi facilement dans ses bras ? Elle s'était enflammée, alors qu'il était resté maître de lui. Il était clair qu'elle était loin d'avoir l'avantage.

Mais n'en avait-il pas toujours été ainsi ?

Leurs deux univers étaient inconciliables. Sinon qu'aujourd'hui ils se rejoignaient à cause d'un enfant, d'un bébé censé combler ce fossé. Pourrait-elle accepter un tel compromis alors que, depuis toujours, elle rêvait d'être aimée pour elle-même ?

— Isla, ouvre, s'il te plaît, dit Rafe en cognant à la porte.

— Va-t'en ! lança-t-elle en fixant avec fureur le reflet que lui renvoyait le miroir. Je te déteste.

C'était elle, en réalité, qu'elle détestait. Pour sa faiblesse.

En guise de réponse, il éclata de rire, ce qui lui donna envie de pulvériser tous les produits cosmétiques de la salle de bains. D'écrire au rouge à lèvres des insanités sur la glace, les serviettes. Sa rage, son embarras étaient tels qu'elle en perdait le sens commun. Pourtant, contre toute attente, c'est un sanglot qui lui échappa et, tremblant d'émotion, elle enfouit la tête dans ses mains.

Subitement, la porte s'ouvrit avec un cliquetis et Rafe apparut. Il la prit par les épaules, puis lui caressa doucement la nuque tout en murmurant des paroles tendres et apaisantes qui la désarmèrent.

— Chut, *mia piccola*. Je n'avais pas l'intention de te faire du mal...

Pressée contre Rafe, elle percevait les battements réguliers, réconfortants, de son cœur. Et, son autre bras passé autour de sa taille, il la maintenait en un geste rassurant, protecteur.

— Désolée..., bredouilla-t-elle d'une voix étouffée.

— Ne t'excuse pas. C'est moi qui suis en faute.

Elle se détendit un peu et, incapable de soutenir le regard de Rafe, renifla.

— Ce sont les hormones… je présume. Normalement, je… je ne pleure jamais.

Il tendit la main pour attraper un mouchoir en papier dans la boîte posée sur le comptoir en marbre, souleva le menton d'Isla avec douceur et lui essuya gentiment les yeux.

Devant la sollicitude chaleureuse qu'elle lut sur son visage, elle manqua fondre de nouveau en larmes.

— Il s'est passé beaucoup de choses en très peu de temps. Tu as vécu un bouleversement complet. Et je me considère comme totalement responsable de ce qui t'arrive. Pardonne-moi de t'avoir affectée ainsi, *tesoro*. Ce n'était pas mon intention.

Il lui tendit un autre mouchoir dont elle se servit pour se moucher, avant de se tourner vers le miroir.

— Ah ! voilà pourquoi j'évite de pleurer. Bonjour les dégâts !

Il croisa son regard, sourit et lui caressa le dos jusqu'aux reins.

— Personnellement, je te trouve plus belle que jamais.

Elle pivota, plaqua les mains contre son torse et lui demanda :

— Est-ce que ça t'ennuie si je ne descends pas dîner ? Je ne m'en sens pas le courage, ce soir.

— Je te monterai un plateau. Ça t'irait ? lui proposa-t-il en repoussant une mèche de ses cheveux.

— Ce serait parfait.

6

Après avoir donné congé à Concetta, Rafe remonta avec un plateau garni, mais Isla était déjà profondément endormie, couchée en chien de fusil, ses cheveux répandus sur l'oreiller. Tiraillé entre l'envie de la laisser se reposer et la nécessité de la réveiller pour qu'elle mange, il hésita.

Par ailleurs, il ne fallait pas qu'il pose les mains sur elle. Il avait dû déployer des trésors de volonté pour ne pas céder au désir. Il ne voulait pas avancer en aveugle et se faire attraper une seconde fois.

Il était décidé à prendre le temps.

Lentement, mais sûrement, tel était son plan.

Il avait l'intention de se concentrer sur l'avenir, leur avenir en tant que famille. Il fallait qu'il lui prouve qu'elle avait sa place dans sa vie, sa place d'épouse, de compagne et de mère de leur enfant.

Une place permanente.

Il déposa le plateau sur la table de chevet, puis s'assit sur le bord du lit, les mains collées aux cuisses pour s'empêcher de la toucher.

Laisse-la dormir, laisse-la dormir…

Il eut beau se répéter les mots dans sa tête, ce fut inutile. Il ne put résister à l'envie de saisir une mèche de ses cheveux et, comme de juste, elle souleva les paupières et fixa sur lui ses belles prunelles bleu pervenche.

Elle afficha un sourire endormi et se redressa tant bien que mal pour s'asseoir.

— J'ai dû m'endormir...

Elle jeta un coup d'œil sur le plateau et la succulente nourriture et fronça les sourcils.

— Ça paraît beaucoup pour une seule personne...

— Tu n'es pas toute seule. Il faut bien nourrir le bébé, décréta-t-il en plaçant le plateau sur ses genoux.

La mine toujours renfrognée, elle se mordit légèrement la lèvre et balbutia :

— Rafe...

— Commence donc par manger. Nous discuterons plus tard.

Il lui tendit les couverts. Mais, têtue, elle ajouta :

— Je voulais juste te remercier pour tout à l'heure. Tu t'es montré si gentil alors que je me suis comportée de façon plutôt ingrate à ton égard.

Il repoussa une autre mèche récalcitrante qu'il coinça derrière l'oreille d'Isla.

— Ce n'est pas un moment facile pour chacun d'entre nous. Toi encore plus que moi. Mais je suis sûr que nous réussirons. Il le faut. Notre enfant doit représenter notre priorité.

Sans cesser de plisser le front, Isla tendit la main vers le plateau et commença à manger.

— Es-tu jamais revenu sur une décision que tu avais prise ? lui demanda-t-elle.

— Pas souvent.

Elle lui décocha un regard en coin.

— Tu étais aussi têtu quand tu étais gamin ?

— Toujours. Ça rendait ma mère folle.

— Je le crois volontiers.

Elle se saisit d'une belle grosse fraise au milieu de la salade de fruits sur le plateau et y planta ses petites dents blanches.

En la voyant faire, Rafe éprouva une terrible envie de sucer le jus qui brillait sur ses lèvres pulpeuses. Des ondes de désir parcouraient tout son corps et il avait un mal fou à se contrôler.

— Pourquoi me regardes-tu comme ça ? s'enquit-elle en s'essuyant les doigts sur une serviette en lin.

— Comment est-ce que je te regarde ?

Une légère rougeur envahit ses joues et elle passa la langue sur ses lèvres, sans doute pour masquer son embarras.

— Tu le sais très bien.

À son tour, il attrapa une fraise sur le plat et l'approcha des lèvres d'Isla.

— J'aime te regarder manger.

En fait, il aimait la regarder tout court. Elle pouvait faire n'importe quoi, elle le fascinait.

Elle prit une petite bouchée, l'avala et se lécha les lèvres.

— Ça ne te met pas en appétit ?

Il la fixa droit dans les yeux pour lui dire :

— Si on veut, oui.

Une lueur malicieuse parut éclairer le regard d'Isla, qui brandit devant lui le fruit entamé :

— Pourquoi ne pas en prendre un peu ?

Ce geste et ce fruit rouge qui lui était offert avaient quelque chose de profondément érotique, et il obtempéra.

— Hum. Délicieux.

En effet, la fraise était sucrée et parfumée.

Elle en prit une autre, mais ne put aller au bout de son initiative. Il attrapa son poignet pour la stopper. Ce n'était pas les fraises qu'il voulait, c'était elle. Elle dut le deviner, car elle lâcha le fruit, pointa le bout de la langue, mais n'eut pas le temps de s'humecter les lèvres qu'il l'embrassait.

La saveur de la fraise n'avait rien à voir avec la saveur de la bouche d'Isla et, sentant son sang courir dans ses veines, il eut l'impression de se perdre dans cette douceur, dans ce feu sensuel. Il enlaça la jeune femme et la plaqua contre lui pour l'embrasser plus intimement encore. Hélas, le plateau-repas se rappela à lui avec un bruit de vaisselle renversée. Il la relâcha en étouffant une imprécation et retira le fameux plateau qu'il posa sur la table de chevet.

Ensuite, il prit le visage d'Isla entre ses deux mains. Le désir ne l'avait pas lâché.

— Et où en étais-je ?

Elle referma les mains sur ses poignets, le repoussa et murmura :

— Est-ce que tu vas te retenir pour prouver je ne sais quoi, comme tout à l'heure ?

Rafe fronça les sourcils et prit les mains d'Isla dans les siennes. Sa remarque le rappelait au bon sens : encore une fois, il brusquait les choses. Mieux valait attendre que leur relation ait des bases plus solides.

— Non, ce ne sera pas comme tout à l'heure, l'assura-t-il, et nous ne recommencerons pas tant que tu n'auras pas ta bague de fiançailles. Je me suis organisé pour que nous allions la choisir demain.

Il n'était pas question qu'il la présente à sa *nonna* sans bague au doigt.

Elle haussa les sourcils.

— N'est-ce pas un peu vieux jeu de ta part ? Qu'est devenu l'homme qui m'a ramenée à sa chambre et à son lit en moins d'une heure ?

— Patience, *cara*. Nous avons toute la vie devant nous.

Isla retira ses mains et lui décocha un regard furibond.

— Tu es tellement sûr que je vais me conformer docilement à tes plans. Moi aussi, je sais ce que je veux, Rafe. Je te l'ai déjà dit. Tu ne me forceras pas à accepter un mariage. Ça, c'est pour les gens qui s'aiment et veulent passer leur vie ensemble.

Rafe se releva d'un bond et enfonça les mains dans ses poches. Il avait tellement envie de la prendre dans ses bras et de lui prouver que l'amour n'était pas nécessaire quand on avait la chance de connaître pareille entente sexuelle que mieux valait s'interdire un geste inconsidéré.

— L'amour romantique que tu évoques relève avant tout du fantasme. Ça ne dure pas. Regarde le nombre de couples follement amoureux qui divorcent au bout de deux ans. Notre détermination à faire au mieux pour notre enfant nous donne bien plus de chances que ça marche entre nous.

— Qu'est-ce qui t'a rendu aussi cynique en matière d'amour ? Une femme t'a brisé le cœur par le passé ?

À l'idée qu'il ait pu tomber amoureux, Rafe éclata de rire. Quelle cocasserie ! Jamais il ne s'était autorisé pareille faiblesse. Il avait adoré son père et ça ne lui avait apporté que des déceptions.

L'homme qu'il avait pris pour modèle n'était en réalité qu'un tricheur, un menteur. Il se refusait à subir ce genre de désillusion : c'était beaucoup trop douloureux.

— Non, je n'ai jamais été amoureux. J'ai vu à quoi ça ressemblait et l'état dans lequel les gens se retrouvaient quand c'était fini.

En face de lui, Isla se rembrunit et posa les mains sur son ventre.

— Mais il y a des cas où les gens ne se séparent pas.

— Peut-être. Il n'y a pas de garanties.

Il avança vers la table de chevet.

— Tu as assez mangé ?

— Oui. Ça me suffit.

Il souleva le plateau, puis se tourna vers elle.

— Je ne veux pas que tu imagines que je n'éprouve aucun sentiment, Isla. Je tiens à toi et au bébé. Tu le sais, non ?

— Je ne te demande pas de tomber amoureux de moi, lui répondit-elle en détournant la tête.

— C'est vrai ?

Cette fois, elle soutint son regard, mais il y avait comme un voile devant ses yeux.

— Un homme comme toi ne tombe pas amoureux d'une femme comme moi. À part dans les contes de fées.

— Et qui est cynique, à présent ? riposta-t-il avec un sourire afin d'adoucir sa remarque. As-tu besoin d'autre chose ? Un jus de fruits, un thé, un...

— Tout va bien. Je ne suis pas malade, je suis juste enceinte.

Devant son irritation à peine masquée, il se demanda s'il l'avait blessée. Mais que dire ? Il se voyait mal lui faire des promesses qu'il ne pourrait tenir. Il était hors de question qu'il prétende s'engager dans une relation d'amour. Il n'y croyait pas.

Il n'y croirait jamais plus.

Une fois que Rafe eut quitté la chambre, Isla se rallongea contre les oreillers avec un grand soupir. Elle ne savait pas trop pourquoi elle n'arrêtait pas de revenir à la charge sur la question de l'amour, car ce serait un véritable désastre si elle tombait amoureuse de Rafe. Vu son passé, il ne pourrait jamais l'aimer en retour. C'était un homme fier et extrêmement secret. S'il venait à découvrir son histoire sordide, elle pouvait oublier tout espoir d'un avenir ensemble. Comment imaginer qu'elle puisse convenir à quelqu'un comme Rafe ? Elle non plus n'était encore jamais tombée amoureuse, il n'empêche qu'une part d'elle-même en rêvait en secret. Qu'elle désirait aimer de tout son cœur un homme qui partagerait ses sentiments.

Mais comment concevoir une seconde que Rafe puisse être cet homme-là ?

Or, plus il parlait de l'épouser afin d'élever leur enfant ensemble, plus elle se sentait tentée. La perspective d'être une mère célibataire ne la séduisait pas du tout. Elle avait vu sa mère lutter pour subvenir aux besoins d'un enfant. Surtout après le départ du père d'Isla. Ils s'étaient mariés pour réparer, comme on disait alors, et cette décision s'était soldée par un échec retentissant. Son père était très immature et peu disposé à assumer la responsabilité de sa paternité. Quant à sa mère, une fois seule, elle avait sombré dans les médicaments et l'alcool. Bien souvent, Isla avait eu faim, pendant que sa mère récupérait d'une vilaine gueule de bois. Ou froid, faute d'argent pour payer la facture d'électricité. En prime, il y avait eu les gifles et les sarcasmes lorsque sa mère, à court de drogues, reprochait à sa fille tous les malheurs qui l'accablaient. Après le décès de sa mère et le rejet de son père, Isla avait été ballottée de foyers en familles d'accueil sans jamais avoir le sentiment d'être à sa place ni d'être aimée.

Si elle épousait Rafe, elle ne connaîtrait pas les difficultés financières qui avaient entaché le mariage de ses parents, mais ce serait une union placée sous le signe du devoir. D'amour, il ne serait pas question.

Était-il bien sage de courir pareil risque ?

Le lendemain, Rafe emmena Isla chez un bijoutier de Palerme qu'il connaissait bien et qui les entraîna dans une pièce reculée où il leur présenta une collection de bagues toutes plus somptueuses les unes que les autres. Consciente qu'elle aurait dû refuser un tel cadeau, Isla espérait malgré tout que cette forme d'officialisation viendrait à bout de l'hostilité de la gouvernante. De plus, il était prévu qu'ils rendent visite à la grand-mère de Rafe cet après-midi même et il était clair que cette rencontre se passerait mieux si elle se présentait avec une bague.

Le bijoutier les laissa seuls devant une sélection de bijoux, mais Isla avait déjà arrêté son choix sur un ravissant pavage de diamants étincelants. Ce n'était pas le joyau le plus gros et il était d'une conception assez classique, mais elle avait eu un coup de cœur.

— Puis-je avoir celle-ci ? demanda-t-elle en indiquant le modèle qu'elle préférait.

— Celle-ci ?

Rafe s'en empara, puis se saisit de la main gauche d'Isla.

— Voyons si elle te va.

Elle lui allait à la perfection. On aurait cru qu'elle avait été réalisée spécialement pour elle.

— C'est parfait, remarqua-t-il en souriant.

Elle inclina la main en tous sens pour admirer les feux des diamants.

— Qu'elle est belle ! J'espère qu'elle n'est pas trop chère. Je ne vois aucun prix…

— Ce n'est pas un problème.

Un sentiment de gêne saisit aussitôt Isla. Bien sûr, pour lui, c'était un détail. Il pouvait se permettre d'acheter n'importe quel bijou de la boutique. Et en effet, il acquitta la facture avec une grande décontraction, puis prit Isla par la main et l'entraîna vers la rue.

— Merci, dit-elle. Elle est superbe.

— J'ai commandé une alliance assortie. Pablo va se mettre au travail sans tarder.

Elle faillit lui conseiller de s'abstenir, mais quelque chose la retint. Serait-ce une erreur de l'épouser ? Il était le père de son enfant et il était évident qu'il aimerait ce petit être, qu'il veillerait à son éducation et ne se déroberait pas à ses responsabilités parentales, contrairement à d'autres. Épouser Rafe leur offrirait, à elle et au bébé, la sécurité financière dont elle rêvait. L'argent n'était pas tout et ce n'était pas la meilleure des motivations en matière de mariage, mais elle avait de plus en plus de mal à résister à l'envie d'élever son enfant sans se soucier en permanence de questions matérielles.

— Je pense à un petit mariage avec quelques amis proches et de la famille, dit Rafe comme ils regagnaient la voiture. Pour ta robe, j'ai un designer en tête, mais si tu as déjà songé à quelqu'un, n'hésite pas à me le faire savoir.

— Je n'ai pas de famille à proprement parler, répondit Isla. Et je souhaiterais juste avoir Layla et quelques autres amies comme demoiselles d'honneur. Quand envisages-tu cela ?

— Dans deux semaines, dit-il en jetant un bref coup d'œil vers son ventre.

— Tu rêves ! C'est beaucoup trop court ! s'exclama-t-elle.

Une lueur malicieuse éclaira les prunelles noisette de Rafe.

— Attends de voir !

7

Après un déjeuner léger dans un café où ils avaient dîné quatre mois auparavant, ils prirent la route de Marsala.Isla n'avait pas encore visité cette ville historique célèbre pour son vin et ses ruines, mais elle avait lu pas mal de choses sur la réserve naturelle des îles de Stagnone avec ses marais salants et ses oiseaux migrateurs.

Située non loin de la place principale de Marsala, la maison de Lucia Bavetta était petite, mais splendide. Maria, une discrète gouvernante dans la soixantaine, leur ouvrit la porte, échangea quelques mots avec Rafe et adressa un bref sourire à Isla avant de les faire entrer, puis s'évanouit comme une ombre. Rafe passa le bras autour de la taille d'Isla et la conduisit vers le salon où les attendait la vieille dame.

Devant cette pièce au mobilier vieillot qui avait tout d'une capsule spatio-temporelle, Isla eut nettement le sentiment de ne pas être à sa place. Il y avait cependant quelques concessions à la modernité : la grand-mère de Rafe était en effet assise dans un fauteuil confortable, au milieu de livres et de journaux. Une tablette, une télécommande et un téléphone donnaient à penser que c'était là qu'elle passait la majeure partie de son temps. Isla nota un déambulateur à proximité. Sans doute était-ce pour cela qu'on remarquait clairement un passage entre les meubles. Sur un canapé proche, elle repéra une vieille chatte écaille de tortue roulée en boule. Devant son immobilité, Isla la crut d'abord empaillée, mais elle ouvrit un œil doré, émit un miaulement rauque, puis retomba dans sa léthargie.

Les yeux noirs et glacés de Lucia s'arrêtèrent sur le ventre d'Isla avant même que Rafe ait pu faire les présentations.

— Tu m'as amené ta dernière maîtresse en date ?

— *Nonna*, Isla n'est pas ma maîtresse. C'est ma fiancée, déclara-t-il avec fermeté.

Sa grand-mère releva le menton.

— À quand le mariage ? Le plus tôt serait le mieux, semble-t-il.

— Samedi en huit. J'aimerais que tu sois des nôtres.

En guise de réponse, Lucia émit un léger soupir et désigna d'une main autoritaire le canapé en face de son siège.

— Asseyez-vous. J'ai mal à la nuque à force de lever la tête pour vous voir. Mais attention à Taddea.

Lorsqu'ils se furent installés à côté de la chatte endormie, la vieille dame reporta son attention sur Isla.

— Mon petit-fils m'a dit que vous étiez une artiste. Vous avez du talent ?

— Euh... Je ne suis peut-être pas la mieux placée pour vous répondre, répondit Isla en caressant gentiment la vieille chatte somnolente qui se mit à ronronner.

— Elle a beaucoup de talent, affirma Rafe en serrant la main d'Isla. Pour ton quatre-vingt-dixième anniversaire, je lui ai demandé de faire ton portrait. Il faudrait que tu lui accordes quelques séances de pose.

Lucia lâcha un vague ricanement.

— Pas difficile. Je passe mon temps assise. Mes jambes refusent de me porter. Je tombe même s'il n'y a pas d'obstacle.

— Ce doit être très difficile pour vous, remarqua Isla.

Lucia jeta un bref coup d'œil vers Taddea qui avait roulé sur le côté afin de mieux offrir son ventre aux caresses d'Isla, puis s'adressa à la jeune femme.

— Combien de séances vous faudra-t-il ?

— Deux ou trois pour commencer. Je peux également prendre quelques photos de vous, mais j'aime passer du temps avec mon sujet. Ça me permet de noter un certain nombre d'éléments qui m'éclairent sur son caractère.

Lucia croisa les mains sur ses genoux comme si elle venait de prendre sa décision.

— Quand aimeriez-vous commencer ?

Isla préféra ne pas lui avouer qu'elle avait déjà relevé une foule de détails sur sa personnalité. Derrière la façade austère et critique d'une vieille dame qui ne s'en laissait pas conter, Isla avait entrevu la jeune femme tendre et aimante qu'elle avait été avant que les vicissitudes de la vie la poussent à s'endurcir.

— Je pourrais prendre quelques photos aujourd'hui, puis fixer avec vous un rendez-vous qui vous conviendrait pour une séance de pose un peu plus formelle.

Curieuse, Lucia lui lança :

— N'avez-vous pas un mariage à organiser ?

— Ce sera quelque chose de discret…

— C'est moi qui m'en occupe et j'ai quasiment tout réglé, dit Rafe. Ce sera une bonne distraction pour Isla que de travailler à ton portrait, n'est-ce pas, *cara* ?

Isla afficha un pâle sourire.

— Une distraction serait bienvenue, en effet.

Ils restèrent finalement bien plus longtemps que Rafe ne l'avait pensé, mais sa *nonna* insista pour qu'ils goûtent aux rafraîchissements que Maria, sa gouvernante de longue date, avait préparés.

Lorsqu'ils eurent pris congé, Rafe s'écria :

— Ça s'est bien passé, j'ai trouvé. Elle t'apprécie.

Surprise, Isla se tourna vers lui.

— Tu crois ?

— Taddea t'a plu, et tu as plu à Taddea. Pour ce qui est de *nonna*, c'est tout bon. « Qui m'aime aime mon sac à puces. » Voilà son credo.

— Taddea a des puces ? s'écria Isla en frissonnant.

Rafe éclata de rire et lui caressa doucement la joue.

— C'est une blague. Aucune puce n'aurait le toupet de s'introduire chez *nonna* !

Devant le sourire d'Isla, Rafe se sentit fondre.

— J'aime bien ta grand-mère, dit-elle. Elle va droit au but, mais on devine qu'elle déploie d'énormes efforts pour cacher son côté tendre et affectueux.

Un trait de famille ? songea Rafe, qui repoussa vite cette idée. Personnellement, ça ne le gênait pas de montrer son côté tendre et affectueux à l'occasion, mais il était hors de question qu'il accepte que ses sentiments obscurcissent son jugement.

— Merci de ta patience avec elle. Les choses auraient pu mal tourner, lui dit-il en lui tenant la portière de la voiture.

Ils roulaient depuis quelques minutes quand Isla lui demanda :

— Ta mère ressemblait à ta grand-mère ? De par son caractère, je veux dire.

Rafe avait beaucoup de mal à penser à sa mère et à la vie qu'elle avait menée sans ressentir une profonde douleur. Coupée de sa propre mère, manipulée pendant des années par un homme qui prétendait l'aimer, mais refusait de renoncer à son mariage d'argent, elle était morte d'un cancer un an après avoir été rejetée par celui qu'elle aimait.

— De par son caractère, non. Elle était trop gentille. Elle donnait trop aux autres, à mon père en particulier.

— Et ton père, il l'aimait, d'après toi ?

Il lâcha un rire cynique.

— Mon père est incapable d'aimer qui que ce soit, à part lui-même.

Il poussa un soupir, puis poursuivit :

— Ma mère rêvait d'une vie différente, mais elle n'a pas eu le courage de se battre pour concrétiser ses rêves. Pendant des années, elle a gobé les promesses creuses de mon père avec l'espoir qu'il mette un terme à son mariage de pure forme et qu'il officialise leur relation.

Malgré lui, ses doigts se crispèrent sur le volant.

— Et c'est pour moi qu'elle a accepté tout ça. Comme la plupart des mères, elle voulait le meilleur pour son enfant, quitte à se sacrifier. Et malheureusement elle n'a pas vécu assez longtemps pour voir ses ambitions comblées.

Il s'obligea à relâcher la pression et ajouta :

— Ni pour connaître son petit-fils ou sa petite-fille.

Il jeta un coup d'œil vers Isla, qui paraissait plongée dans de graves réflexions. À quoi pensait-elle donc ? Comparait-elle la situation de sa mère avec ce qu'ils vivaient actuellement ?

Il lui saisit la main et la posa sur sa cuisse.

— Cesse de t'inquiéter. Je ne suis pas comme mon père. Je t'ai fait une promesse. Je ne la briserai pas.

Il vit ses lèvres remuer et eut l'impression qu'elle esquissait un sourire.

— Quel était son prénom ?

— Gabriella.

— Si nous avons une fille, nous pourrions lui donner le prénom de ta maman, si tu es d'accord.

Il la regarda de nouveau, en proie à un élan de gratitude incroyable, et lut de la compassion dans ses yeux. Si sa mère avait vécu, elle l'aurait adorée, songea-t-il subitement. Elle aurait admiré sa force et son courage, mais aussi sa franchise.

— Ça ne te dérangerait pas ?

Son sourire lui fit l'effet d'un rayon de soleil par une journée nuageuse.

— Bien sûr que non. C'est un prénom superbe, mais nous aurons peut-être un garçon.

Elle retira sa main et son sourire s'estompa.

— Je présume que tu n'aimerais pas lui donner le prénom de ton père.

— Non.

Un long silence s'ensuivit, qu'il rompit en disant :

— Ta mère non plus ne connaîtra pas cet enfant.

Elle baissa les yeux vers ses mains, ses doigts qui jouaient avec sa bague de fiançailles.

— Non, mais c'est sans doute aussi bien comme cela. Elle n'était pas très portée sur la maternité. Elle s'est retrouvée enceinte sans l'avoir voulu, sinon je ne pense pas qu'elle aurait eu des enfants.

Rafe réprima un frisson à la pensée de ce qu'Isla avait pu endurer dans son enfance, de foyers ballottée en familles d'accueil. Elle méritait tellement mieux !

Il ferait tout ce qui était en son pouvoir pour lui apporter ce qui lui avait manqué. À travers ses confidences, il mesurait sa force et sa résilience incroyables. Pas étonnant qu'il se soit senti attiré dès l'instant où ils s'étaient rencontrés. Sans être aussi brutale que celle d'Isla, son histoire personnelle l'avait sérieusement marqué.

— Même s'il t'a manqué un modèle digne de ce nom, je suis sûr que tu feras une maman merveilleuse. En plus, je serai là pour te soutenir.

Elle leva brièvement les yeux vers lui, puis lui dit :

— Mon père m'a lancé un jour que ma mère l'avait piégé, qu'elle avait fait exprès de tomber enceinte.

Sa voix ne trahissait aucune émotion, et pourtant il perçut un intense chagrin derrière la surface.

— Il l'a épousée par devoir et parce que sa famille le poussait à réparer, mais, en fin de compte, il ne nous a jamais aimées, ni elle ni moi.

— Personne ne me pousse à t'épouser, Isla. Je veux que tu sois ma femme, et je veux que nous élevions notre enfant ensemble. Et, au fond, je pense que tu le veux aussi. Au fil du temps, l'amour que nous porterons à notre enfant ne fera que renforcer nos liens.

— Je suis désolée de ne pas t'avoir prévenu aussitôt, répondit Isla. Avec le recul, ça me paraît très égoïste, mais j'ai vraiment cru faire au mieux.

Il lui pressa gentiment la main avant de la porter à ses lèvres pour y déposer un baiser.

— Il faut que tu apprennes à me faire confiance, *tesoro mio.* Maintenant, j'ai une surprise pour toi. Elle t'attend à la maison.

À la maison. La villa de Rafe serait-elle jamais sa maison ? se demanda Isla – surtout avec un garde-chiourme comme Concetta ! Par chance, ils ne virent pas trace de la gouvernante en rentrant.

Il la prit par la main et l'entraîna vers une des pièces du rez-de-chaussée donnant sur le jardin et la piscine. À peine eut-elle pénétré dans les lieux qu'elle poussa une exclamation de surprise : chevalet, table de travail, bâche sur le sol… Rafe avait même fait installer un lavabo afin qu'elle puisse nettoyer ses pinceaux sur place.

— Oh ! Rafe ! C'est sidérant. Comment as-tu réussi à organiser tout ça ? Merci de tout cœur.

— Compte tenu de ton état, je me suis dit qu'il valait mieux t'octroyer une pièce du bas. Je ne souhaite pas que tu montes et descendes cet escalier trop souvent. Maintenant, si j'ai oublié quelque chose ou si tu as besoin de matériel supplémentaire, prépare-moi une liste et je te procurerai ce qui te manque.

Isla se saisit d'un des pinceaux pour en caresser les soies. Quelle douceur ! Il était donc convaincu qu'elle resterait ici jusqu'à la fin de sa grossesse et même au-delà. Elle avait envie de se révolter, mais comment ne pas lui être reconnaissante de la manière dont il gérait la situation ? Subitement, elle se rendit compte qu'elle avait envie de rester auprès de lui, de l'épouser et d'élever leur enfant dans un climat de paix et de sécurité, même s'il lui fallait pour cela renoncer à ce qu'elle désirait par-dessus tout : l'amour.

— Tout est merveilleux ! Je n'aurais jamais pu me payer des pinceaux de cette qualité. Je suis impatiente de m'attaquer au portrait de ta grand-mère.

Elle reposa le pinceau et s'approcha de Rafe.

— Je ne sais comment te remercier.

Il repoussa une mèche de ses cheveux et, les yeux pétillants, lui lança :

— Un baiser me suffira.

Elle se dressa sur la pointe des pieds et posa un baiser sur ses lèvres. L'espace d'un instant, elle crut qu'il n'allait pas réagir, mais déjà la bouche chaude de Rafe pressait la sienne, comme s'il cherchait à goûter un fruit exquis.

Quand il l'enlaça amoureusement et la plaqua contre lui, elle sentit son sexe durcir. À ce contact intime, elle perdit pied, submergée par un désir impérieux.

Rafe gémit, puis referma la main sur l'un de ses seins. C'était loin d'être suffisant. Elle voulait sentir sa peau contre la sienne, se languissait de gestes plus intimes.

— Je t'en prie, Rafe, caresse-moi, supplia-t-elle d'une voix haletante.

Il baissa la fermeture Éclair de sa robe qui tomba à ses pieds. Elle enjamba ce cercle de tissu et se dressa devant lui, seulement vêtue de sa culotte et de son soutien-gorge.

Il la dévora des yeux, elle le vit, puis caressa son ventre avec adoration.

— Que tu es belle ! Que j'aime tes formes ! Tu es tellement magnifique que c'est à la limite du supportable.

— Fais-moi l'amour...

C'était à la fois une requête et une supplique, mais elle s'en moquait. Elle le désirait tant qu'elle en avait presque mal.

— Je ne te ferai pas l'amour sur une bâche à même le sol, lui dit-il, le souffle rauque. Nous allons monter vers notre lit.

Subitement, elle se vit presque nue, alors que Rafe était toujours habillé, et la honte la saisit. Irritée, elle se détourna et ramassa sa robe.

— Pourquoi fais-tu toujours ça ? lança-t-elle d'un ton suraigu.

— Quoi donc ?

Elle remit sa robe et remonta sa fermeture tant bien que mal.

— Je me souviens d'une époque où rien ne t'aurait empêché de me faire l'amour, quel que soit l'endroit où nous nous trouvions.

Il s'approcha et voulut lui prendre la main, mais elle la lui refusa furieusement.

— *Cara*, qu'est-ce qui ne va pas ? Pourquoi es-tu si irascible ? Je ne pensais qu'à toi.

Elle se mordit la lèvre, puis lui tourna le dos, irritée d'être si proche des larmes. Pleurer serait l'humiliation ultime.

— Je sais que tu me désires moins que je te désire, mais tu n'es pas obligé de me le rappeler constamment.

Il se posta derrière elle et plaça les mains sur ses épaules, puis la força à se retourner. Il était clair qu'il ne comprenait toujours pas ce qui se passait.

— Tu penses que je ne te désire pas ? Pourquoi crois-tu qu'il n'y a eu personne depuis ton départ ?

Sa voix était lourde d'émotions contenues, elle l'entendit.

— Je te désire tant que ça me ronge nuit et jour. Depuis que tu es partie, je suis au supplice.

Devant cet aveu, Isla déglutit avec peine.

— C'est vrai ?

Il afficha un petit sourire et prit le visage d'Isla entre ses mains.

— Personne ne m'excite comme tu le fais.

Il posa un baiser sur sa bouche, puis deux, puis trois.

— Mais j'ai peur de te faire mal ou de faire mal au bébé.

— Tu ne me feras pas mal, riposta-t-elle en passant les bras autour de sa taille. Il n'y a aucun problème à faire l'amour quand on est enceinte. En fait, à l'heure actuelle, les hormones me rendent un peu folle…

Il n'avait songé qu'à elle et au bébé, et cela la touchait énormément. Et elle s'en voulut d'en avoir conclu qu'il la désirait moins qu'elle le désirait.

Il l'embrassa de nouveau, puis la souleva de terre.

— Hé ! Qu'est-ce que tu fais ? Je suis beaucoup trop lourde.

Les yeux pleins de désir, il expliqua :

— Je te monte à l'étage. Dans ton lit. Des objections ?

Elle passa le bras autour de son cou.

— Aucune.

Quelques instants plus tard, Rafe reposait Isla par terre. Ce faisant, il la fit glisser contre son corps, ce qui lui procura une merveilleuse sensation. C'était si bon qu'il garda la jeune femme tout contre lui, un bras autour de sa taille, une main contre sa joue de pêche, et se délecta de ce plaisir aussi longtemps que possible.

— Tu es sûre ? lui demanda-t-il, les yeux brillants.

Il se sentait tiraillé entre son désir et sa peur de la blesser.

Avant de répondre, elle saisit le visage de Rafe entre ses mains et ferma un instant les paupières. Comment avait-elle pu lui en vouloir ? se demanda-t-elle, émue par la tendresse qu'il lui manifestait. Comment aurait-elle pu détester un homme comme lui ? Jamais encore elle n'avait eu l'impression d'être aussi vivante.

— Je te veux, toi, et tout de suite.

Il baissa la tête et prit sa bouche charnue avec une lenteur fabuleuse qui eut tôt fait de céder la place à un déferlement de passion.

Dans sa hâte de le serrer dans ses bras, de profiter de sa chaleur, de sa force, Isla tendit les mains vers la ceinture de Rafe, dont elle devinait qu'il brûlait pour elle, et elle seule. Mais il la retint et l'entraîna vers le lit tout en faisant glisser sa fermeture Éclair, en caressant langoureusement son dos nu, sa chute de reins, avec une lenteur qui aiguisa tous ses sens.

— Ne nous pressons pas. Je veux apprécier chaque seconde.

— Et moi, je veux aller vite ! Cesse de me torturer, je t'en prie.

Elle entreprit de défaire les boutons de sa chemise, lesquels résistèrent à sa précipitation.

Mais Rafe posa la main sur les siennes pour la rappeler à plus de mesure.

— Ne répétons pas l'erreur de nous précipiter l'un vers l'autre sans nous autoriser à prendre le temps de mieux nous connaître. Je veux qu'il en soit autrement, à présent.

Ces mots plongèrent Isla dans un embarras terrible. *Pas question qu'il sache tout*, se dit-elle en songeant à certaines photos. Il y avait des choses qu'il valait mieux laisser dans l'ombre. Et elle ferait tout pour éviter qu'il les découvre.

Incapable de soutenir son regard, elle reporta son attention sur sa bouche sensuelle.

— Embrasse-moi, Rafe.

Du doigt, il lui releva le menton, puis plongea les yeux dans les siens.

— Je veux que ça marche entre nous. Dans notre mariage. Et ça ne pourra marcher que si nous y travaillons ensemble.

— Moi aussi, je veux que ça marche, dit-elle en laissant son doigt tracer le contour de la bouche de Rafe. Plus que tout.

— Tu ne le regretteras pas, *cara mia*. J'y veillerai.

Il scella cette promesse d'un baiser qui raviva aussitôt le feu du désir.

Elle jeta les bras autour de son cou et se lova contre lui, contre son sexe dur. Elle le désirait tant qu'elle en avait les cuisses tremblantes, et qu'il lui semblait que ses jambes allaient céder.

Il l'allongea sur le lit, seulement vêtue de sa culotte et de son soutien-gorge, et passa les mains le long de ses jambes pour lui ôter ses chaussures qui tombèrent une à une sur le sol avec un bruit mat. Debout au pied du lit, il ôta sa chemise, ses chaussures et ses chaussettes, et lui apparut, splendide dans son caleçon noir délicieusement renflé.

— Tu envisages de le retirer un jour ? lui demanda-t-elle d'une voix haletante.

— Toi d'abord, dit-il en admirant ses seins généreux.

Elle se redressa et fit glisser une bretelle de son soutien-gorge, puis l'autre, sans le quitter des yeux, heureuse de lui infliger ce lent strip-tease. Puis elle dégrafa son soutien-gorge et offrit sa chair nue au regard avide de Rafe.

— Et le reste…

Aucune autre voix n'aurait pu lui faire un tel effet, songea-t-elle.

Elle retira sa culotte et l'envoya rejoindre son soutien-gorge. Curieusement, elle n'éprouvait aucune gêne, aucune hésitation ; au contraire, il lui semblait avoir gagné en énergie. L'enfant de Rafe, fruit de leur passion charnelle, grandissait en elle, et elle en était fière, certaine qu'ils vivaient une passion sans bornes.

De son côté, il ôta son caleçon et s'approcha du lit, puis posa la main sur le ventre d'Isla.

— Tu es d'une beauté incroyable. Si sexy que j'en ai le souffle coupé.

— Tu m'as tellement manqué !

— Toi aussi, tu m'as manqué.

Il s'allongea alors et la prit dans le cercle de ses bras.

Elle tendit la main vers son sexe dur et, comme elle retrouvait les gestes qu'il aimait tant, elle vit le plaisir éclairer son beau visage, le frémissement de ses paupières, la crispation des muscles de sa mâchoire, entendit son gémissement étouffé.

Pourtant, il sut se maîtriser et prit le temps de jouer voluptueusement avec son corps avant de refermer les lèvres sur ses mamelons gonflés et de les provoquer du bout des dents. Ils se raidirent, pointèrent, tels des bourgeons pleins de sève. Puis il descendit plus bas, mais elle le retint, la main sur son épaule.

— Attends…

— Dis-moi si je vais trop vite ou… Oh ! *Dio*…

Il ne put poursuivre, Isla s'était cambrée afin de mieux le recevoir et il l'avait pénétrée. Le cœur en joie, elle noua les jambes autour de sa taille et attrapa ses fesses pour le sentir plus proche d'elle encore. Le plaisir montait, la portait comme tout son être tendait vers la jouissance…

Puis Rafe glissa la main entre eux et Isla bascula dans un plaisir inouï, tandis qu'il chavirait à son tour en frissonnant, ivre de volupté.

8

Une bonne heure plus tard, quand Isla émergea du sommeil, elle constata que la place à côté d'elle était vide, mais décida de balayer sa déception : Rafe était un homme d'affaires à la tête d'un véritable empire commercial. Comment imaginer qu'il mette sa carrière en suspens pour elle ? De plus, s'ils voulaient vivre en harmonie une fois mariés, il leur faudrait bien respecter une sorte de routine. Certes, les raisons qui le poussaient à l'épouser ne correspondaient pas à ses espoirs de jeune femme romantique, mais depuis quand croyait-elle aux contes de fées ? Ne s'était-elle pas toujours battue pour surmonter les multiples obstacles qui s'étaient dressés sur sa route ?

Par bonheur, le petit être qui grandissait en elle aurait la chance de ne pas avoir à affronter les difficultés qu'elle avait connues, se dit-elle, la main sur le ventre. Il serait protégé, entouré et choyé. Et il ne manquerait de rien.

Et, quoi qu'il puisse se passer, Rafe serait toujours là pour leur enfant. Elle le savait.

Forte de cette certitude, elle se leva, prit une douche, puis releva ses cheveux encore humides en une sorte de chignon haut. Elle tendait la main vers sa trousse à maquillage quand elle se ravisa. Rafe n'avait pas mentionné de sortie et, à part lui, la seule personne qu'elle risquait de croiser était Concetta.

Isla descendit au studio que Rafe lui avait installé, s'assit à son bureau et se lança dans des croquis de sa grand-mère en se référant de temps à autre aux photos sur son téléphone. Son activité l'absorba tellement qu'il lui fallut un début de mal aux reins pour revenir à la réalité. Elle se levait pour faire quelques étirements quand la porte s'ouvrit sur Concetta, porteuse d'un plateau chargé d'une théière et d'une tranche de gâteau.

— *Signore* Rafe m'a demandé de préparer ça pour vous, marmonna-t-elle d'une voix lourde de ressentiment.

— Merci, Concetta, c'est très gentil, répondit Isla en dégageant un peu de place sur son bureau. C'est vous qui avez préparé ce gâteau ?

— Bien entendu, répliqua la gouvernante. Nous n'achetons aucun produit tout fait.

Subitement, la bouche de la gouvernante perdit son expression pincée, ses épaules se détendirent. Elle avait aperçu ses dessins.

— Vous avez donc rencontré la grand-mère du *signore*.

— Oui, elle m'a plu. Elle a un tempérament de feu, mais elle est sympathique.

Sans répondre, Concetta saisit un des dessins d'Isla et l'examina. Là-dessus, son visage se crispa comme si un souvenir douloureux lui était revenu. Elle reposa le papier, puis fixa Isla dans les yeux.

— Si je vous confiais la photo de quelqu'un, vous pourriez m'en faire un portrait ?

Sa voix était soudain plus douce.

— Bien sûr. Mais il serait bon que la personne puisse poser une heure ou…

— Ce n'est pas possible, l'interrompit-elle d'un ton dur.

— Entendu. Je me contenterai de la photo, alors.

Concetta, la mine crispée, marmonna :

— *Grazie, signorina*. Je vous l'apporterai demain matin.

Sans rien ajouter, elle tourna les talons et sortit en refermant la porte du studio.

Avec un soupir, Isla reporta son attention sur le plateau et se servit une tasse de thé. Il était trop tôt pour savoir si l'hostilité de la gouvernante avait désarmé, mais il n'était pas interdit d'espérer.

Rafe avait dû se battre contre lui-même pour laisser Isla profiter de son studio. Il s'était vite extirpé de leur lit de peur de céder à la tentation de passer le reste de la journée aux côtés de la jeune femme. Bizarrement, lui qui en général travaillait d'arrache-pied se sentait porté à musarder, à essayer de découvrir la personnalité surprenante d'Isla. Et il se rendit compte qu'il se sentait heureux, et ce pour la première fois depuis des années. Il était même presque détendu.

Détendu… Un terme qu'il avait rayé de son vocabulaire.

Il trouva Isla dans le studio, penchée sur un dessin. Elle leva la tête à son entrée et lui sourit. Se lasserait-il jamais de son sourire, de l'éclat de ses yeux ? Elle ne portait pas de fond de teint et ses cheveux étaient à moitié relevés sur sa tête. Elle portait un legging gris et un T-shirt blanc *oversized* qui soulignait ses courbes là où il fallait.

— Tu m'as l'air très concentrée, dit-il en s'approchant pour voir ce qu'elle faisait.

Elle ne travaillait pas sur un dessin de sa grand-mère, mais sur une esquisse de lui, endormi, un drap épousant son corps. Ne s'étant encore jamais vu ainsi, il éprouva une émotion curieuse face à sa vulnérabilité affichée.

— C'est très ressemblant.

Les joues rosies, elle plaça une feuille blanche par-dessus et grommela :

— J'ai juste fait ça de mémoire.

Il se posta derrière elle, plaça les mains sur ses épaules puis déposa un petit baiser sur sa nuque.

— La semaine prochaine, je dois participer à un dîner à Paris. Je vais présider une des œuvres caritatives pour enfants que je préfère. C'est un grand honneur et j'aimerais que tu m'accompagnes, ce sera un excellent moyen de présenter ma future femme.

Il la sentit se crisper sous ses mains.

— Je… Je croyais que nous allions rester ici jusqu'au mariage ?

Il l'obligea à se retourner et à le regarder. L'inquiétude se lisait dans ses beaux yeux bleu pervenche.

— Tu as déjà assisté à des dîners avec moi. Quel est le problème aujourd'hui ? D'autant que tu porteras ma bague.

Spontanément, elle baissa les yeux vers le pavage de diamants qui scintillait à sa main gauche, puis elle rassembla tout son courage et releva la tête.

— Avant, personne ne savait qui j'étais. Je n'étais qu'une de tes maîtresses occasionnelles. À présent, je ne suis pas sûre de résister à l'attention des médias. C'est... intimidant.

— Je serai avec toi. Je ferai tout ce qui est en mon pouvoir pour te protéger. Tu le sais bien, non ?

— Pourquoi n'y vas-tu pas seul ? Je pourrais rester ici et travailler au portrait de ta grand-mère. Et me reposer, aussi.

— Paris n'est-elle pas une de tes villes préférées ? Pourquoi répugnes-tu subitement à m'y accompagner ?

Elle prit une profonde inspiration, passa la main sur son visage qui virait au rouge. À l'évidence, quelque chose la contrariait.

— Rafe... Il faut que je te dise quelque chose. Je... J'espérais pouvoir éviter ça, mais...

Il se crispa. Qu'allait-elle lui avouer ? Y avait-il un autre homme ? Était-elle déjà mariée ? Il déglutit avec difficulté.

— Il y a longtemps... j'ai fait une grave erreur. Je cherchais désespérément un emploi et j'ai accepté un job dans... dans un night-club.

Il frissonna. Que lui était-il arrivé ? Quelqu'un avait-il profité d'elle ? Avait-elle été harcelée... Ou pire ? À cette éventualité, il ressentit un accès de fureur brute, violente.

— *Cara*, si quelqu'un t'a blessée ou menacée de quelque manière que ce soit, nous avons des recours. Je t'aiderai à obtenir justice...

Elle poussa un long soupir.

— Je travaillais comme barmaid, Rafe. Je servais à boire à des hommes, seulement vêtue de mes sous-vêtements.

— Regarde-moi, Isla, dit Rafe, touché par sa franchise. C'est du passé. Des tas de gens détestent leur premier boulot. Tout le monde n'a pas le bonheur de choisir un job qui fait bien sur un CV !

Le regard toujours marqué par l'inquiétude, elle lui fit face avec courage.

— Tu ne comprends pas... J'ai consenti à ce qu'on prenne des photos de moi.

Elle avala sa salive, rassembla ses forces et poursuivit :

— Il y a des clichés où j'apparais en train de danser seins nus. Pourquoi ai-je accepté ? Je n'en sais rien. J'étais naïve et j'avais peur d'être licenciée si je n'obéissais pas au patron. Ça faisait deux ou trois mois que je n'avais pas payé mon loyer, deux jours que je n'avais pas mangé, alors... je me suis exécutée. Et je l'ai toujours regretté depuis.

Bien que peu porté sur la violence, Rafe éprouva une furieuse envie de retrouver le patron en question et de lui expliquer sa façon de penser, histoire de récupérer les photos et de les lui faire avaler. Il voulait que justice soit faite, il voulait qu'Isla oublie ses inquiétudes, il voulait la protéger et qu'elle ne se tourmente plus jamais. Cette affaire lui rappelait le scandale qui avait marqué son adolescence. La honte qui l'avait taraudé en apprenant ce que son père avait fait. Il lui avait fallu beaucoup d'énergie et de volonté pour surmonter ça.

Il attira la jeune femme contre lui et caressa sa nuque soyeuse.

— Ce type qui t'a exploitée me dégoûte, mais je ne te laisserai pas te rabaisser sous prétexte qu'un sale individu t'a manipulée à une époque où tu n'étais qu'une gamine. Et où sont ces photos, à présent ? Il les a toujours ? Il t'a fait chanter ? Il t'a menacée...

— Non. Pas directement, mais quand je suis partie après avoir refusé ses avances, il m'a laissé entendre qu'il pourrait le faire.

Il vit sur son visage souffrance, regret et toujours cette honte pernicieuse.

— Il a refusé de les effacer. Et s'il les met en ligne, ce sera la catastrophe.

— Je veux régler ça, dit Rafe avec force.

La peur d'Isla et son abattement résigné l'indignaient.

— Tu ne peux pas régler ça, Rafe.

Les yeux pleins de larmes, la voix nouée, elle s'écarta de lui.

— Je représente un véritable handicap pour toi. C'est comme si j'avais une cible sur le dos, et je sais très bien ce qui se passera dès que tu annonceras nos fiançailles. Ces photos seront partout, ce sera la honte et l'humiliation pour moi, mais aussi pour toi.

Brusquement, la réponse à une question qui le poursuivait depuis longtemps lui apparut.

— C'est pour ça que tu m'as quitté il y a trois mois ? À cause de ça ?

— J'ai paniqué quand je me suis rendu compte que je devais être enceinte. Tu négociais un gros contrat à New York. Je savais combien il comptait pour toi et je ne voulais pas t'exposer. Tu m'avais un peu parlé de Bruno Romano, tu m'avais expliqué qu'il était très conformiste. J'ai pensé qu'il valait mieux que je disparaisse de ta vie. Que ce serait plus facile pour toi. Pour moi. Et là-dessus tu m'as retrouvée dans cet hôtel d'Édimbourg et voilà où nous en sommes aujourd'hui.

En proie à de vives émotions contradictoires, Rafe la prit dans ses bras et l'apaisa doucement avec des caresses tendres et des paroles de réconfort tout en essayant de mettre un peu d'ordre dans ses sentiments. S'il n'était pas tombé sur elle dans cet hôtel d'Écosse, peut-être n'aurait-il jamais appris qu'il allait devenir père. Et son enfant ne l'aurait jamais connu. Il était douloureux d'accepter qu'il était en partie et peut-être même totalement responsable du silence d'Isla.

C'était lui qui avait posé les règles de leur aventure.

C'était lui qui avait décrété que ça ne durerait pas.

C'était lui qui s'était abstenu de lui promettre quoi que ce soit.

Il avait partagé son lit, mais l'avait tenue affectivement à distance. Dans son désir de se protéger à toute fin, il l'avait blessée, elle, et s'était blessé par la même occasion.

Et, pire encore, il avait failli blesser son enfant.

Il la fit reculer un peu et la regarda dans les yeux.

— Je ne sais pas comment réparer mon erreur. Je suis malheureux de penser que tu t'es sentie obligée de me quitter, mais je ne peux pas revenir en arrière. Il faut dépasser ça...

Elle lui adressa un sourire teinté de tristesse.

— Tu es extrêmement généreux. Mais si je t'avais dit ça à l'époque, crois-tu que tu te serais montré aussi compréhensif ?

Il hésita. Bien sûr, il aurait aimé le croire, mais comment en être certain ? Il aurait peut-être causé plus de mal encore en refusant de croire que le bébé était de lui ou en insistant pour effectuer un test de paternité. Allez savoir. Toujours est-il qu'il ne pouvait échapper ni aux doutes ni à la culpabilité

— À dire vrai... Je n'en suis pas sûr. La seule certitude que je puisse avoir, c'est que je n'aurais pas tourné le dos à mon enfant.

— Une fois que tu aurais été certain qu'il était bien de toi. Tu n'as pas insisté pour ce test. Pourquoi ?

— C'est ce que tu souhaites ?

— Je pense simplement que la plupart des hommes auraient tenu à le savoir, d'une manière ou d'une autre. Étant donné que nous n'avions eu qu'une aventure.

— J'aime à croire que je ne suis pas comme les autres hommes, dit Rafe. Je n'avais eu aucune raison d'imaginer que tu me trahirais. Je n'en ai pas davantage aujourd'hui.

De nouveau, des larmes brillèrent dans les yeux d'Isla.

— Merci.

Il tendit les mains vers elle.

— Viens ici.

Elle avança de quelques pas, plaça les mains dans les siennes, et il l'attira de nouveau dans le cercle de ses bras, puis appuya le menton sur le sommet de sa tête. Il inspira longuement son parfum fleuri en se demandant s'il pourrait jamais passer devant un jasmin sans songer à elle.

Oui, il fallait qu'il répare ses erreurs. Il ne pouvait garantir que la presse ne s'en donnerait pas à cœur joie si jamais ces photos refaisaient surface, mais il allait faire l'impossible pour éviter ça.

Tout.

9

Même après plusieurs jours, Isla avait encore du mal à réaliser que Rafe pût désormais connaître son scandaleux secret. Mais, lorsqu'il avait évoqué le fameux dîner à Paris, elle n'avait pu se taire plus longtemps en dépit du risque encouru. À ses yeux, il valait mieux qu'il soit prévenu plutôt que pris au dépourvu. En retour, il avait fait montre d'une incroyable compassion qui l'avait désarçonnée. Et depuis, il lui manifestait une tendresse et une attention toutes particulières.

Néanmoins, plus le mariage approchait, plus la jeune femme était assaillie par le doute : avait-elle pris la bonne décision ? se demandait-elle en essayant sa robe de mariée. Il ne l'aimait pas, alors à quoi bon accepter ce mariage ?

Un mariage fondé sur le devoir et non sur l'amour.

Un mariage entre deux êtres qui ne seraient jamais égaux.

Isla alla chercher une boisson fraîche à la cuisine et tomba sur Concetta, qui préparait le repas du soir. La gouvernante gardait ses distances depuis leur conversation dans le studio et Isla se demandait si elle avait changé d'avis quant à la photo qu'elle devait lui apporter.

— Puis-je vous aider à quelque chose ? fit Isla pour la tester. Je ne suis pas très bonne cuisinière, mais je suis capable de mettre la table ou d'arranger des fleurs.

Impassible, Concetta s'essuya les mains sur son tablier.

— *Signore* Angeliri me paie pour que je me charge de la cuisine. Je n'ai pas besoin d'aide pour faire mon travail.

Isla se jucha sur un des tabourets autour de l'îlot et décida de ne pas s'offusquer de l'attitude de la gouvernante.

— Ne deviez-vous pas me confier une photo pour que j'en fasse un portrait ? Vous avez changé d'avis ?

Concetta attrapa une carotte qu'elle se mit à peler avec des gestes vifs.

— Il faut déjà vous occuper du mariage. Moi, ça peut attendre, marmonna-t-elle en s'attaquant à une autre carotte.

— C'est la photo de qui ?

La bouche de la gouvernante se pinça une fraction de seconde.

— De ma fille.

— Oh ! c'est bien. Comment s'appelle-t-elle ?

Concetta cilla, puis déglutit.

— Elle s'appelait Marietta.

Isla nota l'imparfait. La petite fille était-elle décédée ?

— Pardonnez-moi si je vous parais trop curieuse, mais vous voulez dire…

— Elle est morte.

Les mots étaient tombés avec une platitude que démentait le flot d'émotions sur le visage de Concetta.

— Oh ! Concetta… Je suis vraiment désolée. J'imagine bien la souffrance que vous avez endurée, que vous endurez encore.

La gouvernante se tamponna les yeux, puis reprit son ouvrage.

— Ça remonte à bien longtemps, mais le chagrin ne s'efface jamais.

— Quel âge avait-elle ?

— Quatre ans. Elle n'était même pas encore à l'école.

Un léger tremblement agita sa lèvre inférieure, mais elle se contrôla de la main.

— Elle a attrapé une maladie. Je ne sais pas trop comment on dit en anglais. Mena… meni…

— Une méningite ?

— C'est ça, fit-elle en hochant tristement la tête. Après, mon mari s'est mis à boire. Ça l'a changé du tout au tout. Et je ne pouvais pas avoir d'autres enfants.

Elle soupira, mais n'en continua pas moins.

— Mon avenir s'est éteint avec elle. Je ne la verrai jamais

mariée, je ne dorloterai jamais mon petit-fils ou ma petite-fille. Quand on perd un enfant, le chagrin ne vous quitte jamais.

Isla repoussa les larmes qui lui picotaient les yeux, saisit la main de la gouvernante et la pressa.

— Je suis sincèrement désolée.

Pas étonnant qu'elle soit si difficile !

Concetta jeta un coup d'œil sur leurs mains jointes, posa son autre main par-dessus celle d'Isla, puis murmura :

— *Grazie.*

Elle esquissa un vague sourire, puis se dirigea vers l'endroit où elle avait rangé ses affaires, ouvrit son sac et en sortit une petite photo qu'elle rapporta à Isla.

Le cœur serré, la jeune femme contempla l'image d'une petite brunette souriante, habillée d'une jolie robe rose agrémentée d'un nœud assorti dans les cheveux.

— Elle est superbe, Concetta. Vraiment. Vous avez d'autres exemplaires de cette photo ? Je ne voudrais pas vous en priver.

— J'en ai plusieurs copies. C'est la photo d'elle que je préfère. Elle allait à un anniversaire et était folle de joie.

Le visage empreint de tristesse, elle ajouta :

— L'amie chez qui elle allait est aujourd'hui mariée et mère de famille. Moi, je n'ai que des souvenirs.

— Je serai heureuse de faire son portrait pour vous. Ce sera un honneur.

— Ça peut attendre votre mariage. Une future mariée a beaucoup de choses à régler.

— Oui, mais c'est Rafe qui s'occupe de l'organisation. Moi je n'ai qu'à être présente ce jour-là.

Elle n'avait pu dissimuler une pointe d'amertume.

— Ne l'épousez pas si vous ne l'aimez pas, *signorina*.

Piquée au vif, Isla releva la tête.

— Mais c'est bien là le problème ! Je l'aime, et lui non. Pas comme un homme aime celle qu'il va épouser.

Avait-elle choisi la bonne personne pour se confier ? Elle n'en savait trop rien. En revanche, à présent qu'elle avait nommé ses sentiments, elle éprouvait un curieux soulagement.

La réalité de cet amour la surprenait, mais, comme Layla l'avait suggéré, peut-être était-il là depuis le début ? Et désormais, force lui était d'admettre qu'elle avait aimé Rafe depuis le premier jour. Elle s'était menti, avait cherché à se convaincre qu'il ne s'agissait que d'une attirance physique. Or, Rafe incarnait le type d'homme dont elle avait toujours rêvé : fort, sûr de lui, travailleur, digne de confiance et doté du sens de l'honneur. De plus, elle savait qu'il était capable d'aimer. Seulement, elle ne savait pas s'il était capable de l'aimer, elle.

— Parfois, l'amour grandit au fil du temps. Ne le sous-estimez pas. Il n'a rien de commun avec son père. C'est un homme bien.

Isla afficha un demi-sourire.

— Je le sais. C'est un homme merveilleux qui a énormément de qualités.

Mais il ne m'aime pas…

Combien de temps pourrait-elle supporter ça ?

Ce soir-là, Rafe et Isla dînèrent sur la terrasse. Il faisait un temps idéal pour un dîner *al fresco* et Concetta avait accepté qu'Isla l'aide à décorer la table avec une grosse bougie parfumée et des fleurs du jardin.

Rafe, qui avait renoncé à l'alcool par solidarité avec Isla – une initiative qui la touchait beaucoup –, leva son verre d'eau et dit :

— Tu sembles préoccupée ce soir, *cara*. Et tu n'as pas beaucoup mangé ; tu ne te sens pas bien ?

Elle reposa sa fourchette.

— Je pensais à Concetta.

— Elle s'est de nouveau montrée difficile ? Je vais lui en toucher un mot. Je sais qu'elle peut être susceptible, mais elle n'a pas eu une vie facile.

— Je sais. Aujourd'hui, elle m'a parlé de sa fille, Marietta, et m'a confié sa photo pour que je fasse son portrait. Tu étais au courant pour la petite ? Je regrette que tu ne m'en aies rien dit avant. J'aurais fait davantage d'efforts. Il n'y a rien de pire que de perdre un enfant.

— Oui, j'aurais peut-être dû t'en informer. Mais Concetta est quelqu'un d'extrêmement réservé qui n'aime pas parler d'elle. En vérité, je suis étonné qu'elle t'ait fait ces confidences.

— Oui, nous avons eu des débuts un peu rugueux, mais c'était ma faute plus que la sienne. J'imagine que je n'ai pas déployé assez d'efforts, vu que je n'étais pas censée m'attarder dans ta vie.

— Mais maintenant, tu es là, dit-il en caressant sa bague.

Malgré son ton rassurant, la jeune femme ne pouvait se départir de ses doutes.

— Ce dîner caritatif, bredouilla-t-elle en levant les yeux vers lui, tu n'as pas peur de l'effet qu'il pourra avoir sur tes proches si ces fichues photos refont surface ?

— Je me moque totalement de ce que les gens peuvent penser.

— Et ta grand-mère ?

Il relâcha sa main et se rejeta en arrière sur son siège.

— N'oublie pas que j'étais adolescent quand j'ai fait sa connaissance. *Nonna* refusait d'avoir le moindre contact avec nous. Sa foi l'en empêchait. Et même quand mon père a laissé tomber ma mère, elle a continué à refuser de la voir.

— Êtes-vous tous aussi têtus, dans ta famille ?

Il acquiesça de la tête, puis avala une grande gorgée d'eau.

— Oui. Et orgueilleux, par-dessus le marché. Ma mère a découvert qu'elle avait un cancer quelques mois après la rupture avec mon père. Elle a gardé ça pour elle et refusé un traitement qui aurait pu la sauver. Cela dit, je pense qu'elle a juste capitulé, parce qu'elle se sentait rejetée et qu'elle avait honte de ce que sa vie était devenue. Et parce qu'elle était trop fière pour demander que sa famille la reprenne.

— C'est affreux ! Ça a dû être terrible pour toi. Et tu as dû te sentir tellement seul à sa mort.

— C'est à ce moment-là que j'ai décidé que je tracerais mon propre chemin tout seul sans m'appuyer sur qui que ce soit.

— C'est pour cela que tu n'as eu que des relations éphémères ?

— Ça a marché un temps, mais maintenant je suis prêt à me fixer.

— Uniquement parce que je suis enceinte. Pas parce que tu es amoureux.

Il la scruta avec une attention qui la mit très mal à l'aise, car elle eut l'impression qu'il lisait en elle, alors qu'elle s'efforçait de cacher ses sentiments.

— Isla ! Tu as sûrement assisté à de nombreux mariages ? Tous ces couples affirment être follement amoureux, mais au moins la moitié finit par divorcer. Qu'est-il arrivé à leur amour exceptionnel ? Il est mort ou bien a-t-il seulement existé ?

Il afficha une grimace cynique pour ajouter :

— Personnellement, j'ai tendance à me dire qu'il n'a sans doute jamais existé.

— Donc… Tu ne crois pas à l'amour romantique ? À l'amour qui dure ? Pour personne ?

— Peut-être pour quelques rares individus auxquels la chance sourit. Mais il y en a toujours un qui aime plus que l'autre, et les ruptures sont pénibles.

— Comme pour ta mère ?

Il acquiesça d'un air lugubre.

— Elle a renoncé à tout pour mon père, mais il n'a cessé de la manipuler avant de la laisser tomber lâchement. Elle aurait pu avoir une vie différente. Plus satisfaisante et plus épanouissante.

Isla comprenait son cynisme face à l'amour, mais ne pouvait s'empêcher d'espérer qu'il change. Était-ce trop demander que de vouloir qu'il l'aime ? Qu'il aime celle qu'il allait épouser dans moins de deux semaines ? La mère de son enfant ?

— Mais elle t'avait, toi, c'était déjà ça. Tu as dû lui apporter tant de joie. Elle serait si fière de toi aujourd'hui.

Il sourit, puis se leva en repoussant sa chaise.

— Pourquoi ne vas-tu pas te préparer pour la nuit ? Concetta rangera demain matin.

Isla se leva à son tour et entreprit de ramasser les assiettes.

— Je peux m'en charger. Ce ne sera pas long.

— Je préférerais que tu gardes ton énergie pour autre chose, lui lança-t-il avec un regard de braise.

S'il ne l'aimait pas, il la désirait, c'était indéniable. Et son désir était là depuis le début, songea Isla. Peut-être se muerait-il un jour en amour ?

10

Quelques minutes plus tard, elle lui présentait son dos pour qu'il abaisse la fermeture Éclair de sa robe. Il s'exécuta avec une lenteur délicieuse en déposant une pluie de baisers dans son dos. La robe d'Isla glissa sur ses épaules et tomba à ses pieds. Puis Rafe dégrafa son soutien-gorge.

— Ton corps devient de plus en plus beau. Je n'imaginais pas que la grossesse pouvait être aussi sexy.

Le désir lui donnait des intonations rauques irrésistibles et elle frissonna quand il cueillit ses seins dans la paume de ses mains.

Elle avait l'impression que la tête lui tournait, comme si elle était légèrement grise, mais ne put s'empêcher de remarquer :

— Je ne te paraîtrai peut-être pas aussi sexy d'ici à quelques semaines.

— À mes yeux, tu le seras toujours. Je n'ai jamais eu de maîtresse aussi excitante. Tu suscites chez moi des désirs dont j'ignorais l'existence.

Extrêmement touchée par cette confidence, elle lui déclara :

— Je vais te confier un secret.

— Encore un ?

Elle sourit et noua les bras autour du cou de Rafe en plaquant ses seins nus contre son torse viril.

— Je... Je n'avais jamais eu d'orgasme avant toi.

Il fronça les sourcils.

— C'est vrai ? Pourquoi ne me l'as-tu pas dit avant ?

Elle haussa les épaules et entreprit de déboutonner la chemise de Rafe.

— Trop gênant, je suppose.

— Inutile d'être gênée avec moi, *cara*. Jamais.

Les yeux rivés sur leurs mains, elle poursuivit :

— Je me croyais nulle en matière de sexe, mais je me rends compte à présent qu'il n'y avait tout simplement pas d'alchimie avec les autres.

— Ils ont été nombreux ?

Rafe avait la mine sombre, tout à coup.

— J'espère qu'entre toi et moi ce n'est pas deux poids deux mesures, répliqua-t-elle. Tu as eu beaucoup de maîtresses et il faudrait que je n'aie pas eu d'amants ?

Elle n'en avait d'ailleurs pas eu tant que ça, mais ce genre d'injustice la révoltait.

Il hésita, puis capitula avec un soupir.

— Tu as raison. Je n'ai pas le droit d'être jaloux.

— Toi, jaloux ? Tu l'admets ? lui lança-t-elle avec malice.

Rafe baissa les yeux, un peu honteux.

— Je déteste penser que d'autres aient pu te toucher comme je te touche.

Attendrie, Isla posa un baiser tendre sur sa bouche pincée et sourit.

— Cesse de me regarder d'un œil noir. Je n'ai eu que deux amants, et ni l'un ni l'autre ne m'ont donné le plaisir que tu me donnes.

Il crispa les mains sur les hanches d'Isla et la plaqua contre lui.

— Comment se fait-il qu'ils ne t'aient pas fait jouir ? Tu es la maîtresse la plus passionnée que j'aie jamais connue.

— Ils n'étaient pas toi, c'est tout, déclara-t-elle en posant un autre baiser sur ses lèvres.

Il lui rendit son baiser en gémissant et glissa la langue dans sa bouche. Elle perçut son excitation, défit les derniers boutons de sa chemise, dégagea la fameuse chemise et dégrafa son pantalon pour refermer les doigts sur son sexe durci. Il retint son souffle, mais déjà elle s'agenouillait devant lui et le prenait dans sa bouche. Il enfonça les mains dans ses cheveux, comme s'il perdait l'équilibre. Elle l'entendit gémir, perçut sa respiration haletante et continua à le provoquer, fière du pouvoir qu'elle avait sur lui, d'un pouvoir qui attisait aujourd'hui son désir comme peu auparavant il avait attisé le sien. Elle parvenait enfin à cet équilibre dont elle avait rêvé : il la désirait autant qu'elle le désirait.

Il s'écarta pourtant dans un gémissement désespéré.

— Arrête. Je n'en peux plus. Je te veux, toi.

Elle lui prit la main, se releva et se débarrassa de sa culotte avant de se diriger vers le lit. Il la suivit, abandonnant au passage chaussures, pantalon et chaussettes avant de s'allonger à son tour.

— Je veux te savourer, souffla-t-il, éperdu de désir.

Mais elle l'arrêta.

— Non, je veux t'avoir en moi. Maintenant...

Quand il s'enfonça en elle, elle épousa son rythme de plus en plus fort, les mains plaquées sur ses fesses solides afin de mieux le tenir tout contre elle, au plus profond...

Soudain, elle bascula dans l'extase, et Rafe la suivit de peu, frémissant de tout son corps sous les ondes de volupté qui le parcouraient.

Ils restèrent longtemps serrés l'un contre l'autre, flottant dans un océan de douceur et de volupté.

Ainsi donc, elle avait ce pouvoir sur lui, se dit-elle. Grâce à son corps, grâce à son amour...

Comment pourrait-elle encore prétendre que ce n'était que du sexe, entre eux ? C'était de l'amour, ils faisaient l'amour et l'avaient fait depuis le début. C'était pour ça qu'elle n'avait pas eu de plaisir avant lui. Parce que, sans sentiments, elle n'avait pu se donner entièrement.

Interrompant ses réflexions, Rafe, en appui sur un coude, se mit à jouer avec ses cheveux avant d'avouer :

— Après ton départ, j'ai pensé à toi tous les jours. Toutes les nuits aussi. J'étais furieux, je t'en voulais, mais avec le temps je me suis rendu compte qu'en réalité c'était contre moi que j'étais en colère.

— Pourquoi ?

— Je n'avais jamais rencontré quelqu'un comme toi. Quelqu'un qui ne soit pas intéressé par mon argent, mes cadeaux, les endroits où je pouvais l'emmener. Ça m'a plu et impressionné et, crois-moi, il m'en faut beaucoup.

L'air sombre, il poursuivit :

— Je souffrais de t'avoir perdue.

On aurait cru que le simple fait de prononcer le verbe souffrir avait ravivé sa peine.

— Je n'avais encore jamais connu ça. Je ne m'étais pas autorisé à vivre une vraie relation. J'avais toujours évité ce genre de risque.

Isla caressa avec douceur sa mâchoire hérissée de petits poils drus.

— Et pourtant, avec moi, tu l'as fait, murmura-t-elle.

Elle retint son souffle. Allait-il lui avouer son amour ?

Il posa un soupçon de baiser sur ses lèvres sensuelles.

— Tu ne m'avais pas alerté du danger ! dit-il avec malice.

Mais il changea brusquement de sujet.

— Il y a une chose qui me préoccupe, dit-il en plaçant la main sur le ventre d'Isla. Ce sont tous les changements que notre enfant a apportés à ta vie. Jusqu'à présent, c'est toi qui as dû faire un maximum d'ajustements et cela va sûrement continuer.

— Mais tu me soutiendras, n'est-ce pas ?

Il lui caressa la joue avec tendresse.

— N'en doute pas une seconde, *cara mia*.

À ces mots, de multiples émotions submergèrent Isla.

Rafe dut percevoir quelque chose, car il lui effleura le bout du nez en disant :

— Pourquoi cette mine soucieuse ?

Elle repoussa sa main et bredouilla.

— Pardon, il faut que j'aille me rafraîchir un peu.

Non, elle n'était pas prête à se confier, à s'exposer à un rejet. Ou, pire encore, à se voir rappeler qu'on ne pouvait l'aimer.

Il roula sur le côté et se leva en lui tendant la main.

— Tu ne te sens pas bien ?

Elle repoussa doucement sa main.

— Tout va bien, Rafe, je t'assure…

J'ai besoin d'être seule un moment afin de me calmer et de refouler mon envie de me confier.

La porte de la salle de bains se referma avec un cliquetis désagréable. Pourquoi lui avait-il avoué qu'il avait souffert lorsqu'elle l'avait quitté ? C'était un sentiment dont il s'était vigoureusement gardé jusque-là. Et quelque chose qu'il avait biffé de son vocabulaire.

Mais allez savoir pourquoi, tout imprégné qu'il était des moments intimes qu'ils venaient de vivre, il avait révélé des choses qu'il ne révélait à personne.

Pas même à lui-même, la plupart du temps.

Faire l'amour à Isla lui faisait un drôle d'effet, et ce depuis le début. Après l'orgasme, quand son corps comblé savourait son bonheur, il baissait la garde et c'était là qu'il était vulnérable.

Voilà, il l'avait dit : vulnérable.

Ça ne durait pas longtemps, mais c'était un constat incroyablement troublant.

Quelques jours plus tard, Isla et Rafe s'envolèrent pour Paris et le fameux dîner caritatif. Ils descendirent dans le luxueux hôtel de Rafe, à Saint-Germain, où il leur avait réservé une suite au dernier étage. Il avait également pris pour elle un rendez-vous chez un coiffeur et un autre chez une esthéticienne, et lui avait offert une splendide robe bustier en satin bleu roi qui lui allait à ravir. Même Cendrillon l'aurait enviée, se dit Isla.

Malheureusement, et malgré toutes ces attentions, elle craignait toujours que ses photos honteuses circulent sur le Net. On ne pouvait sous-estimer l'impact qu'elles risquaient d'avoir sur la réputation de Rafe, sans parler de la sienne…

Assise devant le miroir, elle mit la dernière touche à son maquillage en attendant qu'il revienne la chercher. Il avait dû descendre discuter avec son directeur.

Il ne fut pas long. Quand il réapparut dans la chambre, leurs yeux se croisèrent dans la glace.

— Tout va bien avec ton directeur ?

— Oui.

Il sourit et sortit de sous sa veste de smoking un écrin rectangulaire en velours.

— J'ai quelque chose pour toi.

Elle ouvrit l'écrin et découvrit un fabuleux collier de saphirs et diamants avec ses boucles d'oreilles assorties, des gouttes d'eau somptueuses.

— Oh ! C'est extraordinaire.

— Comme leur nouvelle propriétaire…

Le cœur d'Isla se serra. Comment ne pas se sentir belle avec des bijoux aussi splendides ? Pétrifiée, elle les contempla un long moment avant de dire :

— J'ai presque peur de les porter ! Et si je les perds ?

— Ne t'inquiète pas. Il y a trois mois que je les ai assurés.

Elle le regarda d'un air stupéfait.

— Tu les avais achetés avant… avant que je parte ?

Bizarrement, elle eut l'impression que Rafe se refermait. Il eut un haussement d'épaules qui détonnait avec sa bouche crispée.

— Et alors ? Ce n'est qu'un cadeau que j'avais acheté à New York.

Qu'est-ce que ça signifiait ? songea-t-elle. Ce n'était manifestement pas « qu'un cadeau ».

— Je ne sais pas quoi dire…

— Merci fera parfaitement l'affaire.

Il y avait une telle âpreté dans sa voix qu'elle leva les yeux vers lui.

— Oh ! Rafe…, dit-elle en lui caressant le bras. C'est le plus beau cadeau que j'aie jamais reçu. Merci mille fois. Je suis vraiment désolée de ne pas avoir été là à ton retour de New York. Je comprends que tu m'en aies voulu.

Sans répondre, il poussa un long soupir.

— Attends, laisse-moi t'aider. Tourne-toi.

Elle obtempéra et il accrocha le collier à son cou. Les saphirs soulignaient si bien le bleu de ses yeux qu'elle se sentit belle comme jamais. Et il lui avait acheté ce merveilleux cadeau plusieurs mois auparavant !

Puis il lui tendit les boucles d'oreilles, une à une. Une fois qu'elle les eut mises, il posa les mains sur ses épaules et sourit.

— Elles te vont bien.

Elle le fixa droit dans les yeux.

— Merci du fond du cœur. Quoi qu'il arrive, je les aimerai toujours.

Ému, il se pencha et posa un baiser sur sa nuque.

— On ferait bien d'y aller. Sinon, je crains d'avoir envie de vérifier ce que tu portes sous ta robe.

Isla éclata de rire.

— Pas grand-chose.

— C'est bien ce que je pensais, dit-il en l'enveloppant d'un regard de braise.

11

Le bal se déroulait dans un grand hôtel du 7e arrondissement offrant une vue magnifique sur la tour Eiffel et la ville. Malgré les cliquetis réellement déplaisants des appareils photo, Rafe guida Isla avec un flegme stupéfiant. Comment garder son calme et son aisance, se disait-elle, quand on n'appartenait pas à ce monde ? Lui évoluait dans la haute société, fréquentait les lieux chic et les soirées mondaines, alors qu'elle ignorait tout de ce milieu très fermé.

Elle en était là de ses réflexions lorsqu'un journaliste les approcha.

— Rafael Angeliri, selon les rumeurs, cette belle jeune femme à votre côté devrait bientôt devenir votre épouse. Vous confirmez ?

Rafe serra plus fort le bras d'Isla.

— Oui. Nous nous marions la semaine prochaine en Sicile.

La gorge serrée, Isla sourit en s'efforçant de masquer son trouble, comme si elle avait l'habitude d'avoir une foule d'appareils photo braqués sur elle.

Jetant un coup d'œil sur les rondeurs d'Isla, le journaliste poursuivit :

— Il paraît aussi que vous attendez un heureux événement. Des commentaires ?

— En effet, nous attendons avec joie la naissance de notre premier enfant en décembre. Maintenant, si vous voulez bien nous excuser…

Plusieurs autres journalistes tentèrent d'attirer son attention, mais Rafe refusa de s'arrêter et entraîna Isla vers l'hôtel. Une fois à l'intérieur, il lui prit la main et lui embrassa les doigts.

— Ça n'a pas été si terrible que ça, non ?

Elle esquissa un pâle sourire.

— Je crois que j'aurais sérieusement besoin de leçons pour apprendre à gérer la presse.

— Ils ne cherchent qu'à faire leur boulot, tu sais. Il y aura des photos officielles un peu plus tard, mais pour le moment essaie de te détendre et de profiter de la soirée.

Et, à sa grande surprise, elle en profita réellement. Les plats proposés illustraient le meilleur de la cuisine française, et la table dressée ainsi que les décorations de la salle de bal semblaient tout droit venues de l'époque de Marie-Antoinette.

Rafe demeura près d'elle jusqu'à l'heure où il dut monter sur l'estrade afin de délivrer son discours sur les soins que chaque communauté devait prodiguer à ses enfants. En plus de l'anglais, il parlait couramment le français et proposa, pour les plus vulnérables, des solutions bien pensées et pratiques. Isla se sentit fière de lui et sa détermination à faire changer les choses la toucha au cœur.

Quand il revint vers leur table, accompagné par des applaudissements enthousiastes, il se pencha pour embrasser Isla, puis lui prit la main et la posa sur sa cuisse.

— Je suis heureux que tu sois avec moi, ce soir. Sinon, ça n'aurait pas été pareil.

— Tu as été merveilleux, lui dit-elle en se penchant sur son épaule. Je suis si fière de toi !

Il se tourna vers elle et lui sourit. Isla en eut le souffle coupé.

— Tu m'accordes cette danse ? lui demanda-t-il alors en caressant sa joue veloutée.

— Volontiers.

Il l'aida à se lever et la conduisit vers la piste au moment précis où l'orchestre entamait une ballade romantique. Isla se lova dans les bras de Rafe et tous deux évoluèrent comme s'ils ne faisaient plus qu'un. Puis cette mélodie en entraîna une autre, et encore une autre, au point qu'Isla finit par ne plus compter. Rien n'avait plus d'importance sinon Rafe, ses bras musclés, l'odeur délicieuse de son after-shave, le bonheur d'être le centre de son intérêt.

— Après un entraînement pareil, nous allons faire un malheur la semaine prochaine pour notre valse nuptiale, pas vrai ?

Un long frisson embarrassé la parcourut. La semaine prochaine, à cette heure-ci, ils seraient mariés. Ne commettait-elle pas une erreur en l'épousant alors qu'il n'avait jamais dit qu'il l'aimait ? Ne se mariait-il pas par devoir ? Certes, il la désirait et appréciait sa compagnie, mais il n'avait jamais prétendu l'aimer. Il avait même été jusqu'à dire que ce genre de sentiment lui était étranger. N'était-elle pas stupide de troquer l'amour pour la sécurité et la sollicitude ?

Sans doute Rafe devina-t-il qu'elle était préoccupée, car il l'emmena un peu à l'écart et lui demanda d'un ton soucieux :

— Qu'est-ce qui te tracasse, *mia piccola* ? Tu ne t'amuses pas ?

Elle sourit et chassa ses doutes. Rafe se souciait d'elle. Il était prêt à subvenir à ses besoins et à ceux de leur bébé, à les protéger.

— C'est une soirée fabuleuse. Je pense que je suis juste un peu fatiguée, à présent.

Et amoureuse. Bêtement, désespérément amoureuse.

— Dans ce cas, il est temps que je ramène ma belle Cendrillon à la maison, dit-il en l'embrassant sur le front.

De toute façon, il était heureux de quitter le bal. En général, il n'aimait pas trop se retrouver sous le feu des projecteurs et, s'il y avait une chose qu'il n'appréciait pas, c'était de bavarder avec de parfaits inconnus. Il n'y avait qu'une personne avec laquelle il avait envie de passer du temps : c'était Isla. C'était ce qui lui avait le plus manqué depuis son départ : leurs échanges. Quel vide quand il rentrait dans la villa déserte à la fin d'une journée, alors qu'auparavant il attendait impatiemment de bavarder avec elle ! Ces quelques danses ensemble lui avaient rappelé combien ils étaient bien assortis. En son for intérieur, il était fou de joie d'être celui qui la rendait heureuse, mais il en allait de même pour lui, car jamais encore il n'avait éprouvé un tel plaisir.

Une fois dans leur suite, il prit Isla dans ses bras et l'embrassa doucement sur la bouche.

— C'était toi, la reine de la soirée.

Elle glissa les bras autour de son cou, ses yeux bleus lançant des éclairs.

— Pour ce qui est d'être séduisant, tu ne te débrouilles pas trop mal.

Elle se plaqua contre lui.

— Mais il est temps que tu retires ce costume élégant, non ?

— Je te croyais fatiguée ?

— Pas à ce point-là ! protesta-t-elle en se pressant davantage contre lui.

Debout sur la pointe des pieds, elle l'embrassa avec une telle sensualité qu'il dut faire un effort terrible pour ne pas lui ôter sa robe immédiatement et la prendre, là, contre le mur.

Il saisit ses fesses à pleines mains et lui glissa à l'oreille :

— Tu devrais être en train de te reposer. Par ma faute, tu es restée beaucoup trop longtemps sur la piste.

Elle lui arracha son nœud papillon et le jeta par terre, les yeux aussi brillants que les diamants et les saphirs qui scintillaient à son cou.

— En ce cas, mets-moi au lit. Maintenant. Sauf qu'il faut quand même que tu me déshabilles.

— Pas de problème.

Il tira sur sa robe qui glissa et révéla ses seins ronds dont les mamelons bruns se dressaient fièrement vers lui. Il tira encore et la robe tomba en bruissant aux pieds d'Isla qui se retrouva nue, à part ses hauts talons, ses bijoux et un minuscule string en dentelle.

Il prit ses seins en coupe et lui avoua :

— Il suffit que je te regarde pour en perdre le souffle.

Elle entreprit de déboutonner sa chemise, mais, impatient de sentir sa peau contre la sienne, il l'écarta doucement pour se déshabiller plus vite. Elle tendit alors la main vers la fermeture Éclair de son pantalon et referma les doigts sur son sexe dur et tendu.

Le souffle court, il chercha à la repousser, bredouilla :

— Allons plus lentement…

— Certainement pas, protesta-t-elle en le bâillonnant d'un baiser.

Il posa une main sur la hanche d'Isla, glissa les doigts sous son string en dentelle et caressa son sexe humide, lui arrachant des cris de plaisir. Puis il entra en elle et ils vibrèrent à l'unisson, jusqu'à ce qu'un puissant orgasme les saisisse tous deux, les transportant au paradis.

Le lendemain matin, en émergeant d'un long sommeil réparateur, Isla s'aperçut qu'elle était seule dans le lit. Rien d'étonnant à cela : Rafe se levait toujours très tôt. Elle rejeta ses cheveux en arrière, posa les pieds par terre et esquissa un petit sourire ravi, le corps heureux. Quelle belle soirée ils avaient passée ! Et que c'était bon d'avoir fait l'amour ainsi juste après.

Elle avait d'ailleurs décidé de ne plus s'angoisser pour ces stupides photos. Si ça se trouve, personne n'en saurait jamais rien, et c'était complètement fou de s'inquiéter pour quelque chose sur lequel elle n'avait aucun contrôle. La semaine prochaine, Rafe et elle seraient mari et femme et il valait mieux se concentrer sur leur avenir et celui du bébé. Un avenir qui ne serait peut-être pas aussi parfait que celui dont elle avait rêvé, mais où elle bénéficierait d'une sécurité et d'une stabilité qu'elle n'avait jamais connues.

En sortant de la douche, les cheveux enroulés dans une serviette, elle aperçut Rafe, debout près du lit, un journal à la main. Il émanait de lui une étrange énergie.

Malgré une inquiétude diffuse, Isla bredouilla :

— Tu t'es levé de très bonne heure. As-tu été chercher de délicieux croissants, comme la dernière fois ?

— Isla… Je veux que tu me promettes une chose.

Angoissée par la gravité subite de Rafe, elle déglutit avec peine sans essayer de le dissimuler.

— Qu'est-ce qu'il y a ?

— Promets-moi de ne pas regarder les journaux ni quoi que ce soit en ligne jusqu'à ce que tout ça soit passé. D'accord ?

— Comment ça, passé ? De quoi parles-tu ?

Elle porta son regard sur le journal.

— Mon Dieu ! Les photos ?

Elle crut que ses jambes allaient se dérober.

— Tu dois me laisser gérer ça, *cara*. Fais-moi confiance. Je vais m'en occuper et tu n'auras plus jamais à subir cette humiliation. Compris ?

Sa détermination la rassura : c'était presque comme s'il brûlait ces abominables clichés sous ses yeux. Et la fermeté avec laquelle il s'engageait lui parut aussi merveilleuse que s'il lui avait dit : « Je t'aime ». N'était-ce pas la preuve qu'il tenait à elle ?

— Tu ferais ça ? Pour moi ? balbutia-t-elle.

Il jeta le journal dans la corbeille à papier et referma les bras sur Isla pour l'attirer tout contre lui.

— Je suis désolé qu'on en soit là, mais nous surmonterons ça. Quoi qu'il se passe, ne parle pas à la presse. Tu ne ferais qu'attiser les choses.

Les yeux brillants de larmes, Isla murmura :

— Je suis désolée.

— Ce n'est pas à toi de formuler des excuses. Je n'aurai de cesse que justice soit faite. Tu as ma parole.

Isla dut déployer d'énormes efforts pour ne pas aller repêcher le fameux journal dans la poubelle ; pour déconnecter le wi-fi afin de ne pas consulter la presse en ligne. Et d'autres encore pour ignorer les hordes de journalistes qui les traquaient et qui tentèrent de les surprendre quand ils partirent pour l'aéroport. Il lui fut cependant impossible de ne pas entendre les questions salaces que certains lui réservèrent. Chaque question lui faisait l'effet d'une claque.

Rafe, le bras autour d'elle, la pilota vers leur voiture au milieu d'un essaim de paparazzi.

— Ne réagis pas. Je suis avec toi. Tu n'as pas à avoir honte, *cara*. Ce sont eux qui devraient se sentir honteux, pas toi.

Il était très calme, se contrôlait parfaitement, et pourtant elle le sentait en proie à une colère si intense qu'elle avait presque pitié de la personne qui avait posté les photos. Par ailleurs, elle lui avait donné tous les détails possibles sur l'homme qui tenait le club et il avait déjà entamé la procédure à son encontre.

Son acharnement à obtenir justice coûte que coûte représentait un énorme réconfort pour Isla et, pour la première fois, elle se prit à penser qu'il y avait peut-être une chance qu'ils surmontent cette épreuve. Rafe était à son côté, il la soutenait. N'était-ce pas l'essentiel ? Si pour lui cette affaire n'avait aucune importance, pourquoi aurait-il fallu qu'elle en ait pour elle ?

Lorsqu'ils furent enfin assis dans la voiture, elle ressentit une formidable impression de paix. Elle n'était plus seule pour affronter ce cauchemar. Rafe était avec elle et ne l'abandonnerait pas.

Il lui prit la main, embrassa ses doigts un à un.

— Ensemble, nous triompherons de tout ça, *mia piccola*. Je ne laisserai personne te faire du mal. Avec moi, tu es en sécurité.

En sécurité. C'était bien la première fois qu'Isla se sentait protégée.

— Tu n'imagines pas combien c'est important pour moi, dit-elle d'une voix pétrie de gratitude.

Son cœur débordait tant d'amour pour lui qu'il lui paraissait étonnant qu'il ne le remarque pas.

D'accord, il ne l'aimait pas, mais elle avait sûrement assez d'amour pour deux. Et peut-être qu'avec le temps il en viendrait à l'aimer, comme il aimerait leur enfant, elle en avait la certitude.

À Mondello, ils avaient à peine franchi la porte de la villa que Concetta surgit, l'air très inquiet.

— *Signore*, dépêchez-vous. La *signora* Bavetta vient d'être emmenée à l'hôpital.

Isla sentit son cœur se serrer. La *nonna* de Rafe était souffrante ?

Ce dernier lâcha son sac de voyage.

— Pourquoi ne m'a-t-on pas prévenu plus tôt ?

— Maria m'a appelée à l'instant, expliqua Concetta. La *signora* a été emmenée à la clinique privée de Palerme où elle avait été admise pour sa dernière chute.

— Elle est tombée de nouveau ? demanda Rafe en agitant nerveusement ses clés.

— Non, répondit Concetta en jetant un bref coup d'œil vers

Isla. Elle lisait quelque chose sur sa tablette et elle s'est effondrée brutalement.

L'estomac d'Isla se noua de terreur. La grand-mère de Rafe avait-elle découvert le scandale dans la presse ? Le cœur battant à tout rompre, elle regarda Rafe. Jamais son passé ne la laisserait en paix, songea-t-elle, à deux doigts de s'évanouir. Peut-être Rafe était-il au-dessus de ça, mais il n'en irait pas de même pour sa famille, ses amis et ses relations d'affaires.

— Reste ici, *cara*, lui dit-il. Il faut que tu te reposes. Je t'appellerai dès que j'aurai vu comment elle va.

— Pourquoi je ne peux pas t'accompagner ? Je veux te soutenir..., bredouilla-t-elle, les yeux pleins de larmes.

Une ombre voila le regard de Rafe. Ce fut très bref, mais elle eut néanmoins le temps de comprendre qu'elle n'avait pas de place à ses côtés. Pas au chevet de sa grand-mère alors que c'était son comportement scandaleux qui était la cause du malaise de sa *nonna*.

— Non, Isla. Il faut que tu restes ici et que tu te reposes. Tu ne peux rien faire actuellement, décréta-t-il d'un ton autoritaire.

Bien sûr que si, songea-t-elle. *Il y a longtemps que j'aurais dû le faire.*

12

Isla fourra quelques affaires dans un sac de voyage, puis réserva en ligne une place d'avion à destination de Londres plutôt que d'Édimbourg. Elle avait besoin d'un peu de solitude avant de rentrer en Écosse mettre de l'ordre dans l'affreux bazar qu'était sa vie. Si Rafe la retrouvait avant qu'elle ait eu le temps de réfléchir à son avenir, elle risquait de fléchir et de renoncer à le quitter. Or, comment rester ?

En dépit du désir qu'elle en avait, du généreux soutien de Rafe et des sommes qu'il pourrait verser à une armée d'avocats, son passé n'allait pas s'effacer. C'était une tache indélébile et toujours plus grande qui souillait et blessait d'autres gens ; Rafe, par exemple, l'homme qu'elle aimait plus que tout.

Elle appela un taxi. Elle patientait dans le vestibule lorsque Concetta surgit de derrière un des piliers en marbre. Elle semblait renfrognée.

— Vous repartez ? fit-elle, inquiète, semblait-il. Il ne faut pas. Le *signore* va...

— Je suis désolée, Concetta, mais je dois m'en aller. Vous le comprenez, j'en suis sûre. Je n'ai rien à faire dans sa vie. Vous l'avez toujours pensé. Vous pouvez le nier, mais vous comme moi savons bien que je ne lui apporterais que des problèmes.

— Je reconnais qu'au départ je ne vous appréciais pas. Mais je pensais que vous n'étiez pas honnête avec lui. Aujourd'hui, je me rends compte que vous lui faites du bien. Grâce à vous, il sourit, il se détend. Il ne travaille pas autant quand vous êtes là.

Vous ne pouvez pas le quitter comme ça. Et le mariage qui doit avoir lieu samedi !

— Il n'y aura pas de mariage. Je n'aurais jamais dû accepter.

— À quoi bon promettre si vous ne respectez pas votre parole ? lui lança Concetta, le regard noir. Il aurait mieux valu vous abstenir.

Isla laissa échapper un long soupir. Voilà qu'elle avait blessé Concetta aussi ! Elle releva la tête et affronta la colère de la gouvernante.

— Je n'ai pas encore eu beaucoup de temps pour travailler au portrait de votre fille. Mais je vous l'enverrai dès qu'il sera terminé, je vous le promets. Et celui de la grand-mère de Rafe aussi.

— Ah ! Si elle vit assez longtemps pour le voir.

À ce moment précis, la porte d'entrée s'ouvrit sur Rafe, manifestement perplexe.

— Que se passe-t-il ? Et pourquoi ce taxi devant la maison ?

— Votre fiancée s'en va, lâcha Concetta, furieuse.

Le visage de Rafe se ferma.

— Excusez-nous, Concetta, je vous en prie, dit-il à la gouvernante.

Puis :

— Isla. J'ai à te parler. Tout de suite !

Il fit mine de la prendre par le coude pour l'entraîner vers le salon, mais elle se cabra.

— Comment va ta grand-mère ?

Submergée de honte, terrorisée, elle ne put aller au bout de sa question.

— Elle a été victime d'un petit AVC, mais rien de grave. Le gériatre lui a administré un traitement. Elle sera sortie d'ici un jour ou deux. C'est toi qui m'inquiètes. Que se passe-t-il ? Concetta t'a contrariée ?

Isla attrapa son sac sur la chaise.

— Je suis désolée, Rafe, mais il faut que je m'en aille. Ça ne marchera pas. J'ai été stupide d'imaginer le contraire.

— Qu'est-ce qui a déclenché ça ?

— C'est moi, Rafe. Moi. Toi. Ça ne pourra jamais marcher entre nous. Je ne serai qu'un sujet de honte pour toi et ta famille.

Il plissa le nez, poussa un grand soupir, puis la fixa droit dans les yeux.

— Je t'ai dit que j'allais m'occuper de ces photos. Fais-moi confiance…

— Et entre-temps, que va-t-il se passer ? Ta grand-mère sera victime d'une autre attaque devant d'autres photos étalées dans la presse ? Je ne peux pas l'accepter. Impossible ! Pour toi, pour elle.

Il tressaillit, mais riposta :

— De toute façon, *nonna* aurait fait cet AVC. Le médecin a dit…

— Donc, tu ne nies pas qu'elle a vu les photos et que ça l'a suffisamment perturbée pour…

— Isla, ce n'est pas ta faute !

Son insistance lui prouvait le contraire, c'était évident.

— Comment peux-tu affirmer ça ? Après, tes affaires en souffriront. Tes contrats seront annulés à cause de moi. Tu ne pourras plus présider ton association caritative. Je n'accepterai pas ça. Je ne t'infligerai pas ce genre de choses.

— Donc, tu agis au mieux, c'est ça ? dit-il, les yeux lançant des éclairs. Et tu te sauves encore une fois. Ce n'est pas comme cela qu'il faut gérer les difficultés, Isla. Il faut les affronter et faire avec.

— Je les gère à ma façon, affirma-t-elle en relevant le menton.

— À ta façon ? répliqua-t-il, méprisant. Quelle immaturité ! Tu portes un enfant. *Mon* enfant. Tu ne peux pas fuir dès que les choses ne se passent pas exactement comme tu l'espérais.

— Je ne fuis pas. Je m'éloigne d'une situation qui, à long terme, nous nuira. À toi, à moi et à notre enfant, déclara-t-elle, fière du calme de sa voix alors qu'elle était en proie à une foule d'émotions troublantes.

En face d'elle, Rafe ouvrit et ferma la bouche à plusieurs reprises, comme s'il cherchait le mot juste.

— Donc, tu parles sérieusement.

Ce n'était pas une question. Peut-être avait-il enfin compris qu'il n'y avait aucun espoir de surmonter ce scandale, songea-t-elle tout en cherchant chez lui un signe qui lui aurait permis de se convaincre qu'il l'aimait assez pour triompher de n'importe quel déshonneur. Mais il avait le visage fermé, indéchiffrable.

— Je parle très sérieusement. Je décolle dans deux heures. Je te tiendrai au courant du développement du bébé et t'enverrai une copie de la prochaine échographie.

— Je veux être là pour la naissance.

Sa voix avait une drôle d'intonation, alors qu'il restait de marbre.

— Bien sûr, acquiesça-t-elle en avançant d'un pas.

Il s'approcha.

— Je vais t'accompagner à l'aéroport.

— Non. Je préfère que tu t'abstiennes, lui dit-elle en l'arrêtant. Je n'aime pas trop les adieux.

Il s'écarta comme si elle l'avait blessé.

— Oui, je devrais le savoir. Je devrais me réjouir de t'avoir revue avant ton départ. Mais tu m'as peut-être laissé un mot, cette fois encore ?

Elle s'empourpra.

— Je comptais t'envoyer un message une fois dans l'avion.

— Quelle délicate attention !

— Ne fais pas ça, Rafe.

Un rire de mépris lui échappa.

— Faire quoi ? Ma fiancée décide de mettre un terme à notre relation quelques jours avant notre mariage et je ne suis pas censé être fâché ou contrarié ?

— Pour commencer, je n'ai jamais voulu être ta fiancée, répliqua Isla, en colère.

Soit elle exprimait sa colère, soit elle avouait son amour, et ça, il n'en était pas question.

— C'est toi qui as tenu à ce mariage. Tu peux être un père sans être un mari. Et je te garantis que tu seras un bien meilleur papa sans que je sois ta femme.

— C'est ta décision finale ?

— Tu ne pourras rien dire qui me fasse changer d'avis.

Il enfonça les mains dans ses poches, puis déclara d'un ton froid :

— Je veillerai à ce que ton compte soit suffisamment approvisionné.

— Tu n'es pas obligé.

— Ne me dis pas ce que je dois faire, Isla ! Je subviendrai aux besoins de mon enfant, que tu le veuilles ou non. Et tu ferais mieux d'y aller. Sinon tu vas rater ton vol.

Le cœur plus que lourd, Isla se dirigea vers le taxi. Il lui semblait porter le poids de tous les chagrins et de toutes les déceptions accumulés depuis sa petite enfance.

Rafe referma la portière derrière elle.

— Bon voyage.

— Merci, répondit-elle avec un sourire poli.

Rafe tourna les talons et claqua la porte de la villa avant même que le taxi eût redémarré.

Il retint son souffle un moment, puis poussa un juron féroce. Malheureusement, il n'y avait aucun mot qui puisse traduire sa colère. Encore une fois, elle l'avait pris au dépourvu en lâchant cette véritable bombe. Elle le quittait, et il avait la sensation d'étouffer. Tous ses repères s'effondraient. N'importe, il avait déjà surmonté ça une fois. Il s'en remettrait encore.

Il n'avait pas le choix.

Dans sa rage, il avait envie de cogner le mur, mais il se retint, conscient que c'était le marbre qui l'emporterait. Il inspira profondément, pensa qu'il allait falloir annuler le mariage, puis se dit que son équipe s'en occuperait. Pas la peine de raviver la douleur de l'échec.

Sur ce, Concetta apparut, blême comme un fantôme.

Les mains sur les hanches, Rafe l'apostropha :

— Je suppose que vous êtes contente, maintenant ! Elle ne vous a jamais plu, pas vrai ?

La gouvernante eut l'élégance d'assumer sa honte.

— C'est vrai qu'au début elle ne me plaisait pas, mais j'ai fini par me rendre compte qu'elle vous aimait et c'est ça qui compte.

Rafe la regarda avec de grands yeux éberlués.

— Quoi ?

— Elle vous aime, *signore*. Il faudrait être aveugle pour ne pas le remarquer.

— Vous vous trompez. Si elle m'aimait, pourquoi aurait-elle fichu le camp ? Hein ? Dites-le-moi. Pourquoi ?

— Vous lui avez dit que vous l'aimiez ?

Rafe poussa un soupir agacé.

— Qu'est-ce que c'est que cette obsession ? Je suis prêt à l'épouser, à subvenir à ses besoins, à les protéger, elle et notre enfant. Je lui offre tout sur un plateau et ça ne suffit pas ?

Manifestement déçue par sa réaction, Concetta croisa les bras et hocha la tête.

— Quand on aime quelqu'un, on ne s'arrête pas aux mots, il faut des actes. Les actes sont plus éloquents que les mots, on est d'accord. Il n'empêche qu'elle a quand même besoin de vous entendre les lui dire.

Il s'interrogea. Ses actes ne proclamaient-ils pas qu'il était prêt à assumer sa responsabilité pour leur enfant ? Il aimait beaucoup Isla, il la désirait, la désirait même plus que tout... Mais pour ce qui était de l'amour... C'était un terme dont il se méfiait, un terme extrêmement galvaudé. Il n'y avait qu'à voir ce que son père en avait fait pour s'en convaincre. Et quand ce dernier avait dû faire un choix entre ses deux familles, son amour pour Rafael n'avait pas pesé lourd dans la balance. Et le fameux papa s'était volatilisé à la façon d'un fantôme dans un film d'horreur.

— Si vous vous dépêchez, vous avez encore le temps de la rattraper, dit Concetta.

Il repoussa cette suggestion. Il n'était pas disposé à la supplier.

— Elle a pris sa décision. Je vais la respecter.

Isla atterrit à Londres où elle dénicha un petit hôtel bon marché et grisâtre qui reflétait parfaitement sa tristesse. Elle avait l'impression d'un vide que rien ne pourrait combler. Même le bébé paraissait en proie à une agitation effarante. Peut-être se demandait-il pourquoi son père avait disparu ? Le seul point positif, c'était qu'il n'y avait pas de paparazzi alentour. Apparemment, le scandale ne l'avait pas suivie.

Elle s'assit sur le bord du lit et consulta son téléphone. Pas d'appel ni de message de Rafe. Déçue, elle repoussa l'appareil et s'allongea sans même prendre la peine de retirer ses vêtements. Elle cédait à la somnolence quand son téléphone se mit à sonner.

— Oh ! salut, Layla…

— Quel enthousiasme ! Qu'est-ce qu'il y a ?

— Ça ne va pas. Et c'est ma faute.

— Raconte…

Isla rapporta l'AVC de la *nonna* à son amie.

— Donc, il fallait bien que je m'en aille, parce que ça va forcément se reproduire. Je ne peux pas effacer mon passé.

— Toi, non, mais Rafe, peut-être ? Ça lui coûtera sans doute quelques millions de livres, mais s'il t'aime, quelle importance ?

— Il ne m'aime pas. Il se sent responsable. Il se soucie de moi et du bébé, mais pour ce qui est de l'amour… Je ne pense pas. Sinon, pourquoi ne me l'a-t-il jamais dit ?

— Tu sais ce que c'est ton problème ? J'ai le même, donc, je sais, dit Layla. Tu es incapable de voir l'amour quand il te crève les yeux. Et même si tu le vois, tu n'as pas confiance. Je présume que, si un homme est prêt à claquer des millions pour te protéger de ton passé, c'est qu'il est soit complètement dingue, soit follement amoureux de toi.

— Mais il ne me l'a jamais dit, répéta Isla.

— Et toi, tu le lui as dit ?

— Non, mais…

— Ah ! s'exclama Layla, triomphante. Le voilà, le problème ! Vous êtes tous les deux trop fiers pour admettre vos sentiments. Il faut que l'un d'entre vous fasse le premier pas et accepte de se montrer vulnérable.

— Tu es passée experte en relations amoureuses, c'est ça ?

— Parfaitement, riposta Layla dans un petit rire plein de dérision. Même sans avoir jamais passé l'épreuve du feu.

Une fois la conversation terminée, Isla se leva en serrant son téléphone contre elle. Fallait-il appeler Rafe ? N'allait-elle pas s'infliger une souffrance supplémentaire ? Ne valait-il pas mieux laisser les choses en l'état ? Que pouvait-elle donc ajouter ? Sans le bébé, ils n'auraient jamais renoué. Il ne tarderait pas à l'oublier, c'était certain.

En revanche, il lui faudrait sans doute toute la vie pour ne plus penser à lui.

13

Rafe ne prit même pas la peine d'essayer de dormir. Les trois premières nuits, il évita même la chambre qu'il avait partagée avec Isla et se carra dans un fauteuil où il sombrait parfois dans un sommeil agité. Il se réveillait quelques heures plus tard, en nage…

Il se sentait miné par une sorte de maladie. Il avait les muscles endoloris, la poitrine en feu, la bouche sèche, les yeux douloureux et injectés de sang. Exaspéré par le reflet que lui renvoyait le miroir, il avait cessé de se raser. Il avait une mine épouvantable.

Assis à son bureau, il enfouit la tête dans ses mains. Jamais il n'avait autant souffert. Comment allait-il fonctionner sans Isla ? Il n'en avait pas la moindre idée. Elle ajoutait de la couleur dans son existence. Sans elle, la villa avait tout d'une prison et sa gouvernante d'une méchante gardienne qui émettait constamment des petits bruits peu discrets pour manifester sa compassion et sa désapprobation.

La sonnerie de son téléphone le ramena à la réalité. Il s'en saisit avec espoir, mais grimaça de déception en voyant s'afficher le numéro de son père. C'était bien la dernière personne à qui il avait envie de parler. Il mit son appareil en mode silencieux et le regarda vibrer avec une joie perverse. C'était une juste revanche pour toutes les fois où son père s'était montré trop occupé pour prendre ses appels.

Sans doute était-ce puéril, mais comme disait la formule : « Tel père, tel fils ».

Il repoussa son fauteuil et s'approcha de la fenêtre. Il pleuvait, ce qui ne l'étonna pas. Ce temps maussade allait de pair avec son humeur. Un beau grand soleil lui aurait fait l'effet d'une provocation.

Là-dessus, le téléphone recommença à vibrer et Rafe étouffa un juron. Néanmoins, il alla voir d'où venait ce nouvel appel. Son père, encore une fois... Il soupira, mais finit par répondre.

— Oui ?

Il ne disait jamais « papa ». En tout cas, plus depuis ses treize ans.

— J'ai appris que tes fiançailles étaient rompues et je voulais te dire que je compatissais, lui dit son père. Ce doit être très douloureux.

La formule était bien tournée. En effet, ça ressemblait à un deuil.

— Merci, mais tout va bien.

Son père soupira.

— Je sais que je suis responsable de ton comportement et j'en suis sincèrement désolé. Tu sais...

— Responsable de mon comportement ? le coupa Rafe. De quoi parles-tu ? Écoute, je n'ai pas trop de temps pour ça...

— Je mérite ta réaction et bien plus, Rafe. Mais écoute-moi, je t'en prie. J'ai toujours regretté d'avoir choisi la fortune de ta belle-mère plutôt que l'amour de ta mère. Au final, cela a détruit notre vie à tous. La tienne, celle de ta mère, de ta belle-mère, de tes demi-frères. Et la mienne aussi. Je ne veux pas que tu finisses comme moi. Riche matériellement, mais sans personne pour t'aimer vraiment. Ta mère m'aimait pour ce que j'étais. Et j'ai renoncé à ce bonheur et n'ai jamais cessé de le regretter.

— Il est un peu tard pour exprimer tes regrets. Ça fait vingt ans que maman est morte, répliqua Rafe sans chercher à dissimuler son amertume.

— Je le sais, et le regrette d'autant plus. J'ai cru à l'époque que je prenais la bonne décision. Ce n'est qu'en restant marié que je pouvais continuer à subvenir aux besoins de tous. Si j'avais divorcé, c'était la ruine pour notre famille. Tu n'aurais pas pu poursuivre tes études en Angleterre. J'aurais été obligé de vendre l'appartement de ta mère. J'ai pesé toutes les options et j'ai fait ce qui m'a paru préférable au vu de la situation. Je n'ai jamais cessé de t'aimer, Rafe. J'avais honte de ce que je vous avais infligé, à toi et à ta mère, et du coup je t'ai évité, parce que j'étais trop lâche pour t'affronter. Pour affronter le mépris et le dégoût que tu ressentais à mon égard.

Rafe se rejeta en arrière dans son fauteuil et allongea les jambes à la manière d'un adolescent rebelle.

— Il est pas mal, ton discours, mais, bon, tu as eu vingt ans pour le peaufiner.

Il avait conscience de sa grossièreté, mais la souffrance l'accompagnait depuis si longtemps qu'il était incapable de s'en distancier.

— Ne répète pas mes erreurs, poursuivit son père. Bats-toi pour ton amour. N'hésite pas à prendre des risques. Ne perds pas ce qui t'est précieux, au nom d'une stupide fierté.

Agacé, Rafe répliqua :

— Bon, je te remercie d'avoir pris le temps d'appeler, mais...

— Mais tu ne l'aimes pas ? C'est ce que tu veux dire ?

Embarrassé, Rafe se frotta la nuque. Qu'éprouvait-il au juste pour Isla, sinon qu'il se sentait désormais totalement vide ? Que ce sentiment de vacuité l'empêchait d'entrer dans la chambre où son parfum flottait encore. Où elle avait laissé ses bijoux et ses vêtements. Il allait devoir déménager ou admettre ce qu'il ressentait, ce qu'il avait soigneusement évité de faire depuis qu'il l'avait rencontrée.

Il l'aimait.

Il l'aimait tant que, dans sa terreur, il avait préféré nier cet amour alors qu'elle l'avait provoqué dès le début afin qu'il se libère du carcan dans lequel il se complaisait. Et il avait résisté de toutes ses forces. Mais aujourd'hui il ne pouvait plus se cacher la vérité. Il fallait qu'il le lui avoue. En espérant qu'elle partagerait ses sentiments. Dans le cas contraire, il faudrait qu'il s'accommode de la situation et accepte qu'elle soit la mère de son enfant sans être sa femme. Or, il avait tellement envie de l'avoir à son côté jusqu'à la fin de ses jours !

— Je l'aime éperdument, papa, dit-il, surpris de partager cette confidence avec cet homme qu'il tenait à distance depuis si longtemps. Je l'aime et il faut que je la retrouve avant qu'il soit trop tard. Je t'appellerai, d'accord ? On pourrait peut-être se voir un de ces jours ?

— J'en serais heureux, Rafe. Très heureux, répondit son père, ému aux larmes.

Isla avait bouclé ses bagages et elle s'apprêtait à aller prendre son train pour Édimbourg dès qu'elle aurait réglé l'hôtel. Elle en avait assez de la vitalité londonienne et aurait voulu se blottir sous la couette pour pleurer tout son soûl. Il y avait dans la capitale trop de couples heureux déambulant main dans la main, ils lui rappelaient le bonheur qu'elle ne connaîtrait jamais.

Elle se penchait vers son sac quand on frappa à la porte. Elle n'avait pourtant pas demandé de porteur. Elle n'avait pratiquement rien. Elle ouvrit néanmoins et son cœur bondit dans sa poitrine.

— Rafe !

— Puis-je entrer ?

Elle s'écarta sans trop savoir que penser de la mine qu'il avait. On aurait cru qu'il n'avait pas fermé l'œil depuis qu'elle était partie. Il avait des cernes épouvantables et semblait avoir perdu plusieurs kilos. Elle referma, puis se tourna vers lui.

— Comment m'as-tu retrouvée ?

Sans lui répondre, il désigna son sac de voyage.

— Tu t'en vas ?

— Je prends le train de nuit pour Édimbourg.

— Isla, ne retourne pas en Écosse. Viens avec moi. Je t'en prie. Je n'aurais pas dû te laisser partir sans...

— Rafe, nous avons déjà eu cette conversation. J'ai pris ma décision. Accepte-la, s'il te plaît. Je ne suis pas l'épouse qu'il te faut. Tu serais malheureux, tu souffrirais, avec moi.

— C'est sans toi que je suis malheureux, répondit-il. Je n'ai pas dormi. Je n'ai pas mangé. Tu me manques tellement. Je t'aime. Je me suis caché la vérité depuis le début. Je suis tombé amoureux de toi dès l'instant où je t'ai vue et j'ai passé mon temps à le nier. Me pardonneras-tu ?

Lentement, elle leva les yeux vers lui.

— Tu m'aimes ? Tu es sûr de ne pas me dire ça juste pour m'amadouer ?

Il lâcha un rire sans joie.

— Je présume que je ne l'ai pas volée, cette remarque. C'est la première fois que je dis à une femme que je l'aime et elle pense que ce sont des paroles en l'air. Je t'aime et je veux passer le reste de ma vie à te le prouver. Je ne supporte pas l'idée de passer une journée de plus sans toi. Tu es tout pour moi. Sans toi, je ne suis que l'ombre de moi-même.

Isla essaya de contrôler le tremblement de sa lèvre inférieure. En vain. En même temps, des larmes roulèrent sur ses joues, qu'elle tenta d'essuyer tant bien que mal.

— Pourquoi as-tu attendu jusqu'à aujourd'hui pour me le dire ? Pourquoi ne pas l'avoir fait il y a quatre jours ?

— Ces quatre jours m'ont paru une éternité, avoua-t-il en lui prenant les mains pour l'attirer contre lui. J'ai été stupide depuis le début en te laissant partir sans t'avouer ce que j'éprouvais pour toi. J'ai lutté contre mes sentiments, je les ai niés tant que j'ai pu. Aimer, c'était donner à l'autre le pouvoir de me blesser. J'ai vécu cela quand mon père nous a quittés et je m'étais promis de ne plus jamais m'exposer de la sorte. Mais je t'ai perdue, toi, l'amour de ma vie.

Isla passa les bras autour de son cou et le pressa contre son cœur.

— Tu ne m'as pas perdue, mon chéri. Je suis là. Moi aussi, je t'aime. Comme toi, je me suis caché la vérité, de peur d'être rejetée comme je l'ai été dans mon enfance.

Il l'embrassa de toute son âme, en la serrant très fort, car il ne voulait pas la laisser fuir. Au bout d'un moment néanmoins, il recula et la regarda d'un œil brillant de passion.

— Cette crapule ne te harcèlera plus jamais. Ce sale bonhomme doit déjà répondre de plusieurs accusations criminelles qui le tiendront à l'ombre un bon bout de temps. Bien sûr, je ne peux te garantir que ces photos ne referont pas surface un jour ou l'autre, mais ce jour-là nous aviserons. Et nous surmonterons ça, parce que nous sommes ensemble et que rien ne pourra nous séparer. Aucun scandale, aucune erreur passée ne nous blessera.

Était-ce donc vrai ? Jamais plus elle n'aurait à affronter seule son passé honteux ? Elle se sentit subitement plus forte que jamais. Avec Rafe à son côté, elle pouvait tout affronter.

— Rafe ! Je ne sais comment te remercier.

Il prit son visage entre les mains et la regarda au fond des yeux.

— Quand tu es partie pour la seconde fois, il m'a fallu un peu de temps pour comprendre le sens d'une de tes phrases. Tu m'as dit que je serais un bien meilleur papa sans que tu sois ma femme. C'est seulement après que j'ai réalisé à quel point tu cherchais à me protéger de ton passé. Tu agissais en fonction de ce qui, pour toi, constituait mon intérêt. Je ne l'ai pas compris sur le coup et je le regrette beaucoup. Mon père m'a dit quelque chose de très voisin hier et je me suis rendu compte que j'avais été aveugle et très buté à son sujet aussi. J'ai laissé ma colère prendre le dessus. Pourras-tu me pardonner de t'avoir laissée partir non seulement une fois, mais deux ?

— Bien sûr. Je t'aime, dit-elle en l'embrassant à la folie.

— Moi aussi, je t'aime, tu n'imagines pas à quel point ! Je commence juste à en prendre conscience. Et je n'arrive pas à croire que j'aie pu me montrer aussi obtus. C'est comme si j'avais été un robot avant de te rencontrer. Je n'éprouvais pas grand-chose face aux autres, mais il a suffi de quelques minutes en ta compagnie pour que tout change. Et ça m'a fait tellement peur que j'ai préféré m'enfermer dans le déni.

Il la serra contre lui avant de poursuivre :

— Mon entêtement a failli saboter notre vie, mais je te promets de faire l'impossible pour réparer. Pour cela, il faudra juste que tu m'accordes une bonne cinquantaine d'années au moins. D'accord ?

— D'accord, lui répondit Isla avec un sourire éclatant.

Son père heureux ? Elle se sentit [illegible] plus [illegible] que jamais. Avec Rafe à ses côtés, elle pouvait tout affronter.

[illegible]

[illegible]

— [illegible] pour [illegible] fois [illegible] grand temps [illegible]

[illegible]

— Bien sûr, je t'aime, dit-elle en [illegible].

— Moi aussi je t'aime. [illegible]

[illegible]

[illegible]

— D'accord, lui répondit-elle avec un sourire [illegible].

MAISEY YATES

La princesse défendue

Traduction française de
MARGUERITE GUILLEMET

AZUR

HARLEQUIN

Titre original :
HIS FORBIDDEN PREGNANT PRINCESS

Ce roman a déjà été publié en 2020.

1

Elle était en dessous de lui, dans tous les sens du terme. Son sang de roturière, son physique objectivement quelconque (un physique que les stylistes les plus connus du pays, les traitements esthétiques les plus onéreux, les maquilleurs les plus célèbres n'avaient pas réussi à transformer en réelle beauté). Jusqu'à sa posture et sa diction…

Sa demi-sœur. Celle qu'il avait toujours considérée comme une tache bien terne sur la tapisserie chamarrée et rutilante de la famille royale de San Gennaro.

Celle dont il devait souffrir la présence, quoique avec peine, dans *son* palais, dans *son* existence.

Celle qu'il avait maintenant l'obligation de marier au plus offrant.

La demi-sœur qu'il désirait plus que tout au monde.

Elle était en dessous de lui sous tous les points de vue, sauf celui de ses fantasmes.Impossible, évidemment.

C'était un rêve impossible, parce qu'elle venait du peuple, parce qu'il ne pouvait lui avouer ses secrets, mais avant toute chose… parce qu'elle était sa demi-sœur, et qu'il était roi.

— Tu m'as fait appeler, Luca ?

Sophia avait levé son regard bleu sombre vers lui, les prunelles ternies par une émotion qu'elle voulait muette ; sans doute l'aversion profonde qu'elle avait toujours eue pour lui.

Mais le sentiment était réciproque ; et s'il parvenait à endurer une telle indignité sans broncher, alors Sophia, couverte de privilèges qu'elle ne méritait pas, le pouvait également.

— Effectivement. Comme tu le sais, mon père s'est assuré de protéger votre position, à ta mère et toi, avant de mourir. Aux yeux de la loi, tu fais partie intégrante de la famille royale et dois par conséquent être traitée comme sa fille légitime le serait.

Sophia baissa les yeux, ses cils sombres formant comme un éventail de soie sur sa joue pâle. Elle avait des taches de rousseur qui ne manquaient jamais de l'agacer ; peut-être parce qu'il aurait voulu les compter. Parce que, parfois, il aurait voulu les embrasser une à une.

Elle aurait dû les dissimuler avec du fond de teint, comme toutes les femmes de sa caste. Elle aurait dû respecter les exigences de son titre.

Mais non. Aujourd'hui, dans sa robe informe, ses jambes dévoilées semblaient trop longues et trop fines. Elle ne les avait pas couvertes et portait des chaussures plates. Aucun bijou. Ses cheveux sombres tombaient tristement sur ses épaules. Il priait pour qu'elle ne soit pas sortie ainsi en public.

— Oui... ? répondit-elle enfin.

Et lorsque son regard sombre croisa soudain le sien, un éclair brûlant le transperça instantanément. Réflexe insupportable. Ses arguments étaient inébranlables : elle n'était pas belle, pas lorsqu'il la comparait aux femmes élégantes qu'il invitait dans son lit. Pas lorsqu'il la comparait à presque toutes les autres princesses du monde.

Mais elle était captivante. Elle l'avait fasciné dès la première seconde. Au début, il avait balancé entre la méfiance et la curiosité devant cette créature étrange qui venait d'investir sa vie. Quand leurs parents s'étaient mariés, elle avait douze ans, et lui, dix-sept.

Sophia n'avait jamais connu que l'école publique, ne comprenait pas leurs règles et leur savoir-être, ne respectait pas la hiérarchie rigide du palais. Elle prenait la parole spontanément, trébuchait sans arrêt et le traitait avec une familiarité qu'il n'avait jamais rencontrée.

Sa mère était une femme chaleureuse et vive qui avait rendu à son père la joie de vivre qu'il avait perdue après la mort de sa première femme. Elle avait vite compris les rouages de leur monde et faisait honneur à son rôle de reine.

Sophia, en revanche, avait toujours résisté aux obligations de sa nouvelle vie. Elle les contestait toujours, discrètement, fermement, avec ses jambes nues, son visage sans maquillage.

Mais l'irritation qu'elle attisait en lui s'était métamorphosée en un sentiment plus déroutant quelques années plus tard, lorsqu'elle avait environ seize ans. Le besoin qu'il avait eu jusque-là de la suivre des yeux, avec perplexité, comme on suit une araignée qui s'immisce sur le mur de sa chambre et menace d'attaquer, s'était lentement affûté en une fascination irrépressible.

Un jour, il l'avait trouvée à bout de souffle, tout juste revenue du jardin où elle avait couru, à dix-sept ans passés, comme une enfant – et il avait compris. Il avait compris que s'il avait pu capturer sa bouche insolente d'un baiser, elle aurait enfin capitulé. Et peut-être aurait-il brisé son terrible envoûtement.

L'envie de l'embrasser avait gagné en intensité avec les années, s'était pervertie en un désir bien plus intense, bien plus absolu, et auquel il ne pourrait jamais céder. Jamais.

Comme il venait de l'annoncer, son père avait décrété qu'elle faisait partie de la famille. Aussi officiellement que s'ils avaient été liés par le sang.

Et il allait mettre fin à cette torture, une bonne fois pour toutes.

— Père m'a donné une mission spécifique afin d'assurer ta position, continua Luca. Et puisque six mois ont passé depuis sa mort, il est temps pour moi d'honorer sa requête.

Elle fronça les sourcils.

— Quelle requête ?

— Ton mariage, *sorellina*.

Petite sœur. Une façon parmi d'autres de se rappeler à l'ordre.

— Mon mariage ? Je préférerais commencer par une simple sortie au cinéma, Luca.

— C'est inutile. Une femme de ton statut ne va pas « au cinéma ». Je me suis déjà penché sur une liste de prétendants qui pourraient te convenir.

— C'est… toi qui vas choisir mon mari ? demanda-t-elle d'un ton incrédule.

— J'ai l'intention de faire venir une sélection de candidats. Je n'aurais pas l'arrogance de prendre la décision finale à ta place, bien évidemment.

Elle lâcha un petit rire sec et inélégant.

— Oh ! non. Tu as *simplement* l'arrogance de m'annoncer que je vais me marier et que tu as déjà commencé à organiser l'événement. Dis-moi, Luca, as-tu aussi choisi ma robe ?

Bien sûr qu'il aurait son mot à dire sur la robe ; si elle pensait le contraire, elle avait perdu le sens des réalités.

— Pas encore, rétorqua-t-il froidement.

— Et si je refuse ?

— Tu ne refuseras pas.

Il en avait la certitude. Il était roi, et elle ne pouvait rien lui refuser. Elle n'en avait pas le droit et, surtout, il ne l'admettrait pas.

— Pourquoi pas ?

— Tu peux, évidemment, te moquer de la générosité dont mon père a fait preuve envers ta mère et toi. Tu peux, évidemment, décider de provoquer une rupture irréversible entre nous.

Elle croisa les bras, le visage incliné de côté.

— J'aurais des difficultés à provoquer une rupture entre nous, Luca. Quoi que tu en dises, tu ne t'es jamais comporté comme un frère aimant avec moi.

— Sans doute parce que tu n'as jamais été une sœur pour moi, assena-t-il d'une voix dure.

Elle ne comprendrait pas le double sens de cette déclaration, ni pourquoi il avait répondu aussi abruptement. Et effectivement, un éclair de confusion passa sur son visage. Elle secoua la tête, ses cheveux sombres et brillants dansant sur ses épaules.

— Je ne suis pas obligée de faire ce que tu me demandes. Ton père ne m'aurait jamais forcée à me marier. Il m'aimait. Il voulait que je sois heureuse.

— Il pensait te rendre heureuse ainsi. La dépêche est signée de sa main. Si tu veux la voir, je peux la faire envoyer dans tes quartiers. Des quartiers où tu habites, soit dit en passant, parce que mon père avait beaucoup d'affection pour toi. Il a pris des mesures exceptionnelles en te traitant comme son enfant légitime. Il t'a offert la possibilité de choisir ton mari parmi des hommes de noble ascendance. Tu as le droit de rejeter ce don si tu le souhaites ; mais, à ta place, je réfléchirais longuement à ce que signifierait ton refus.

Sophia n'avait pas besoin d'y réfléchir, elle *sentait* la catastrophe toute proche. Son cœur battait si fort qu'elle avait peur de s'évanouir d'une minute à l'autre ; des frissons la parcouraient tout entière.

Elle ne songeait pas à ce que signifierait son refus, pas comme l'exigeait Luca.

Luca.

Son demi-frère, si beau et si austère, s'était toujours comporté avec elle comme un roi plutôt que comme un proche. Distant. Inatteignable. Son visage parfaitement ciselé était plus terriblement beau qu'il ne l'avait été lorsqu'elle l'avait rencontré, lorsqu'il avait dix-sept ans. Il avait été un bel adolescent, bien sûr. Mais, à l'époque, son ossature sévère avait été adoucie par une chair plus tendre ; ses yeux noirs comme la nuit étaient moins acérés que les iris d'obsidienne qu'il posait sur elle aujourd'hui. La rondeur enfantine avait disparu. Sa peau était plus rude, et l'ombre d'une barbe naissante suivait la ligne de sa mâchoire carrée.

Elle n'avait jamais rencontré quelqu'un comme lui. Elle avait été arrachée à l'obscurité et à la pauvreté lorsqu'elle avait douze ans, soudain propulsée dans une vie de château dont elle ne comprenait pas les subtilités. Et puis, il y avait *lui.*

Elle avait toujours voulu le provoquer, le défier, fissurer sa façade de marbre, même avant de comprendre pourquoi elle recherchait son attention avec tant d'obstination.

Elle l'avait réalisé petit à petit.

La première fois qu'elle était allée à un bal et que Luca était venu avec une autre femme à son bras, le doute s'était mu en certitude. La douleur qui l'avait saisie ne pouvait signifier qu'une chose. Sophia en était consciente, même si elle n'avait que quatorze ans. Elle avait su que la fièvre soudaine qui avait couru sur sa peau ne pouvait être que de la jalousie. Elle aurait voulu prendre le coude de Luca et danser dans le creux de ses bras.

Elle aurait voulu être celle qu'il ramenait dans ses appartements et avec qui il faisait les choses secrètes dont elle ne connaissait pas encore la teneur. Lui. Toujours lui.

Comme Luca venait de l'admettre, il ne l'avait jamais traitée comme une sœur. Il n'avait jamais été affectueux, jamais tendre, jamais plus proche que ne l'avait exigé son devoir.

Mais elle n'avait pas voulu qu'il soit son frère ; elle l'avait toujours vu d'une façon très différente.

Elle le *voulait*.

Et maintenant, il comptait la donner en pâture à un autre homme. Comme si cela n'avait aucune importance.

Sa totale indifférence n'aurait pas pu être plus évidente.

Il ne voulait pas d'elle.

Bien sûr. Elle n'était pas particulièrement belle, elle en était consciente. Et elle ne lui conviendrait jamais, absolument jamais.

Elle naviguait mal dans cette existence royale qu'il portait en étendard aussi élégamment que ses costumes taillés sur mesure. Il était né pour être roi, comme si son sang avait réellement été d'une autre teinte que celui de la plèbe. Comme s'il était une créature supérieure au commun des mortels.

Elle avait fait de son mieux pour endosser ses responsabilités, elle aussi, mais, à l'instar des robes qu'on lui faisait porter depuis son arrivée au palais, la royauté ne lui allait pas bien. Elle n'était simplement pas faite pour cela. Comme sa silhouette trop ronde n'était pas faite pour les robes de designer et les créations moulantes que des duchesses fines et graciles auraient porté à la perfection.

Elle savait tout cela : elle n'était pas à sa place, elle n'était pas à la hauteur de sa position, et ses sentiments pour Luca étaient impossibles.

Mais… impossibles à fuir, aussi.

La certitude que rien n'arriverait jamais entre eux n'avait jamais suffi à exorciser ses désirs secrets, n'avait jamais adouci la douleur que ses mots, tels des poignards, provoquaient toujours au creux de sa poitrine.

Il ne se contentait pas de lui montrer son mépris, il utilisait aussi la mémoire de son père, la seule figure paternelle qu'elle ait jamais connue, pour la contraindre à accepter son ultimatum.

Il avait raison. Le roi Magnus lui avait tout donné. Il avait offert une nouvelle vie à sa mère, bien loin des soucis contre lesquels elle avait toujours bataillé avant son mariage. Cette dernière était serveuse à une cérémonie intergouvernementale aux États-Unis lorsque le roi l'avait rencontrée, et il avait eu le coup de foudre.

Leur histoire était un véritable conte de fées, à l'exception des deux enfants qu'il avait fallu convaincre. Une petite fille terrifiée de quitter son pays pour vivre dans un palais lointain, et un garçon qui, de toute évidence, n'appréciait pas leur invasion.

Au moins, Luca semblait avoir de l'affection pour sa mère. Il ne s'était jamais montré hostile envers elle. Peut-être aurait-il été parfaitement heureux si leurs parents s'étaient mariés, mais qu'elle-même n'avait jamais existé.

Et voilà qu'il avait trouvé l'occasion parfaite pour se débarrasser d'elle.

— Ce n'est pas juste, dit-elle lorsqu'elle retrouva l'usage de la parole.

Luca leva les yeux et, lorsque son beau regard sombre croisa le sien, elle sentit son pouls, le traître, battre plus vite.

— Ce n'est pas juste ? Sophia, j'ai toujours su que tu n'étais pas dûment reconnaissante des privilèges qui t'ont été offerts sur un plateau d'argent, mais tu confirmes mes certitudes. Tu trouves injuste que mon père veuille assurer ton avenir ? Tu trouves injuste que je fasse de même ?

— Tu oublies que je ne suis pas née dans le même monde que le tien, Luca. Ce genre de choses n'arrivait à personne, dans mon univers. Je ne m'attendais pas à ce qu'elles m'arrivent à *moi*. J'ai vécu dans la pauvreté pendant les douze premières années de ma vie ; j'ai été éduquée dans l'idée que j'aurais la liberté de devenir ce que je voulais, à condition de travailler dur. Puis, d'un seul coup, ma mère et moi avons été emportées dans un tourbillon de luxe. Et ici, même si mes désirs sont des ordres, je sais que je ne peux pas être ce que je veux être.

— Tu n'avais aucun sens des réalités quand tu étais enfant, rétorqua Luca. Tu n'avais pas non plus le pouvoir de devenir ce que tu voulais à cette époque, Sophia. Tu aurais pu améliorer ton niveau de vie, bien sûr. Mais les choix étaient déjà limités. Contrairement à ce que tu crois, tu n'as jamais été complètement libre, Sophia. Personne ne l'est. Ni hier ni aujourd'hui. Cependant, tu comprends bien que le champ de tes possibilités est bien plus large dans ta position qu'il ne l'aurait été à l'époque, n'est-ce pas ?

Le cœur de Sophia se serra. Elle savait qu'il avait raison. Elle pouvait, avec le recul, admettre qu'elle avait été naïve et qu'elle se montrait ingrate, dans une certaine mesure. N'avait-elle pas bénéficié de la meilleure éducation qui soit ? Ne lui avait-on pas offert des occasions exceptionnelles, la possibilité de prendre en charge des associations caritatives dans lesquelles elle croyait sincèrement, et qui soutenait les enfants qui n'avaient pas eu la même chance qu'elle ?

Certes, en tant que princesse, elle n'aurait jamais de véritable profession, mais cela signifiait qu'elle n'avait pas besoin de travailler pour survivre, pas besoin de choisir entre ses ambitions secrètes et un métier alimentaire indispensable, dans une autre vie, pour payer ses factures.

Malgré tout, comment accepter d'épouser un homme que son demi-frère choisirait pour elle ? L'idée d'épouser, de toucher un homme qui ne serait pas Luca lui brisait le cœur. Il n'y avait que lui. Lui, et ses yeux durs comme l'onyx, sa bouche incurvée sur une moue de dédain, ses mains puissantes et trop calleuses pour être celles d'un roi. Il n'y avait que lui qui pouvait attiser en elle le gouffre du désir insatisfait. Seulement lui.

— J'organiserai un bal, continuait Luca d'un ton déterminé. Et j'y inviterai les hommes que j'aurai personnellement sélectionnés pour toi.

— On dirait que tu parles d'un assortiment de chocolats.

— Si tu préfères les considérer comme du chocolat, tu en as parfaitement le droit, rétorqua-t-il.

La retenue à laquelle elle s'était désespérément raccrochée depuis qu'elle était entrée dans la salle du trône s'effondra brusquement.

— Et d'abord, comment sais-tu que j'aime les hommes, Luca ? Tu ne me l'as jamais demandé.

Luca resta de marbre, mais une étincelle de surprise brilla au fond de ses yeux sombres.

— Si ce n'est pas le cas, je te suggère de me le dire maintenant.

Son sursaut d'insolence s'éteignit aussi vite qu'il était venu.

— Non, répondit-elle, piteuse. Je n'ai rien contre les hommes.

Elle soupira.

— J'irai au bal, conclut-elle.

Il ne servait à rien de lutter contre les ordres de Luca plus longtemps. Et pour ce qui était de la suite des événements... Elle comptait bien avoir son mot à dire.

Cette conversation l'avait laissée chancelante, sonnée, à fleur de peau, or elle ne pouvait pas continuer de se disputer avec lui. Il voulait la marier à un autre homme. Il voulait qu'elle devienne le problème d'un autre.

Et il était parfaitement satisfait de cette situation. Il n'avait jamais rien ressenti pour elle.

C'est ton demi-frère, Sophia. Même s'il t'avait désirée, il n'aurait jamais pu t'avoir. La tradition est sacrée.

Elle inspira profondément.

— Quand as-tu prévu cette merveilleuse soirée ?

— Dans une quinzaine de jours.

Elle cilla.

— Oh. Je ne suis pas sûre que ma mère revenue de France d'ici là.

— Elle sera là. Je l'ai déjà contactée.

C'était le coup de grâce. Elle parlait de tout à sa mère... De tout, sauf de la teneur de ses sentiments pour son demi-frère. Elle n'arrivait pas à croire que sa mère lui ait caché les projets de Luca.

Comme s'il avait lu dans ses pensées, il reprit :

— Je lui ai demandé de ne rien te dire.

Elle serra les dents.

— Parfait. J'en prends note.

— Ne fais pas l'indignée, *sorellina*. C'est une expression bien peu convenable pour une princesse.

— On sait tous les deux que je n'ai jamais été une princesse très convenable. Je ne vais pas commencer maintenant.

— Tu devrais, cela nous faciliterait les choses.

Il la toisa de haut en bas.

— Il faudrait que nous te trouvions un nouveau styliste, fit-il.

— J'ai le même que ma mère, lui rétorqua-t-elle.

— Eh bien, il ne te fait pas autant justice qu'à elle, assena-t-il froidement.

Et sur ces mots, il la congédia avec un geste vague de la main. Elle lui obéit machinalement, et ses pas la menèrent hors de l'appartement royal. Dans le silence du hall, elle crispa les doigts sur son cœur, le souffle court, submergée par une douleur sourde.

L'homme qu'elle aimait allait la vendre au plus offrant. L'homme qu'elle aimait allait choisir ses prétendants et les inviter ici, chez lui, dans deux semaines.

L'homme qu'elle aimait était son demi-frère – et son roi.

Pour comble de malheur, elle ignorait depuis toujours comment faire taire la passion qu'elle avait pour lui.

2

— Qu'est-ce que c'est ?

Luca entendait parfaitement le mépris dans la voix de Sophia, mais peu lui importait.

— C'est la liste de tes prétendants. Je suis convaincu qu'inviter plus de cinq hommes serait faire preuve d'une prodigalité ridicule. Et puis, tu n'aurais pas le temps de danser avec un nombre infini de candidats. Je te suggère donc de jeter un œil à ma sélection et de choisir les heureux élus.

Elle baissa les yeux sur la pile de dossiers qu'il venait de déposer sur le bureau.

— Ce sont… des…

Elle avait levé le regard vers lui, ses yeux bleus brûlant de fureur.

— Ce sont des dossiers. Sur ces hommes. Avec leurs profils et leurs photos ?

— Évidemment. Comment veux-tu savoir si vous serez compatibles ?

— En les rencontrant, peut-être ? En allant dîner avec eux ?

Elle croisa les bras, sans remarquer que son geste soulignait sa poitrine généreuse dans le décolleté en V de son haut informe. Il était grand temps de changer son styliste. Malgré sa tenue, elle représentait, comme toujours, une tentation à laquelle il avait du mal à résister. Mais ce serait bientôt terminé. Bientôt, son sens du devoir serait apaisé : sa demi-sœur serait mariée, et hors de portée pour toujours.

Il avait passé des années à fréquenter d'autres femmes pour

assouvir un désir qu'il ne pouvait combattre. Sophia n'aurait jamais à subir les retombées de ses vices.

Chaque fois qu'il avait dû passer trop de temps en sa compagnie, il avait eu besoin de l'exorciser, d'une certaine façon. De poursuivre une sylphide aux cheveux blonds, de se marteler qu'il était attiré par d'autres femmes, des femmes complètement différentes de Sophia.

Et puis, quand la situation lui échappait réellement, il cessait de se mentir à lui-même pour jeter son dévolu sur des brunes pulpeuses, auprès desquelles il pouvait faire jouer ses fantasmes. Ses aventures se soldaient toujours par une période d'autoflagellation aussi satisfaisante que malsaine.

Mais aujourd'hui, le contexte était différent. Depuis une semaine, Sophia et lui partageaient le même espace, trop souvent, comme à la mort de son père. Aucune autre femme ne ferait l'affaire. Il ne pouvait désirer personne d'autre, penser à personne d'autre, quand elle se trouvait si proche de lui.

C'était inacceptable, comme tout ce qui concernait Sophia.

— Tu n'auras pas le temps d'aller dîner, riposta-t-il. Tu es une princesse. Tu fais partie de la famille royale. Il n'est pas question pour toi de te créer un profil sur un site de rencontres afin d'enchaîner les rendez-vous.

— Pourquoi pas ? fit-elle d'un ton de défi. Peut-être que je ne désire rien d'autre qu'un adorable informaticien qui me ferait chavirer par quelques échanges en ligne.

Il soupira, agacé.

— Ce n'est pas drôle, Sophia. Comme je le disais, tu fais partie de cette famille !

Peut-être que s'il le répétait comme un leitmotiv, son corps finirait par le croire, lui aussi.

— Tu as un rôle à tenir, et tes standards maritaux se doivent d'être aussi élevés que les miens, conclut-il.

— Pourquoi ne cherches-tu pas de femme, dans ce cas ?

— C'est prévu, je le ferai en temps voulu. Mais mon père aurait voulu que je veille à ton union et à ta sécurité en priorité.

Il se marierait, lui aussi, puisque tel était son devoir. Mais ce ne serait pas un choix passionnel, et certainement pas une alliance d'amour. La loyauté qu'il devait à sa nation était son seul moteur. Il préserverait la réputation de la couronne, sans même songer à son propre bonheur.

Il choisirait une épouse appropriée.

Sophia était loin de l'être.

— D'accord, mais c'est important que tu aies un héritier, non ? fit-elle en arquant un sourcil.

— Certes, mais je suis un homme. Je ne suis pas tenu par les mêmes limitations physiologiques que le genre féminin.

— Bien sûr, railla-t-elle. Parce que les hommes peuvent faire des enfants jusqu'à la fin de leurs jours.

— Peut-être pas sans l'aide d'une pilule, mais c'est parfaitement possible, oui.

Pendant une seconde, elle se contenta de le regarder fixement, les joues légèrement rosies. Puis une moue incurva sa bouche.

— Je trouve cette conversation parfaitement déplaisante.

— Tu t'inquiétais de mes futurs héritiers. Je me contente de te répondre.

Elle fronça les sourcils, visiblement contrariée d'avoir perdu leur duel verbal.

— Bien, regardons tes dossiers, alors.

Elle avait levé son nez élégant d'un air insolent, et lui lança un coup d'œil en coin, avec sur le visage un masque de noblesse qui déguisait mal son expressivité habituelle.

À moins qu'elle ne le méprisât réellement ?

— Erik Nilsson. Noblesse suédoise ?

— Oui, répondit-il. Il est extrêmement riche.

— Comment ?

— Oh ! l'argent familial, en majorité. Quoiqu'une partie vienne de leurs moutons.

— Leur... argent vient de leurs moutons ? répéta Sophia. C'est intéressant. Et je ne manquerai jamais de pulls.

— Exactement.

Un éclair de jalousie vicieuse perça ses entrailles. Quel idiot il faisait ; envier un membre de la petite noblesse, coincé dans un village arriéré et dont la fortune était irrémédiablement liée à son bétail. Luca ne s'était pas attendu à ce que Sophia lui accorde un coup d'œil.

— Donc il aurait une bonne réserve de laine, dit-elle en souriant. Et… Il est très beau. Si on aime les grands blonds.

— Aimes-tu les grands blonds ?

— Beaucoup, s'exclama-t-elle d'une voix déterminée. Allez ! Il est en lice.

Elle posa son dossier à l'écart.

— Qui est le prochain sur la liste ?

— Le voilà. Ilya Kuznetsoy.

Elle attrapa la chemise souple qu'il lui tendait.

— Russe ? dit-elle en haussant un sourcil.

Il arqua le sien en retenant un sourire.

— Très.

— Est-ce qu'il a fait fortune dans la vodka et le caviar ?

— Je ne voudrais pas te décevoir, mais il est dans la technologie. Finalement, tu vas peut-être pouvoir épouser l'informaticien de tes rêves.

— Je ne rêve de personne, murmura-t-elle en suivant le contour en papier de ses doigts délicats.

Il pouvait presque les sentir caresser sa peau. S'il avait été superstitieux, il aurait juré qu'il avait été maudit ou ensorcelé.

— Je ne fais pas confiance aux ordinateurs, continua-t-elle en posant le dossier sur la pile opposée. Je préfère les moutons.

Oh ! Elle était si exaspérante. Si… déroutante.

— Une opinion originale. Voilà le troisième.

Elle élimina les deux suivants, un magnat italien et un ponte grec, pour des raisons fantaisistes qu'elle exposait avec un sérieux délicieusement moqueur. Elle rejeta un joueur de polo argentin, lui aussi de lignée noble, parce qu'une rapide recherche Google le décrivait comme un coureur invétéré.

— Tu n'es pas beaucoup mieux, ajouta-t-elle doucement.

— Heureusement que je ne suis pas sur la liste des prétendants, dans ce cas.

Quelque chose passa dans ses yeux, un éclair de surprise peut-être, et elle sembla accuser le coup, bouche bée. Ses pommettes s'empourprèrent soudain – de colère, de révolte.

— Je ne t'aurais même pas *envisagé*.

— Évidemment, tu es ma sœur.

— Ta *demi-sœur*, fit-elle en le regardant entre ses cils.

Il se raidit pendant une seconde, avant de reprendre le contrôle. L'instant s'étira, infini, rythmé par le bruit de son cœur angoissé. Les entrailles brûlantes, il ne voyait que ces yeux qui le transperçaient sans pitié, comme si elle lisait en lui. Chaque pensée scabreuse, chaque noirceur silencieuse. Mais non – c'était impossible. Si elle avait su, elle aurait pris la fuite sur-le-champ.

— Légalement, et sur le testament de mon père, tu es ma sœur, dit-il enfin. Voyons le suivant.

Elle passa les dossiers en revue jusqu'à ce qu'elle en ait sélectionné cinq, mais elle maintint que le Suédois était son favori. Luca avait remarqué qu'elle avait opté pour des hommes aux complexions pâles, à l'opposé de ses propres traits sombres.

Il aurait dû s'en réjouir.

Il ne s'en réjouissait pas.

— Je ferai envoyer leurs invitations au plus tôt, dit-il. Et tu devras réserver plusieurs danses pour chaque prétendant.

— Réserver… des danses ? s'étonna-t-elle. Comme dans un roman de Jane Austen ? Dois-je aussi apporter mon carnet de bal pour ne pas perdre le fil ?

— Ne sois pas ridicule. Tu peux noter cela sur ton portable, de nos jours.

Un petit rire lui échappa.

— Mais c'est ridicule. *Tu* es ridicule.

— Peut-être. Si tu as une autre idée pour réunir les nobles les plus convoités du monde, je suis tout ouïe.

— Et si je n'en aime aucun, que se passera-t-il ?

— Tu semblais très excitée par les pulls.

— Que se passera-t-il ? répéta-t-elle.

— Je suis sûr que nous trouverons une solution.

— Je suis sérieuse.

Ses yeux bleus étincelaient lorsqu'elle les leva vers lui.

— Je ne veux pas épouser un homme que je n'apprécie pas, parce que tu dois respecter l'échéance que te dicte un testament.

— Nous chercherons un autre candidat.

— Non. Je te promets d'être juste et d'offrir à chacun une vraie chance. Mais si cela ne fonctionne pas, je veux que tu me donnes six mois pour faire mon propre choix. À l'issue de ce délai, et si je ne trouve personne qui nous convienne à tous les deux, alors je te laisserai me trouver un mari.

— Ce n'est pas ce que j'avais prévu.

Six mois de plus avec elle, cela risquait de le tuer.

— Je m'en fiche, rétorqua Sophia. Nous ne sommes pas au Moyen Âge. Tu ne peux pas me forcer à faire quoi que ce soit, et tu le sais.

— Très bien, très bien, marché conclu. Mais tu dois promettre de faire un véritable effort. Je ne veux pas perdre mon temps, ni mon argent.

— D'accord, mais je ne vais pas épouser un homme simplement pour te faire plaisir, Luca. Je veux l'apprécier, au moins. Je veux pouvoir lui parler. Je veux qu'il me fasse rire.

Luca retint son souffle. Allait-elle parler de passion ? D'un homme qui la ferait brûler de désir ?

Non. Elle s'était tue. Elle n'avait pas mentionné que son mari devrait la faire jouir.

Luca n'aurait pas dû penser à des choses pareilles, ni se demander pourquoi l'attraction ne faisait pas partie de ses exigences.

Comme il aurait voulu se charger de lui ouvrir les yeux… Ne comprenait-elle pas que le désir physique était *important* ?

Et dire que si elle ne le savait pas encore, ce serait une espèce de berger suédois qui le lui apprendrait !

Luca serra les dents.

— Et avoir envie de lui, *sorellina* ?

Avait-il vraiment posé la question à voix haute ?

— Envie de lui ? répéta-t-elle en inclinant la tête de côté.

— Oui, fit-t-il sèchement. Avoir envie de ses mains sur ton corps. De sa bouche sur la tienne. Avoir envie qu'il te fasse l'amour. Cela ne compte pas pour toi ?

Inconsciemment, il avait avancé à chaque provocation, pas à pas, et il était maintenant si proche qu'il pouvait sentir son parfum. Cette senteur délicate d'agrumes, pure et claire au milieu des essences florales et capiteuses que les femmes de leur caste préféraient. Une fraîcheur qu'il reconnaissait toujours – toujours Sophia, lumineuse parmi les autres.

— Je… Je…

Les joues écarlates, elle se leva brutalement, en se heurtant à lui au passage, avant de reculer précipitamment.

— Je n'ai désiré qu'un seul homme, lança-t-elle d'une voix étranglée. Et je n'ai pas l'intention de revivre pareille faiblesse. Quoi qu'il en soit, je ne veux pas en parler, et surtout pas avec toi.

Puis elle tourna les talons et s'enfuit à grands pas.

3

Depuis qu'elle s'était ridiculisée devant Luca, quelques jours plus tôt, Sophia avait fait son possible pour l'éviter. Ce n'était pas très difficile : Luca devait s'occuper des affaires de l'État. Chaque fois qu'elle devinait des pas brusques et impérieux sur le sol en marbre du palais, son cœur ratait un battement et restait en suspens, docile, patient, prêt à s'incliner devant son roi.

Elle ne voulait pas que Luca règne sur son cœur. Il avait assez de San Gennaro pour exercer son pouvoir. Mais son cœur ne l'écoutait pas et battait pour Luca, et s'arrêtait pour Luca, et trébuchait pour Luca.

Elle avait l'impression de suivre une course d'obstacles chaque fois qu'il lui fallait traverser le palais. Elle aurait aimé l'éviter pour toujours, et elle aurait aimé le croiser sans arrêt. Stupide. Il n'était même pas aimable avec elle ; il ne l'avait jamais été. Et pourtant, il la captivait jusqu'à l'obsession.

Malheureusement, elle ne pourrait pas fuir ses yeux sombres aujourd'hui : il allait lui présenter sa nouvelle styliste, engagée pour l'aider à se préparer pour le bal.

Le bal pendant lequel elle devrait choisir son futur époux.

Luca et ses dossiers l'avaient révoltée. Elle avait choisi des hommes diamétralement opposés à lui, pour le punir, et peut-être pour se punir elle-même.

Elle doutait d'en arriver à épouser l'un d'entre eux, mais au moins elle n'aurait pas à fréquenter une pâle copie de son demi-frère. Elle ne voulait pas d'un homme grand, beau, ténébreux, doué de cette autorité naturelle que Luca exsudait si bien. Elle ne voulait pas d'un prix de consolation. C'était bien trop tragique, même pour elle.

Tragique. C'était le comble, songeait-elle en traversant les couloirs labyrinthiques, sur le chemin du petit salon où on l'avait convoquée. Elle était née du peuple, et elle était devenue princesse. Elle avait été éduquée comme telle. Adoptée par un roi. Un homme qui les avait aimées, elle et sa mère. Qui leur avait offert une vie de luxe et de rêve sur un plateau d'argent.

Mais il y avait *Luca*. Toujours Luca.

C'était comme si son cœur ne l'autorisait pas à être heureuse. Comme s'il ne voulait s'offrir qu'à Luca.

Elle était perdue dans une vie de richesse et de confort, et condamnée à aimer avec ferveur le seul homme qu'elle ne pourrait jamais avoir.

Elle n'avait même pas la consolation de pouvoir haïr le destin, car leur lien familial n'était pas son seul obstacle ; après tout, Luca ne l'appréciait pas. Pire, il pouvait à peine supporter sa présence. Il la trouvait stupide, il le lui avait clairement fait comprendre quelques jours plus tôt. Ils vivaient dans deux mondes diamétralement opposés : il n'avait même pas compris pourquoi choisir son hypothétique futur époux dans une pile de dossiers anonymes l'avait choquée.

Quoique l'expérience ne fût sans doute pas très différente des sites de rencontre.

Non, non. Rien de tout cela n'était rationnel ou acceptable.

Rencontrerait-elle jamais quelqu'un qui l'apprécierait pour elle-même ? Ces inconnus n'auraient jamais accepté cette mascarade, si elle n'avait pas été princesse. C'était aussi pour son seul statut que son père biologique avait repris contact avec elle : après avoir reconnu sa mère dans les médias, au bras du roi Magnus.

Au moins, le roi les avait aimées, sa mère et elle...

Mais Luca ? Luca n'aimait rien, chez elle. Et cela depuis leur première rencontre.

L'angoisse montait lentement en elle. Son tourment était multiple : si elle voyait Luca trop longtemps, elle en restait troublée durant des heures ; si elle ne le voyait pas assez, elle ne pensait qu'à le retrouver.

Elle se montrait idiote et insensée… Et son corps était pire encore.

Prenant une profonde inspiration, elle tâcha de se calmer. Puis elle ouvrit la porte.

Et le souffle lui manqua instantanément. Elle connaissait son visage par cœur, elle avait suivi des yeux sa silhouette haute et puissante des centaines de fois, mais l'émotion était toujours aussi violente, aussi hypnotique. Il posa sur elle ses beaux yeux sombres, si scrutateurs qu'elle craignait parfois qu'il puisse lire en elle… Mais non. Dieu merci, c'était impossible. S'il avait su ce qu'elle ressentait pour lui, il aurait été révolté par sa seule présence.

Absorbée par la contemplation de Luca, elle mit quelques instants avant de remarquer l'inconnue. Sa nouvelle styliste, sûrement.

— Vous devez être la princesse Sophia. Je m'appelle Elizabeth.

— Enchantée.

Peut-être devrait-elle faire la révérence ? Elle attrapa le revers de sa robe et s'inclina légèrement. Lorsqu'elle releva les yeux, elle aperçut un éclair de désapprobation passer sur le beau visage de Luca. Si elle s'était agenouillée devant lui pour le proclamer roi de l'univers, il aurait encore eu quelque chose à redire – il était impossible.

— Ma sœur a besoin d'une tenue convenable pour une soirée, déclara Luca. Je veux qu'elle apparaisse sous son meilleur jour.

— Oh ! Ce n'est pas un problème. Il faut simplement concevoir une nouvelle aura pour Sophia. Les couleurs qu'elle porte sont bien trop ternes. Et d'après les photographies que j'ai étudiées dans la presse, la palette de couleurs choisie pour elle ne lui convient pas. J'ai déjà des idées.

Sophia avait soudain l'impression d'être prise dans les filets d'une araignée affamée.

— Laissez-moi faire, continua Elizabeth en faisant signe à Luca de les laisser.

— Je veux valider la sélection avant le choix final, protesta-t-il, visiblement piqué d'être congédié dans son propre palais.

— Vous allez adorer, rétorqua la styliste d'un ton sans appel. Je reviens vers vous au plus vite.

Et le reste de l'après-midi s'évapora dans un tourbillon de coiffures, d'épilation et de masques en tous genres. Sophia aurait parié que son corps entier avait été exfolié. Ses cheveux lui plaisaient tout particulièrement. Laissés au naturel, ils retombaient en ondulations douces autour de son visage ; d'habitude, ils étaient raidis par un brushing féroce qui ne tenait jamais plus de quelques heures et perdait toute forme si elle avait le malheur de transpirer. Bien sûr, transpirer est un péché capital pour une princesse, mais elle n'avait pas encore trouvé la formule magique pour y échapper.

Vint ensuite le choix de sa tenue. Oubliés, les bleu marine, noir et vert foncé que le styliste de sa mère lui avait toujours imposés. Elizabeth lui proposa une robe bustier d'un fuchsia éclatant, doté d'un décolleté en forme de cœur qui soulignait sa poitrine avec audace. L'étoffe souple cascadait sur sa taille et ses hanches sans l'élargir ou cacher sa silhouette, comme le faisaient les corsages informes et enfermés qu'elle avait portés jusque-là.

Soudain, devant le miroir, Sophia se trouvait... pulpeuse et féminine. Attirante.

Elle n'avait pas l'habitude d'en dévoiler autant, mais elle devait bien admettre que cette coupe la mettait particulièrement en valeur. Son rouge à lèvres allait avec sa robe, ses yeux n'étaient maquillés que d'un élégant trait d'eye-liner ; sur ses pommettes, un fard rose, bien plus vif que ce qu'elle portait normalement, donnait à son visage une fraîcheur étonnamment sophistiquée. Pour la première fois, elle avait l'air à sa place. Non plus une petite fille réticente qu'on avait voulu en vain faire entrer dans un moule inadapté, mais une véritable princesse, épanouie et assurée.

— Il vous trouvera très belle, déclara résolument Elizabeth.

— Luca ? C'est mon demi-frère. Il n'a pas besoin de me trouver très belle.

Cette seule idée la faisait rougir. Elle était incorrigible. Voilà qu'elle espérait en secret qu'il la trouve séduisante et la désire. Elle réprima une grimace d'humiliation.

— Je sais, mais cela ne vous dérangerait pas, je me trompe ?

Cette femme était bien trop perspicace.

— Je... Il... ne peut pas, balbutia Sophia.

— Je ne parle pas de ce qu'il peut faire, juste de ce que vous ressentez.

Sous les yeux perçants de sa styliste, elle se sentait analysée, disséquée, mais son malaise s'évanouit lorsque la porte s'ouvrit brutalement. Luca était revenu. Elizabeth avait dû lui envoyer un message pour le prévenir qu'elle était prête. Mais... elle n'était pas prête. Pas prête à affronter son jugement aussi vite, et surtout pas devant une femme qui semblait avoir deviné son trouble.

L'assurance qu'elle avait ressentie en voyant son reflet s'envola aussitôt, et un frisson courut sur son échine. Luca s'était arrêté net sur le seuil. Son regard ténébreux glissait lentement sur elle, aussi tangible qu'une caresse, et fit naître sur sa peau une chaleur irrésistible.

— Cela fera l'affaire, lâcha-t-il, le visage fermé.

La gorge nouée, le cœur vibrant de ferveur, elle détourna les yeux. Comment pouvait-elle être aussi bouleversée par un simple regard ? Luca n'avait pas l'air impressionné ; ni surpris, ni charmé par une transformation qu'elle-même avait trouvée radicale.

— Je suis heureuse que tu valides cette tenue, malgré les doutes que tu affiches. Il n'y a plus qu'à espérer que notre Suédois préféré sera légèrement plus enthousiaste.

— J'ai donné mon accord. Que veux-tu de plus, *sorellina* ?

— J'ai passé la journée à me faire triturer et métamorphoser pour répondre à tes exigences. J'aurais simplement aimé une vraie marque d'approbation. On dirait que tu viens confirmer le choix d'un papier peint. Enfin, cela n'a pas d'importance, Luca. J'ai conscience que tes standards de beauté sont inatteignables pour une femme comme moi.

Elle souleva le revers de sa jupe et poussa Luca d'un geste vif pour sortir de la pièce. Dans le couloir, elle accéléra le pas, les poumons en feu. Le bruit de ses talons résonnait froidement sur le sol de marbre ; distraite par leur écho, elle n'entendit pas ses pas derrière elle. Brusquement, sa main large et chaude se referma sur son bras et la força à faire volte-face. Elle rencontra les yeux noirs et impérieux de Luca avec une exclamation de surprise.

— Qu'attends-tu de moi ? murmura-t-il d'une voix glaciale, vibrante d'une intensité qu'il n'avait jamais laissé transparaître. Que veux-tu, exactement ? Quelle réaction t'aurait donc satisfaite ? En l'absence du seul homme que tu aies jamais désiré, que suis-je censé te donner ? Dois-je te dire que tu es belle ? Que ton corps est hypnotique ? Que tous les hommes de la pièce s'imagineront te prendre dans leurs bras, presser ta poitrine contre la leur, embrasser tes lèvres ? Te faire l'amour ? Dis-moi, c'est ce que tu veux entendre ? Je peux te faire de beaux discours, Sophia, mais ils ne serviraient à rien. Je pourrais te dire qu'un homme qui ne voudrait pas de toi est un fou et un idiot, mais pourquoi faire ? Ces mots ne signifient rien. Ils ne peuvent rien signifier, pas entre nous. Jamais entre nous.

— Luca...

— Non, tais-toi.

Il se redressa de toute sa hauteur, le visage fermé, les épaules rigides.

— Ce sera tout, Sophia. Tu porteras cette robe au bal. Et tu trouveras un mari. Je m'en assurerai personnellement.

Il tourna brutalement les talons et l'abandonna sans un regard. Agitée de tremblements incontrôlés, elle attendit de le voir disparaître à l'autre bout du couloir avant de se laisser glisser contre le mur, la gorge nouée, incapable de comprendre les mots qu'elle venait d'entendre.

Il avait dit qu'ils ne signifiaient rien, qu'ils ne pourraient jamais rien signifier.

Elle se le répéta tout bas en ravalant ses larmes.

4

Il s'était comporté comme un imbécile. Il avait... laissé glisser son masque. Il avait permis à Sophia de voir son vrai visage, derrière le mur de pierre qu'il avait minutieusement érigé entre lui et le monde extérieur.

D'ordinaire, Luca ne s'abandonnait jamais ainsi et il ne pouvait supporter que Sophia soit parvenue à le faire sortir de ses gonds.

La couronne régissait sa vie entière. Sa mère lui avait inculqué le sens du devoir avant de mourir, avec froideur et sévérité. Elle lui avait répété qu'il était né pour servir San Gennaro. Le rôle passait bien avant l'individu.

Et il s'était construit avec cette conviction. Mais Sophia était si...

Dieu merci, il était temps. Les invités étaient tous arrivés pour le bal. Sophia devait apparaître un peu plus tard, afin d'attirer l'attention de l'assemblée.

Ses pensées n'avaient gravité qu'autour d'elle, ces derniers jours. Malheureusement, sa récente transformation avait confirmé ce qu'il avait toujours su : la styliste avait réussi à dévoiler et souligner la féminité camouflée de Sophia. Ses courbes, mises en valeur par les nouvelles étoffes, s'offraient à sa vue comme un fantasme devenu tangible.

Et les autres hommes poseraient sur elle le même regard. Les autres hommes voudraient danser avec elle.

Un autre homme allait l'épouser. Partager son lit.

C'était *sa* décision. Son salut. Il n'avait pas le droit de le regretter. Il tournait comme un lion en cage, agacé, frustré par sa propre faiblesse. Bien sûr, s'il avait été réellement un fauve, il l'aurait simplement... dévorée. Mais il n'était que roi.

Et il ne pouvait pas la toucher. Il ne la toucherait *pas*.

Il honorerait la mémoire de son père et la protégerait, elle, en la mariant à un homme qui saurait lui offrir la stabilité qui convenait à son rang.

Même si leur relation avait été différente, il n'aurait pas pu convenir à Sophia. Dans une autre vie, ou des années auparavant, peut-être... Mais cette chance s'était évaporée depuis longtemps. Il avait failli se perdre. Pour se reconstruire, il avait dû accepter d'expier les péchés du passé. Des péchés qui n'étaient pas les siens, certes – mais cela n'avait pas d'importance. Il devait vivre avec leurs conséquences.

Il devait régner avec sagesse sur le pays qu'on lui avait confié, et il en avait bien l'intention.

Heureusement, le bal commençait déjà. Cet interminable cauchemar toucherait bientôt à sa fin.

Elle choisirait un des hommes venus pour elle ce soir. Il s'en assurerait.

Il s'était placé au fond de la grande pièce et surveillait les nouveaux arrivants. Les femmes portaient leurs plus belles robes, mais aucune n'arriverait à la cheville de Sophia ; et aucune ne saurait lui fournir la distraction dont il avait tant besoin.

— C'est très beau.

Il tourna la tête vers sa belle-mère. Elle avait voyagé avec des amis pendant des mois, sans doute pour faire son deuil dans l'intimité et l'anonymat. Elle était tout juste de retour et vivait dans une maison sur leur grand domaine.

Elle préférait ne plus vivre au palais.

Elle avait perdu beaucoup de poids depuis la mort de son père, malgré une silhouette déjà frêle. Elle était toujours aussi élégante, mais sa tristesse était palpable.

Elle avait vraiment aimé son père. Luca n'en avait jamais douté. Il ne l'avait pas soupçonnée d'avoir voulu séduire un roi pour améliorer sa condition, pas une seconde. Leur amour avait été vrai et sincère.

Luca savait qu'il n'aurait jamais cette chance.

— Merci.

— Tout cela, pour Sophia ?

— Oui. Mon père voulait qu'elle trouve un bon mari, et je fais mon possible pour exaucer son souhait.

— Oui, dit-elle en hochant la tête. Mais que souhaite Sophia ?

— Elle a accepté ma décision. Elle a promis de faire un effort avec les invités de ce soir. S'ils ne lui conviennent pas, elle aura six mois pour choisir un autre candidat. Mais je suis certain que les hommes que nous avons réunis ici seront parfaitement éligibles.

— Je vois.

— Tu n'approuves pas le projet, fit-il.

— Je me suis mariée avec ton père parce que je l'aimais. En l'épousant, j'ai eu la chance d'avoir accès à un confort pécuniaire incroyable, lequel m'a permis d'offrir à ma fille une liberté qu'elle n'aurait jamais eue si nous étions restées pauvres. Je suis triste de voir cette liberté mise à mal.

— Ce n'est pas le cas. Nous respectons simplement les exigences de notre rang. Je l'ai déjà expliqué à Sophia.

— Oui, Luca, je n'en doute pas. Tu ressembles beaucoup à ton père sur ce point. Persuadé que ton point de vue est nécessairement le bon.

— Et c'est le cas. Cette mesure est indispensable pour une princesse. Fais-moi confiance. Je sais ce que je fais.

— Tu as l'air d'oublier que je suis reine depuis bien des années. Je ne suis pas née de la dernière pluie.

— Peut-être pas. Mais je suis né dans cet univers. Un mariage en dehors de notre rang est une chose bien rare. Je sais qu'il vous en a coûté, à toi et à Sophia, avant de vous habituer à cette vie ; je sais que Sophia en souffre toujours. Si elle aussi contractait un mariage en deçà de ce que son statut exige, ne crois-tu pas que la situation serait encore plus difficile ?

— Je comprends ton argument.

— Je l'espère. Ni ce bal, ni ce mariage ne sont organisés pour des motifs personnels.

Mais ils le sauveraient des tentations qu'il préférait taire.

Soudain, les doubles portes de la salle de bal s'ouvrirent, et tous les regards se tournèrent vers l'entrée. Elle était là, une vision éclatante dans sa robe fuchsia, ses cheveux sombres cascadant sur ses épaules. Elle était plus belle encore que dans son souvenir. Brillante, dorée, sous les lumières des chandeliers.

— Oh ! mon Dieu..., souffla sa mère.

— Nous avons engagé une nouvelle styliste, dit-il avec raideur.

Sophia descendait lentement le grand escalier, et son premier prétendant lui offrit son bras lorsqu'elle atteignit la dernière marche.

Le Suédois.

Sophia serait sans doute déçue qu'il ne soit pas venu avec un mouton en laisse. Ou un gros pull tricoté.

— Tu n'approuves pas ce candidat ? demanda la reine.

— Bien sûr que si. J'approuve tous les hommes conviés ici ce soir pour Sophia.

— Dans ce cas, tu vas devoir faire l'effort de ne pas le démembrer du regard.

— Je veux juste la protéger, dit-il en luttant pour paraître détendu.

— Si tu le dis.

Le dos raide, il serrait les dents. Sa belle-mère ne pouvait pas voir clair en lui. Il faisait toujours preuve d'une retenue exemplaire... Quoique Sophia ait tendance à la mettre à mal.

Il devait simplement se convaincre que le sentiment qui rugissait en lui n'était qu'une vague de soulagement – alors même que l'inconnu entraînait Sophia sur la piste de danse.

La main du Suédois s'était posée dangereusement bas sur sa taille, juste à la courbe de sa hanche, à deux doigts de ses reins, à quelques centimètres de ses fesses. Inacceptable. Absolument inacceptable.

Mais il ne s'arrêtera pas là, s'il l'épouse. Il touchera son corps tout entier. Il pourra goûter chaque parcelle de sa peau.

Luca déglutit silencieusement. C'était exactement l'objectif. Bientôt, elle appartiendrait à un autre homme et il n'aurait plus le droit de rêver d'elle.

Lorsque la première valse se termina, un autre prétendant de leur liste accosta Sophia, et elle se laissa entraîner.

Luca proposa une danse à une inconnue vêtue d'une robe bleu

roi. Il devait s'occuper à tout prix. Il se concentrait sur le corps doux et souple qui bougeait sous ses doigts. Peu importait que ce soit cette femme, ou une autre, n'est-ce pas ? Le sexe reste le sexe. Le corps d'une femme est toujours une source de plaisir. Il ne servait à rien de languir après une seule – Sophia, en rose, de l'autre côté de la pièce. À quoi bon se soupirer pour la femme qui lui était interdite ?

Sa cavalière aurait pu tout aussi bien être un mannequin de plastique ; il ne pouvait détacher ses pensées de Sophia. Pourtant, il lui offrit une seconde danse, tout en sachant pertinemment que cette marque de préférence ferait couler de l'encre. Il ne connaissait même pas son nom et ne le lui demanderait pas. Demain, il ne se souviendrait pas de son visage et ne le reconnaîtrait qu'avec peine dans les magazines.

Soudain, Sophia abandonna son partenaire et s'éclipsa d'un pas vif avec un geste d'excuse.

— Pardonnez-moi, murmura-t-il en relâchant sa cavalière avant de suivre sa demi-sœur.

Sophia traversa la foule et sortit par les grandes portes vitrées. Il la suivit, mais, lorsqu'il déboucha à son tour sur la terrasse, elle avait disparu. Il jeta un coup d'œil par-dessus la balustrade et aperçut son ombre marcher sur la pelouse en contrebas. Elle était presque invisible : les riches lumières du bal ne faisaient que saupoudrer l'herbe d'or. Il passa ses jambes par-dessus le balcon et sauta sur le sol.

Souple et silencieux, il reprit sa route, les pas étouffés par la terre meuble. Pourquoi la suivait-il ? Non – pourquoi avait-elle fui le bal ? Elle n'aurait pas dû quitter la grande salle, et il n'aurait pas dû partir à sa poursuite. Tout cela était ridicule. Oui. Ses réactions étaient toujours ridicules lorsqu'il s'agissait de Sophia.

Et pourtant, il ne pouvait pas lui échapper. C'était le cœur du problème. Il ne pouvait pas être avec elle à cause de leur relation ; et à cause de leur relation, il ne pouvait pas l'éviter. Pas l'oublier. Pas la bannir de sa vie et reprendre le contrôle de lui-même dans la solitude.

Et voilà qu'il la poursuivait dans la nuit sombre.

Roi d'une nation, et désarmé devant une femme.

Elle s'arrêta enfin, les épaules pâles et tremblantes, baignées par la lueur de la lune. Il tendit la main et referma ses doigts sur sa peau nue. Elle sursauta et se tourna vers lui, les yeux brillants dans la pénombre.

— Luca.

Soudain, il savait pourquoi il l'avait suivie. Il savait ce qu'il avait désiré, ce qu'il avait imaginé, il savait exactement pourquoi il était venu jusqu'ici.

— Sophia, murmura-t-il.

Et rompant les promesses qu'il avait si longtemps tenues, il l'attira dans ses bras et captura ses lèvres.

5

Luca l'embrassait. C'était impossible. Impossible et incroyable. Elle était en train de rêver, n'est-ce pas ?

Luca la détestait.

Luca n'aurait même pas daigné lui adresser la parole s'ils n'avaient pas été liés par le mariage de leurs parents. Il la considérait comme une inférieure et un fardeau.

Il ne voulait pas l'embrasser.

Ou peut-être...

Elle se souvint de son regard intense, quelques jours plus tôt, de sa main sur son bras, lorsqu'il lui avait avoué qu'il ne pouvait parler de sa beauté, que des mots pareils ne pouvaient rien signifier entre eux.

Elle n'avait pas voulu comprendre, à ce moment-là : la scène avait été trop douloureuse, trop intime. L'espoir n'aurait pu se solder que par une humiliation plus cuisante. Imaginer que Luca puisse la désirer comme elle le désirait lui semblait criminel, et si ridicule qu'elle se posait toujours la question alors même qu'il l'étreignait avec ardeur.

Elle n'avait jamais été embrassée ainsi ; n'avait jamais reçu que des baisers polis destinés à mesurer son assentiment.

Luca, égal à lui-même, n'avait pas besoin de le demander ; il le considérait déjà comme acquis. Et si elle avait fait preuve de la moindre incertitude, sa passion l'aurait persuadée sans peine. Elle lui était acquise. Elle n'avait pas la force de lui mentir sur ce point. Pas alors que ses fantasmes les plus fous prenaient vie, ici, dans les jardins du palais et sous le couvert de la nuit.

Luca prit son visage entre ses mains larges et chaudes pour approfondir fiévreusement leur baiser.

Il embrassait comme un empereur, vigoureux et conquérant, comme un homme qui n'avait jamais connu le refus – qui ne l'admettrait pas ce soir.

— Je ne peux pas supporter de te voir danser avec ces autres hommes et de regarder leurs mains sur toi, souffla-t-il d'une voix rauque.

— Tu as dit… que tu voulais me trouver un mari…

Elle aurait voulu parler avec assurance, elle aurait voulu que son timbre tremblant soit autoritaire et sophistiqué. Comme si cette étreinte clandestine n'avait été qu'une aventure parmi tant d'autres, plutôt que le premier baiser sincère et brûlant qu'elle partageait avec un homme.

Il ne devait pas l'apprendre. Il ne devait pas découvrir ce qu'elle ressentait pour lui, ni qu'elle avait rêvé de lui toute sa vie.

Mais elle trahissait sa faiblesse à chaque soupir. Chaque seconde écoulée était un aveu : elle ne l'avait pas giflé, pas insulté, pas arrêté. Il était venu à elle, mais elle avait répondu à son baiser avec la même ferveur. Elle n'avait pas pu résister. Elle s'était laissé emporter, laissée fondre, laissé consumer par lui et par son baiser.

Évidemment. Luca l'emportait toujours inexorablement vers la destruction.

— Je *vais* te trouver un mari, déclara-t-il. Je l'ai juré à mon père.

Il effleura sa lèvre de son pouce.

— Mais je ne peux plus faire semblant… Je te désire.

— Tu… Tu me désires ?

— C'est une véritable maladie, murmura-t-il, les dents serrées. De désirer ma propre *sœur*.

— Je ne suis pas ta sœur. Nous n'avons pas les mêmes parents. Nous n'avons même pas été éduqués ensemble.

— Tu ne comprends pas ? Pour mon père, tu l'étais. Et tu l'es aussi aux yeux de notre nation. Si nous avions une liaison, les conséquences seraient catastrophiques.

— Pourquoi ? souffla-t-elle en fermant les yeux.

— Pense aux gros titres. La presse inventerait des histoires terribles. Que je t'ai pervertie dès le mariage de nos parents, quand tu étais encore enfant. Ou que tu m'as séduit pour assurer ta position au palais. Le pays accepte que tu sois sa princesse, mais lui rappeler si insolemment que tu n'as pas de sang royal serait une erreur. Qui plus est, une aventure entre deux personnes vouées à rester au sein de la même famille... Non, ce serait intolérable.

— Alors pourquoi m'as-tu embrassée ?

— Parce que je ne peux plus m'en empêcher.

Il attrapa ses hanches et la pressa contre lui.

— Tu n'as peut-être désiré qu'un seul homme avant moi, Sophia, mais je saurai le supplanter, gronda-t-il.

Les battements de son cœur redoublèrent. Elle sentait la pression dure de son désir contre son ventre, l'intensité brûlante de ses doigts sur sa peau nue ; il y laisserait sans doute son empreinte, mais elle était heureuse à l'idée de garder la marque de Luca.

Il s'était tu, et soudain sa bouche arrogante reprit la sienne. Il la savourait avec autorité, goûtait sa langue. Puis il pencha le visage pour laisser glisser ses dents insolentes sur sa lèvre avant de la mordre avec délectation.

Sophia ne connaissait pas les règles de ce jeu. Elle ne savait pas comment le séduire ; elle ne pouvait combattre son inexpérience qu'à force d'enthousiasme. Elle referma une main sur un pan de sa veste, tira de l'autre sur sa cravate en soie et se redressa sur la pointe des pieds pour lui répondre fiévreusement. Il la fit reculer brutalement, plus loin dans les jardins sombres, jusqu'à un banc de pierre. Il glissa ses grandes mains tièdes le long de ses cuisses et empoigna durement ses hanches pour la soulever contre lui, et, lorsqu'elle referma ses jambes autour de sa taille, s'assit sur le banc en la calant sur ses genoux.

Ses cuisses étaient ouvertes autour de lui. Elle était pressée et frissonnante contre le relief rigide de Luca, cette preuve qu'elle ne rêvait plus. Luca brûlait de la posséder, malgré ses doutes, malgré ses convictions, malgré tout ce qu'elle avait toujours pensé de lui, d'elle-même, et du fossé infranchissable qui les avait séparés si longtemps.

Il avait posé les mains sur ses fesses et l'attira plus ardemment contre son entrejambe. Une onde de choc embrasait ses veines et courait sous sa peau ; elle n'avait jamais ressenti une chose pareille. Jamais affronté une telle intensité. C'était les lèvres assurées de Luca qui dévoraient sa bouche, friction glissante et enivrante ; ses mains brûlantes à travers l'étoffe de sa robe ; l'invitation dure et raide entre ses cuisses. Il était partout, à l'instar d'un vertige. Ce n'était pas seulement ses caresses, mais sa saveur, son parfum, familiers et inconnus tout à la fois.

Elle connaissait Luca, mais seulement à distance. Il avait fait partie de sa vie pendant tant d'années, avait formé le modèle de ses idéaux. Il avait été son premier fantasme. Et pourtant, ces rêves-là pâlissaient devant l'homme réel. Dans ses bras, sous sa bouche, contre son corps...

Tout cela était bien différent des illusions qu'elle avait entretenues en secret ; l'émotion était brutale et bien trop acérée. Elle craignait presque de se briser sous l'assaut de ces sensations impossibles. Ce plaisir-là n'avait rien de commun avec les frissons tièdes qui l'avaient traversée lorsqu'il avait croisé son regard dans un couloir du palais ; avec l'étourdissement timide qui la prenait toujours lorsqu'elle avait l'audace d'imaginer sa bouche sur sa joue ou au coin de ses lèvres. Non. Ce plaisir-là était une souffrance. Une sensation d'avidité pure, au plus profond d'elle-même, un besoin absolu et terrifiant qui lui soufflait qu'elle ne serait jamais entière si Luca ne venait pas la combler.

Luca.

Il lui dévoilait soudain la sauvagerie du désir, dont elle avait deviné les tressaillements, mais que son innocence avait toujours fait taire.

La certitude qu'il ne se passerait jamais rien entre eux l'avait retenue et aveuglée, mais maintenant il la voulait, et elle n'était pas sûre de pouvoir le supporter.

Que se passerait-il lorsque cet instant d'extase toucherait à sa fin et lui échapperait ?

Il avait peut-être avoué sa convoitise, mais il ne ressentait rien pour elle. Il n'avait pas exprimé de tendresse. Non. Il n'y avait que de la colère dans les yeux de Luca. De la colère et du désir.

Voilà ce qu'elle avait lu sur son visage lorsqu'il l'avait suivie dans le couloir, quelques jours plus tôt. Une rage brûlante.

Il remonta ses mains jusqu'à sa nuque et plongea ses doigts dans ses cheveux avant de les tirer sans douceur pour dévoiler son cou. Sa bouche trouva la courbe de sa gorge, et elle s'abandonna docilement, comme une proie à la merci d'un prédateur.

Elle ne luttait pas contre l'assaut du plaisir. Elle l'accueillait à bras ouverts. C'était plus qu'un désir, c'était une consécration.

Peut-être que ce moment entre eux était nécessaire. Luca avait façonné les premiers élans de sa féminité ; peut-être devait-il aussi la libérer.

Après tout, ils n'étaient plus au Moyen Âge. Personne, dans cette salle de bal, ne s'attendait à épouser une princesse vierge. Elle ne leur devait rien, et elle ne voulait que Luca.

Juste ce soir. Ce serait suffisant.

Sa langue glissait le long de son cou et jusqu'à la naissance de ses seins, découverte par l'étoffe satinée de sa robe.

— Mon Dieu, murmura-t-il. J'ai perdu la tête.

Elle aurait aimé rétorquer quelque chose d'impudent, mais sa voix s'était coincée dans sa gorge. Elle inspira profondément, et sa chair se souleva sous la bouche enivrante de Luca. Il gronda contre son cœur et abaissa soudain son bustier.

Elle n'avait jamais été nue devant un homme, mais elle n'était pas mal à l'aise, même sous les rayons de la lune. Luca. Le seul homme pour qui elle avait voulu se dénuder, celui qui hantait ses nuits. Peut-être aurait-elle dû avoir peur, mais être avec lui faisait toute la différence du monde.

Il murmura une phrase en italien qu'elle ne comprit pas. Elle le parlait couramment, mais elle ne connaissait pas ces mots-là. À l'oreille, ils sonnaient crus et brûlants. La joue rugueuse de Luca frotta contre sa peau sensible, puis il attira un téton douloureux entre ses dents et le suça sans pitié.

Elle s'arqua contre lui avec une exclamation de plaisir. Il prit son sein dans sa paume calleuse. Elle aurait aimé lui demander pourquoi ses mains étaient si rudes, pourquoi son corps était si athlétique – comment un roi pouvait-il être aussi puissant qu'un homme d'action. Mais tous ses mots, toute sa curiosité s'étaient noyés dans la fièvre, et elle ne put que gémir lorsqu'il passa à son autre téton avec un baiser tentateur et profond.

Tout allait trop vite. Elle n'était pas prête à affronter cette exaltation. Elle n'avait même pas réellement embrassé un homme avant lui, et elle était soudain dans les bras de Luca, exhibée jusqu'à la taille, chevauchant son membre dressé. Que pouvait-elle faire ? Comment ne pas perdre ses moyens ?

Soudain, peut-être lorsqu'il se crispa sous elle, pressant la rigidité de son désir contre le centre palpitant de son intimité, elle se sentit gagnée par une assurance nouvelle.

Elle avait attendu cette étreinte toute sa vie. Peu importait qu'elle manque d'expérience ; peu importaient les conséquences. Seul Luca comptait pour elle.

Ses mains caressaient lentement son buste, puis elles descendirent le long de ses cuisses pour trouver l'ourlet de sa robe. Il remonta l'étoffe jusqu'à ce qu'elle soit offerte à son regard. Un son féroce lui échappa. Affamé. Bestial. Peut-être était-il aussi passionné avec toutes ses amantes ; elle ne voulait pas y songer. Elle voulait croire qu'elle était unique, qu'elle était spéciale à ses yeux ; mais elle ne savait pas comment briller pour lui comme il brillait pour elle.

— Je te veux depuis si longtemps, avoua-t-il d'une voix dure, aussi dure que la caresse de sa barbe naissante contre son cou. Une vraie folie. Je n'ai jamais… jamais réussi à faire taire mon désir pour toi. Tu me faisais l'effet d'une obsession, d'une maladie, d'un poison.

Le tourment vibrait dans la voix de Luca, mais ses paroles faisaient écho à ses propres maux. Cette confession ressemblait à la sienne. Avait-il vraiment souffert en silence, comme elle, pendant toutes ces années ? Dans ce cas, aussi éphémère qu'elle soit, leur union était inévitable.

Sophia se redressa contre lui ; elle le désirait, et elle avait l'intention de le posséder à son tour. Elle mordit sa lèvre inférieure en attrapant la cravate qui emprisonnait toujours le col blanc. Les doigts tremblants, elle défit le nœud et ouvrit le col et le premier bouton. Le second. Le troisième. Elle écarta les pans de tissu pour exposer ses muscles tendus et la peau sombre et brûlante.

Elle avait entendu parler de la luxure ; mais elle ne s'était pas attendue à se sentir chavirer ainsi, à deux doigts de la folie, prête à mourir pour saisir ce qu'elle convoitait à tout prix.

Une fièvre palpitait entre ses cuisses et tremblait dans ses veines. Elle laissa fondre ses doigts sur la poitrine de Luca, caressa son téton, et sourit de l'entendre gronder de plaisir. Il referma ses bras autour d'elle, puis l'enserra avec ferveur en baissant le visage pour embrasser son sein. Elle n'avait jamais imaginé un bonheur comme celui-ci, magique et douloureux, tout à la fois un supplice et une splendeur.

Dans ce monde-ci, près de la roseraie, loin de la salle de bal, les inquiétudes de leur vie s'étaient évaporées. Un moment de plaisir volé sous le ciel d'étoiles et de velours. Plus loin, dans la salle de bal, leurs responsabilités les attendaient, des hommes la demanderaient en mariage pour gagner une couronne.

Elle était heureuse d'avoir trouvé une félicité éphémère dans les bras de Luca. À l'écart, dans une parenthèse où le mariage de leurs parents n'existait pas, où leurs titres n'avaient pas de sens, où ils pouvaient être simplement Sophia et Luca.

Il continuait de murmurer contre sa peau, des mots brisés et hachés, en italien et en anglais. Des promesses profondes et crues qu'elle ne comprenait pas toujours, par naïveté ou par ignorance, et qu'elle savourait tout de même.

Elle ne l'avait jamais vu si peu maître de lui-même. Il était toujours si digne et si austère ; or à cet instant précis, il semblait avoir perdu le contrôle, et son exaltation lui donnait l'impression d'être puissante. D'être désirable.

Les doigts de Luca s'insinuèrent entre ses cuisses, sous le bord de sa culotte, et l'effleurèrent savamment. Pendant une seconde, une bouffée d'embarras lui brûla les joues – il savait maintenant combien elle le désirait, qu'elle était prête à l'accueillir, qu'elle était offerte à ses caresses. Mais il ne rit pas d'elle : il semblait embrasé par le désir qu'elle avait pour lui. Il embrassa son cou, sa joue, et souffla contre sa bouche :

— Peut-être que, plus tard, je pourrais aller doucement et te savourer comme tu mérites de l'être. Mais pour l'instant... je n'ai pas le temps et je veux que tu sois mienne.

Elle hocha la tête. Elle le voulait aussi, elle n'avait attendu que lui. Il s'écarta légèrement, défit son pantalon, puis l'enferma dans ses bras pour la placer confortablement sur ses cuisses, son membre pressé entre ses jambes.

Et il la prit brusquement, d'un coup de reins sauvage. Un éclair de douleur la transperça, mais Luca ne sembla pas remarquer son sursaut. Il bougeait en elle, vigoureux et abrupt. Elle n'arrivait pas à reprendre son souffle, mais elle ne voulait pas qu'il s'arrête. Envahie et conquise, elle bougeait avec lui et sentit peu à peu la souffrance s'effacer sur les cimes d'un plaisir croissant.

L'extase qui la submergea avait le goût d'une révélation bouleversante, et Sophia leva les yeux vers le ciel étoilé. Une gerbe de feux d'artifice ne l'aurait pas surprise – mais non, la nuit était toujours silencieuse ; l'ivresse était en elle et en lui.

Elle s'agrippa à lui alors qu'elle se laissait emporter par son orgasme, secouée par l'assaut d'un plaisir infini. Pressé contre elle, Luca resserra soudain ses doigts sur ses hanches et jouit sur un dernier coup de reins et un grondement rauque.

Et soudain, tout était terminé. Il n'y avait plus que le son de leurs respirations mêlées, la vibration du cœur de Luca sous sa paume moite. La nuit ne leur semblait plus secrète, ni éternelle.

La réalité reprit ses droits en un instant, lourde comme une chape de plomb. Il faisait soudain trop froid et trop sombre.

Sophia frissonna. Elle était nue dans le jardin, après tout.

Luca s'écarta légèrement pour reboutonner sa chemise.

— Nous devons y retourner, ordonna-t-il d'une voix lointaine.

— Comment ? demanda-t-elle.

Car elle savait qu'il ne parlait pas seulement du bal, mais de leur vie d'avant – avant qu'il ne la touche.

— Peu importe comment. C'est la seule option.

Elle leva les yeux vers lui et l'observa dans la pénombre.

— Je ne sais pas si j'en suis capable.

— Bien sûr que si.

Le ton de Luca était inflexible. Un rayon de lune plongeait son visage entre ombre et lumière, et pendant une seconde il lui sembla fait de granit.

— Tu vas retourner au bal et danser avec le reste de tes prétendants, comme tu me l'as promis. Et tu choisiras ton mari.

— Luca..., dit-elle d'une voix qui ressemblait à une supplique. Je ne peux pas faire ça. Pas après que nous...

— Ce n'est que du sexe, *sorellina*.

Le surnom avait gagné en dureté.

— Tu t'en remettras, ajouta-t-il.

La sentence était tombée comme un couperet, et une vague de panique la prit à la gorge.

— J'étais vierge, espèce d'idiot.

Il se figea enfin. Avec un mouvement de recul, comme si elle l'avait giflé, il baissa les yeux vers elle.

— Tu as dit... Tu as dit que tu avais désiré un homme...

Elle leva les yeux au ciel, les joues brûlantes.

— Et tu penses que je désirais qui, imbécile ?

Un silence assourdissant tomba entre eux.

— Hum. Personnellement, je n'aurais pas choisi ce cadre pour ma première fois, mais tu étais libre de prendre ta décision. Tu aurais pu dire non. Tu ne l'as pas fait.

Il serra les mâchoires et sa voix se fit cruelle :

— À moins que tu n'essaies d'insinuer que tu n'étais pas d'accord ? Que tu ne savais pas ce que tu faisais ?

— Non. Je savais ce que je faisais.

— Alors je ne vois pas ce que ta virginité vient faire dans cette conversation. Ne t'inquiète pas, aucun de tes prétendants ne s'attend à épouser une princesse parfaitement innocente.

— Bien sûr.

— Je retourne au bal. Je suis leur hôte, après tout. Prends le temps qu'il te faudra pour te remettre.

Il avait prononcé cette dernière permission avec une clémence toute seigneuriale, apparemment persuadé de sa propre générosité, et elle manqua de lui rire au nez. *Pitié.*

Il avait tourné les talons avant qu'elle ne puisse répliquer. Elle le regarda s'éloigner, à moitié nue sur le banc de pierre. Elle venait d'offrir sa virginité à son demi-frère. À son roi.

Ses poumons se comprimèrent douloureusement. Elle peinait à reprendre son souffle. Oh... Il lui avait brisé le cœur.

Son fantasme venait de s'évaporer. Cet éclat d'espoir qu'elle avait nourri en secret et qui l'avait réchauffée pendant les nuits de tristesse… Parti en fumée.

Lorsqu'elle irait se coucher ce soir-là, elle n'aurait plus besoin d'imaginer. Elle savait, désormais. Elle savait que les baisers de Luca étaient plus merveilleux encore que dans ses songes. Il l'avait transformée. Il avait été en elle, uni à elle. Cet homme qui avait régné sur ses sentiments pendant la majorité de sa vie. Cet homme qui avait hanté son imagination, le héros irréprochable de ses rêves, le visage qu'elle invoquait avant de s'endormir. *Si seulement. Un jour, peut-être. Juste une seconde.*

Mais la seconde était passée. Et elle ne pouvait plus trouver la paix dans l'impossibilité d'un *si seulement*.

Il ne lui restait rien d'autre que des rêves brisés.

Il avait l'air de penser qu'ils pourraient reprendre leur existence là où ils l'avaient laissée. Mais Sophia savait qu'elle ne serait plus jamais la même.

6

Sophia l'évitait depuis des semaines. Depuis qu'elle était réapparue dans la salle de bal et avait entrepris de danser avec tous les hommes qu'il avait invités pour elle.

Il avait lu sa colère sur son visage pâle. Puis, petit à petit, un masque de sérénité était tombé sur ses traits. L'émotion bouillonnait toujours sous la surface, il en était persuadé.

Quoi qu'il en soit, Luca n'avait pas essayé de lui parler, et elle se déplaçait dans le palais comme un fantôme.

Il avait échoué. Pour elle, pour lui. Or il ne pouvait pas revenir en arrière ; le mal était fait. Son contrôle, dont il était si fier, lui avait échappé au moment le plus terrible qui soit, et il avait succombé à la tentation qu'il avait toujours désavouée.

Pire : Sophia était *vierge*, avant qu'il perde la raison. Pourtant, elle avait été à l'université, elle avait vécu hors du palais pendant plusieurs années, et elle était si belle... Irrésistible, à ses yeux. Irrésistible dans ses rêves et en réalité – elle avait fait tomber ses défenses, après tout. Et si sa volonté de fer avait failli, alors aucun autre homme...

Elle était restée chaste pendant toutes ces années, et c'était lui qui avait changé la donne.

Et il ne pouvait s'empêcher de s'en réjouir. Le remords rampait au creux de sa conscience, mais une satisfaction malsaine lui susurrait qu'il était heureux d'avoir été son premier amant. Comme toujours, Sophia l'écartelait entre désir et moralité.

Elle l'avait fait prévenir qu'elle voulait lui parler aujourd'hui, et il l'attendait dans son bureau, les poings serrés. Il détestait ce talent qu'elle avait de le rendre si nerveux.

Leur attraction était ridicule et insensée : elle n'était pas pour lui, il n'était pas pour elle, et il n'avait pas le pouvoir de changer cet état de fait. Même si elle n'avait pas été sa demi-sœur…

Il secoua la tête ; tout cela n'avait aucune importance.

La porte s'entrouvrit lentement, et elle se glissa dans le bureau sans frapper. Sans s'annoncer. Évidemment. Briser le protocole était une seconde nature pour Sophia ; les formalités inhérentes à leurs statuts auraient pu leur octroyer un certain répit, mais elle était incapable de se plier aux règles du palais.

— Tu avais quelque chose à me communiquer ?

— Oui. J'imagine que ce n'est pas une surprise, puisque je dois prendre rendez-vous avec toi pour t'adresser la parole.

— Tu n'as pas besoin d'être sarcastique, Sophia.

— Je suis étonnée que tu reconnaisses le sarcasme, Luca.

Leurs regards s'accrochèrent pendant une longue seconde, et l'intensité de ses yeux bleus fit courir une onde d'électricité dans ses veines. Comme si elle avait ressenti la même chose, comme s'il l'avait brûlée, elle détourna brusquement le visage.

— De quoi voulais-tu me parler ?

— Je voulais t'annoncer que j'avais fait mon choix. Je sais qui je veux épouser.

Sa déclaration le frappa avec la violence d'un uppercut. Si brutal et si surprenant qu'il crut un instant que son cœur s'était arrêté de battre.

— Ah ? parvint-il à répondre.

— Oui. J'espère que tu seras satisfait d'une alliance avec la Suède.

Il se targuait depuis longtemps d'être insensible, mais quelque chose de tendre et de douloureux se rappela soudain à son souvenir et sembla se figer en lui comme un éclat de glace.

— Je suis surpris de te l'entendre dire.

— Qu'est-ce qui t'étonne ? Que je l'ai choisi ? Ou que j'ai choisi l'un de tes candidats ?

— Que tu aies joué le jeu, plutôt que de compliquer la situation.

Elle croisa les mains devant elle, un voile de cheveux sombres dissimulant son visage. Ses vêtements lui allaient bien ; cintrés, comme la robe qu'elle avait portée lorsqu'il l'avait embrassée ce soir-là. Un haut couleur mandarine et une jupe à motifs suivaient les contours de son corps et dissimulaient la peau qu'il aurait tant aimé caresser. Il aurait tout donné pour reprendre sa taille souple, pour toucher ses hanches généreuses...

Succomber à cette attraction n'avait rien fait pour soulager son désir. Mais ce mariage... Peut-être que le mariage le guérirait, une fois pour toutes.

Et il aurait tout de même été le premier homme à poser les mains sur elle.

Oui, mais l'autre l'aura pour l'éternité, et tu devras les voir ensemble.

— J'ai compris beaucoup de choses le soir du bal, déclara-t-elle en soutenant son regard. Je n'ai aucune raison de refuser ce mariage. Plus maintenant.

Il y avait une provocation dans sa voix, mais il ne pouvait y répondre. Il devrait se marier, lui aussi, c'était certain ; mais jamais avec une femme comme elle. Sa future épouse devrait accepter qu'il ne puisse jamais l'aimer. Qu'on lui avait volé cette faculté depuis longtemps. Il choisirait une partenaire qui ne le regarderait pas avec espoir et qui n'attendrait pas de tendresse de sa part.

Il savait que le cœur, que *son* cœur ne pouvait le guider, dans la vie comme sur le trône.

— Parfait. Je suis heureux qu'il n'y ait plus d'obstacle, répondit-il tranquillement. Tu me donneras simplement votre date lorsque vous l'aurez arrêtée, et je commencerai les préparatifs.

— Dans un mois. Nous voulons nous marier dans un mois.

— Dans ce cas, l'annonce sera faite au plus vite.

Sophia avait mal à la tête. Mal au cœur. Mal partout, sans arrêt. Depuis le bal, chaque geste lui semblait lourd, et elle devait sans cesse lutter contre la tristesse qui menaçait de la submerger. Ses fiançailles n'avaient pas arrangé les choses ; elle se sentait terriblement coupable. Erik était attentionné et doux.

Leurs interactions n'étaient pas physiques, non. La simple idée de le laisser la toucher, alors que Luca...

Mais peut-être était-ce la solution ? Comme retirer un pansement d'un coup sec. Le mystère qui avait voilé l'acte sexuel s'était évaporé, de toute façon.

Une larme roula sur sa joue et elle cligna des yeux, surprise. Elle n'avait pas senti le sanglot lui monter à la gorge. Elle essuya ses yeux et s'efforça de reprendre son sang-froid. Elle essayait une robe de mariée ; elle ferait mieux d'avoir l'air moins morose. Elle était heureusement seule dans la pièce, engoncée dans une crinoline.

Sa mère et la couturière reviendraient bientôt, et elle se devait d'afficher un peu d'enthousiasme, alors même que sa propre vie lui échappait entièrement.

Peut-être qu'elle avait été idiote lorsqu'elle avait accepté d'épouser Erik aussi rapidement, simplement pour blesser Luca. Simplement pour montrer qu'elle pouvait surmonter la douleur qu'il lui avait infligée en l'abandonnant dans les jardins du palais.

Ils ne pouvaient pas être ensemble. Il ne voulait pas d'elle. Il lui avait bien fait comprendre qu'il avait *envie* d'elle, mais c'était bien loin de ce qu'elle ressentait pour lui.

Et maintenant, il allait la laisser épouser un autre homme.

Une seconde larme s'écrasa sur sa main.

Pourquoi s'infligeait-elle pareil supplice ? Pourquoi avait-elle accepté ces fiançailles ? Parce qu'elle voulait qu'il s'interpose ? Quelle idée puérile.

Elle n'était qu'une gamine naïve.

La porte s'ouvrit derrière elle, sa mère et la couturière entraient en bavardant. Sa mère portait la robe, soigneusement rangée dans une housse, tandis que la couturière apportait sa trousse.

— Allons-y, s'exclama cette dernière.

Avec l'aide de sa mère, Sophia passa la robe par-dessus sa tête. Autour d'elle, le tissu ruisselait et des cris d'admiration retentissaient. Bientôt, la couturière épingla des morceaux d'étoffe. Mais Sophia avait toutes les peines du monde à feindre l'allégresse.

— Tu vas bien, Sophia ? demanda sa mère alors que la couturière s'agenouillait pour travailler l'ourlet.

— Je suis un peu… fatiguée.

Il valait mieux qu'elle admette une part de sa faiblesse plutôt que de faire semblant que tout allait pour le mieux ; sa mère ne se laisserait pas berner facilement.

— Oui, c'est compréhensible. Ce mariage est très rapide.

— C'est ce que voulait Luca. C'est ce que voulait mon père.

— Et qu'est-ce que, *toi*, tu veux, Sophia ? J'aimais ton beau-père de tout mon cœur et je sais qu'il ne voulait que ton bonheur, mais… Je ne l'ai pas épousé pour devenir reine, ni pour son argent. Je l'ai épousé par amour. Et tu mérites un mariage d'amour, toi aussi. Je sais que le roi aurait procédé de la même façon avec sa fille biologique et que c'est un privilège, mais tu n'es pas née dans ce monde. Tu n'as pas l'obligation d'obéir à ses règles si elles ne te conviennent pas.

Mais quels étaient ses choix ? Affronter la désapprobation éternelle de Luca ? Le désirer de loin ? Le voir se marier, avoir des enfants ? Ou bien couper les ponts avec sa famille ?

Pendant un instant, elle savoura cette possibilité. Tout quitter et vivre sans attache et sans responsabilités. Elle se sentirait seule, et vide, et terrifiée, mais au moins la douleur finirait par s'adoucir.

— C'est ce que je veux, déclara-t-elle résolument. C'est mon devoir. Et Erik est très gentil.

Sa mère soupira.

— Je ne dis pas le contraire.

— Tu sais que Luca ne m'autoriserait pas à l'épouser s'il n'était pas convenable.

— Bien sûr, répondit sa mère. Je sais que Luca ne laisserait personne te faire du mal. Pas physiquement, en tout cas.

Sophia serra les dents. Sa mère suspectait-elle quoi que ce soit ? Avait-elle des doutes sur sa relation avec Luca ? Si c'était le cas, elle n'avait jamais rien laissé entendre. Et Sophia n'avait pas l'intention d'avouer ses erreurs.

Elle baissa les yeux et, d'un petit coup de pied, repoussa le lourd jupon de sa robe avant de se redresser devant le miroir. En voyant son reflet, un vertige la fit chanceler en arrière.

Sa robe de mariée. Une nausée soudaine monta en elle.

— Excusez-moi, s'exclama-t-elle en descendant du tabouret à toute vitesse avant de courir vers la salle d'eau.

Elle claqua la porte derrière elle et tomba à genoux devant les toilettes, les doigts crispés sur la porcelaine, tremblante, le front moite. Elle n'avait jamais été malade aussi violemment, aussi brusquement. Elle se sentait terriblement mal, et vomir ne la soulageait pas. Elle baissa les yeux sur la robe avec inquiétude, mais l'étoffe était intacte.

On toqua à la porte.

— Sophia ? s'enquit sa mère, inquiète.

— Tout va bien, fit Sophia, le souffle court.

— Est-ce que je peux entrer ?

— Oui.

Le battant s'entrouvrit et sa mère se glissa à l'intérieur, le visage préoccupé.

— Est-ce que tu es malade ?

— J'allais très bien il y a quelques minutes.

— Tu n'as pas eu d'autres symptômes ? s'enquit sa mère.

— Non.

Le silence s'étira tandis que sa mère la dévisageait attentivement.

— Sophia... Je ne veux pas être indiscrète, mais... se pourrait-il que tu sois... enceinte ?

Sophia se sentit chanceler en arrière, les mains serrées sur le carrelage.

— Sophia ?

— Je... C'est... possible.

— Je suppose que l'approche de ton mariage est une bonne nouvelle, dans ce cas.

Sa mère s'agenouilla devant elle et prit son menton dans le creux de sa paume, le regard attentif.

— Es-tu heureuse, Sophia ?

— J'ai peur.

Ses pensées avaient volé en éclats. Elle avait du retard, c'est vrai. Jusqu'ici, elle ne s'en était pas inquiétée : elle était nerveuse, occupée par ses fiançailles. Mais... Luca et elle n'avaient même pas pris la peine de se protéger, cette nuit-là.

Juste une fois. Elle n'avait fait l'amour qu'une seule fois.

Avec le seul homme qui lui était absolument, éternellement interdit. Et elle était tombée enceinte. Pourquoi le destin s'acharnait-il donc sur elle ?

Elle était fiancée à un autre homme, bon sang ! Un homme qui ne l'avait jamais touchée, avec qui elle n'avait même pas encore échangé un baiser.

Les invitations avaient déjà été envoyées. Les bans étaient publiés. Elle essayait sa robe en ce moment même !

— C'est normal, murmura sa mère. Ta vie va changer, et c'est effrayant. Mais merveilleux, aussi.

Elle lui caressa doucement la joue.

— Tu es la meilleure chose qui me soit arrivée, Sophia.

Émue, elle tenta de sourire.

— Tu as été la meilleure mère qui soit.

— Et tu le seras aussi.

— J'aimerais pouvoir te croire...

— Ton mari sera là pour t'aider, dit sa mère avec un sourire. Tout ira bien, tu verras.

Comment pouvait-elle dire à sa mère que le bébé n'était pas d'Erik ? Qu'il était de Luca ? C'était impossible. La bouche sèche, la gorge nouée, elle se contenta d'écouter les promesses ravies de sa mère, ses projets pour le mariage, son enthousiasme à l'idée de devenir grand-mère. Elle se redressa docilement, la suivit dans la grande loge, laissa la couturière finir de prendre les mesures.

Après l'essayage, elle traversa les couloirs en silence, poussa la lourde porte de ses appartements et s'arrêta dans la chambre. Elle laissa son regard courir sur cette grande pièce luxueuse qu'elle avait toujours du mal à considérer comme sienne.

Elle se laissa tomber sur le lit, un meuble magnifique, avec un baldaquin sculpté aux tentures vaporeuses, jonché de coussins de soie. Elle se recroquevilla sur l'édredon moelleux et se mit à pleurer comme si son cœur se brisait.

C'était le cas, et elle n'avait aucune échappatoire.

7

Finalement, Sophia fit demander un test de grossesse au médecin du palais. Une princesse ne pouvait pas aller en acheter un à la pharmacie du coin ; la nouvelle ne resterait jamais secrète, pas alors que la presse était si avide de scandale.

Elle l'avait appris à ses dépens ; elle avait perdu son anonymat lorsque sa mère s'était mariée, à cause d'un bout de papier et d'un anneau.

Heureusement, elle faisait confiance à la spécialiste qu'elle voyait depuis des années ; sa discrétion était l'une des exigences de sa position, en tant qu'employée du palais. Le médecin suivait chaque membre de la famille royale avec précision, notamment au sujet du dépistage.

Néanmoins, aussi professionnelle qu'elle soit, la doctoresse ne pourrait changer le résultat du test. Sophia faisait les cent pas en attendant son verdict. Quand la porte s'ouvrit enfin, le médecin semblait parfaitement neutre.

— Le test est positif, déclara-t-elle. Félicitations.

Sophia ne voulait pas être félicitée. Elle avait fait une terrible erreur et mis en péril sa position et toutes les valeurs en lesquelles croyait Luca. Elle allait risquer un scandale national, les sommes d'argent faramineuses déjà injectées dans l'organisation du mariage et la réputation de son roi.

— Merci, répondit-elle avec une assurance étudiée. Le mariage approche, tout sera vite réglé.

Réglé ? Comment allait-elle régler une catastrophe pareille ?

Oui, le mariage approchait. La machine était en marche. Et elle ne pouvait plus rien arrêter.

Demain. Elle se mariait demain. Les invités étaient venus des quatre coins du monde. Mais avant cela, elle allait devoir parler à Erik, lui avouer sa grossesse. Il romprait sans doute leurs fiançailles. Et ensuite…

Elle ne savait pas quoi faire. Allait-elle cacher sa paternité à Luca ? Qu'en penserait-il ? Il ne croirait jamais qu'elle s'était jetée dans les bras d'un autre homme juste après lui. Il devinerait que l'enfant était de lui.

Non… Peut-être parviendrait-elle à le convaincre qu'elle était passée sans honte de Luca, et de son banc de pierre, au lit d'Erik. Mais Erik était blond, et Luca avait la peau hâlée, plus brune que la sienne. L'enfant ne ressemblerait pas à Erik.

— J'ai besoin d'un peu de temps pour moi, dit-elle enfin.

La doctoresse hocha la tête et réunit ses affaires avant de quitter ses appartements. Il ne lui restait plus qu'à régler un problème malheureusement insoluble.

Elle ouvrit sa grande armoire et laissa glisser ses mains sur l'étoffe soyeuse de sa robe de mariée. Elle portait l'enfant de Luca. Et demain, elle devrait marcher jusqu'à l'autel et donner sa main à un autre homme. Lui promettre de l'aimer pour l'éternité. Elle devrait passer la nuit avec lui.

Une nausée violente la secoua. Elle s'était menti pendant des semaines, s'était convaincue qu'elle pouvait aller jusqu'au bout, qu'elle pouvait s'offrir à un autre homme, oublier ses sentiments pour Luca avec le temps. Elle s'était promis qu'un peu de détermination suffirait. Que si elle le remplaçait entre ses draps, il serait bien vite remplacé dans son cœur.

Elle déglutit difficilement, la bouche sèche. Elle ne pouvait plus retourner en arrière, désormais. Il était trop tard.

Ils avaient trop de choses à perdre. Luca avait raison. Ils avaient passé un accord avec Erik, signé le contrat prénuptial. La réputation de Luca… aux yeux de son peuple, aux yeux du monde. Luca était l'emblème de San Gennaro, elle ne pouvait le compromettre. Le bien commun devait passer avant elle ; elle ne pouvait pas se laisser consumer par son angoisse.

Mais elle avait l'obligation de parler à Erik. Elle lui devait au moins d'être honnête.

Quant à Luca… La vérité le ferait souffrir, et elle préférait lui épargner cela.

Le sang battait à ses tempes. Peut-être faisait-elle une erreur. Elle ne voyait aucune véritable issue, aucune option satisfaisante. Elle attrapa le combiné du téléphone.

— Allô ?

— Erik ? Il faut que je te parle.

— Tu ne vas pas me dire que tu veux annuler le mariage, n'est-ce pas ?

— Non… Mais toi, peut-être. Je… Je suis enceinte.

— Hum.

Un lourd silence flotta un moment à l'autre bout de la ligne.

— Et nous savons tous les deux que cet enfant n'est pas de moi, lâcha-t-il enfin.

— Oui. Mais… Je ne l'ai dit à personne. Il vaudrait mieux que le père biologique n'en entende pas parler. Et je ne veux pas… que qui que ce soit le sache.

Elle crispa les doigts sur le téléphone. Son cœur battait si fort qu'elle devinait à peine sa propre voix.

— Nous pourrions garder le secret. Si… Si cette idée ne t'offense pas.

— Je ne suis pas particulièrement enchanté, Sophia. Heureusement, tu n'as pas essayé de me mentir…

— Je n'aurais jamais fait une chose pareille, s'exclama-t-elle. Tu avais le droit de savoir la vérité avant de m'épouser.

— Mais qui est le père ?

Elle hésita une seconde.

— Je ne peux pas te dire cette vérité-là. C'est la seule chose que je veux garder secrète. Mais crois-moi, je sais que j'ai fait une erreur. Je n'essaie pas de te piéger.

— Je vois. Tu viens d'apprendre que tu es enceinte ?

— Oui, je te le promets.

Un long silence lui répondit, lourd comme du plomb, pesant sur ses épaules.

— Il est trop tard pour changer d'avis, reprit-il enfin. J'ai besoin de cette alliance avec ton pays. Je veux honorer les accords que nous avons déjà mis au point. Si nous annulions le mariage aussi tardivement, ce serait un affront pour nos deux nations.

— Oui, c'est ce que je pense aussi.

— Alors marions-nous.

Elle ne s'entendit pas acquiescer, les lèvres engourdies, les doigts tremblants. Elle raccrocha lentement. Malgré l'assentiment d'Erik, elle n'était ni soulagée, ni apaisée. Elle se roula en boule sur son lit et laissa le désespoir l'envelopper. Demain, tout serait terminé. Enfin terminé.

Non. Jamais terminé. Quoi qu'en penserait le monde, l'enfant qu'elle portait était celui de Luca. Une partie de lui. Une partie d'elle. La preuve de leur passion éphémère. La preuve de son amour pour lui. Un cadeau brillant et précieux qu'elle ne pourrait jamais ignorer.

Mais Luca avait été catégorique. Elle n'avait pas le droit de le compromettre. Le scandale serait terrible. Elle ne pouvait pas infliger cela à son enfant, ni à Luca.

Cette nuit-là, Sophia s'endormit encore une fois en pleurant.

Au petit matin, dans les rayons purs et dorés du soleil, Sophia se réveilla avec un sentiment de vide et de torpeur.

Mais elle n'était pas vide. Elle portait l'enfant de Luca.

L'enfant du Luca. Les mots tournaient dans son esprit comme un terrible refrain tandis qu'elle se laissait maquiller, coiffer, et habiller devant le grand miroir. Sa mère la regardait avec les yeux brillants, pleins de fierté. Elle ne savait pas...

— Tout va bien ? demanda-t-elle.

— Un peu nerveuse, avoua Sophia.

Comme le jour des essayages, mais aujourd'hui la réalité était plus angoissante encore. Un goût de métal s'attardait sur sa langue, son corps entier lui semblait lourd et insensible comme de l'acier.

— Tu as fait le test ?

— Oui. Il est positif. J'attends un bébé.

Sa mère la serra longtemps dans ses bras avant de la délivrer.

— En as-tu déjà parlé à Erik ?

— Oui.

Si sa mère avait des doutes, elle ne les exprima pas. Elles continuèrent paisiblement à se préparer pour la cérémonie. Une demi-heure avant le début des festivités, on l'entraîna dans une jolie pièce privée, à l'arrière de la chapelle, où le secret de sa robe serait préservé. Il y faisait sombre, et le silence se referma sur elle. Son long voile ajoutait à son isolement, à l'illusion de protection dont elle avait besoin.

Une fois seule, toutes les pensées qu'elle avait voulu fuir lui revinrent en rafale ; mais elle ne voulait pas songer à ce qui l'attendait. Elle voulait que la cérémonie touche à sa fin, que la tentation de fuir s'évanouisse.

Elle voulait en avoir fini de sa nuit de noces et que Luca ne soit plus le seul homme à avoir possédé son corps. Elle voulait construire quelque chose avec Erik.

Comme si c'était possible.

Elle devait lui laisser une chance. Elle n'avait pas d'autre choix, n'est-ce pas ? Aller dire à son demi-frère qu'elle était enceinte de lui ? Un demi-frère qui n'avait pour elle qu'un désir purement charnel ? Non, Luca l'avait jetée dans les bras d'un autre après l'avoir déflorée dans un jardin, après tout.

L'idée de le trahir la tourmentait, mais finalement… Ne l'avait-il pas trahie le premier ? Il s'était caché derrière son devoir royal et l'avait abandonnée. Il avait encouragé ce mariage. Il allait la regarder épouser un autre homme.

Elle ferma les yeux. Alors, c'était donc cela. Depuis le début, elle avait prié pour qu'il l'arrête. Pour qu'il s'interpose. Il avait confessé qu'il ne pouvait supporter de voir un autre homme la toucher, le soir du bal. Et elle s'était accrochée à cet aveu de toutes ses forces.

Mais il n'avait rien fait.

La révélation lui fit l'effet d'une brûlure au fer rouge. Quelle idiote. Elle s'était attachée à un rêve, et elle était ici… Parce qu'elle avait imaginé…

Elle serra les paupières et chassa la larme qui roulait sur sa joue. Plutôt mourir que de ramper devant lui, ou lui avouer qu'elle était enceinte de lui alors qu'il ne voulait visiblement pas d'elle.

Comment pourrait-elle supporter sa réaction ? Et s'il décidait d'arrêter le mariage en apprenant la nouvelle ? Pas pour elle, non – seulement pour l'enfant ? Comment pourrait-elle vivre avec elle-même ? Avec lui ?

Elle était peut-être injuste ; il avait le droit, sans doute, de savoir qu'elle attendait son enfant. Mais elle avait pris sa décision.

Et soudain, la porte de son sanctuaire s'ouvrit à la volée ; Luca apparut sur le seuil, le visage dur.

8

La fureur courait dans les veines de Luca comme une onde de choc. *Sophia*. Sa perfide demi-sœur. La traîtresse. Le visage caché par le voile, sa silhouette délicatement soulignée par sa robe virginale.

Tous deux savaient qu'elle n'était pas vierge. Ni aussi innocente qu'elle voulait le faire croire, n'est-ce pas ?

— C'est toi qui vas me conduire jusqu'à l'autel ? demanda-t-elle d'un ton insupportablement calme.

— C'est ce que tu veux ? Que je marche avec toi dans l'église et que je te passe de mon bras au sien ? Cela me semble approprié, puisque tu es passée de mes bras à son lit.

Il aurait voulu qu'elle proteste ; elle ne protesta pas.

— Il est un peu tard pour te montrer possessif, *fratello*.

Le mot *frère* le frappa en plein cœur, acéré – intolérable.

— Vraiment ? fit-il.

Non, il n'était pas trop tard : il était arrivé juste à temps.

Elle fit un pas en arrière, le souffle court.

— Je porte ma robe de mariée. Les invités sont là. J'imagine que le prêtre est arrivé.

— C'est exact.

— Alors, à moins que tu n'aies l'intention de me donner à mon futur époux, je te conseille de me laisser passer.

Il croisa les bras, érigeant une barrière infranchissable entre la porte et elle.

— Certainement pas.

— Il le faut, Luca, supplia-t-elle.

— Réponds d'abord à ma question, ordonna-t-il.

Il fit un pas en avant. Il était persuadé que son cœur battait trop vite, trop fort, qu'il allait faillir.

— Quelle question ?

— As-tu couché avec lui ?

Il avait la gorge nouée, le corps raide de colère glacée. Elle se détourna, son expression dissimulée par la cascade vaporeuse de son voile.

— Je ne vois pas en quoi cela te concerne.

— Cela me concerne si je le décide, rétorqua-t-il. Réponds à ma question, Sophia. Et n'essaie pas de me mentir.

Soudain, comme s'il l'avait giflée, elle sembla s'embraser.

— Non, siffla-t-elle en serrant les poings. Je n'ai pas couché avec lui. Mais j'ai bien l'intention de commencer dès ce soir. Je pourrais te montrer la lingerie que j'ai choisie, mais ce serait extrêmement malvenu, tu ne crois pas ? Après tout, tu n'es que mon demi-frère.

Une brume de rage flottait devant les yeux de Luca. Comme un animal sauvage, la colère rugissait en lui, insoutenable. Il ne savait pas ce qu'il aurait préféré entendre ; la preuve qu'elle n'avait pas essayé de le trahir ? Pourtant elle venait d'admettre ce qu'il avait soupçonné, lorsque les résultats du test étaient apparus sur son bureau, une heure plus tôt.

Il aurait cru qu'elle serait venue à lui de son plein gré, s'il avait été directement impliqué. Après tout, même si elle s'était donnée à Erik le lendemain de leur étreinte, le doute devait subsister.

Mais elle avait gardé le secret jusqu'à maintenant – et il était soudain très clair qu'il n'y avait qu'une seule possibilité. Qu'il n'y avait eu que lui.

Malgré tout, elle avait voulu lui mentir. Prendre une décision irréversible. Comme si elle avait compris qu'elle ne pouvait pas lui faire confiance. Comme si elle avait deviné les fissures qui viciaient son âme.

S'il avait été sincèrement bon, sincèrement honorable, si toutes ses démonstrations de piété royale avaient été honnêtes, il l'aurait peut-être laissée…

Laissée partir et épouser Erik.

Mais son abnégation n'était qu'une façade, il le savait, et il avait atteint le point de non-retour. Le spectacle qu'il avait mené pendant vingt ans touchait brusquement à sa fin ; l'illusion de sa bonté allait s'envoler en fumée.

— Nous adresserons nos excuses à Erik en temps voulu, dit-il en faisant un pas en avant.

— Pardon ? Mais pourquoi ?

— Parce que je...

Il releva doucement son voile pour révéler ce visage adorable et enchanteur qui l'hypnotisait depuis tant d'années – son tourment, sa passion.

— Parce que je vais embrasser sa fiancée à sa place.

Luca l'attira dans ses bras et prit ses lèvres ; elle était sienne, désormais. Il n'y avait pas d'autre solution. Lorsqu'il la délivra, elle le buvait du regard, les yeux écarquillés.

— Et il va se retrouver sans épouse, murmura-t-il.

Puis il la souleva brusquement et la jeta en travers de son épaule en ignorant son exclamation indignée.

— Qu'est-ce que tu fais ? s'écria-t-elle en frappant son dos avec son poing fermé.

Ah, voilà qu'ils imitaient les clichés ridicules des vieux films ; et il se sentait même réprimer un sourire.

— Il semble que nous ayons brûlé les étapes, répondit-il sans relâcher son étreinte. Te voilà en robe de mariée, mais notre relation a déjà été consommée. J'irais même jusqu'à dire que tu es enceinte de moi.

— Luca !

— Croyais-tu vraiment que je n'en saurais rien ?

Il poussa la lourde porte de la chapelle et traversa la pelouse. Ils étaient seuls, ici : les invités et les paparazzis n'avaient pas le droit d'accéder à cette partie du domaine, afin de ne pas déranger la mariée. Et c'était ici que Luca avait exigé qu'un avion privé les attende.

Au cas où.

Au cas où... il aurait voulu partir avec elle.

C'était de la folie, bien sûr ; il avait l'impression qu'un barrage avait lâché en lui sans prévenir. Et pourtant, il y avait une part de préméditation dans cette impulsion fiévreuse. Il n'avait pas envisagé ce scénario exact, pas avant de la voir, mais soudain il lui semblait que ce dénouement avait toujours été inéluctable.

— Pardonne-moi, fit-il avec un sourire. Mais, compte tenu de la situation, je pense qu'une cérémonie serait inappropriée. Nous partons en lune de miel.

— Luca, tu ne peux pas faire une chose pareille, protesta-t-elle avec un nouveau coup, cette fois apathique.

Une objection aussi peu enthousiaste qu'inefficace.

— Je suis le roi, *sorellina*. Je peux faire ce que je veux.

Oui. Il était roi. Et personne ne pouvait l'arrêter. Il s'était laissé aveugler par son devoir et par ses responsabilités. Laissé guider par les exigences de son père, par les attentes du pays.

Il avait voulu protéger Sophia et s'assurer qu'elle aurait la vie qui lui conviendrait le mieux, plutôt que d'écouter son propre plaisir. Et pourquoi cela ? À quoi servait donc son pouvoir, s'il ne pouvait pas prendre ce qu'il désirait ? Il avait envie de sa demi-sœur, et elle portait son héritier... Alors elle serait sienne. Quoi qu'en pense l'opinion publique.

Tout était clair et simple désormais, comme si le soleil avait enfin dissipé les nuages de ses doutes.

— Et si je refuse ?

Il monta les marches de l'avion et la garda dans ses bras pendant que l'équipage sécurisait les issues sans oser le questionner.

— Tu ne peux pas refuser..., murmura-t-il en l'installant dans un des larges fauteuils en cuir.

Il s'agenouilla pour l'aider à attacher sa ceinture.

— Tu ne peux qu'obéir.

Il leva les yeux vers elle. Elle se contenta de soutenir son regard, immobile, indignée, échevelée par la traversée des jardins, irradiant de fureur, délicieuse dans l'océan de tulle et de soie.

Elle devrait choisir une autre robe pour leur mariage ; plus belle encore que celle qu'elle portait à cet instant. Jamais il n'accepterait qu'elle se donne à lui dans une robe destinée à un autre.

Sa mère lui avait inculqué que tout scandale devait être

évité à tout prix ; que l'image était reine. Même quand elle avait appris que...

Non. Elle avait protégé la réputation de la famille avant tout. Elle avait fait passer sa précieuse renommée avant la sécurité de son fils. Et il allait détruire son dur labeur en un éclair. Une joie sauvage, une colère incendiaire pulsait en lui.

Il ne ferait pas la même erreur que sa mère. Il ne trahirait pas l'enfant que portait Sophia. Il devait se marier, il devait avoir un héritier, et cette situation répondait à ses projets. Pourquoi s'inquiétait-il de la bonne opinion de la nation, alors que cette union profiterait à tous ?

L'enfant était sa meilleure justification.

Bien sûr, le tollé serait douloureux. Les journalistes n'auraient aucune pitié. Leur enfant devrait vivre avec ces gros titres ; et eux-mêmes devraient supporter la première vague de l'esclandre. Mais l'indignation s'évanouirait petit à petit, et finalement ils seraient mari et femme plus longtemps qu'ils n'avaient été demi-frère et demi-sœur.

Tout irait pour le mieux. Évidemment. Il ne laisserait pas le monde le défier ; il n'admettrait plus les limitations qui l'avaient enchaîné jusque-là.

Il avait épuisé sa patience.

Il était roi, et il était temps qu'il en fasse montre.

Il avait cru trop longtemps que son statut était un fardeau – mais c'était terminé.

— Veux-tu savoir où nous allons ? demanda-t-il en s'enfonçant dans le dossier moelleux du siège.

— Je ne veux rien savoir, dit-elle d'un ton sec, le visage pâle et les lèvres crispées de colère.

— Tu l'aimais donc tant que cela ?

— J'ai essayé. J'ai essayé de faire mon devoir. J'ai essayé de t'obéir. J'étais prête à...

Il ne voulait pas écouter ses mensonges. Il leva une main pour la faire taire.

— Tu as voulu faire croire que mon enfant était celui d'un autre. Je ne te le pardonnerai pas.

— Tu étais prêt à me laisser épouser Erik, siffla-t-elle. Tu n'as arrêté cette mascarade que lorsque tu as découvert que j'étais enceinte. Tu as pris ma virginité sur un banc. Tu n'as jamais songé à me protéger. Tu as profité de mon innocence, et tu allais m'offrir à un inconnu sur un plateau d'argent. *Je* ne te le pardonnerai pas.

Elle détourna les yeux, le visage auréolé de boucles brunes, et posa une main sur son ventre.

— Il savait que l'enfant n'était pas de lui, Luca. Pense ce que tu veux de moi, mais je n'avais pas l'intention de le convaincre du contraire.

— Et sait-il qu'il est de moi ?

Elle leva ses yeux enflammés vers lui.

— Je lui ai dit que c'était la seule chose dont je ne voulais pas parler.

— Je sais que tu ne l'as découvert qu'hier.

— Et toi, comment l'as-tu découvert ?

— Le médecin du palais m'a fait un rapport, Sophia. Ces choses-là ne peuvent rester secrètes.

Elle pâlit violemment, tremblante de rage et muette d'indignation ; et pourtant, même à cet instant précis, le relief délicat de sa poitrine, souligné par son décolleté en forme de cœur, attira irrésistiblement son regard vorace. Sophia… Sophia éveillait toujours ses pulsions les plus sombres.

— Comment oses-tu ?

— J'ose *tout*, rétorqua-t-il d'une voix acérée. Je suis le roi de San Gennaro. Tu es enceinte de mon héritier. Tu voudrais que je laisse faire le hasard ?

Elle soutint son regard, les dents serrées.

— M'aurais-tu laissée l'épouser ? Si tu n'avais rien su pour le bébé ?

Sa gorge se noua. Il serra les poings.

— Bien sûr. Je n'aurais pas laissé mes pulsions charnelles dicter le futur de mon pays.

— Sauf bien sûr quand elles prennent la forme d'un héritier.

— Évidemment, répondit-il, agacé. Crois-tu que j'aurais laissé un autre homme élever mon enfant ? Crois-tu que j'aurais sacrifié le droit imprescriptible de mon héritier au trône pour protéger ma réputation ? J'ai été imprudent avec toi, Sophia, tu as raison à ce propos ; et je n'admettrais pas que notre enfant souffre de cette imprudence.

— Tu sais, ce sera peut-être une fille. Dans ce cas-là, tu regretteras sans doute de ne pas m'avoir laissée épouser quelqu'un d'autre.

— Jamais, martela-t-il sans hésitation.

— Tu n'as pas l'air très *heureux*.

— Peu importe le bonheur. Je te parle de mon devoir. Je me dois de protéger les droits de mon enfant.

— Oui, comme ton père a voulu le faire pour moi. En me vendant au plus offrant.

— Et te voilà malheureusement coincée avec moi à la place.

Elle ne répondit pas. Peut-être ne comprenait-elle pas à quel point il était sérieux sur ce point. La noirceur qu'il cachait – ses plaies secrètes... Non, il n'aurait jamais emprisonné Sophia dans cette union, s'il avait eu le choix. Mais ce n'était plus le cas. Et puisque cela lui permettait d'assouvir le désir qu'il avait de son joli corps, alors tant mieux.

— Tu vas être ma femme, Sophia.

— Quand ? lança-t-elle d'un ton de défi.

Comme si elle ne le croyait pas.

— Oh ! Dès que possible. Nous allons à San Paolo.

L'expression de Sophia, étrangement, s'adoucit ; une transformation presque radicale, après sa colère féroce.

— L'île de ton père ?

— C'est *mon* île, maintenant.

Son père les avait quittés. Il n'était plus là pour condamner cette liaison, cette escapade. Personne ne pouvait plus le juger, plus maintenant. Comme il aurait été facile de la coucher dans le large fauteuil, de remonter les jupons de sa robe et de se perdre en elle...

Il ne voulait plus réfléchir, plus parler. Une langue de feu se déroulait dans ses veines. Il voulait Sophia. Même à cet instant, lorsque la gravité de la situation aurait dû éclipser l'appel des sens, il ne voulait qu'elle.

— Ce ne sera pas facile, murmura-t-elle.

— Et me cacher mon enfant aurait été plus simple, Sophia ?

— Ne fais pas l'idiot, Luca. Le monde nous regarde. Il nous

jugera sévèrement et il jugera aussi notre enfant. Il aurait peut-être été plus généreux de notre part de lui épargner tout cela.

Un éclair de colère le secoua.

— Tu n'as même pas connu ton père biologique. Cet imbécile n'a pas pris la peine de t'élever. Et tu voudrais infliger la même souffrance à ton enfant ?

— Le sang ne fait pas tout, rétorqua-t-elle. Ton père a été un père merveilleux, parce que c'était un homme bon. Le mien ne voulait pas de moi, ne m'aimait pas, et cela n'a pas d'importance. Ton père a *mérité* mon amour et mon respect. Il n'est pas né avec le droit inné de m'éduquer. Voilà pourquoi j'ai pris cette décision. Parce que je sais très bien que la génétique ne pèse pas lourd dans la balance.

— Et moi ? Tu as donc une si piètre opinion de moi que tu oserais me comparer à ton père ? Tu penses que j'abandonnerais mon enfant, sans le moindre scrupule ?

— Je me suis dit que ce que tu ne savais pas ne pouvait pas te faire de mal. Ou mettre en péril la stabilité du pays.

— Tu as une façon bien cavalière de jouer avec nos destins.

— Tu as une façon bien cavalière de jouer avec ma liberté.

— Tu n'en mérites pas tant, riposta-t-il. Pas après cette trahison.

Le silence descendit sur la cabine. Luca se redressa et marcha jusqu'au bar pour se servir un verre de whisky.

— Je ne t'en propose pas, railla-t-il.

Il était conscient de sa cruauté, mais peu lui importait : il ne pouvait pas faire preuve de bienveillance, pas maintenant.

— Tu me détestes, souffla-t-elle. Tu m'as toujours détestée. Ou, si ce n'est pas de la haine, peut-être une indifférence hostile que personne d'autre ne m'a jamais réservée. Je n'aurais pas pensé que l'inimitié et le désintérêt pouvaient coexister, mais tu les allies très bien.

Il secoua la tête et lâcha un petit rire acide.

— C'est ce que tu penses ? demanda-t-il en prenant une gorgée de liqueur.

— C'est ce que je *sais*, Luca.

— Alors, tu es une idiote.

Il termina son verre d'une rasade et savoura la brûlure de l'alcool le long de sa trachée.

Puis il traversa l'espace qui les séparait et se pencha sur elle en s'appuyant sur les accoudoirs du fauteuil, ses bras tendus l'emprisonnant. Leur proximité soudaine fit onduler un frisson dans ses veines et, lorsque son regard croisa le sien, l'électricité étincela entre eux comme une promesse. Son cœur battait trop vite, et il se sentit raidir.

Déchaînerait-elle toujours un désir aussi ardent en lui ? Elle le faisait brûler depuis presque dix ans ; pourrait-il jamais se repaître d'elle ?

— Tu penses que je te déteste ? Que tu m'es indifférente ? Si je me suis comporté comme cela, Sophia, c'est parce que je voulais protéger ton innocence. *Te* protéger de ma convoitise.

— Luca...

Il se redressa et passa une main nerveuse dans ses cheveux.

— J'ai toujours su que quelque chose n'allait pas chez moi. Que je ne pouvais pas faire confiance à mes propres désirs. Je l'ai prouvé le soir du bal. Mais j'ai fait mon possible pour éviter cette déchéance pendant des années.

— Tu avais... envie de moi ?

— Je n'avais envie de *personne* d'autre. Tu ne peux imaginer le nombre de délicieuses brunettes à qui j'ai fait l'amour en essayant d'oublier ton visage.

— Dois-je me sentir flattée ? Que tu aies utilisé d'autres femmes en pensant à moi ?

Elle avait le visage pâle, mais ne cillait pas.

— Personne ne devrait en être flatté, non. Et je suis d'avis que personne ne devrait apprécier mes attentions.

— Pourquoi pas ?

La question était simple et sans doute attendue, mais elle le surprit tout de même.

— Cela n'a pas d'importance.

— Bien sûr que si.

— Vraiment, Sophia. Tu n'as besoin de savoir qu'une chose, c'est que nous allons nous marier. Ce n'est pas négociable. Tu seras ma reine, et notre enfant sera mon héritier. Si tu en viens à le regretter, rappelle-toi que tu as pris ta décision lorsque tu m'as chevauché dans les jardins du palais.

— Et si *tu* en viens à le regretter, rappelle-toi que tu as scellé ton destin quand tu n'as pas utilisé de préservatif.

Le brasier qui le tourmentait s'enflamma, et il ne put se retenir de fondre sur elle.

— Je n'ai aucun regret. Mais je ne suis pas certain que tu pourras dire la même chose, très bientôt.

Lorsque l'avion atterrit, Sophia se sentait lasse et fourbue, et elle ferma les yeux dans la chaleur aveuglante de l'après-midi. Sa robe lui semblait lourde, et Luca ne lui avait pas proposé d'habits de rechange.

Si elle n'avait pas passé les trois dernières heures dans une ambiance de glace et d'animosité, elle aurait cru rêver.

Un rêve bien étrange, néanmoins.

Il faisait trop chaud à San Paolo pour supporter les couches de tulle et de soie, ou la crinoline malaisée qui soutenait sa jupe.

Le ciel brillait comme une gemme et se reflétait dans les eaux claires qui s'étendaient aux alentours, les coupant du monde comme des douves immobiles. La plage était blanche sous le faisceau cruel du soleil, piquetée d'herbe souple et de coquillages brisés. Et au loin s'élevait le magnifique domaine que le père de Luca avait fait construire pour sa famille. Elle avait passé une partie de son enfance sur cette île, et elle l'avait toujours considérée comme le paradis sur terre.

Jusqu'à maintenant.

Oh ! Bien sûr, elle était profondément soulagée d'avoir été arrachée à son propre mariage – elle n'avait jamais voulu épouser Erik. Mais pouvait-elle épouser Luca ? Alors qu'il ne l'avait choisie que pour leur enfant, alors qu'il l'aurait laissée marcher jusqu'à l'autel sans sourciller si elle n'avait pas été enceinte de lui ?

Elle ne lui aurait jamais suffi, pas toute seule. Et cette certitude la faisait souffrir.

Elle se laissa guider, toujours aux prises avec l'étrange impression de traverser un mirage, hors du temps et hors de la réalité. Une voiture luxueuse les conduisit jusqu'à la villa.

La demeure était étincelante, toute de stuc blanc, chapeautée par une élégante toiture en briques rouges, entourée d'une végétation tropicale couleur d'émeraude. Construite à flanc de montagne et surplombant la mer, la bâtisse comptait trois étages. Enfant, Sophia s'était étonnée de la grande terrasse qui donnait sur l'océan et abritait un vaste bassin en verre. Pourquoi les adultes aimaient-ils se déshabiller à l'extérieur et se baigner au-dessus de la mer alors qu'une immense piscine les attendait en contrebas ?

Aujourd'hui, elle comprenait très bien.

Elle s'imaginait sans peine passer des heures avec Luca ici, leurs corps nus et humides, avec pour seul témoin le roulis des vagues toutes proches.

Même s'il ne l'aimait pas, ces images la faisaient frissonner tout entière.

Comme ils entraient dans le grand hall ombragé, Sophia regarda autour d'elle, submergée par la nostalgie. Elle se souvenait de sa première visite. De son beau-père et de sa mère, main dans la main, et de Luca, maussade et magnétique. À l'époque, elle désirait le fuir autant que le poursuivre...

Rien n'avait changé.

Elle baissa soudain les yeux sur sa tenue. Elle n'avait ni son sac, ni son téléphone. Elle ne portait rien d'autre que cette robe de mariée froissée, choisie pour un mariage annulé.

— Luca, ma mère doit être malade d'inquiétude.

— Oui, dit-il tranquillement en regardant ses messages sur son élégant smartphone. Elle a peur que tu aies été kidnappée.

— *J'ai* été kidnappée !

— Par moi, fit-il en souriant.

— Et cela change quelque chose ?

— Je suis le roi, voyons. Personne ne m'arrêtera.

— Tu es tombé bien bas.

— Peu m'importe, à ce moment précis.

— Est-ce que tu vas lui dire ? demanda Sophia.

— Nous allons devoir le dire à tout le monde, tôt ou tard.

— Je veux appeler ma mère.

Luca arqua un sourcil.

— Je ne veux pas qu'elle saute dans le prochain avion pour nous rejoindre.

— Tu as kidnappé sa fille, à quelle réaction t'attendais-tu ?

— Je préfère que nous restions seuls.

— Pourquoi ?

De nouveau, il la souleva prestement dans ses bras.

— Tu prends des mauvaises habitudes, dit-elle.

— Je ne trouve pas que ce soit une mauvaise habitude.

Il traversa le hall et se mit à monter les marches ; derrière eux, la traîne de tulle et de soie flottait, éthérée.

— Qu'est-ce que tu fais ?

— J'usurpe ta nuit de noces.

— Il n'y a pas eu de mariage.

— C'est un détail, murmura-t-il en se penchant vers elle pour capturer ses lèvres.

Et dès que sa bouche effleura sa peau, une vague d'ivresse balaya sans peine ses objections et ses doutes ; chaque baiser adoucissait un peu plus sa colère, son angoisse, sa résistance. Elle avait été si obsédée par les motivations de Luca qu'elle n'avait pas compris, avant cet instant… Pas compris que tout cela était réel. Leur attraction, au moins, était vraie et sincère. Tous deux étaient irrésistiblement attirés l'un par l'autre, malgré ce qu'on leur avait toujours inculqué.

Il n'était pas question d'amour, entre eux, mais la passion était là. Et peut-être qu'elle pourrait s'en contenter.

Il la serrait désespérément contre lui et l'emporta jusqu'à la chambre principale, celle dans laquelle elle n'était jamais entrée. Il ouvrit les doubles portes d'un coup de pied et s'engouffra dans la pièce pour la déposer sur le lit.

Confuse, fiévreuse, elle remarqua soudain qu'aucun domestique n'était venu les accueillir.

— Où… Où sont-ils tous ? balbutia-t-elle.

— J'ai demandé à tout le monde de partir. Ils ont laissé tout ce dont nous avons besoin, et feront envoyer des vêtements de rechange pour toi. Mais nous avons besoin d'un peu d'intimité.

— Pourquoi ? demanda-t-elle d'une voix tremblante.

Elle ne comprenait pas pourquoi il avait tant besoin d'être seul avec elle. C'était trop... trop intense. Elle avait toujours pensé qu'elle ne pourrait jamais toucher Luca ; elle avait fait de cette conviction une armure. Elle avait protégé son cœur, son corps. Et maintenant, il était là. Il était à elle, grand, et puissant, et terriblement beau, et prêt à la consumer tout entière.

— Parce que ce salopard d'Erik allait t'embrasser et te toucher ce soir. Peut-être même attendais-tu ta nuit de noces avec impatience. Mais c'est hors de question. Je veux être le seul homme. Je veux être le seul homme que tu désires.

— Tu ne voulais même pas de moi !

— C'est faux. J'ai prié... pour ne plus avoir envie de toi, mais je n'ai jamais réussi à me délivrer de toi. Le destin a parlé, Sophia. Pourquoi ne pas savourer son verdict ?

Il l'attrapa d'un mouvement souple et ouvrit brusquement son corset. Une exclamation lui échappa lorsqu'elle sentit le ruban se défaire, l'étoffe mesurée si précautionneusement, se déchirer, et son buste, se dévoiler au regard de Luca.

— Tu es si belle, murmura-t-il avant de baisser son visage hâlé pour prendre un téton tendu entre ses lèvres brûlantes.

Elle le désirait à en mourir, même dans la souffrance, même alors que sa passion menaçait de la détruire ; elle ne voulait que s'abandonner à lui. Elle souffla son nom en enfouissant ses doigts dans ses cheveux sombres pendant qu'il suçait son autre sein avec ardeur.

— Tu as raison, souffla-t-elle. C'est de la folie.

— Je savais en t'enlevant que je nous mettrais en péril tous les deux, Sophia. Ainsi que mon pays. Mais nous ne pouvons pas revenir en arrière. J'aurais tout donné pour contrôler mon désir pour toi, mais...

Sa voix n'était qu'un murmure bas et torturé.

— Dieu sait que je te *veux*.

Ses caresses semblaient enflammer sa peau alors qu'il retirait les couches soyeuses de sa robe. Il ne lui laissa que ses chaussures satinées et la coucha sur le lit. Sans la lâcher du regard, il écarta lentement ses cuisses.

Puis il s'agenouilla devant elle en empoignant ses hanches pour l'attirer contre sa bouche.

— Luca, s'exclama-t-elle, choquée qu'il envisage une chose pareille.

— J'en rêve depuis des mois. Encore plus que de plonger en toi, tu sais. Je veux te goûter. Je veux t'avoir sur ma langue et sur mes lèvres, Sophia...

Il se pencha en avant, et sa langue exquise et enivrante rencontra sa chair tremblante et fit courir une onde électrique au plus profond d'elle. Elle s'entendit gémir de plaisir lorsqu'il la pénétra avec ses doigts. C'était trop, et trop peu ; une douleur délectable rampait en elle, une souffrance que lui seul pouvait apaiser.

Elle s'embrasa sous les assauts de sa bouche et l'expertise de ses doigts ; elle ne pensait plus. Tous ses soucis s'envolaient : son mariage brisé, l'homme qu'elle aurait dû accepter, le scandale, la réalité. Plus rien d'autre ne comptait que Luca et la flamme qui l'aveuglait comme une lumière blanche dans les ténèbres.

Il s'écarta soudain, le regard sauvage, puis déboutonna sa chemise blanche et repoussa sa veste élégante. Elle ne pouvait que le boire du regard. Ses muscles ciselés et parsemés de poils sombres ; ses doigts agiles, courant sur la boucle de sa ceinture, le bouton du pantalon ; et la révélation, enfin, de ses cuisses puissantes et de son membre dressé.

Il l'avait déjà possédée, et il était sur le point de la prendre à nouveau. Même maintenant, dans la lumière, cela lui semblait impossible. Si elle avait pu le voir ainsi, le soir du bal, elle aurait été bien plus inquiète. Aujourd'hui, elle savait que sa taille impressionnante la ferait trembler de plaisir.

Il avança vers elle avec la grâce d'une panthère. Il attrapa ses hanches d'un mouvement ferme, la souleva sans peine du lit et se noya entre ses cuisses avec un coup de reins souple et vigoureux. Leur union soudaine la transporta instantanément, exacerbée par le grondement de sa voix rauque. Cette alchimie qui n'existait que pour les torturer...

Chaque va-et-vient la menait vers une nouvelle extase ; et elle s'arquait à la rencontre du corps sombre et sculptural de Luca avec ferveur. Dans un râle, il s'abandonna finalement en elle, et Sophia le suivit au cœur de l'abysse. Elle tendit la main pour l'attirer dans ses bras. Le serrer contre elle lui donnait presque l'impression d'avoir repris le contrôle de son existence. Elle l'étreignit de tout son cœur.

S'ils se séparaient, tout risquait de voler en éclats.

9

Il l'avait laissée seule dans l'immense lit. Sa robe était déchirée, et les vêtements de rechange n'étaient pas encore arrivés.

Sophia se sentait trop… Trop triste ? Presque démunie, mais également repue… Et satisfaite. Comme après la première fois – pas heureuse, non. Il n'y avait pas de place pour quelque chose d'aussi beau et simple que le bonheur, entre eux.

Mais elle avait l'impression de dériver sur un radeau après la tempête ; la dévastation n'en était pas moins angoissante, mais le tumulte était passé, inéluctable, et avait laissé dans son sillage un étrange soulagement.

Elle devait appeler sa mère. Elle savait que Luca ne voudrait pas qu'elle divulgue leur destination, mais il était parti, et un téléphone attendait sur le bureau. À moins qu'il n'ait eu la présence d'esprit de couper les lignes, rien ne l'empêchait de contacter la seule personne qui s'inquiétait réellement de sa sécurité.

Elle s'enroula dans le beau drap immaculé avant de marcher jusqu'au bureau pour composer le numéro d'un doigt tremblant. Elle attrapa le combiné et écouta la tonalité.

Juste une fois, avant que sa mère ne réponde.

— Allô !

— Maman…, dit Sophia.

— *Où es-tu ?* s'enquit sa mère, la voix vibrante de panique. Est-ce que tu vas bien ?

— Oui.

Physiquement, en tout cas. Émotionnellement, elle n'en était pas certaine.

— Que s'est-il passé ? Tu étais dans la chapelle quand Luca est parti te chercher et... Est-ce que Luca est avec toi ? demanda sa mère.

— Luca...

Sa voix s'éteignit.

— Sophia, explique-moi.

— C'est à cause de Luca que je suis partie.

En réponse, un silence cassant comme un mur de verre.

— Maman, il faut que je te dise quelque chose...

— Oh ! Sophia, fit sa mère d'un ton lourd de regret. J'espérais... J'espérais que tu avais dépassé ces sentiments.

— C'est lui le père, murmura Sophia.

Un autre silence, lourd cette fois, de mots tus et d'émotions réprimées. Sophia retint son souffle.

— Je vois, répondit sa mère après de longues secondes.

— J'ai essayé de résister. Il a essayé. *Vraiment*.

Elle ferma les yeux.

— Promets-moi juste qu'il n'a pas essayé de profiter de toi quand tu étais plus jeune, siffla sa mère.

Sa voix venimeuse ne laissait aucun doute sur les conséquences meurtrières qui attendaient Luca dans le cas contraire. Sophia secoua la tête.

— Non. Jamais. Nous... Non, c'était la première fois. La première fois que nous... Ma grossesse, je veux dire.

— Je savais, mais j'espérais que cela passerait. Pour vous deux.

— Tu savais qu'il... qu'il avait des sentiments pour moi ?

— Je savais qu'il te *désirait*. Bien plus tôt qu'il n'en avait le droit. Et j'ai demandé à son père de le tenir à distance de toi. Il n'y avait pas d'avenir possible entre vous, Sophia. Tu dois le comprendre.

— Bien sûr. J'étais d'accord pour épouser un autre homme.

— Oui. Justement. Ta disparition fait déjà scandale.

— Attends qu'ils découvrent ce qu'il s'est réellement passé, railla Sophia. Quitter mon mariage en douce, d'accord, mais m'enfuir avec mon demi-frère parce que je suis enceinte de lui ? Je vais faire couler beaucoup d'encre.

Sa mère poussa un long soupir de détresse.

— Sophia, les conséquences risquent d'être terribles.

Sophia grimaça.

— Je suis désolée, maman. Vraiment désolée de t'avoir déçue.

La voix de sa mère s'adoucit.

— Je ne suis pas déçue. Mais tu as choisi une voie difficile. Épouser un roi lorsque tu viens du peuple… Et les choses seront plus douloureuses encore pour toi et Luca. J'avais espéré que tu pourrais l'éviter.

— C'est ce que nous avons fait. Jusqu'à ce que ce ne soit plus possible.

Elle était honteuse de parler si honnêtement à sa mère. Jusqu'à récemment, elle était encore vierge, et voilà qu'elle avouait avoir été dépassée par son propre désir.

— Si vous vous aimez…, commença sa mère.

Sophia se raidit, traversée par un éclair de douleur.

— Si nous nous aimions, je n'aurais jamais accepté d'épouser Erik, coupa-t-elle. Luca ne m'aime pas.

Erik n'avait-il pas représenté, pour elle, une forme de dérobade ? Avait-elle cherché dans ce mariage à fuir ? Non pas seulement le scandale ou le regard perspicace de sa mère, mais surtout la force de ce qu'elle ressentait pour Luca ?

— C'est un homme bien, fit soudain sa mère d'une voix rassurante.

— Je sais. Trop bien pour une affaire aussi dégradante.

— Trop bien aussi pour refuser de prendre ses responsabilités. Mais je me demande s'il n'aurait pas été plus facile pour tout le monde qu'il te laisse épouser Erik.

Sa suggestion la transperça comme une lance.

— Pourquoi ?

— S'il ne peut pas t'aimer…

La remarque de sa mère était intéressante. Pensait-elle que sa fille était difficile à aimer ? Ou songeait-elle à Luca, à la distance qu'il mettait entre lui et le monde ?

Les deux, peut-être.

Sophia était certaine d'une chose, néanmoins : elle ne voulait pas l'aimer. Ce qu'elle ressentait était bien trop violent et bien trop douloureux.

— Je ne suis pas sûre d'être amoureuse de lui, avoua-t-elle. Mais ce qu'il y a entre nous est indéniable. Et il a choisi de légitimer le bébé… Je ne peux tout de même pas le forcer à renier son enfant !

— Bien sûr que non. Mais tout cela va être si périlleux, Sophia. Où es-tu ? Je voudrais venir te chercher.

— Je…

La porte s'ouvrit brusquement et elle fit volte-face. Luca était planté sur le seuil et lui jeta un regard noir. Son expression était orageuse, sa bouche, crispée de colère.

— Je dois te laisser.

Elle raccrocha le téléphone sur les protestations lointaines de sa mère. Luca traversa la pièce et arracha la prise de l'appareil.

— Je t'ai expliqué que je ne voulais pas être dérangé. Que lui as-tu dit ?

— Simplement que j'étais enceinte de toi.

Luca lâcha un petit rire sombre et acide.

— J'imagine que son respect pour moi a bien diminué, dans ce cas.

D'un geste frileux, elle serra ses bras autour d'elle.

— Elle a dit qu'elle l'avait toujours su. Que tu avais envie de moi. Et que je te désirais aussi.

— Fascinant. Mais tu n'en avais aucune idée, n'est-ce pas ?

— Non. Je croyais que tu me détestais.

— Tu refusais de disparaître, de devenir invisible. Les années passaient, et à mes yeux tu ne perdais rien de ton charme. Je te détestais sans aucun doute, Sophia, mais mon mépris ne muselait pas mon désir.

— Oh ! Luca, c'est magnifique, railla-t-elle. Tu devrais m'écrire des poèmes.

— N'est-ce pas ? Voilà un quadrisyllabe : Tu es à moi.

Il fit un pas en avant et tira le drap blanc qui lui servait toujours de peignoir. Elle trébucha vers lui, nue et tremblante, avec l'impression d'exhiber son âme plutôt que son corps.

— Alors tu es à moi aussi, pas vrai ? rétorqua-t-elle, fragile sous son regard acéré.

— Je ne suis pas sûr de comprendre…

— Si tu veux que je t'appartienne, je n'accepterais pas moins que cette concession en échange. Tu veux que nous nous mariions, Luca ? Alors je serai la seule femme que tu toucheras. Tu peux m'avoir tout entière, ou pas du tout.

— Je n'aurais jamais été infidèle à ma femme, quelle qu'elle soit. Je n'ai pas l'intention de l'être avec toi.

Un frisson d'attraction crépitait entre eux, et aucun n'osa immédiatement reprendre la parole. Le silence était lourd de leur promesse mutuelle. Ils ne toucheraient personne d'autre. Ils devraient d'abord épuiser le désir véhément qui les poussait l'un vers l'autre, et Sophia ne pouvait imaginer en arriver un jour à se fatiguer de Luca. Elle savait, confusément, que ce qui la liait à lui était exceptionnel.

— Qu'est-ce que tu vas faire ? murmura-t-elle.

— Ce soir ? Je voudrais t'emmener dans mon lit et me repaître de toi jusqu'à ce que tu cries mon nom.

Sa peau s'enflamma, mais elle parvint à soutenir son regard.

— Je veux dire, à propos de nous. Comment vas-tu l'annoncer ? Annoncer notre mariage ? Qu'as-tu prévu ?

— Mon communiqué de presse sera publié demain. Nous resterons ici, sans contact avec le monde extérieur, le temps que l'indignation générale se calme un peu. Puis je t'épouserai. Pas dans cette robe, ajouta-t-il en montrant la pile déchirée qui gisait sur le sol.

— Effectivement, plus rien ne peut la sauver.

Il la dévisagea un moment, et un sourire joua sur ses lèvres.

— Et plus rien ne peut *nous* sauver…

Sur ces mots, il l'attira dans ses bras pour l'embrasser avec ardeur.

Le lendemain matin, Luca se sentait plein d'une énergie nouvelle lorsqu'il ouvrit les paupières. Sophia était nue, douce et tiède, tout contre lui, un sein contre son bras ; paisiblement endormie, le halo de ses boucles sombres étalé sur l'oreiller.

C'était fait. Il était libre. Il avait tout détruit.

Il se sentait étrangement apaisé. Sa provocation était peut-être même assez puissante pour passer dans le royaume des morts et atteindre sa mère. Même elle n'aurait pas pu limiter l'impact d'un tel chaos.

Peut-être qu'insulter sa mère défunte n'était pas très charitable, mais il ne parvenait pas à formuler une pensée généreuse à son endroit.

Étrange qu'il pense si rarement à elle. Des jours, des années sans évoquer son visage. Il méditait souvent sur les plaies de son âme et sur leurs conséquences sur son présent, mais il avait toujours évité avec brio de s'attarder sur leurs origines.

Seulement, l'image parfaite et honorable qu'il avait minutieusement cultivée était sur le point de voler en éclats – et les événements des derniers jours l'obligeaient soudain à regarder le passé bien en face.

Personne ne peut rien savoir de Giovanni, tu m'entends ? Si ton père l'apprenait, notre mariage serait terminé. Et que penseraient les gens de toi, Luca ? Ils n'oublieraient jamais.

Il serra les dents et sortit du lit. Il s'arrêta devant la fenêtre et admira un moment l'océan en contrebas.

Il devait écrire le communiqué de presse.

Il fit volte-face et sortit de la pièce pour s'en charger immédiatement. Il en profita pour appeler son majordome, afin de lui faire passer ses directives. Si l'homme était choqué, il n'en montra rien ; mais il avait été engagé pour sa discrétion. Luca lui ordonna également de garder le secret de sa localisation.

Et maintenant, Luca devait décider de ce qu'il allait faire de sa fiancée. Voilà comment il devait considérer Sophia désormais ; jusqu'à ce qu'elle soit sa femme. Elle n'était plus sa demi-sœur.

À ses yeux, elle ne l'avait jamais été.

Mais cela signifiait qu'il devait apprendre à la connaître.

Pendant des années, il avait évité tout rapprochement, bien sûr, évité toute occasion d'encourager l'attraction qui frémissait en lui. L'expérience avait montré que ses efforts avaient été bien futiles. Et il s'apprêtait maintenant à l'épouser sans la connaître.

L'idée ne le troublait pas vraiment, mais il avait le sentiment que Sophia voudrait en savoir plus avant de l'épouser ; et ils devaient être capables de parler de leur relation, et de parler l'un de l'autre, sans qu'une distance malaisée leur fasse obstacle.

En l'emmenant sur cette île, il avait écouté ses instincts : il l'avait isolée, gardée pour lui ; il l'avait empêchée d'épouser Erik. Mais il ne pourrait pas la garder ici pour toujours. Il leur fallait être liés par autre chose que le sexe et le scandale.

Quoique le sexe lui convînt parfaitement, pour le moment.

Le personnel avait laissé des croissants frais dans la cuisine, la veille, et il trouva un plateau de dattes, de fromage et de figues dans le réfrigérateur. Sur le comptoir, un pot de miel local. Il prépara une théière de thé vert et arrangea le tout sur un plateau avant de monter à la chambre. Lorsqu'il poussa la porte, Sophia se retourna en émettant un petit son ensommeillé. L'éclat encore rêveur de ses yeux s'aiguisa.

— C'est pour moi ? fit-elle en fronçant les sourcils.

— Oui, dit-il en s'asseyant au bord du lit.

Il sourit de voir ses yeux glisser subrepticement du plateau à son torse encore nu. Les joues roses, elle détourna immédiatement le regard ; mais il était flatté qu'elle le trouve si attirant. Que Sophia, si douce et si adorable, soit si visiblement affectée par sa présence.

Il balaya rapidement cette idée ridicule.

— C'est... gentil de ta part.

Elle se redressa contre les coussins en relevant les draps pour cacher sa poitrine.

— Qu'est-ce que c'est ? continua-t-elle en soulevant le couvercle de la théière, le nez plissé. Ce n'est pas du café.

— Tu es enceinte. Les femmes enceintes ne sont pas censées consommer de caféine.

— Pas *trop* de caféine. Cela ne veut pas dire que je dois... boire des herbes.

Elle avait l'air sincèrement horrifiée.

— J'ai essayé de faire au mieux. Je ne suis pas un expert.

— C'est nouveau, tiens.

— Quoi donc ?

Elle lui offrit un petit sourire malicieux, si complice qu'il se sentit fléchir.

— T'entendre admettre que tu ne sais pas tout.

— Sophia…, menaça-t-il.

— Tu ne peux pas dire le contraire !

— On m'a inculqué l'arrogance. C'est le privilège et le fardeau de la couronne.

— Oh ! Vraiment ?

— Personne ne veut d'un roi pusillanime.

— Peut-être. Personne ne veut d'un mari insupportable non plus, cela dit.

Ils s'observèrent en silence.

Sophia attrapa un croissant d'une main légère.

— Tu aimes le café, alors, dit-il soudain.

Elle haussa une délicieuse épaule nue. Il savait maintenant que sa peau était aussi veloutée qu'elle en avait l'air… Il aurait aimé la lécher. Il avait passé tant d'années à ne *pas* la lécher.

— Oui.

— Je l'ignorais.

— Ce n'est pas très original.

— Peut-être, mais nous n'avons jamais discuté de ce que tu aimes. Ou de ce que tu n'aimes pas.

Son air pensif aurait dû lui mettre la puce à l'oreille : après tout, Sophia n'était pas de nature docile.

— Eh bien, nous avons établi que j'aime le café. Je suis aussi extrêmement douée pour choisir des robes de mariée faciles à arracher à mains nues, et j'aime être kidnappée et embarquée contre mon gré sur des îles désertes à mes heures perdues.

Il plissa les yeux.

— Plus aventureux que la philatélie, tu dois l'admettre.

— Oh ! Tout à fait. Quoiqu'un timbre rare nous rapporte plus d'argent qu'une robe de luxe en lambeaux.

— Permets-moi d'en douter. Une fois que la nouvelle de notre union aura fait la une des journaux mondiaux, je suis sûr que cette robe vaudra une petite fortune.

Les sourcils froncés, Sophia mordit dans une fraise.

— Les journaux mondiaux…, marmonna-t-elle.

— Malheureusement. Tu sais que nous n'avions pas le choix, Sophia. Pas d'autres choix.

Il voulait parler du bébé, et pourtant il avait le sentiment que ses mots portaient en eux une fatalité plus puissante, plus profonde.

— Nous avons essayé...

— Pas ce soir-là. Pas le soir du bal.

Elle leva les yeux vers lui, confuse.

— Vraiment ?

— Bien sûr, assura-t-il. Si j'avais *vraiment* essayé, je ne t'aurais pas touchée. Mais je t'ai suivie. Mon désir était devenu plus puissant que mon devoir, et je ne pouvais pas... Je ne pouvais pas supporter de te voir avec lui.

— Tu m'aurais vue avec lui hier, remarqua-t-elle en caressant une figue.

— Je suis venu. C'est tout ce qui compte.

— Luca...

Elle leva les yeux vers lui, incertaine.

— Pourquoi ton honneur est-il si important ? Bien sûr, tu es roi, mais il y a plus que cela. Plus que pour les autres chefs d'État, je crois. Je connaissais ton père, et je l'aimais comme s'il était le mien. Il était sérieux, et traitait sa position avec solennité. Il prenait soin de sa réputation, lui aussi. Mais pas comme toi. Tu fais tout avec une telle gravité... Et je...

Elle inspira profondément.

— En toute sincérité, je voulais garder le secret de ce bébé pour ne pas t'obliger à prendre cette décision. Je sais combien le pays et son opinion comptent à tes yeux...

— Pas plus que mon enfant, coupa-t-il, la gorge brûlante de colère. Rien ne compte plus que mon enfant, Sophia. Dès que les résultats du test ont atterri sur mon bureau, j'ai voulu découvrir la vérité. Et je n'aurais jamais sacrifié mon enfant sur l'autel de la renommée ou de la bienséance. Mon nom n'est qu'un nom. Le bébé que tu portes est mon sang.

Il inspira profondément.

— Quel héritage laisserais-je derrière moi, si je ne choisissais pas de protéger ceux qui viendront après moi ?

— Je suis... Je suis désolée, souffla-t-elle d'une voix pleine de sincérité. Tu as raison. Malgré tout ce que nous avons...

Elle ferma les yeux une seconde.

— Même si j'ai toujours été fascinée par toi, je ne te connais pas non plus.

Lorsqu'elle rouvrit les paupières, ses prunelles brillaient de larmes.

— J'ai pris des libertés parce que je pensais savoir comment tu réagirais, et j'ai eu tort.

— Non. Dans toute autre situation, j'aurais d'abord cherché à protéger mon honneur. Mais là, il s'agissait de mon enfant...

Bien sûr : c'était le point de rupture. S'il ne défendait pas bec et ongles sa réputation, cela signifiait qu'il avait enduré sans raison la trahison de sa mère, les ombres de son passé, et... Il ne pouvait pas admettre une chose pareille. Seul l'enfant pouvait justifier de mettre en péril la dignité de sa couronne. Il n'aurait pas supporté de faire subir à son héritier ce que sa mère avait allègrement autorisé pour lui.

— Bon. Qu'allons-nous faire aujourd'hui ? s'exclama soudain Sophia.

Son enthousiasme lui arracha un sourire.

— Je n'y ai pas vraiment réfléchi.

C'était faux. Il ne voulait qu'une chose, et c'était la déshabiller, lui arracher ce drap qui la couvrait ce matin et savourer sa beauté.

— Tes vêtements devraient arriver très bientôt. Et il y a la plage et la piscine.

— Ou le badminton. On y jouait, tu te souviens ?

— Tu te moques de moi...

— On est un peu isolés, ici, Luca. Je réfléchis juste à ce que nous faisions pour nous distraire.

Il leva vers elle un regard brûlant, et elle vira lentement à l'écarlate.

— Nous ne pouvons pas faire *ce genre de choses* sans arrêt, protesta-t-elle.

Il se pencha en avant et leva son joli menton de l'index.

— Pourquoi pas ?

Elle écarquilla les yeux.

— Parce que... Parce qu'on ne peut pas.

— Un argument sans réplique, fit-il en souriant. Mais nous

avons passé des années sans faire *ce genre de choses*, et je pense que nous avons beaucoup de temps à rattraper.

— Eh bien..., renifla-t-elle d'un air mondain, cela ne se fait pas, voilà tout.

— Je t'assure, *cara*, cela se fait très bien.

— J'en *mourrais*, déclara-t-elle avec une certitude inébranlable.

Il ne put retenir son éclat de rire.

— C'est un peu alarmiste, tu ne crois pas ?

— Non, pas du tout. Tu étais là, les deux dernières fois, pas vrai ? Je n'arrive plus à respirer pendant l'heure qui suit, et je frôle la tachycardie. Si nous y passions la journée...

— Ce serait différent. Mais tout aussi intense.

— C'est toujours comme cela, alors ? Ou est-ce que la fièvre diminue petit à petit ? J'ai toujours l'impression que je suis sur le point de me briser. C'est la même chose, avec tes autres amantes ?

Il aurait pu lui mentir, mais à quoi bon ?

— Je n'ai jamais ressenti cela avec mes autres amantes. Je te l'ai dit : tu m'obsèdes depuis bien trop longtemps. Je n'ai jamais réussi à apaiser le besoin que j'avais de toi. Et avant toi, je ne savais même pas que ce besoin existait.

— Oh ! murmura-t-elle.

— J'ai souvent prié pour qu'une autre femme te remplace, mais ce n'est pas aussi simple.

Il secoua la tête.

— Il n'y a pas d'issue. Nous devons l'endurer.

— Peut-être après un match de badminton.

— Si tu oses me tendre une raquette de badminton, je la casserai en deux, menaça-t-il.

S'il avait le courage de détourner le regard d'elle, bien sûr. Il était de nouveau dur comme la pierre. Pendant une seconde, alors qu'un rayon de soleil faisait pleuvoir une poussière dorée sur le beau visage levé de Sophia et illuminait ses boucles sauvages, il retint son souffle, subjugué.

Elle était sienne. Cette idée lui faisait toujours l'effet d'une consécration.

Il se sentait proche de l'empereur Néron, occupé qu'il était à rire avec elle alors que Rome brûlait au loin ; mais après tout,

Rome brûlerait de toute façon, alors pourquoi ne pas goûter au plaisir avant qu'il ne soit trop tard ?

— J'aimerais savoir quelque chose, dit-il.

— Si je prends du lait avec mon café ?

— Non. Pourquoi étais-tu vierge, Sophia ?

Elle amorça un mouvement de recul, une main pressée contre sa poitrine, et il fut touché par sa pudeur.

— C'est important ?

— Puisque tu poses la question, j'imagine que oui.

— Je n'ai jamais rencontré un homme qui... Luca, aucun homme n'est parvenu à m'émouvoir en m'embrassant, ou en m'étreignant, autant que tu le faisais avec un simple regard. Alors, à quoi bon aller plus loin ? Dans le lit d'un autre, je n'aurais pensé qu'à toi.

Ses mots l'émurent et le remplirent de honte. Un brouillard sombre et familier roula le long de son échine. Oui. La honte était sa fidèle compagne – quant au sexe...

Il n'avait jamais envisagé de se priver de sexe. Il y avait d'abord été exposé contre son gré, et il avait ensuite résolu de prendre les devants. De choisir. Encore et encore.

Une façon comme une autre de creuser la distance entre lui et cette première expérience. De se prouver peut-être que chaque rencontre était différente.

Mais ce qu'il avait enduré cette nuit-là était laid et terrible ; un immonde jeu de pouvoir. Le refus odieux de respecter la liberté d'autrui.

— J'ai été avec d'autres femmes tout en pensant à toi, tu sais. Je fuyais parfois la comparaison en choisissant des compagnes qui n'avaient aucun point commun avec toi.

— Nous sommes très différents, lâcha-t-elle en souriant.

— Sophia... Je ne me suis jamais autorisé à te toucher pour beaucoup de raisons.

— Ta réputation, bien sûr.

— Ma réputation, et celle de San Gennaro, ne représente qu'une pièce du puzzle.

— Alors parle-moi du puzzle, Luca. Je pense qu'il est temps que je te comprenne, puisque nous allons nous marier.

— C'est… difficile. J'ai du mal à bien décrire la première fois que je t'ai réellement vue comme une femme. À exprimer le sentiment qui m'a frappé. Tu as toujours été… surprenante et indocile, mais je n'ai pas compris pourquoi cela me fascinait, ou me dérangeait, avant tes dix-sept ans. Soudain, toute ta vivacité, toute ton impulsivité embellissaient encore ce que tu étais devenue, et j'ai ouvert les yeux. Mais je savais que je n'avais pas le droit. Et j'ai décidé de t'écarter autant que je le pouvais. Je ne regrette pas cette décision ; je voulais simplement faire mon devoir. J'ai échoué, finalement. Et toutes ces années de distance et d'incompréhension stagnent maintenant entre nous. Oublions ce que nous avons été l'un pour l'autre jusqu'à aujourd'hui. Je pense que nous devons avancer, et je ne crois pas que nous trouverons des réponses dans notre passé.

Elle plissa les yeux et le dévisagea avec attention, sceptique. Il savait qu'elle n'était pas d'accord et qu'elle ne le croyait pas. Mais il ne voulait pas lui confier les noirceurs de ses souvenirs. Il ne voulait pas qu'elle le *connaisse*. Ils pourraient construire une vie ainsi ; une vie où leurs corps exulteraient ensemble et où elle se moquerait tendrement de lui. C'était une bien meilleure solution que ce qu'il envisageait encore quelques jours auparavant.

Il avait toujours considéré qu'il n'épouserait pas la femme qu'il voulait plus que tout ; et voilà qu'il était avec elle. Il ne servait à rien d'ouvrir la boîte de Pandore.

— Tu as une objection, *cara* ?

— Tu veux faire comme si nous ne nous connaissions pas ? Alors que nous avons passé la majorité de notre vie ensemble ? Tu ne veux pas regarder en arrière et comprendre qui j'étais ?

— N'est-il pas plus important de comprendre ce que nous sommes aujourd'hui ?

— L'un n'existe pas sans l'autre.

— Mon histoire ne t'apprendra rien, fit-il en haussant les épaules. Je suis né dans une famille royale. J'y mourrai sans doute.

— Tu as perdu ta mère quand tu avais seize ans. J'imagine que tu en as souffert.

— Oui, convint-il d'une voix coupante comme une lame.

Bien sûr qu'il en avait souffert ; mais peut-être pas de la façon qu'elle pensait. Pas d'une façon qu'il savait exprimer. Perdre quelqu'un qu'il était censé aimer, quelqu'un qu'il avait appris à haïr, était une douleur très particulière. Il s'était senti coupable. Si coupable… Comme si sa détestation avait empoisonné sa mère à petit feu. Comme s'il avait lui-même poussé la voiture à sortir de la route, ce jour-là.

— Peut-être que nous pourrions nous balader sur la plage, proposa-t-il brusquement. Qu'est-ce que tu en penses ?

Elle hocha lentement la tête.

— Avec plaisir.

Mais elle n'avait pas vraiment l'air convaincu.

Peu importait. Elle comprendrait bien vite que sa stratégie était la meilleure. Et si, de son côté, Sophia voulait s'ouvrir à lui, il se prêterait au jeu. En toute honnêteté, il était curieux, irrépressiblement curieux de la connaître.

Quoi qu'il en soit, il ne laisserait pas les histoires de son passé la hanter elle aussi. Un poison incurable coulait déjà dans ses veines, et il n'infecterait personne d'autre.

Sophia avait trop chaud après leur longue promenade sur la plage de sable blanc, à chercher paresseusement des coquillages colorés et baigner ses pieds dans l'eau claire.

Comme annoncé, ses vêtements étaient arrivés à la villa et elle avait pu passer une jolie robe blanche et légère. Ils avaient marché ensemble, et il ne l'avait pas touchée.

Luca, à vrai dire, ne l'avait *jamais* touchée dans un contexte platonique. Pas volontairement, en tout cas.

Il n'avait pas essayé de prendre sa main dans la paix solaire de l'après-midi ; il n'amorçait aucun geste d'affection. Si bien qu'elle décida finalement de prendre l'initiative, et glissa ses doigts entre les siens sur le chemin du retour.

Elle regretta presque aussitôt sa décision. Le geste était si… profond. Si étrange. Tenir la main de Luca. Comme s'ils étaient en couple. Pas des amants clandestins, mais quelque chose de plus doux, d'infiniment plus tendre.

Étrange, parce qu'il n'y avait pas de tendresse dans leurs

interactions. Non, elle était injuste : Luca avait été attentionné ce matin, lorsqu'il lui avait monté le petit déjeuner au lit.

Lorsqu'ils arrivèrent à la villa, le dîner avait été servi sur la grande terrasse qui surplombait la mer. Des plats colorés, débordant de fruits de mer et de beaux légumes colorés, les attendaient sur la table. C'était un peu léger à son goût, mais, à la fin du repas, Luca disparut dans la cuisine et revint rapidement avec un dessert délicieusement décadent, une pâtisserie luxueuse à la crème, à la meringue et aux framboises.

Bercée par le bruit de l'océan tout proche, dans la tiédeur du soleil couchant, Sophia prit une bouchée du dessert en fermant les yeux. Le vent soufflait doucement dans ses cheveux et caressait sa nuque. Pendant une seconde, une angoisse foudroyante la traversa ; la peur insidieuse que tout cela n'était qu'un rêve, que Luca ne serait pas là si elle rouvrait les paupières. Qu'elle était en réalité en voyage de noces avec Erik, qu'elle avait construit une hallucination élaborée pour survivre au mariage.

Mais non. Lorsqu'elle leva les yeux, Luca était bien là. Il l'observait avec attention de ses belles prunelles sombres. Le soleil jetait des éclats pourpres sur ses pommettes hautes et soulignait la barbe naissante qui avait poussé sur sa mâchoire carrée. Il ne s'était pas rasé depuis leur arrivée.

Elle avait envie de le regarder se raser ou se brosser les dents. Savourer avec lui des moments d'intimité, de confort, de confiance. Elle voulait être proche de lui.

C'était triste, n'est-ce pas ? Elle avait fait l'amour avec lui plusieurs fois, et elle n'avait toujours pas le sentiment qu'ils étaient intimes. Il y avait comme un mur entre eux.

Sophia voulait connaître les origines de Luca, savoir comment il était devenu cet homme dur, mais bon, qui s'accrochait à ses principes avec l'immuabilité d'une statue d'airain. Il la fascinait, cet homme qui ne laissait libre cours à sa passion que dans son lit et retrouvait toute sa maîtrise de soi et sa réserve lorsqu'il sortait de l'intimité. Cet homme qui avait caché son désir pour elle pendant des années, sans fléchir.

Mais il ne *voulait* pas qu'elle apprenne à le connaître.

Elle savait maintenant pourquoi sa mère avait semblé si

triste au téléphone : il ne s'agissait pas seulement des retombées médiatiques. Elle avait peur que sa fille souffre, emprisonnée dans un mariage où l'amour n'était pas réciproque. Luca ne voudrait jamais partager avec elle ce qu'elle voulait partager avec lui. Il la désirait, il voulait son corps ; mais le sexe était bien différent de la familiarité.

Elle l'avait compris lorsqu'elle avait mêlé ses doigts aux siens, sur la plage, et que son monde avait vacillé d'une façon unique, bien différente de l'extase charnelle.

Mais une chose était claire : c'était avec le sexe qu'elle parviendrait d'abord à l'atteindre. C'était ainsi qu'il baissait sa garde. Bien sûr, elle se laissait aussi emporter. Il la touchait... la bouleversait... plus merveilleusement que dans tous ses fantasmes. La vie l'avait couverte de cadeaux, et elle n'avait pas vraiment connu l'avidité, l'insatiabilité avant Luca.

Un sentiment d'urgence flottait dans l'air, après cette journée ensoleillée, cet après-midi passé ensemble sur la plage, ce dîner magique caressé par les embruns. Peut-être parce qu'ils s'étaient tenu la main, parce qu'ils avaient mangé ensemble. Peut-être parce qu'ils allaient se marier. Qu'ils allaient se promettre l'u à l'autre pour l'éternité.

Désirer Luca sans pouvoir jamais le lui avouer avait une torture ; mais être avec lui de façon incomplète, com aujourd'hui, était peut-être plus douloureux encore.

Ou du moins plus implacable. Elle ne pouvait pas ignore tourment lorsqu'il était sous ses yeux, lorsqu'elle partageait son lit.

Il était si beau, et physiquement il la transportait, mais ce n'était pas suffisant. Il y avait quelque chose de *plus*, quelque chose qui lui échappait, elle en était certaine.

Elle avait vu la passion dans ses yeux ; elle l'avait *sentie*. Elle l'avait chevauché, s'était enfouie dans ses bras lorsqu'il criait son nom et s'abandonnait corps et âme à leur jouissance.

Elle voulait connaître *cet* homme-là hors de la chambre. Elle voulait briser le mur.

Et pour cela, elle devrait jouer sur son terrain de prédilection, et montrer peut-être plus d'audace que jusque-là. Elle lui avait dit la vérité : elle était restée vierge à cause de lui, à cause de ce qu'elle ressentait pour lui. Elle lui avait toujours été offerte. C'était lui que son corps avait attendu pendant des années, et elle n'avait pas besoin d'être timide. Pas avec lui.

— J'ai deux ou trois choses à régler, déclara Luca en se redressant. Je te retrouverai dans notre chambre.

Le sous-entendu était clair. Mais si Luca pensait qu'il pourrait garder le contrôle éternellement... Elle allait vite lui prouver le contraire.

10

Jauger la réaction des médias avant de quitter l'île avec Sophia était peut-être une erreur. À quoi bon ? Il aurait pu ignorer le monde extérieur un peu plus longtemps. Concentrer toute son attention sur elle.

Mais non, le fardeau venimeux de la réalité revenait le hanter, et il avait besoin de savoir. Il avait eu l'intention de faire une rapide recherche pour voir si leur histoire faisait déjà la une de quelques magazines. Mais il avait sous-estimé l'intensité et l'abondance des réactions.

Les gros titres étaient scabreux.

SCANDALE AU PALAIS.

On parlait d'une liaison torride, presque incestueuse, entre le roi et sa demi-sœur, commencée en secret des années auparavant ; et du fiancé aimable et séduisant qu'on avait abandonné devant l'autel ; et du roi de San Gennaro, perdant enfin tout sens des conventions, ravissant son amante clandestine avant qu'elle ne puisse épouser un autre homme.

Un ou deux articles avaient choisi une tournure plus romantique et décrivaient des amoureux séparés par la tradition, et que le destin aurait enfin réunis.

La vérité se cachait quelque part entre les deux. Lui et Sophia n'étaient certainement pas amoureux, en tout cas.

Il laissa son regard voguer vers la fenêtre, sur la nuit sombre et scintillante. Comme sa relation avec Sophia. Un voile de ténèbres piqueté d'étoiles. Étonnant, finalement, que l'obscurité, si omniprésente, ne parvienne pas à en dévorer la lumière.

Pendant une seconde, l'espoir monta en lui. Peut-être que Sophia ferait de même : peut-être que son éclat viendrait apaiser et illuminer *sa* noirceur.

Mais non. C'était un fantasme idiot. Il ne se laissait jamais aller à la rêverie. L'espoir, il le savait, était une chose bien dangereuse ; une force, peut-être, mais pour des hommes meilleurs que lui.

Soudain, la conscience aiguë des ténèbres qui béaient en lui le heurta de plein fouet. Il avait besoin d'aller retrouver Sophia ; besoin qu'elle le serre contre son cœur.

Quelle faiblesse... C'était lui qui devait la protéger.

Quelque part dans le granit qui avait toujours pesé sur sa poitrine, il y avait un reflet de douceur, juste pour elle. Une chaleur qu'il n'avait jamais vraiment remarquée. Il avait été trop occupé à fuir Sophia, bien sûr. À maîtriser les émotions qu'elle aurait pu faire naître en lui.

Mais il était libre, maintenant. Avec elle. Alors peut-être...

Les gros titres lui revinrent à l'esprit. Ce n'était pas juste, que Sophia subisse ainsi leurs attaques. Beaucoup d'horreurs avaient déjà été imprimées sur sa mère et sur elle lorsqu'elle était enfant. Depuis, petit à petit, l'opinion avait tourné en leur faveur ; et certains journalistes avaient comparé le mariage de son père à une roturière à un conte de fées. Il doutait que ce genre d'analogie soit possible, cette fois-ci.

Dans le monde des contes, après tout, les demi-frères sont toujours mauvais et n'ont jamais de fin heureuse. Certainement pas avec la princesse de l'histoire.

Non, leur idylle appartenait à un monde sombre et tortueux, où l'obsession et la turpitude régnaient en maîtres.

Il sortit du bureau et traversa le long couloir jusqu'à la chambre qu'il partageait avec Sophia. Peut-être ne l'avait-elle pas attendu ; peut-être dormirait-elle déjà.

Il poussa la porte sans frapper ; elle n'était pas sur le lit. Elle n'était... nulle part. Il fronça les sourcils.

Puis il leva les yeux et vit sa silhouette se découper à l'entrée du grand balcon, où trônait cette immense baignoire qui avait peuplé nombre de ses fantasmes.

Elle ne portait rien d'autre qu'une robe blanche, diaphane, vaporeuse comme un voile. Même dans la pénombre, il pouvait deviner l'ombre de ses tétons, et celle entre ses cuisses.

— Que fais-tu ? demanda-t-il.

Ses boucles brunes ondoyaient autour de son visage et ses courbes exquises l'attiraient comme un aimant.

Chaque fois qu'ils avaient été ensemble, ils s'étaient montrés frénétiques, comme s'ils avaient eu peur que l'autre reprenne ses esprits et se retire. Mais ce soir, l'air entre eux était différent. Dans les yeux de Sophia, il y avait une lueur de séduction.

Il jura tout bas et entreprit de retirer son T-shirt, mais elle leva une main délicate.

— Pas si vite.

— Ne me provoque pas, menaça-t-il en avançant d'un pas.

— Je ne veux pas te provoquer.

— Alors pourquoi me demandes-tu de ralentir ? Tu sais très bien que je ne pense qu'à t'arracher cette robe.

— Luca, tu ne peux pas continuer à déchirer mes vêtements.

— Peut-être que je n'aime pas le blanc sur toi. Ou bien, je n'aime tout simplement pas que tu portes des habits. Tu sais, je me suis souvent demandé pourquoi je détestais l'image que le styliste de ta mère avait créée pour toi. Maintenant, je comprends : je te préfère nue.

Elle baissa les yeux, juste une seconde, et ses longs cils sombres papillonnèrent sur sa pommette soyeuse. Peut-être n'était-elle pas aussi assurée qu'elle voulait le lui faire croire.

Mais lorsqu'elle releva ses prunelles éclatantes, elles le défiaient sans ciller. Sophia. La bravade incarnée.

— Je me déshabillerai pour toi avec plaisir, Luca.

La forme de ses lèvres autour de son nom envoya une trépidation brûlante dans son abdomen, comme si elle avait fait glisser sa langue sur lui.

— Mais ?

— J'exige une contrepartie.

— Une contrepartie ?

Il haussa les sourcils et laissa le roulis des vagues et le rythme de son pouls rugir à ses oreilles.

— Comme c'est intéressant, lâcha-t-il finalement. Que puis-je faire pour toi ? M'agenouiller et te vénérer peut-être ? Je serais enchanté de passer la nuit entre tes cuisses, tu sais.

— Oh ! Non, ce serait trop facile pour nous deux. J'enlèverais cette robe en échange d'une seule chose.

— Je t'écoute.

— Je veux que tu m'avoues quelque chose que tu n'as jamais dit à personne. Tu préfères peut-être faire semblant de ne pas me connaître, Luca, mais cela ne me suffit pas.

Son estomac se crispa. Évidemment. Une seule chose lui était venue à l'esprit, brutale comme un coup de tonnerre. Aucun être vivant ne savait ce qui lui était arrivé, quoique à l'époque quelqu'un eût partagé son secret.

Non, il se trompait peut-être : après tout, Giovanni était sûrement encore en vie. Il ne voulait pas d'informations sur lui. Il espérait qu'il était mort, néanmoins. Dans le cas contraire, il aurait été trop tenté de l'étrangler de ses propres mains.

Au milieu du scandale que sa vie sexuelle avait embrasé, peut-être qu'un meurtre passerait inaperçu.

Mais peu importait : il ne pouvait pas en parler à Sophia.

Il serra les dents et fouilla son esprit à la recherche d'une confession inoffensive. Un rien ferait l'affaire. Il voulait simplement qu'elle s'offre à lui.

— La première fille qui m'a plu n'a pas voulu de moi.

Il ne pensait que rarement à cette soirée, à ce bal. Avant qu'il ne soit violé. Quand tout était si simple, et qu'il était encore si innocent.

— Quoi ?

— Je l'ai rencontrée à un bal que mon père avait organisé. Il avait invité des dignitaires des quatre coins du monde.

Ce qui avait permis à sa mère d'introduire son amant dans le palais. Un homme que Luca avait rencontré plusieurs fois et qui lui avait inspiré un sentiment terrible, malaisé.

Il avait deviné que la relation de Giovanni et de sa mère n'était pas innocente ; mais il s'était demandé, plus tard, si ce malaise diffus n'avait pas été une intuition. L'avertissement que Giovanni était un prédateur et qu'il avait déjà jeté son dévolu sur lui.

— Elle s'appelait Annalise. Elle était très belle. Son père était ambassadeur au Maroc et ils avaient été invités au grand bal. Elle m'a hypnotisé immédiatement. Elle a refusé de danser avec moi. Mais ensuite, nous avons discuté un peu, et nous nous sommes promenés dans les jardins. J'ai essayé de l'embrasser à ce moment-là, mais elle m'a envoyé dans le rosier à la place.

Sophia laissa échapper un petit rire surpris.

— Mais tu étais le prince !

— Et elle n'était pas particulièrement impressionnée.

— Quel âge avais-tu ?

— Seize ans. Je crois qu'elle en avait dix-huit.

— Oh non... Tu visais trop haut, Luca.

— J'espérais qu'être le prince du palais me conférerait un avantage.

Sophia gloussa, le visage incliné, et son expression lui donna l'air juvénile. Il eut soudain l'impression d'être jeune, lui aussi. Comme s'il était encore l'adolescent de ce soir-là. Naïf. Plein d'espérances. Prêt à aimer et être aimé. Prêt à vivre, et encore inconscient que la trahison de sa propre mère le briserait.

L'existence lui paraissait si facile, à cette époque. Scintillante et dorée. Une vie de privilèges et de luxe, celle d'un prince qui avait le monde à ses pieds.

— Je l'aime bien, déclara Sophia. Elle n'était pas séduite par ton titre.

— Je pourrais dire la même chose de toi, n'est-ce pas ?

Il fit un pas en avant ; elle fit un pas en arrière.

— Oui. En toute honnêteté, ton titre est plutôt un obstacle qu'un atout, à mes yeux. Imagine comme la vie aurait été tranquille, si nous nous étions rencontrés dans des circonstances différentes.

— Tu aurais tout de même été plus jeune que moi. Je t'aurais regardée différemment à cette époque.

— Très bien. Qu'est-ce que tu aurais fait si tu m'avais rencontrée quand j'avais dix-sept ans, alors ?

— Peut-être que je t'aurais demandé ton numéro de téléphone.

Elle rit.

— Oh ! C'est si délicieusement trivial. Nous n'avons jamais pu nous permettre d'être aussi ennuyeux, toi et moi.

— C'est vrai, dit-il.

— Je te préviens, cette soirée ne sera pas ennuyeuse non plus.

— Nous continuons comme nous avons commencé, alors.

— Tout à fait.

— Et ta robe, Sophia ? J'ai payé mon dû. J'ai droit à ma récompense.

Elle ne répondit pas, mais leva une main pour faire glisser sa fine bretelle le long de son épaule. Elle fit de même pour la seconde. L'étoffe vaporeuse flottait délicatement, à peine retenue par sa poitrine généreuse. Il aurait aimé l'arracher d'un geste sec et exhiber son corps à son regard affamé.

Mais c'était le jeu de Sophia, et il était son captif. Impatient d'en découvrir les règles.

Personne n'osait jamais défier l'homme qu'il était devenu, et il s'en satisfaisait très bien. Mais Sophia... Sophia osait. Jusqu'où irait-elle ? Il était avide de tester son courage.

— Tu devais retirer la robe entière, insista-t-il.

Il était toujours planté à quelques pas d'elle, les poings serrés, et son cœur battait à lui briser les côtes.

Elle le rendait... Elle le rendait fou. Sauvage. Et il ne s'était pas abandonné ainsi depuis très, très longtemps.

— C'est vrai, rétorqua-t-elle. Mais je vois que tu es toujours entièrement vêtu, Luca. Et tu as également gardé tes habits la première fois que nous nous sommes touchés, alors que je...

— Tu portais toujours ta robe. Techniquement.

— J'étais très exposée.

— C'était pour mieux te savourer, *cara*.

Elle frissonna, et il sourit.

— C'est à moi de te savourer, maintenant. Déshabille-toi, ordonna-t-elle.

Elle releva le menton avec un regard de pur défi. Mais il sentait que l'insolence de sa délicieuse *cara* chancellerait bien vite s'il obéissait à sa demande. Elle jouait avec le feu ce soir. Elle était généreuse et enflammée dans ses bras, mais elle était toujours inexpérimentée.

Pour encore combien de temps ? Combien de caresses, combien de baisers ? Combien d'heures passées au lit avec lui suffiraient à éclipser cette ingénuité ? Cette innocence ? Combien d'heures avant qu'elle ne parvienne à soutenir son regard pendant l'extase et cesse de rougir lorsqu'il lui murmurerait des mots érotiques à l'oreille ?

Il voulait être témoin de sa progression, mais il n'était pas impatient. Il voulait se délecter d'elle à chaque étape.

Plus encore, il adorait l'idée qu'il verrait son évolution. Il avait cru qu'il devrait toujours se contenter d'une étreinte esseulée, dans un jardin sombre.

Il fit passer son T-shirt par-dessus sa tête et le jeta sur le sol, puis retira ses autres vêtements jusqu'à ce qu'il soit nu et immobile devant elle. Comme il s'en était douté, elle réprima tant bien que mal un subtil mouvement de recul ; elle semblait toujours trouver sa nudité difficile à affronter.

Il écarta les bras.

— Me voilà à ta merci, *cara mia*. Où est ma récompense ?

Elle se détourna soudain, et le frisson qui parcourut ses épaules blanches trahit son émotion. Mais avec une inspiration profonde, elle releva résolument les bras, et la robe diaphane glissa sur sa taille, dévoilant la ligne élégante de son dos, les fossettes jumelles de ses reins, la courbe de ses fesses toujours couvertes par le drapé immaculé.

Il serra les dents et se retint. Il aurait voulu la rejoindre et prendre les devants. Il en mourait d'envie. Il se força à attendre. Attendre encore.

Elle baissa les mains sur ses hanches et guida la robe le long de ses jambes fines, de sa chair tentatrice, et à cet instant-là seulement il perdit le contrôle.

Il traversa l'espace qui les séparait encore à pas silencieux, en prenant garde de ne pas faire de bruit, et lentement, très lentement, il poussa ses boucles brunes de côté, dégagea sa nuque pâle et l'embrassa.

Il pressa sa bouche contre sa peau tendre. Sophia poussa une exclamation basse, mi-souffle, mi-gémissement. Il recula en frôlant ses omoplates de ses doigts, puis suivit le relief de son échine. Elle trembla, et ses hanches ondulèrent, alors il attrapa son flanc pour l'immobiliser de sa main libre tandis que ses doigts continuaient leur cheminement jusqu'au cœur chaud et moite qui n'attendait que lui.

Il remonta pour empoigner une fesse ronde et la serra fermement ; son autre main avait glissé de sa hanche à son ventre et la fit reculer d'un pas pour la serrer contre lui, contre son érection.

— Je n'ai plus envie de jouer, chuchota-t-il à son oreille avant de capturer son lobe entre ses dents.

Elle s'arqua en arrière, ses fesses adorables pressées contre lui.

— Si tu continues, Sophia, tu vas me pousser à bout.

— Peut-être que c'est le but.

— Je ne pense pas.

— Je ne veux pas que tu te retiennes et que tu sois précautionneux, Luca. Je sais que tu es un homme d'honneur, mais je ne crois pas que l'honneur ait sa place entre nous.

Elle fondait contre lui, chair contre chair, et renversa sa tête sur son épaule.

— Après tout, il n'y a pas vraiment la place pour quoi que ce soit entre nous. Juste nos corps, et ta peau contre la mienne.

Il laissa sa main glisser jusqu'à son intimité, et le frôlement de ses boucles sombres lui sembla plus érotique qu'une vie entière de débauche.

Il effleura ses lèvres sensibles et brûlantes et insinua ses doigts en elle. Elle s'abandonna contre lui avec un soupir.

— C'est donc cela ? Tu me voudrais incontrôlable et incontrôlé ? Ne sais-tu donc pas que je le suis depuis que j'ai posé mes mains sur toi dans le jardin ?

— Tu te contrôles bien plus que je ne le voudrais.

— Mon contrôle peut te procurer beaucoup de plaisir, tu t'en apercevras vite.

Il prit son sein en coupe pour titiller son téton du pouce, et frotta sa joue rugueuse contre la peau veloutée de son cou, de son épaule douce. Elle gémit. Le contrôle, dans ce contexte, ne paraissait pas lui déplaire.

— Sophia, tu me domines depuis bien trop longtemps. Tu

voles mes pensées et toute ma concentration quand tu marches, quand tu souris, quand tu respires.

— Tu as dit que j'étais une maladie pour toi.

— C'est vrai, dit-il en embrassant son épaule. Et il n'y a pas d'antidote. Je suis à l'article de la mort. Mais cela ne me dérange pas.

— Je ne sais pas trop ce que je...

Elle laissa échapper un soupir lorsque ses doigts s'enfouirent plus profondément en elle.

— ... dois penser de cela.

— Ne pense plus, rétorqua-t-il en pressant son bassin contre le sien. Laisse-toi aller au plaisir que je veux te donner.

Elle attrapa la main qu'il avait posée sur son sein, comme pour le supplier, comme si leur étreinte était trop difficile à supporter. Sans ralentir le rythme de ses doigts entre ses cuisses, il saisit la paume douce dans sa main libre et ramena son bras contre ses reins, entre leurs deux corps ; d'un geste impérieux, il menotta ses deux poignets.

— Tu me fais prisonnière, maintenant ?

— Ce n'est que justice. J'ai été ton captif pendant des années.

— Luca, murmura-t-elle, et dans son nom résonnait tout le vertige de sa défaite.

Avec patience, il frotta ses doigts au centre de son plaisir avant de l'explorer plus rapidement, plus profondément, encore et encore. La jouissance la submergea dans un tremblement qui le secoua à son tour, et ses muscles brûlants pulsèrent longtemps autour de ses phalanges.

Il la fit avancer sur le balcon, jusqu'au bord du bassin. Il resserra son étreinte et la souleva pour la déposer dans l'immense baignoire emplie d'eau tiède. Et voilà qu'ils étaient de nouveau unis sous les étoiles. Mais cette fois, il n'y avait personne d'autre. Pas de salle de bal. Pas de témoins potentiels. Seuls au monde.

Il s'assit au bord du bassin et guida ses jambes fuselées autour de sa taille, la pressant contre son membre.

— Ici, tu peux crier. Il n'y a que les étoiles.

Les étoiles. Cette brillance. Sa brillance – Sophia.

— Alors fais-moi crier, souffla-elle, le sourire aux lèvres.

Il attrapa ses fesses à pleines mains, et elle enlaça étroitement sa nuque tandis qu'il traversait le bassin ; le glissement souple de l'eau sur leurs peaux aiguisait encore la sensualité de l'instant.

— Tu veux crier ?

Il s'arrêta devant le bord de verre qui surplombait la mer et la retourna pour qu'elle se place devant lui, face au reflet argenté de la lune sur les vagues en contrebas.

— Accroche-toi au bord, ordonna-t-il.

Elle lui obéit sans broncher, bien que ses mains aient bougé avec hésitation. Elle était confuse ; elle comprendrait vite.

Il guida son érection entre ses cuisses et la pénétra d'un coup de reins vigoureux. Elle gémit en se penchant en avant, ses seins contre le verre, les mains crispées sur le bord. Sans douceur, il attrapa ses boucles sombres et tira son visage en arrière pour embrasser sa gorge, pour mordiller sa peau, tandis que l'eau ondulait autour d'eux. Il la chevaucha ainsi, sans desserrer son étreinte, les doigts crispés dans ses cheveux, sur un rythme fiévreux qui déroulait une langue de feu le long de son échine et l'embrasait tout entier, à l'instar d'une rivière de lave.

Il sentit ses cuisses trembler alors qu'elle approchait de l'extase, et il reprit le chemin de son intimité pour caresser son point le plus sensible, alors même qu'elle se laissait submerger par la jouissance. Encore et encore jusqu'à ce qu'elle crie à s'en briser la voix, dans la nuit claire, au-dessus de l'océan, vers les étoiles.

Dans les ténèbres. Ses ténèbres.

Et lorsque sa propre retenue céda, il l'enserra contre lui avec ferveur et se laissa aller en elle – désespérément, avidement, absolument, au-delà des cimes du plaisir, une exaltation aiguë comme l'éclat d'un couteau, prête à transpercer sa peau et le faire saigner.

Là, devant elle, il était abandonné et vaincu, et il ne pouvait rien faire pour combattre cette abdication. Il tendit la main pour s'accrocher au bord du bassin, le temps de reprendre son souffle. Elle plongea son regard dans le sien, par-dessus son épaule. Elle était… Elle avait l'air aussi dévasté que lui, et il ne pouvait ignorer ce qui brillait dans ses prunelles. Le besoin d'être avec lui.

Il referma ses bras autour d'elle et la serra contre lui en sortant du bassin. Une grande serviette douce les attendait sur un banc tout proche, et il l'enveloppa autour d'elle avant de la porter dans la chambre et de la déposer sur le lit.

Il ne prit pas la peine de se sécher et se coucha contre elle alors qu'elle s'emmitouflait dans le tissu-éponge. Elle roula sur le dos et poussa un long soupir. Elle avait serré la serviette sur sa poitrine, mais les pans s'écartaient au-dessus de son nombril et révélaient l'adorable triangle entre ses cuisses.

— Luca..., murmura-t-elle. Pourquoi ai-je l'impression que ce n'est pas le secret d'Annalise qui se dresse entre nous ?

11

— Je ne vois pas ce que tu veux dire.

— Ce n'est pas ton secret. Tu n'en as peut-être jamais parlé à personne, mais c'est parce que ce n'est pas important. Je crois qu'il y a quelque chose d'important. Quelque chose dont tu ne parles pas parce que c'est trop difficile pour toi.

Elle se tourna sur le flanc, les yeux fixés sur lui, de son regard bleu et trop perspicace. Il se sentait… nu devant elle. C'était ridi-[redacted]le, puisqu'il était nu depuis déjà un bon moment. Et pourtant, [redacted]usquement, il avait l'impression qu'elle voyait à travers lui, [redacted]elle pouvait fouiller son âme et débusquer les secrets qu'il [redacted]it si bien dissimulés.

[redacted] Je ne veux pas en parler maintenant.

[redacted] Alors quand ? Nous allons devoir passer notre vie ensemble, [redacted] sais. Tu t'abandonnes avec mon corps, et c'est une chose merveilleuse, mais ce n'est pas suffisant.

Il grogna tout bas et roula sur elle en pressant ses paumes sur ses épaules.

— Ce que je porte en moi… Toutes ces ombres… Tu n'as pas envie de les connaître. Cela ne t'apportera rien.

La honte, viscérale, sinuait sur sa peau comme une onde visqueuse.

Il réalisa soudain, dans un violent éclair, qu'une angoisse implacable se terrait en lui. Luca était un homme séduisant, et il le savait ; les femmes aimaient sa beauté, le corps qu'il sculptait avec application et ses prouesses sexuelles ; et elles gravitaient autour de son argent et de son titre.

Mais peut-être que les mots que sa mère avait prononcés, après cette nuit-là, avaient laissé en lui un gouffre plus profond qu'il ne l'avait imaginé. Que chuchoterait-on sur son passage ? Que présumerait-on ? Que songerait Sophia ? Elle serait horrifiée et écœurée, si elle savait la vérité. Si elle découvrait ce qu'il avait subi. Si elle découvrait qu'il n'avait pas su se défendre. Serait-il souillé à ses yeux ?

Mais se sentir si vulnérable était une inacceptable faiblesse. Il voulait faire semblant que le passé ne le touchait pas ; qu'il en était sorti grandi, plus fort, prêt à se protéger. Il voulait croire qu'il avait choisi comment l'expérience l'avait affecté et influencé. Mais à cet instant précis, il ne parvenait pas à s'accrocher à ses illusions, et s'il devait en vouloir à Sophia, c'était pour cela avant tout.

— Veux-tu savoir pourquoi notre réputation est si importante à mes yeux ?

Les mots lui brûlaient la gorge et la langue.

Il ne voulait pas en parler, mais le secret lui faisait l'effet d'un terrible fardeau, et son poids insoutenable menaçait de l'écraser. L'acte avait été intolérable ; et lui accorder un semblant de pouvoir le serait plus encore. Luca n'admettrait pas que ce souvenir prenne l'ascendant sur lui.

Il voulait le réduire à néant. L'exprimer à voix haute aurait dû être facile, anodin. Mais s'il devinait un éclair de dégoût ou de pitié dans les yeux de Sophia…

Le regard lumineux qu'elle posait sur lui était trop difficile à soutenir. Qu'importe ! Si elle le désirait encore, après tout, c'était tout ce qui comptait, n'est-ce pas ?

— Ma mère avait des amants, déclara-t-il d'une voix distante. J'imagine que tu ne le savais pas ?

Sophia fronça les sourcils.

— Je n'ai jamais entendu ma mère ou ton père parler de sa première femme.

— Oui, et ce n'est pas parce qu'il était brisé par le deuil. Il a dû souffrir de sa mort, dans une certaine mesure, mais ils ne s'aimaient plus depuis longtemps lorsqu'elle est morte. Peut-être ne se sont-ils jamais aimés. Je pense…

Il s'interrompit soudain, frappé par une révélation.

— Je pense que ta mère était sa première véritable expérience amoureuse. C'est sans doute pour cela que leur lien était si puissant, pour cela qu'il n'a pas voulu se plier à la bienséance. Il avait déjà vécu un mariage de convenance.

— Tu… Tu savais qu'elle avait des amants. Mais tu devais encore être un enfant.

— J'étais très jeune. Au début, je ne m'étonnais pas de ses compagnons, même si elle invitait des hommes au palais quand mon père était absent. Nous recevions souvent des visiteurs de marque, après tout. Mais je savais, d'une certaine façon, qu'ils étaient différents. Je ne pouvais pas ignorer le comportement de ma mère avec eux. La plupart ne me prêtaient pas attention. Sauf un. Il essayait souvent de me parler, de cultiver une relation avec moi. J'avais seize ans.

— Juste avant qu'elle meure, murmura Sophia.

— Oui. Giovanni était le dernier. C'était… Comme si tout avait convergé, cette année-là. Tu te souviens du bal dont je t'ai parlé ?

— Celui avec Annalise.

— Oui. Peut-être que je me souviens d'elle avec tant d'acuité parce que j'ai l'impression que ma vie s'est scindée en deux ce soir-là. L'avant, et l'après. J'étais très différent, à cette époque. Juste un gamin. Protégé du monde, défendu par les murs du palais. Oui, j'avais été très protégé jusque-là.

Il ne voulait pas que Sophia le touche pendant qu'il relatait son histoire. Il s'écarta prestement et creusa un gouffre entre leurs corps. Elle sembla comprendre : elle ne bougea pas. Elle resta immobile, à l'endroit où il l'avait couchée quelques minutes plus tôt.

— Ce soir-là, après le bal… Giovanni m'a offert un verre. C'était étonnant, car il faisait semblant de ne pas me connaître en public, d'habitude. Pourquoi aurait-il risqué une quelconque indication de sa relation avec ma mère ? Mais j'ai pris le verre. Je me suis senti… exténué. Je me souviens d'être parti tôt. J'imagine qu'il a profité du fait que les invités avaient le droit de marcher dans les couloirs, d'explorer le palais. C'était normal. Tout le monde avait été personnellement approuvé par la famille royale, après tout.

— Luca…, souffla-t-elle. Que s'est-il passé ?

Il devina la perplexité et une horreur naissante dans sa voix. Elle n'avait pas encore deviné, mais elle était déjà submergée par le malaise. Et la peur, peut-être.

Il inspira profondément, ferma les yeux.

— Il a abusé de moi.

Un goût métallique inonda sa bouche. Les mots étaient laids, transparents. Aucune échappatoire. Et ils étaient si difficiles à prononcer, car la notion de *victime* se cachait dans leurs replis, et il ne pouvait le supporter.

— Il t'a…

Il la coupa :

— Je pense que tu connais la réponse.

Elle ne dit rien, et un silence lourd s'installa entre eux pendant que les fragments de ses souvenirs filaient dans son esprit. Des fragments seulement. C'était une bénédiction, en quelque sorte. Un brouillard étrange et irréel, engendré par la drogue que Giovanni avait glissée dans son verre.

— Il n'a pas été arrêté ? Pourquoi ne t'a-t-on pas protégé ?

— Cela ne s'est jamais reproduit.

Il avait tout révélé à sa mère ; il ne pouvait en parler à personne d'autre. Comment aurait-il pu aller voir son père, alors que le coupable était l'amant de la reine ? Il ne voulait pas trahir son secret. Il était persuadé qu'elle saurait quoi faire ; qu'elle saurait le défendre.

Mais elle ne l'avait pas aidé. Pas vraiment.

Elle s'était simplement assurée que Giovanni ne mettrait plus les pieds au palais. Une protection de fortune. Elle avait coupé les ponts avec lui, mais elle n'avait pas cherché à le punir. Pour préserver sa propre réputation.

— La réputation de notre nation, dit-il, la gorge nouée. C'était le plus important.

— Bien sûr que non. Comment peux-tu dire une chose pareille ? Le plus important, c'était ta sécurité et te rendre justice.

Une moue de dégoût crispa la jolie bouche de Sophia ; peut-être pour ce qu'il avait enduré plutôt que pour lui-même, mais sa répulsion le poignarda malgré tout.

— La nation passe avant l'individu, Sophia.

— Tu as été violé.

Le mot tabou le frappa comme un coup de fouet.

— Et comment le pays aurait-il réagi ? Devant un futur roi qui aurait été agressé ? Un roi devenu victime ? Plaqué de force dans sa propre chambre et… Non. Il fallait garder le silence. Ma mère m'a expliqué pourquoi.

— Ta *mère* ?

— Peu importe, Sophia. Elle avait raison. Cette histoire m'aurait suivi toute ma vie. Elle aurait façonné mon image. Personne n'aurait oublié ce scandale. Avouer une faiblesse de cette ampleur…

— Ce n'est pas une faiblesse, protesta-t-elle. Tu n'es pas faible. Ce n'est pas… Luca, tu as été drogué.

— Justement. Un simple verre, et voilà que le trône tombe à genoux. Attaquer un souverain si vulnérable serait…

— Non, coupa-t-elle.

— Je sais. Crois-moi. Je suis bien conscient de ce que je *pouvais* et ne pouvais pas faire pour me défendre. Mais tu ne peux pas empêcher les gens de spéculer, Sophia.

— Luca…

— Je t'ai confié mon secret. Tu me l'as demandé. Tu as insisté. Ne me trahis pas maintenant, martela-t-il.

Une pointe de culpabilité le traversa aussitôt. Bien sûr qu'elle ne le trahirait pas. Elle l'observait avec une émotion douloureusement sincère. Sa mère ne l'avait certainement jamais regardé comme cela. Celle-ci avait été horrifiée, oui, mais plutôt par les conséquences hypothétiques d'une telle situation que par ce qu'il avait subi. Les conséquences… pour elle.

Il détestait cette conversation, il détestait cet instant. Tout cela n'avait aucun sens. Il préférait enterrer sa souffrance. Il en avait tiré les leçons nécessaires sans regarder en arrière. Il ne voulait pas continuer de frapper des cadavres et combattre des fantômes. Tous ces efforts seraient vains, quoi qu'il fasse. Il ne pouvait pas corriger le passé.

— Suis-je un roi puissant, Sophia ?

— Oui, murmura-t-elle.

— Et serais-je aussi puissant et aussi fort aux yeux du peuple s'ils connaissaient mon secret ?

— Tu devrais l'être, oui.

— Mais le *serais-je* ? Tu ne peux pas te contenter de rêver. Dans un monde idéal, je n'aurais pas été abusé de cette façon. Je ne peux me fonder que sur la réalité, et je n'avais pas le droit de prendre le risque. Pourquoi penses-tu que j'ai lutté si longtemps pour rester loin de toi ? J'ai une réputation. Le pays a une réputation. Et celle de la couronne actuelle s'est construite sur mon silence. Je l'ai fait voler en éclats en partant avec toi.

— Luca, tu ne peux pas porter ce fardeau tout seul. Tu ne peux pas contrôler ce que les gens penseront de toi. Mais tu es un homme bon, et c'est ce qui compte. Pas l'opinion générale, mais ce que tu fais réellement pour le pays.

— C'est ce que tu penses. Mais le statut et la position du pays sont profondément affectés par la façon dont mon peuple me perçoit. Par la presse. Aujourd'hui, j'ai choisi mon enfant. Je ne peux pas le décevoir. Mais à l'époque...

— Tu aurais dû te choisir toi-même. Te défendre.

C'était sa mère qui ne l'avait pas choisi, en l'occurrence. Mais il ravala de justesse sa réplique amère. Il avait déjà exhibé son âme, il avait déjà confessé une faiblesse, une honte qui lui retournait l'estomac ; il n'avait pas besoin d'expliquer en détail sa relation avec sa mère.

— J'ai choisi San Gennaro, rétorqua-t-il.

— Luca...

Il sortit du lit d'un mouvement brusque.

— J'ai du travail.

— Il est tard.

— Cela ne peut pas attendre.

Il n'y avait pas de travail, bien sûr. Il avait besoin de prendre ses distances. Il ne voulait pas qu'elle le touche. Il voulait seulement rester seul, seulement oublier cette conversation.

Il avait cru... qu'elle se détournerait de lui. Qu'elle voudrait s'éloigner. Mais non, encore une fois, elle l'avait surpris, et il...

Il se rhabilla rapidement et quitta la chambre en ignorant ses protestations. Il repoussa ses cheveux en arrière et s'arrêta soudain dans le couloir sombre. Son cœur battait la chamade. Il l'avait dit. Il avait prononcé les mots fatidiques. Peut-être… Peut-être qu'ils avaient perdu de leur venin, désormais.

Il reprit sa route vers son bureau. Son téléphone vibrait sur la table lorsqu'il poussa la porte.

C'était sa belle-mère. Il décrocha.

— Il est tard, déclara-t-il sans préambule.

— Il faut que tu rentres.

— Je suis occupé, pour le moment.

— Luca. Je ne te le demanderai pas si ce n'était pas absolument nécessaire. La situation nous échappe, ici. Tu ne peux pas laisser le pays se gouverner seul.

— Et Sophia ? C'est pour la protéger que nous sommes ici.

— Alors laisse-la là-bas. Viens affronter les conséquences de tes actes sans elle.

— Tu sais que c'est impossible. Si nous rendons notre relation publique, nous devons le faire ensemble.

— Peut-être. Mais… Luca, je t'en supplie, ne lui fais pas de mal. Elle ne vient pas du même monde. Même si elle y a vécu pendant plusieurs années… Elle ne sait pas que le devoir doit passer avant tout. Pour elle, c'est l'amour qui prendra toujours le dessus.

Il en était conscient. Après tout, elle n'avait même pas voulu admettre le comportement de sa mère envers lui, malgré ses explications.

— Je te le promets, dit-il.

— J'aimerais pouvoir te croire.

— Je vais l'épouser. Je ne l'abandonnerai pas.

— C'est justement ce qui m'inquiète. Tu sembles penser qu'une cérémonie suffira. Mais il y a tellement plus que cela, Luca.

— De quoi parles-tu ?

Elle garda le silence quelques secondes, puis :

— Reviens vite.

— Mon avion sera prêt à l'aube.

12

Quelque chose n'allait pas. Luca était planté près du lit, le visage fermé, seulement vêtu d'un pantalon sombre et les bras croisés sur son torse nu. Sophia frotta ses paupières encore lourdes de sommeil.

— Que se passe-t-il ? dit-elle en se redressant immédiatement.

Les confessions de la veille lui revinrent avec la force d'un coup de tonnerre. Ce qu'il avait enduré aux mains de l'amant de sa mère. Luca était parti, après lui avoir révélé ce drame si personnel. Son départ l'avait fait souffrir, même si elle en comprenait la nécessité.

Et pourtant… Elle aurait aimé le prendre dans ses bras. Elle aurait aimé lui… donner quelque chose. Une sorte d'apaisement. Mais il ne l'aurait pas accepté.

— Nous devons partir, déclara-t-il d'une voix sombre.

Il alla ouvrir la penderie et en sortit une chemise blanche avant de la passer d'un geste preste.

— Pourquoi ? Je croyais que tu voulais rester ici jusqu'à ce que l'indignation se soit un peu calmée.

— Effectivement. Mais ta mère m'a contacté. Elle m'a convaincu de rentrer.

Sa mâchoire était crispée, son expression ciselée dans le granit.

— Ce ne sera pas facile, mais elle a raison. Je ne peux pas laisser mon pays s'embraser en mon absence. Elle a proposé… que je te laisse ici.

— Je ne veux pas rester ici. Je veux partir avec toi.

Il sembla se détendre légèrement.

— Oui, je pense qu'il vaut mieux que tu m'accompagnes. Nous devons faire face à nos détracteurs ensemble. Néanmoins...

— Il n'y a pas de néanmoins qui tienne, coupa-t-elle en levant le menton. Tu as raison. Si tu reviens sans moi, les on-dit ne feront qu'empirer. Je dois rentrer avec toi, quoi qu'il arrive. Je dois être présente et parler en mon nom.

— Tu es très courageuse, Sophia.

Vraiment ? Elle ne s'était jamais sentie particulièrement courageuse. Elle avait passé son enfance à prier pour obtenir l'attention de son père, et sa jeunesse à aimer un demi-frère qui n'appréciait même pas sa présence.

Soudain, la révélation la heurta de plein fouet, éclatante comme une éclaircie après des mois de brouillard. Elle avait passé des années à soupirer après Luca pour se protéger ; si elle s'était convaincue qu'elle l'aimait, elle avait eu tort.

Elle ne le connaissait même pas. Pas réellement. Il n'avait jamais été affectueux avec elle. N'avait jamais été doux ou vulnérable avec elle. N'avait même pas pris la peine de faciliter sa vie au palais.

Il avait été lointain et distant, et par conséquent son option la plus rassurante.

Jusqu'à ce qu'il la touche dans les jardins et que la réalité prenne le pas sur le fantasme, perçante et douloureuse.

Mais jusqu'à la nuit dernière, elle ne l'avait jamais vraiment connu. De loin, elle avait admiré sa force et son intégrité, parce qu'elle rencontrait trop d'hommes dénués de ces qualités. Son propre père, par exemple. Mais ce n'était pas suffisant pour *aimer*.

Et soudain, en le voyant ainsi, se reconstruire sous ses yeux après avoir dévoilé sa fragilité quelques heures auparavant, reprendre son bouclier de roi pour cacher l'adolescent blessé, elle comprenait réellement ce qu'étaient l'honneur et le courage. Et ce que sa force devait lui coûter.

La froideur de sa voix, la dureté de ses prunelles, la raideur de sa posture, et ce beau visage qu'il tenait toujours haut – toutes ses défenses avaient été glanées dans la douleur.

Quiconque connaissait son histoire officielle devait penser

qu'il était devenu ce pour quoi il avait été élevé. Sans jamais affronter l'adversité, si ce n'était par la perte de sa mère. Personne ne le connaissait réellement.

Une vague d'émotions submergea Sophia. Soudain, le fossé entre eux semblait aboli. L'attirance qu'elle avait toujours éprouvée pour Luca s'était muée en un sentiment plus fort, plus profond.

Quelque chose qu'elle n'avait pu imaginer jusque-là, et qui la mettait en danger.

L'amour, pour elle, n'avait jamais été qu'une notion lointaine. Mais tout à coup, elle était secouée par un séisme silencieux, par une pulsion qui lui soufflait de s'ouvrir à Luca, de baisser ses défenses comme il l'avait fait pour elle.

Elle n'avait pas été amoureuse de Luca, pas jusqu'ici. Mais maintenant...

— Il faut que je me prépare.

Elle se leva sans se couvrir et marcha jusqu'à l'armoire où leurs vêtements étaient mélangés. Serait-ce toujours ainsi ? Leurs vies se mêleraient-elles enfin ? Peut-être que Luca préférerait une union royale et conventionnelle, où tous deux mèneraient des vies fermement séparées, dans des appartements différents.

Leurs parents n'avaient pas respecté les traditions. Son beau-père et sa mère avaient toujours tout partagé. Leur espace. Leur existence. Leur amour.

Voilà ce qu'elle désirait. Elle ne voulait pas qu'il l'épouse par devoir. Elle voulait être l'épouse de son cœur.

Elle pivota pour lui faire face, et les mots moururent sur ses lèvres lorsqu'elle croisa son regard brûlant. Il l'observait avec une voracité féroce et profonde qui la rendait tout à la fois heureuse et mélancolique.

Luca avait envie d'elle, bien sûr. Mais ressentait-il quoi que ce soit d'autre pour elle ?

Il était parfait. Telle une statue de marbre, il était doté d'un visage délicieusement symétrique, de traits d'une beauté classique qu'une moue aristocratique rendait terriblement dévastateurs. Son corps était divinement sculpté, ses mains étaient larges et chaudes, lorsqu'il la tenait contre lui.

Mais il avait souffert. Intérieurement, il était brisé. Trouverait-elle le moyen de guérir ces plaies pour toucher son cœur ?

Elle se détourna de nouveau et choisit une robe noire et sobre, que sa nouvelle styliste n'aurait sans doute pas approuvée, mais qui lui semblait appropriée pour leur retour. Il leur faudrait trouver un équilibre entre la contrition et la provocation. Il était nécessaire qu'ils assument leur décision tout en respectant les réactions de leur nation.

Dans l'avion, sur le trajet du retour, il resta distant, mais Sophia n'en fut pas particulièrement surprise. Il voulait rebâtir le mur entre eux, brique par brique. Non plus pour étouffer son désir, non, plus maintenant. Mais plutôt briser le lien émotionnel qu'ils avaient créé la nuit dernière...

Elle avait toujours comparé sa propre enfance aux privilèges de Luca. Elle avait connu la pauvreté ; elle avait été abandonnée par son père ; elle connaissait la faim. Elle avait eu la chance d'échanger ses haillons pour le luxe improbable d'une vie royale, mais elle avait toujours su qu'elle n'y était pas à sa place. Les traditions, les manières, les exigences restaient un langage secret qu'elle comprenait mal.

Mais maintenant... Elle savait qu'elle avait eu tort. Que le masque de marbre cachait une souffrance indicible.

Quand l'avion atterrit, un fardeau de plomb tomba sur leurs épaules ; ou peut-être était-ce simplement le sentiment qui pesait sur sa poitrine.

Elle aurait aimé qu'ils restent sur l'île. Qu'ils s'enferment dans un monde où leurs jours auraient été bercés de promenades sur la plage et d'amour languide dans un bassin de verre.

S'ils n'avaient pas parlé la veille, Luca aurait-il accepté de revenir à San Gennaro ? Aurait-il accepté de fuir la solitude et l'intimité de la villa ? Avait-il décidé d'affronter son devoir pour mieux la fuir, elle ?

Non, c'était injuste.

Luca n'avait jamais fait preuve de lâcheté ; il aurait coupé court à leur dialogue d'un ton sans appel, mais il n'aurait pas battu en retraite.

— Prépare-toi, murmura-t-il.

C'était les premiers mots qu'il lui adressait depuis qu'il était monté dans l'avion. Et de fait : leur voiture les attendait devant l'aéroport privé, mais elle était déjà prise d'assaut. Au milieu des flashs aveuglants, les gardes du corps faisaient leur possible pour écarter la horde des curieux. Sophia se protégea les yeux tandis qu'ils descendaient les marches sur le chemin de la limousine. Luca l'enlaça étroitement et la guida jusqu'à la voiture. Il lança des directives cinglantes en italien avant de claquer la portière.

— Nous allons devoir leur parler à un moment ou un autre, n'est-ce pas ? demanda-t-elle.

— Oui, mais je veux choisir le moment et le lieu. Je suis le roi et je ne laisserai pas la presse dicter mes actes. Nous avons des réponses à leur donner, et nous devons montrer à la nation que nous sommes dignes de leur respect, mais je n'ai pas l'intention de m'arrêter sur un coin de tarmac et de donner une interview comme n'importe quelle star de la téléréalité.

Elle contempla son beau profil sévère et frissonna.

Tout ce en quoi il avait toujours cru se désagrégeait sous ses yeux, et pourtant il restait absolument inébranlable. Alors, elle comprit que cette situation le ramenait à la douleur de son passé et aux décisions prises pour lui à l'époque. Combien tout cela devait lui coûter...

Elle aurait voulu tout réparer. Elle aurait voulu l'apaiser. Elle avait participé à cette destruction, mais elle n'en avait pas imaginé la portée.

— Luca...

— Nous n'avons pas besoin de parler maintenant, ordonna-t-il durement. Nous trouverons le temps plus tard.

— Vraiment ?

— Bien sûr. Nous préparerons notre déclaration ensemble.

Écrire un discours n'avait rien à voir avec une conversation ; mais le corriger ne servirait à rien pour le moment.

Plus tard, lorsqu'elle referma la porte de sa chambre silencieuse, elle regretta de ne pas avoir insisté. Mais Luca s'était montré aussi despotique qu'il savait l'être et avait déterminé qu'ils devraient se comporter aussi pudiquement que possible tant qu'ils n'auraient pas défini leur stratégie médiatique.

Elle aurait aimé dormir avec lui.

Mais peut-être que la solitude serait une bonne chose.

Elle se tourna un moment entre ses draps, puis quitta son lit. Elle traversa la grande chambre, seulement vêtue de sa chemise de nuit, et sortit sur le balcon. Elle s'appuya sur le large rebord et contempla les jardins baignés par la lune. Tout avait commencé ici, près de la roseraie. Et elle ne parvenait pas à le regretter. Pas alors qu'elle avait appris tant de choses sur elle-même au contact de Luca.

Appris à aimer.

Une brise tendre s'éleva, et l'effluve des roses vogua jusqu'à elle pour se mêler à ses cheveux lâchés. Elle ferma les paupières. Elle pouvait presque sentir le parfum de Luca, l'arôme de sa peau. Son odeur était devenue si émouvante, si familière.

— Te voilà.

Elle fit volte-face au son de sa voix. Il était là, sur le seuil du balcon, les yeux posés sur elle.

— Tu pensais que j'avais sauté ?

— J'espérais que non, pour tout t'avouer, dit-il avec un sourire.

— Je croyais que tu ne voulais pas parler ce soir.

— Je n'arrivais pas à dormir.

Il quitta le chambranle et sortit sur le balcon à son tour. Il portait toujours sa belle chemise blanche, mais il avait ouvert les trois premiers boutons. Elle pouvait convoquer l'image de son torse musclé, pouvait imaginer sa main glisser sous l'étoffe et toucher sa peau tiède. Ses cheveux sombres étaient désordonnés, comme s'il y avait passé la main. Elle baissa les yeux sur sa montre en or ; elle ne savait pas pourquoi, mais elle trouvait le bijou sexy, sur lui. Ou lui, tout entier, tout simplement.

— Il fait sombre ici, dit-elle en haussant les épaules.

— Que veux-tu dire ?

— Nous pouvons discuter dans le noir.

Elle était surprise par sa propre déclaration ; mais peut-être que son balcon pouvait devenir leur confessionnal, comme leur lit l'avait été la veille.

— Nous pouvons tout aussi bien parler dans la lumière.

— Je n'en suis pas sûre. Je pense que cela rendrait les choses plus difficiles.

— Qu'as-tu donc à me dire ?

— J'espérais que *tu* voudrais me parler, mais...

Elle n'était pas encore prête à lui faire sa déclaration ; mais elle voulait qu'il sache... qu'il la connaisse, lui aussi.

— Tu sais, continua-t-elle lentement, quand nos parents se sont mariés... J'ai vu mon père. Il m'a retrouvée. Évidemment, avec toute cette couverture médiatique...

Luca fronça les sourcils.

— Tu étais protégée par la garde.

— Oui. Mais ils ne m'auraient pas empêchée de rencontrer mon propre père.

— Je n'étais pas au courant.

— Bien sûr. Tu étais à l'université, à l'époque. Mon père et moi nous sommes vus régulièrement pendant un moment... Jusqu'à ce que ton père lui refuse une somme d'argent très conséquente. J'étais tellement en colère, Luca. Je pensais que le roi était cruel, parce qu'après son refus mon père m'a abandonnée encore une fois. Mais il n'avait jamais voulu de moi. Je ne pouvais pas le comprendre, à l'époque. J'avais seulement treize ans, et j'étais dévastée à l'idée que mon père disparaisse parce que le tien n'avait pas voulu lui donner ce dont il avait besoin.

— C'est terrible, d'être si mal traitée par son propre parent, répondit Luca d'une voix dure.

— Et tu le sais aussi bien que moi, n'est-ce pas ? Je pensais... que les choses avaient toujours été faciles pour toi. Je t'admirais de loin. Même si tu n'étais pas particulièrement affectueux avec moi. J'admirais tes certitudes, ta stabilité, ta détermination. Tu étais tout ce que je ne pourrais jamais être, tu portais ton statut comme une seconde peau. Mais maintenant je sais combien tout cela a dû te coûter, et... Je t'admire plus encore.

Il marcha jusqu'au rebord du balcon pour se poster près d'elle. Il crispa les doigts sur le fer forgé, et elle baissa les yeux sur leurs mains si proches. Elle savourait sa présence, tout près d'elle.

— Comment t'es-tu rapprochée de mon père, dans ce cas ? Alors que tu étais en colère contre lui ?

Il avait habilement changé de sujet. Mais elle était heureuse de partager des confidences avec lui ; elle voulait lui donner autant que ce qu'elle lui avait demandé.

— Il m'a prouvé qu'il était bien supérieur à mon père.

— Comment ? demanda Luca avec une curiosité évidente.

— Mon père a arrêté de me voir quand le tien a refusé de le payer. Pendant ce temps, j'ai été horrible avec le roi. Impolie, insupportable, rancunière. Et pourtant, il n'a jamais menacé de m'abandonner, de me punir. Il ne m'a pas déçue, même quand je me montrais monstrueuse avec lui. Il aurait pu... Il aurait pu m'ignorer, me laisser vivre dans le même espace que lui sans me prêter attention. Il n'avait aucune raison de chercher à cultiver notre relation. Mais il a continué à faire des efforts. Ses actes m'ont montré sa bonté... et ce qu'était la loyauté.

Elle déglutit, la gorge sèche.

— Il m'aimait réellement, et je n'avais connu cela qu'avec ma mère. Il m'a appris que j'avais de la valeur.

Oui, le roi lui avait offert un soutien inébranlable, sans contrepartie. Mais sa relation avec Luca était bien différente.

Pour Luca, elle devrait s'exposer. Terrifiée, elle n'était pas sûre d'y parvenir.

Si seulement il pouvait...

Elle se mordit la lèvre.

— Je dois tellement à ton père ! Il a réparé beaucoup du mal que le mien a fait.

— Je ne peux qu'espérer avoir un peu de sa générosité.

— Et moi, être une aussi bonne mère que la mienne.

C'était la première fois qu'ils évoquaient le bébé en ces termes. Certes, ils avaient déjà mentionné la parenté, le devoir, leurs erreurs. Mais jamais encore ils n'avaient partagé leur vision du futur, leurs rôles de parents.

— Ta mère s'est toujours montrée bienveillante envers moi, dit-il. Elle n'avait rien à prouver, rien à cacher, contrairement à la mienne. C'est quelqu'un de bien. Elle a supporté les insultes cruelles des médias sans fléchir. Tu es comme elle, Sophia, je le sais. Tu montreras à notre enfant comment faire de même.

Elle baissa le visage, le cœur battant.

— Je l'espère.

— Nous ne pourrons lui épargner les conséquences du scandale, mais je sais que je peux compter sur toi pour résister à cette adversité. Et être le meilleur exemple qui soit.

Soudain, Luca lâcha le rebord du balcon et se détourna d'elle. Le mouvement lui fit l'effet d'un abandon, tandis que l'air autour d'eux semblait plus froid, plus sombre.

— Attends, murmura-t-elle.

Elle leva une main, même s'il ne pouvait pas la voir, mais il s'arrêta, les épaules raides.

— Je ne regrette rien, tu sais.

Il l'écoutait toujours, elle en était persuadée. Peut-être même ses mots l'avaient-ils touché...

— Bonne nuit, Sophia, dit-il après un moment silencieux.

Elle aurait aimé en dire plus, mais les mots ne franchissaient pas la barrière de ses lèvres.

— Reste avec moi ce soir, fit-elle simplement.

Il pivota alors pour la prendre par la main et la guida jusqu'au lit. Et il resta avec elle toute la nuit.

Luca devait admettre que la rapidité de son équipe était admirable. Certes, la cérémonie prévue entre Sophia et Erik avait été planifiée en quelques semaines, mais l'organisation de son propre mariage royal tenait du miracle.

Ils avaient tenu leur conférence de presse quelques jours plus tôt, dans les jardins du palais, et avaient autorisé sa diffusion en temps réel à la télévision et sur Internet. Ils avaient parlé de leur responsabilité envers San Gennaro, et de l'engagement qu'ils voulaient prendre l'un envers l'autre. Évidemment, leur discours avait été accueilli avec des sentiments mitigés. Mais Luca n'en était pas surpris. Ils n'auraient jamais pu obtenir l'adhésion universelle. Pas dans ces conditions.

Il faudrait convaincre le public progressivement. Et l'arrivée de leur bébé devrait aider à séduire les plus récalcitrants.

Leur mariage aurait lieu deux jours plus tard, et tout s'annonçait au mieux. Sophia était dans son lit tous les soirs, même s'il avait voulu, à leur arrivée, reprendre leurs anciennes habitudes et ses distances. Sa retenue avait déjà maintes fois failli, lorsqu'il s'agissait de Sophia – elle était sa faiblesse.

Il s'était souvent cru invincible, pourtant Sophia le défiait depuis toujours. Elle se glissait sous l'armure de sa détermination pour le forcer à s'interroger sur lui-même, à affronter ses démons.

Il n'aimait pas se remettre en cause, mais il appréciait de dormir avec elle peau contre peau. Et pour cela, il fallait bien faire quelques sacrifices.

Une soirée privée était prévue ce soir-là pour accueillir les invités du mariage. Rien de grandiose, comme les festivités l'auraient été s'ils avaient eu plus de temps. S'il n'avait pas eu le sentiment qu'une catastrophe était imminente.

L'angoisse finirait par s'effacer. Il en était certain.

Et dans le cas contraire ? Il avait toujours considéré qu'il était marié à sa réputation et à son devoir, et maintenant qu'il avait volontairement lâché les rênes…

Il fronça les sourcils. Il ne regrettait pas sa décision, en réalité. Sophia était la mère de son héritier. Elle allait devenir son épouse. Et comme elle le lui avait rappelé l'autre nuit, quoi que les gens puissent penser de lui, il serait un bon roi.

Le reste n'avait plus aucune importance.

— Qu'en penses-tu ? demanda-t-il à Sophia lorsqu'elle le rejoignit à l'entrée de la grande salle à manger.

Elle portait une robe si pâle que les sequins semblaient refléter l'éclat de sa belle peau soyeuse. Ils brillaient à chacun de ses pas, et le décolleté formait une pointe exquise sur sa poitrine.

Elle attrapa son bras et leva les yeux vers lui.

— Distraire les épouses de dignitaires inconnus est une expérience un peu étrange.

— Mais c'est ta vie, maintenant.

Elle grimaça légèrement.

— Désolé, *cara mia*, mais la reine a des responsabilités, elle aussi. Ta mère doit le savoir.

— Oui, murmura-t-elle d'une voix hésitante.

Avait-elle encore des doutes ? Quoi qu'il en soit, ce n'était pas le moment de l'interroger. Ils marchaient en effet vers la salle de réception, pleine d'officiels internationaux qui auraient secrètement adoré être témoins d'une dispute dramatique.

Il s'installa en tête de table, et Sophia abandonna son bras pour s'asseoir de l'autre côté. La tradition était une chose si fascinante... Ces habitudes, créées par des figures lointaines et disparues. Et pourtant, l'histoire montrait qu'elles étaient suivies avec dévotion, aussi arbitraires soient-elles. Comme si elles avaient été imposées par une divinité. Comme si personne n'avait eu le droit de les briser.

La tradition et les apparences avaient toujours dicté la vie de sa mère, même lorsqu'elle vivait en marge des convenances. Et il s'y était accroché comme à une raison d'être, lui aussi. Il avait voulu croire que les traditions avaient rendu sa souffrance inévitable. Il n'avait pas eu le choix : il n'avait pas eu le *droit* de se battre.

Toutes ces règles absurdes...

Ce soir-là, elles obligeaient Sophia à s'asseoir à l'autre bout de la pièce, alors qu'il aurait aimé qu'elle soit à ses côtés.

Il était le roi, et il devait se plier sans arrêt à ces règles sans fondement. Ces règles qui l'empêchaient de demander justice. Ces règles qui l'avaient empêché d'avouer son attirance pour Sophia pendant si longtemps. Qui l'empêchaient encore de prendre place près d'elle, de passer la journée avec elle.

Quelle chose étrange.

Ses voisins les plus proches avaient été choisis avec minutie par ses ministres : ils ne parleraient de lui qu'avec respect et ne remettraient certainement pas en question cette union avec sa demi-sœur. Sophia était sans aucun doute entourée de flatteurs, elle aussi, et les invités installés au centre pouvaient échanger des piques empoisonnées à voix basse, sans que lui ou sa future épouse en aient la moindre idée.

Lorsque le repas toucha à sa fin, Luca se leva et, d'un regard à Sophia, l'invita à faire de même. Elle avait l'air légèrement nerveuse, mais elle le suivit sans attendre. Elle avait vu leurs parents agir ainsi fréquemment ; elle savait qu'elle devait se laisser guider.

Il lui offrit son bras, avant de pivoter avec elle pour sortir de la grande pièce. Les invités leur emboîteraient bientôt le pas, mais ils pouvaient profiter d'un court répit dans l'antichambre.

— Tout va bien ?

— Oui. Je connais plus ou moins l'étiquette royale.

— Mais maintenant, tu dois la vivre personnellement. Ton rôle au palais a changé. Est-ce difficile pour toi ?

— C'est beaucoup de choses à la fois. T'épouser. Devenir mère. Agir comme une reine ne faisait pas partie de mes priorités.

— Mais tu seras ma reine. Demain.

Sa robe scintillait dans la lumière basse, mais son visage était tiré par l'angoisse.

— Il est trop tard pour revenir en arrière, Sophia.

Elle leva le menton vers lui.

— Je ne veux pas revenir en arrière.

— Tu ne sembles pas heureuse.

— Je suis un peu submergée. Sincèrement, je suis submergée depuis que tu m'as embrassée dans les jardins, il y a des semaines. Tu devrais t'en douter, non ?

— Je te suggère d'être moins « submergée » d'ici à demain, lorsque nous nous unirons dans la chapelle.

Un masque neutre tomba sur son visage.

— Vos désirs sont des ordres, Sire.

Il n'eut pas le temps de répondre. Déjà, les grandes portes s'ouvraient de nouveau sur leurs invités.

— Ma fiancée et moi devons vous souhaiter bonne nuit, déclara-t-il soudain en se tournant vers eux. Nous ne voudrions pas exténuer la princesse Sophia la veille de son mariage.

Il glissa son bras autour de sa taille, un geste intime qui brisait la bienséance et l'étiquette de la cour, il en était bien conscient. Puis il l'entraîna hors de la pièce.

Elle sifflait de rage lorsqu'ils parvinrent à sa chambre.

— Luca ! Nous avons des invités, et je n'ai pas passé la journée à faire des ronds de jambe pour que tu gâches tous nos efforts ce soir.

— Je suis navré, rétorqua-t-il d'une voix dure. Il semble que je sois voué à ruiner la réputation des autres.

Un éclair de honte traversa le regard bleu de Sophia, et il se sentit coupable. Bien sûr, elle n'avait pas voulu l'attaquer sur ce point.

— Luca, ce n'est pas...

— Je sais. Désolé.

Elle ne semblait pas savoir quoi dire.

— Ne t'excuse pas, ordonna-t-elle finalement.

— Nous allons devoir trouver le moyen de nous entendre.

Elle lui lança une œillade pensive.

— Nous n'en avons pas fait beaucoup l'expérience, n'est-ce pas ? En dehors du lit, en tout cas, ajouta-t-il.

— C'est vrai.

Elle croisa les mains devant elle et poussa un long soupir, avant de retirer son élégante chaussure, puis l'autre, d'un petit coup de talon. Pieds nus, plus petite devant lui, elle ressemblait soudain à une petite fée étincelante, venue lui rendre visite dans la nuit sombre.

— Je sais comment nos parents ont fait, dit-elle lentement. Je sais pourquoi cette vie était plus facile pour eux.

— Pourquoi ?

— Parce qu'ils s'aimaient. Ils s'aimaient profondément, Luca. Ils ne se sont pas mariés pour un enfant ou pour l'argent. Il n'y avait pas d'obligation. Ils ont tout risqué pour être ensemble.

Ses mots étaient doux, mais ils l'atteignirent en plein cœur.

— Je ne comprends pas ce que tu attends de moi. Tu es enceinte ; ta mère ne l'était pas. Je ne peux pas changer les circonstances de notre union.

— Je sais. Mais les circonstances ont changé pour *moi*, ces dernières semaines.

Elle leva le visage vers lui, les yeux lumineux.

— Luca, je me suis toujours imaginé que j'étais amoureuse de toi, mais je n'ai compris mon erreur que cette nuit-là, à San Paolo.

Son estomac se retourna cruellement. Bien sûr. Elle avait

compris qu'elle ne l'aimait pas quand il lui avait avoué qu'il n'était qu'une victime, un faible, la proie d'un crime écœurant. Bien sûr qu'elle était révulsée, depuis ! Qui n'aurait pas réagi de la même façon ? Il se haïssait lui-même, la plupart du temps. Il doutait de tout, de lui, et même de son attirance pour Sophia. Dans le secret de son âme, il se demandait si quelque chose n'avait pas été corrompu et brisé à jamais en lui, quelque chose qui l'avait poussé à ne désirer que l'interdit...

— Je suis navré d'avoir détruit la perception que tu avais de moi.

— Non, non, tu te méprends, Luca. Ce jour-là, j'ai compris que, depuis notre rencontre, tu n'avais été qu'un fantasme pour moi. Tu étais mon demi-frère, tu m'étais interdit et il était facile de t'aimer ainsi. Parce que notre idylle était impossible, tu n'avais pas le pouvoir de me faire du mal. Parce que mon cœur t'appartenait, personne ne pouvait le briser. Tu étais comme une forteresse bâtie autour de moi, une distraction pour mon âme. Mais quand tu m'as touchée, ce mur a volé en éclats. J'ai réalisé que je ne te connaissais pas. Comment pouvais-je t'aimer, alors que je ne te connaissais pas ? Je t'admirais de loin, toi, ta force, ton honnêteté, mais je ne savais pas combien cette vie t'avait coûté, Luca, et maintenant... Maintenant, je sais comment tu t'es construit, tu n'es plus un fantasme mais bien *réel*. Et je t'aime, Luca. Je ne voulais pas te le dire, je voulais me protéger. Je connais le rejet et l'abandon. J'aimais mon père, mais il n'en avait qu'après l'argent du tien. J'avais peur de me montrer vulnérable et de te donner mon cœur sans rien obtenir en retour. J'ai essayé, l'autre soir, j'ai essayé, mais j'étais terrifiée, et... Je ne veux plus laisser la peur me guider. Tu mérites mieux qu'une femme qui se cache derrière des mensonges et qui ne prend pas le risque de t'aimer ouvertement.

Elle marqua un silence.

— Je t'aime, répéta-t-elle.

Cette confession révoltait Luca. Impossible ! Sophia ne pouvait pas dire la vérité. Jamais, elle ne pourrait l'aimer.

— Tu ne m'aimes pas, lâcha-t-il, glacial. Tu veux simplement embellir cette union, mais tu ne m'aimes pas.

— Au contraire, mes sentiments pour toi sont forts et intenses.

— Très bien, pense ce que tu veux, mais cela ne changera rien.

— Pourquoi pas ? Cela devrait tout changer.

— Parce que je ne peux pas aimer.

— Tu te trompes, Luca. Tu aimais ton père, tu as beaucoup d'affection pour ma mère…

— Ma famille. C'est différent.

— Pourquoi serait-ce différent ? Ta mère faisait partie de ta famille et…

— Je vais t'épouser, Sophia. Je ne vois pas pourquoi tu veux mêler des sentiments à notre mariage. Je me suis déjà engagé auprès de toi. Qu'espères-tu de plus ?

— L'amour est vital, Luca, tu comprends ? Et sans lui… Le désir n'a pas d'importance. Ni les liens du sang. Ni les serments. Il n'y a que l'amour.

— Alors, nous ne sommes pas du même avis. Seules nos promesses protégeront notre union. La vie est ainsi, Sophia. Tu ne peux pas compter sur la passion pour prendre tes décisions ; tu dois garder la tête froide, et c'est seulement ainsi que tu pourras espérer sauvegarder une part de ton intégrité.

— Je comprends ton opinion, et… C'est une des choses que j'admire chez toi. Ton intégrité. Tu es un homme bon, tu l'as toujours été. Mais il y a plus que cela. Tu ne peux pas faire des promesses sans amour. Je ne le peux pas. Je ne le *veux* pas.

— Pourquoi pas ?

Qu'exigeait-elle donc de lui ? L'amour n'était rien. L'amour finissait toujours par faillir. L'amour l'avait laissé pour mort, dans la solitude et la peur. Sa mère n'avait aimé qu'elle-même. Il avait été un dommage collatéral de ses aventures, de son plaisir, d'un bonheur éphémère et égoïste.

Luca n'avait compté pour personne.

Pourquoi Sophia s'était-elle mis en tête qu'il comptait pour elle ? Pourquoi lui demandait-elle de faire un effort, de *répondre* à son…

Non. C'était une lubie, une angoisse de dernière minute. Il avait promis de rester avec elle, et c'était la seule chose qui importait.

— Je mérite d'être aimée, poursuivait-elle. Je mérite d'être choisie pour moi-même. Or, tu ne m'épouses que pour le bébé que je porte, Luca.

— Tu as longtemps été mon obsession, bien avant que tu attendes mon héritier. Si je ne t'avais pas voulue, nous n'en serions pas là. Il n'y aurait pas de bébé à protéger.

— Tu parles d'obsession quand je parle d'amour, Luca ! Ne vois-tu pas la différence ?

— Alors tu vas simplement partir ? Te mettre en colère parce que tu ne peux pas obtenir de moi ce que tu désires ? cria-t-il, la poitrine brûlante de rage.

Bien sûr qu'elle partirait. Pourquoi voudrait-elle rester avec lui ? C'était tout le problème. Elle pouvait professer son amour, elle pouvait même y croire avec ferveur, mais dans l'adversité, elle découvrirait bien vite qu'elle ne pouvait pas l'aimer.

Luca avait l'habitude d'être utilisé et abandonné. Les sévices que Giovanni lui avait infligés étaient loin d'être aussi douloureux que la désertion de sa mère. Elle s'était détournée de lui pour assurer sa propre sûreté. Elle n'avait jamais voulu lui rendre justice…

Et il ne savait pas comment dépasser cet abandon. Elle était morte. Faire la lumière sur son secret serait terrible. Sa douleur se matérialiserait partout, au palais, dans les médias…

Il ne savait plus quoi penser. Il doutait de ce qu'il voulait, de ce qu'il valait. Mais une chose était sûre : il ne méritait pas Sophia et tous les sentiments qu'elle pensait lui porter.

Elle avait essayé de lui expliquer comment elle en était venue à l'aimer. Elle pensait le voir pour ce qu'il était, désormais. Mais elle ne pouvait pas comprendre, pas vraiment.

Lorsqu'il reprit la parole, sa voix était basse.

— J'ai tout avoué à ma mère. Je suis allé à elle, parce que je lui faisais confiance. J'avais été drogué et abusé. Je le lui ai dit. Je lui ai dit qu'elle avait laissé entrer cet homme dans le palais, et qu'il m'avait poursuivi, fait du mal. Elle était bouleversée et effrayée. C'est pour elle-même qu'elle avait peur – pas pour moi. Elle savait que si elle cherchait à l'assigner en justice, il n'hésiterait pas à révéler ses inconvenances. L'idée était insupportable, pour elle. Je n'ai jamais compté à ses yeux, Sophia. Pas une seule seconde. Ma propre mère…

— Elle avait tort. Comme mon père avait tort. Tu ne penses tout de même pas que j'ai mérité la façon dont mon père m'a traitée ?

— C'est différent.

— Non. Tu as peur de sortir de cet état d'esprit, c'est tout.

— La vérité est difficile à admettre, mais je ne peux pas la transformer. Je n'ai jamais été qu'un accessoire pour celle qui aurait dû m'aimer de manière inconditionnelle.

— Luca, souffla-t-elle. Moi, je t'aime.

Soudain, une bouffée de panique l'envahit. Sophia continuait d'y croire, alors qu'il le lui avait interdit ! Le monstre qui rôdait en lui grondait de plus en plus fort, et il ne parvenait plus à le camoufler. Le devoir, l'engagement, le trône, la presse. Garder la tête froide et le dos raide pour mieux régner...

— Tu ne peux pas m'aimer, martela-t-il sans pitié. Tu ne peux pas m'aimer, parce que je ne m'aime pas moi-même.

Il serra les dents, agacé par sa propre faiblesse.

— L'homme que j'aurais pu être m'a été dérobé il y a longtemps. Tout ce qui me définissait m'a glissé entre les doigts. Je me suis reconstruit comme j'ai pu, parce que personne d'autre ne s'en serait chargé à ma place ; mais j'ai pris garde à ne pas refaire les mêmes erreurs. J'ai effacé mes faiblesses. Toutes ces choses qui, il y a des années, m'ont distingué. Qui faisaient de moi la victime parfaite.

— Non, ce n'est pas juste.

— Bien sûr que ce n'est pas juste. Il m'a choisi pour une bonne raison. Cette audace inconcevable... J'étais le futur roi de San Gennaro, et il a tout de même considéré qu'il pouvait profiter de moi. Il savait qu'il ne serait pas puni. Y as-tu déjà réfléchi ainsi, Sophia ? Il savait que ma mère le protégerait. Que je n'oserais rien avouer, que je ne pourrais pas témoigner contre lui. Que je n'aurais pas le choix. Tu comprends ? Je me suis reconstruit, tout en me débarrassant de mes défaillances. Je méprisais ce que j'étais, or je peux supporter ce que je suis aujourd'hui. Et tu ne peux pas...

Il se détourna d'elle, les yeux fermés, et lutta pour reprendre le contrôle de lui-même.

— Tu ne peux pas.

— Luca, répéta-t-elle d'une voix brisée.

Et il détestait cela aussi – sa souffrance. Elle méritait mieux. Elle méritait d'aimer un homme, d'être avec un homme qui ne serait pas abîmé comme il l'était.

— Tu sais, je me suis souvent demandé s'il y avait quelque chose d'intrinsèquement malsain en moi.

— Arrête de te définir comme cela.

— C'est pourtant le cas. C'est peut-être pour cela que je te voulais tant, parce qu'il y avait quelque chose en moi…

— Non. Arrête de me repousser.

— Je n'essaie pas de te repousser. Je vais t'épouser. Mais je ne pourrais jamais t'aimer comme tu le souhaites. Je n'en suis pas capable. Cette part de moi n'existe plus. Je l'ai tuée pour survivre. Et je n'ai pas l'intention, ni le pouvoir, de changer cela pour toi.

Il secoua la tête. Changer pour elle nécessiterait d'affronter de nouveau la souffrance qu'il avait rejetée de toutes ses forces, et il ne pourrait pas le supporter.

— Alors tu me rejettes.

— Sophia…

Elle avança vers lui.

— Je suis désolée, Luca. Je t'aime. Mais je ne veux pas t'épouser parce que tu le dois à ta nation. Je veux me marier avec toi parce que je t'aime, mais seulement si tu m'aimes aussi. Ce serait si facile de…

Sa voix s'étrangla, et ses yeux bleus s'emplirent de larmes.

— Ce serait si facile d'aller jusqu'au bout, de me contenter de ce que tu m'offres. Mais je ne peux pas faire une chose pareille, Luca. Parce que je sais que nous pourrions partager bien plus que cela. Notre union pourrait être une guérison plutôt que la maladie que tu décris sans cesse. Seulement, il faudrait que tu acceptes d'aller mieux.

Luca sentait le sang battre à ses tempes.

— Si tu ne veux pas d'un homme qui a été violé, *cara mia*, tu peux le dire plus simplement.

— Arrête. Ne te berce pas de mensonges et ne pense pas que je fuis. J'ai peur, mais je prends la seule décision qui soit courageuse. La décision la plus difficile.

— Qu'est-ce que tu veux dire ?

— Je veux dire que, pour la deuxième fois, la princesse Sophia ne sera pas présente à son mariage.

Sur ces mots, elle tourna les talons et sortit de la chambre, pieds nus.

Luca resta immobile, planté au milieu de la pièce, les yeux fixés sur les chaussures brillantes. Cette version de Cendrillon était la plus douloureuse qu'il ait jamais connue.

Et la souffrance l'atteint brusquement, en pleine poitrine, si violemment qu'il en tomba à genoux.

13

Sophia courait. Consciente seulement de ses pieds nus sur l'herbe humide, les brins froids entre ses orteils, la boue instable et glissante sous ses pas ; priant pour que ses jambes ne cèdent pas, pour qu'elles continuent de l'emporter loin de Luca.

Elle était toujours sur le domaine du palais, mais elle savait qu'elle devrait arrêter de courir – prendre une voiture, prendre un avion ? Fuir Luca pour de bon.

Elle ralentit brusquement en arrivant à l'orée de la forêt, puis fit un pas en avant. La texture du sol se transformait sous ses pieds, épines de pin et terre séchée, et la canopée épaisse cachait les rayons de la lune au-dessus d'elle. Il faisait presque froid sous les arbres sombres. Elle frissonna et croisa frileusement les bras, le souffle court. Elle avança encore, et encore. Sa robe miroitait autour d'elle et déchirait les ténèbres.

Qu'avait-elle fait ? Où allait-elle ? Avait-elle l'intention de s'enfoncer dans la forêt pour y mourir ? Ce n'était pas une réaction rationnelle à un rejet amoureux.

Elle ne regrettait pas sa décision, néanmoins ; elle ne voulait pas épouser un homme qui ne l'aimait pas. Pour elle, certes, mais aussi pour lui.

Beaucoup de gens, lui semblait-il, considéraient l'amour comme une chose belle et tranquille. Une force qui les aidait à être eux-mêmes.

Et elle était d'accord, jusqu'à un certain point – mais l'amour, le vrai amour, exigeait de s'interroger sur sa propre identité.

De plonger à l'intérieur de soi et de regarder son essence droit dans les yeux. L'amour n'était pas facile ou confortable. Non, il s'agissait de s'exposer à la douleur, se révéler à l'autre, sans carapace, sans couverture. Faire confiance. Offrir ses fragilités sur un plateau d'argent en espérant qu'elles ne seraient pas utilisées contre vous.

L'amour véritable était la différence entre se cacher dans une forêt sombre et s'élever dans la lumière.

Et à cet instant, elle avait choisi la forêt.

Elle ferma les yeux et essuya la larme qui roulait sur sa joue. Elle comprit soudain où ses jambes l'emportaient. Elle accéléra le pas et traversa la forêt sans ralentir jusqu'à l'allée pavée qui naissait de l'autre côté.

Sa mère avait emménagé dans cette maison depuis quelque temps déjà. C'était une bâtisse désuète, et bien peu impressionnante dans l'ombre du palais, mais sa mère semblait apprécier d'avoir son propre foyer, un tant soit peu libéré des contraintes de la cour.

Elle y avait trouvé une sorte de paix. L'impression, peut-être, de retrouver une vie plus simple, Quoique bien loin de la pauvreté passée, bien sûr. Le cottage était impeccable, entouré de beaux jardins entretenus, meublé de pièces précieuses et exquises, ses murs de briques ornés de roses grimpantes.

Il était plongé dans le noir à cette heure-ci, et le stuc blanc de sa façade brillait comme un phare dans la pénombre ; les roses frissonnaient doucement sous l'assaut de la brise.

Elle marcha jusqu'à la porte sans se préoccuper du gravier coupant sous ses pieds, puis frappa contre le lourd battant.

La porte s'ouvrit d'abord lentement, puis tout d'un coup lorsque sa mère la reconnut.

— Sophia ? Qu'est-ce que tu fais ici ?

— Je...

Elle déglutit, les yeux baissés.

— Je ne savais pas où aller. Je suis venue ici sans réfléchir.

— Que s'est-il passé ?

— Luca et moi nous sommes disputés. J'ai... J'ai annulé le mariage.

— Rentre, souffla sa mère en lui prenant la main.

Puis elle la fit asseoir sur le grand sofa et l'emmitoufla dans une couverture, avant d'aller lui chercher une tasse de thé chaud.

— Raconte-moi.

— Il ne souhaite pas m'aimer, dit Sophia. Ce qui est... très différent de ne simplement *pas* m'aimer. Il ne veut pas de sentiments, il ne veut pas qu'on l'aime. Je crois qu'il a... peur.

Sophia ne parlerait pas du secret de Luca à sa mère ; ce n'était pas le sien.

— Il a beaucoup souffert et il ne veut pas...

— Il ne veut pas guérir ?

— Oui. Est-ce que son père était comme cela aussi ?

— Non. Mais moi, oui. Ton père m'a fait du mal, et j'ai passé des années toute seule, à affronter le jugement d'autrui, parce que j'étais mère célibataire, parce que j'avais besoin d'aide pour te nourrir. Tout cela m'a blessée et m'a endurcie. Quand j'ai rencontré Magnus, il m'a charmée et il m'a séduite sans peine. Je n'ai pas besoin de te cacher ce genre de choses, Sophia, puisque tu sais de quoi je parle.

Ses joues s'embrasèrent.

— Hum. Certes.

— Entrer dans son lit était une chose, mais entrer dans sa vie... s'est révélé très différent. Et j'ai fait de mon mieux. J'ai continué de travailler, j'ai gardé ma liaison avec le roi secrète. Je m'occupais de toi avec autant d'énergie. Je pensais que toutes ces parties de ma vie pouvaient rester cloisonnées.

Elle sourit doucement.

— C'était impossible, mais je m'accrochais tout de même à ma douleur. Et j'ai fini par comprendre que je devais laisser ma peine s'envoler, si je voulais pouvoir prendre ce que Magnus m'offrait. C'est difficile, tu sais, de laisser partir quelque chose qui vous a fait avancer pendant si longtemps.

— Oui, je crois que... Je crois que c'est ce qu'il ressent. La souffrance l'a aidé à se relever, parce que sans elle...

— Sans elle, il n'y aurait eu que le désespoir. La colère est bien plus facile à accepter. Plus facile aussi que l'espoir lui-même. Réapprendre à espérer peut être terrifiant, Sophia. Et ce n'est pas quelque chose que tu veux retrouver lorsque tu as été blessé. Tu veux y résister à tout prix. Ces petits éclats de lumière qui viennent éclairer les ténèbres sont autant de menaces. Tu ne peux pas te cacher dans la lumière, Sophia, alors que les ténèbres dissimulent beaucoup de choses. Trop de choses. La beauté du monde, tout ce qui pourrait nous rendre heureux, et nous-mêmes. J'imagine que c'est ce que Luca veut fuir…

— Alors que dois-je faire ? Dois-je retourner auprès de lui ? L'aimer, même s'il ne peut pas m'aimer ?

— Ce n'est pas à moi de prendre cette décision. Je ne veux pas que tu t'enfermes dans un mariage sans amour. Mais…

— Si je l'aime, ce n'est pas un mariage sans amour, murmura Sophia.

— Oui.

Sa mère s'assit près d'elle et croisa les mains sur ses genoux.

— Le roi m'aimait, avant que je sois capable de l'aimer aussi. Jamais il n'a fait de compromis. Il voulait une épouse, pas une simple maîtresse. En lui refusant mon amour, je restais son amante.

— Alors il t'a donné un ultimatum.

— Non. Il m'a juste expliqué qu'il ne pouvait pas me faire réellement entrer dans sa vie, tant que les sentiments qu'il me portait ne seraient pas partagés. Et le temps a fait son œuvre…

— Mais pour Luca et moi, les choses sont différentes. Nous allons avoir un enfant ensemble. Et je vis au palais la majorité de l'année.

Sa mère rit doucement.

— Toi seule peux décider quoi faire, Sophia. Mais ne laisse pas le chagrin te guider à la moindre difficulté.

— Je ne sais plus que penser, maman.

— Alors pose-toi la bonne question. Puisque Luca risque de te briser le cœur, quelle que soit la décision que tu prendras… Préfères-tu être avec lui, ou loin de lui ?

— Je ne sais pas.

Mais elle savait. Elle voulait être auprès de lui. Dans sa vie, dans son lit, même si elle y sacrifiait ses défenses, sa fierté.

Déclarer son amour à Luca lui avait demandé du courage,

mais ces mots resteraient bien vides, si elle ne les accompagnait pas de preuves...

La mère de Luca l'avait déçu. Elle l'avait utilisé et avait fait preuve d'un féroce égoïsme.

Sophia était incapable d'abandonner Luca, car elle l'aimait.

Luca ne buvait que très peu d'alcool. Il n'aimait pas perdre le contrôle, d'une manière générale. Mais à cet instant, il était ivre.

Il était resté assis pendant des heures sur le parquet ciré de la chambre de Sophia, écartelé par la souffrance. Et lorsqu'il s'était enfin relevé pour rejoindre ses propres appartements, il avait entrepris de vider le contenu de son bar personnel.

Maintenant, le chagrin roulait lentement en lui, écrasant, inévitable.

Et Luca ne parvenait même plus à maîtriser les pensées qui tourbillonnaient dans son esprit.

Il ne valait rien. Rien. Il était roi, et pourtant absolument méprisable.

Il ne s'autorisait pas à réfléchir ainsi d'habitude ; mais aujourd'hui, il laissait libre court à la haine, nourrissait sa peine avec une fascination masochiste, noyé dans sa détresse.

Et il s'y abandonnait sans plus de résistance.

Sophia disait qu'il avait toujours été digne face à l'adversité, mais voilà qu'il était prostré sur le sol, à genoux devant ses péchés, à genoux devant les fragments de son âme. Sombre et brisé.

Il avait vu juste, ce soir-là, à San Paolo. Il n'était qu'une nuit sans lune, et Sophia les étoiles.

Il roula sur le dos et le monde tourna autour de lui.

Il n'avait aucune valeur parce qu'il avait été traité comme un objet, utilisé puis jeté.

Pourtant, au milieu des ténèbres, une étincelle lui apparut. Sophia ne le regardait pas avec pitié. Sophia pensait qu'il était fort et méritait son amour. Comme si le soleil était apparu à travers la tempête, il se sentit brusquement baigné de lumière.

Pourquoi sa mère et Giovanni dicteraient-ils ses choix de vie ? Pourquoi seraient-ils les seules fondations de son identité et de son avenir ? Peut-être que, en gardant le secret de son viol à la presse, sa mère avait empêché la nation de se faire un avis sur ce qu'il était ou n'était pas. Mais il l'avait en retour autorisée à influencer son existence tout entière.

Luca avait échappé aux affres des médias, mais il s'était défini à travers la trahison et l'indifférence de sa mère. Il avait fini par croire que, s'il ne se comportait pas de façon irréprochable sans jamais faillir, il serait aussi peu méritant qu'elle l'avait pensé.

Or Sophia ne s'était pas arrêtée à cela. Sophia le voyait pour l'homme qu'il aurait pu être. Et peut-être… l'homme qu'il pourrait devenir – avec elle.

Il l'avait repoussée, parce qu'il n'avait pas pu supporter de nourrir un tel espoir.

Elle méritait mieux. Elle lui était si précieuse, son étoile. Comment pouvait-il laisser Giovanni et sa mère garder leur sombre emprise sur lui, et rejeter Sophia, qui lui offrait son amour ?

Si Sophia pouvait l'aimer…

La douleur explosa en lui, plus brillante et plus violente que jamais.

Il l'aimait. Il l'aimait et lui avait fait du mal. Il l'avait repoussée pour se protéger.

Il avait agi comme sa mère autrefois… Il avait fait passer sa propre sécurité avant Sophia.

Mais c'était terminé.

Il ne voulait pas épouser Sophia pour le bébé. Il ne voulait pas l'épouser parce qu'il était souffrant et malsain. Il voulait l'épouser parce qu'elle était *sa* Sophia.

Quand il fermait les yeux, c'était son visage qu'il voyait.

Et son cœur ne battait que pour elle.

14

Le jour du mariage, Sophia resta dans la maison de sa mère jusqu'à ce qu'on puisse lui faire envoyer des vêtements. Puis elle s'emmitoufla dans un manteau et rentra au palais à toute allure, curieuse de voir si les préparatifs avaient été annulés.

Mais tout était encore en place.

Peut-être que Luca, dans sa fierté féroce, n'avait pas accepté qu'elle soit prête à le défier.

Peut-être avait-il encore l'intention de la convaincre.

Ou peut-être avait-il toujours su qu'elle ne supporterait pas de l'humilier publiquement.

Quoi qu'il en soit, elle n'en saurait pas plus pour le moment. Avec l'aide de sa styliste, elle enfila sa robe de mariée bien plus tôt que nécessaire, puis entreprit de la questionner.

— Où est le roi ? demanda-t-elle.

— Dans ses appartements. Mais vous savez que voir le marié avant la cérémonie porte malheur…

— J'ai déjà eu la malchance de tomber amoureuse de mon demi-frère. Je pense que je peux prendre ce risque.

Elle attrapa son jupon et s'enfuit vers les quartiers de Luca sans demander son reste.

Mais il n'était pas là. Déçue, elle tourna les talons pour retourner à sa chambre. Les couloirs étaient remarquablement vides ; la majorité des domestiques étaient employés à l'organisation des festivités, de toute évidence.

Elle ralentit sa marche, surprise, lorsque des pas résonnèrent sur le sol de marbre.

Elle leva les yeux sur Luca. Il portait un élégant pantalon noir et une chemise blanche dont le col était encore déboutonné. Elle dut se faire violence pour ne pas courir à lui et se jeter dans ses bras pour l'embrasser à cet endroit précis, sur sa peau dorée, au creux de la gorge, là où son pouls battait doucement.

Mais elle resta figée, le souffle court.

— Luca.

— Je te cherchais.

— Je suis là.

Il fronça les sourcils.

— Et tu portes ta robe de mariée.

Elle fit danser les pans vaporeux autour de ses jambes.

— Oui.

— Tu as dit que tu ne voulais pas m'épouser.

— J'ai changé d'avis.

— Oh. Eh bien... J'ai décidé que j'avais également changé d'avis.

— Pardon ?

— Je ne veux pas t'épouser parce que tu portes mon enfant, Sophia. Tu avais raison, ce serait une terrible erreur.

Elle vacilla, horrifiée, comme s'il avait plongé ses mains puissantes dans sa poitrine pour lui déchirer le cœur.

— Tu ne veux plus m'épouser ?

— Je *veux* t'épouser. Mais si tu le souhaites, nous pouvons choisir de vivre dans le péché. Nous pouvons avoir un bâtard. Nous pouvons laisser le scandale nous engloutir et oublier le monde entier.

Elle cligna des yeux.

— Non, bien sûr que non. Luca, ta réputation... Et celle de San Gennaro...

— Tout cela n'a aucune importance. Si je dois faire un esclandre pour te prouver mes sentiments, très bien. Rien d'autre ne compte que mon amour pour toi. Ma réputation n'est rien, mon trône n'est rien – si tu n'es pas à mes côtés. J'abandonnerais tout pour toi. Voici la maladie dont je souffrais. Je m'accrochais à ma couronne, pensant qu'elle me donnait une valeur et une raison d'être. Pour elle, je devais me détourner de ce que je désirais réellement. *Toi*. Toujours toi. J'ai toujours su que ma perfection de façade se briserait le jour où je laisserais mes sentiments me guider. Aujourd'hui, toutefois, je suis prêt à rejeter les règles qui m'ont si longtemps enchaîné. S'il te plaît, crois-moi, *cara mia* : je laisserai tout cela derrière moi sans un regret, pour toi. Pour nous.

Alors Sophia s'autorisa à courir à lui, à se jeter dans ses bras, à embrasser le creux de sa gorge, à savourer le rythme de son cœur battant sous ses lèvres.

— Luca, murmura-t-elle, Luca, je te crois. Et je veux t'épouser, parce que je veux que tout cela soit réel, pour toujours. La cérémonie pourrait aussi bien se dérouler en secret dans une forêt, mais… Il vaut mieux en profiter pour donner une légitimité à notre enfant, tu ne crois pas ?

— Certes, j'imagine qu'un mariage royal faciliterait les choses pour la succession.

— Tu es le roi. Nous pourrions contourner les règles, mais pourquoi les contourner quand elles nous autorisent à nous marier ?

— Tu sais, je pensais que j'étais emprisonné par les obligations parce que j'étais roi. Mais ces chaînes étaient en moi. Toute cette noirceur existait parce que je ne voulais pas laisser entrer la lumière. Sur l'île, quand j'ai levé les yeux vers les étoiles, j'ai été aveuglé, pendant un instant. J'ai prié pour que la pénombre s'écarte et que tu sois ma lumière. J'étais le seul obstacle sur ma route, néanmoins. Depuis le début. C'est moi qui nous ai séparés…

— Parce que tu avais peur. Je comprends. Je comprends combien l'espoir peut être effrayant.

Il hocha la tête.

— C'est vrai. J'avais peur de désirer davantage que ce que je méritais, alors que j'avais accepté pendant si longtemps que l'amour était hors de portée. Je m'étais persuadé de n'en avoir plus besoin.

— Luca, tu n'es pas brisé. C'est ceux qui t'ont fait du mal qui sont endommagés.

Il attrapa ses mains et embrassa ses doigts.

— J'ai été brisé, pendant longtemps. Mais plus maintenant. Grâce à toi.

— Tu m'as aidée à me reconstruire aussi.

— Je t'aime, murmura-t-il.

— Je t'aime aussi.

— Je ne pensais pas que j'aurais droit à une fin heureuse.

— Vraiment ?

Il secoua la tête avec un demi-sourire.

— Dans les contes, les demi-frères et sœurs sont toujours machiavéliques.

— Alors j'aurais très bien pu être machiavélique, moi aussi.

— Bien sûr que non. Tu es la princesse.

— Et tu es mon prince charmant, Luca. Demi-frère ou pas.

— Oh ! Suis-je vraiment charmant ? fit-il en riant.

Son expression lumineuse la toucha en plein cœur.

— Pas toujours, répondit-elle avec un sourire. Mais tu es à moi, et c'est tout ce qui compte.

En écho aux paroles qu'elle avait prononcées à San Paolo, il répondit :

— Cela veut dire que tu es à moi aussi.

— Oui. Et je te choisis, toi, avant tout.

Elle posa ses lèvres sur les siennes, et il la serra contre lui.

— Je te choisis aussi. Avant tout, promit-il.

Et même s'ils prononceraient leurs vœux officiels plus tard, pendant la cérémonie, ce fut cette confession-là, secrète et radieuse, qu'ils gardèrent précieusement au creux de l'âme pour le restant de leurs jours.

Épilogue

Elle était au-dessus de lui, dans tous les sens du terme. Son épouse, un ange de lumière. Et il n'en avait jamais été plus certain qu'à cet instant, où elle berçait leur fille.

Il avait eu raison, des mois auparavant : le scandale de leur union s'était vite étiolé dans l'excitation générée par sa grossesse. Un bébé royal avait simplement éclipsé l'indignation. Une petite princesse était bien plus intéressante qu'une liaison douteuse.

Luca s'agenouilla devant le lit de Sophia, émerveillé par les deux femmes les plus importantes de sa vie.

— À quoi pensez-vous, Votre Majesté ? lui demanda sa sublime épouse.

— Je pense...

Il sourit.

— Je pense qu'avec deux lumières si brillantes dans ma vie, je ne pourrai plus jamais me perdre dans les ténèbres.